ANNE PÄTZOLD
When We Hope

ANNE PÄTZOLD

# When We HOPE

Roman

LYX

LYX in der Bastei Lübbe AG
Dieser Titel ist auch als E-Book und Hörbuch erschienen.

Die Bastei Lübbe AG verfolgt eine nachhaltige
Buchproduktion. Wir verwenden Papiere aus nachhaltiger
Forstwirtschaft und  verzichten darauf, Bücher einzeln in
Folie zu verpacken. Wir stellen unsere Bücher in
Deutschland und Europa (EU) her und arbeiten mit den
Druckereien kontinuierlich an einer positiven Ökobilanz.

Originalausgabe

Copyright © 2020 by Bastei Lübbe AG, Köln

*Herzlichen Dank an Yoo-ri Kim für die Übertragung*
*des Titels ins Koreanische.*

Textredaktion: Christin Ullmann
Covergestaltung: Sandra Taufer, München
Coverabbildung: © Phatthanit/shutterstock
Satz: Greiner & Reichel, Köln
Gesetzt aus der Adobe Caslon
Druck und Einband: GGP Media GmbH, Pößneck

Printed in Germany
ISBN 978-3-7363-1337-8

3   5   7   6   4

Sie finden uns im Internet unter: lyx-verlag.de
Bitte beachten Sie auch: luebbe.de und lesejury.de

*Für jeden, der mich bis hierhin begleitet hat.*
*Danke. Von Herzen.*

# 1. KAPITEL

Nach einer Nacht im Krankenhaus fühlte ich mich, als hätte ich wochenlang nicht geschlafen. Ich schleppte mich hinter Mel die Treppe hoch und beobachtete, wie sie vorsichtig jede Stufe nahm – ohne das Selbstbewusstsein, das sonst immer in ihren Schritten lag. Mit ihrer Tasche über meiner Schulter blieb ich ein paar Stufen unter ihr. Die Angst, sie könnte noch einmal ohnmächtig werden, kratzte an meinen Nerven.

Wir sagten beide nichts. Seit Mel heute Morgen im Krankenhausbett aufgewacht war, hatten wir kaum miteinander geredet. Das war auch nicht nötig gewesen. Ich hatte die Nacht an ihrem Bett verbracht und höchstens zwischendurch für ein paar Minuten die Augen zugemacht. Viel zu laut waren die Geräusche in der Notaufnahme, viel zu groß die Sorge, die ich um meine große Schwester hatte. Auch die Visite der Ärztin hatte mich nur oberflächlich beruhigen können. Auf dem Papier sahen Mels Werte gut genug aus, um sie entlassen zu können. Nur halfen mir diese Werte nicht, zu verstehen, was in ihrem Kopf vorging. Wenn es nur halb so viele Dinge waren wie in meinem, wunderte mich ihre Schweigsamkeit nicht. Aber all das behielt ich für mich. Nachdem

Josh aufgetaucht war, um uns vor der Arbeit abzuholen und zu Hause abzusetzen, hatte er ohnehin den Sprechpart übernommen.

Es dauerte eine halbe Ewigkeit, bis wir auf unserer Etage standen. Mel wirkte noch erschöpfter als zuvor, und ich beeilte mich, die Wohnungstür aufzuschließen. Ich hielt sie ihr auf und ließ Mels Tasche und meinen Rucksack im Flur auf den Boden fallen, als ich die Tür hinter mir geschlossen hatte. Mel schleppte sich ins Wohnzimmer und setzte sich sofort auf die Ecke der Couch. Überall auf dem Boden war noch das Konfetti von gestern verteilt. Geschenkpapier lag neben dem Couchtisch, als wären seit dem Auspacken nur ein paar Minuten vergangen. Ein leises Klirren, das in der Küche erklang, lenkte mich ab. Liv.

»Möchtest du was trinken?«, fragte ich Mel. Meine Stimme war ganz rau von den Tausenden Emotionen, die mich seit gestern Abend erfüllten. Mel nickte stumm, und ich machte mich auf den Weg in die Küche. Meine kleine Schwester hockte neben dem Tisch, wo die Scherben noch immer den Boden bedeckten. Sie hatte uns anscheinend gar nicht reinkommen hören. Um sie nicht zu erschrecken, machte ich mich mit einem leisen Klopfen an den Türrahmen bemerkbar. Liv zuckte trotzdem zusammen und drehte sich zu mir um.

Ihre Augen waren so groß und ängstlich, dass mir mein Herz wehtat. Strähnen fielen aus ihrem Pferdeschwanz, und sie war so blass, dass ich mich fragte, ob sie diese Nacht überhaupt ein Auge hatte zumachen können.

Mein Blick glitt an ihr vorbei zum Boden. Eine Gänsehaut überkam mich, als ich getrocknete kleine Blutflecken zwischen den Scherben sah. Kein Wunder, dass Liv so blass war.

»Da seid ihr ja«, sagte Liv. Ich hörte die unausgesprochene Frage zwischen ihren Worten: *Geht es Mel gut?*

Ich zwang ein winziges Lächeln auf meine Lippen, das sie beruhigen sollte – auch wenn sich in mir drin alles dagegen sträubte. »Die Ärztin hat gesagt, es ist so weit alles in Ordnung. Mel soll sich eine Weile ausruhen, aber bis auf die leichte Gehirnerschütterung und die Schnitte an ihrer Hand ist alles gut.«

Liv nickte mehrmals, als bräuchte sie einen Augenblick, um die Infos zu verarbeiten. Dann stieß sie zittrig den Atem aus. »Ich bin eben erst von Charlie nach Hause gekommen«, erklärte sie. »Und hab das hier gesehen, als ich mir etwas zu essen machen wollte. Ich hatte vor, es aufzuräumen, bevor ihr kommt, aber …« Sie stockte und wurde noch ein bisschen blasser.

Ich ging zu ihr, hockte mich ebenfalls auf den Boden und nahm sie in die Arme. Liv fühlte sich viel kleiner an als sonst. Kleiner und verletzlicher – ich hatte das Bedürfnis, sie vor dem Rest der Welt zu beschützen. Beruhigend strich ich in Kreisen über ihren Rücken und spürte, wie sie sich in meinen Armen ein klein wenig entspannte. Ein paar Minuten vergingen auf diese Weise schweigend.

»Ich übernehme das Aufräumen«, sagte ich, und Liv löste sich von mir, die Augen leicht gerötet, als hätten gerade noch Tränen darin gestanden. »Bringst du Mel dafür ein Glas Wasser? Ich hab ihr schon vor zehn Minuten gesagt, dass ich was zu trinken aus der Küche hole. Nicht, dass sie uns am Ende noch verdurstet.«

Liv schniefte und grinste bei meinem schlechten Scherz schief. Sie zögerte einen Augenblick, aber ich sah die Erleichterung in ihren Augen, dass sie sich um die zerbrochenen Teller nicht kümmern musste. »Danke, Ella.«

Ich strich ihr die wirren Haare aus dem Gesicht, bevor sie aufstand, und wartete, bis sie mit einem Glas Wasser im Wohnzimmer verschwunden war, ehe ich mich dem Chaos auf dem Boden zuwandte.

Die ganze Nacht über hatte ich mich zusammengerissen. Ich hatte an Mels Bett gewartet, bis sie aufgewacht war, hatte alle Gedanken weit, weit nach hinten geschoben, die mich sonst lähmen würden. Aber jetzt, mit Liv und Mel außer Sichtweite und einem kurzen Moment Ruhe, jagte die Angst durch meinen Körper. Meine zittrigen Hände bekamen die Scherben kaum zu greifen. Ich warf sie in den Müll und fegte die kleinen Splitter zusammen. Nachdem ich auch die entsorgt hatte, sah ich mich in der Küche um, in der mehr als genug zu tun war. Aber statt mich darum zu kümmern, stand ich stumm in der Mitte des Raumes, meinen Blick zu Boden gerichtet.

Mel hätte nur ungünstiger fallen, anders auf den Scherben aufkommen müssen, und ich hätte noch einen Menschen in meinem Leben verloren, der mir alles bedeutete. Ich wollte keinen »Was wäre, wenn«-Szenarien nachhängen, aber der Anblick meiner großen Schwester, die am Boden lag ... Es schnürte mir die Brust zu, als sich das Bild für einen kurzen Augenblick über meine Realität schob.

Ich wollte mich nur in mein Bett verkriechen, die Zeit zurückdrehen, aus der Wohnung fliehen – irgendwas tun, das mich aus dieser Schockstarre befreite, in der ich mich seit gestern Abend befand. Leider war das keine Option. Nicht, während Liv mit Mel, die jederzeit wieder zusammenbrechen könnte, allein war. Ich hörte sie leise reden, verstand aber kein Wort. Musste ich auch gar nicht, um zu bemerken, wie erschöpft Mel klang. Wie zittrig, als könnte sie selbst kaum glauben, was passiert war.

Mir ging es genauso. Mel war mein Fels. Mein sicherer Hafen. Wenn ich nicht weiterwusste, wandte ich mich an sie, weil ich darauf vertraute, dass sie mir helfen konnte. Aber als hätte sich durch diesen Unfall plötzlich etwas verschoben, hatte ich das Gefühl, in diesem Augenblick dafür verantwortlich zu sein, einen ruhigen Kopf zu bewahren. Ich hätte gelacht, wenn ich die Kraft dazu gehabt hätte. Als wäre ich je in der Lage gewesen, einen ruhigen Kopf zu bewahren.

Ein Seufzen entkam mir, so tief und lang, als hätte es schon seit Jahren in meinem Brustkorb gesteckt. *Alles ist gut, Ella.*

Mit dem Gedanken verließ ich die Küche und trat ins Wohnzimmer. Mel und Liv auf der Couch steckten unter einer Wolldecke, die für die Jahreszeit viel zu dick war. Mel war weit nach unten gerutscht und hatte die Augen geschlossen, während Liv ein bisschen steifer als gewöhnlich neben ihr saß und aus dem Fenster schaute.

Ich legte meine Hand auf Livs Schulter, spürte, wie sie zusammenzuckte. Sie warf mir einen fragenden Blick über die Schulter zu.

»Hast du Hunger? Soll ich uns etwas zu essen machen?«, flüsterte ich.

Liv zögerte einen Moment, ehe sie nickte. »Können wir Spaghetti mit Tomatensoße essen? So wie Mel sie manchmal macht?«

»Natürlich«, sagte ich. »Willst du mir helfen?«

Ihr Blick zuckte zu Mel, die neben ihr ruhig und tief atmete. Sie war innerhalb von Minuten eingeschlafen. »Ist es okay, wenn ich bei Mel bleibe? Ich ...« Sie räusperte sich leise. »Ich will sie nicht allein lassen.«

*Ich auch nicht, Liv.* »Keine Sorge. Spaghetti schaffe ich auch allein.« Ich schenkte ihr ein kleines Lächeln und ging zurück in die Küche. Nachdem ich einen Topf mit Wasser aufgesetzt hatte, versuchte ich mich an der Tomatensoße. Für das Essen brauchte ich keine halbe Stunde, aber ich war insgeheim froh um die Ablenkung. Sie half mir, das schlechte Gewissen zu verdrängen, das mich seit gestern Abend immer wieder in Schüben überkam.

Als die Nudeln fertig waren, trug ich den Topf und eine Unterlage zum Couchtisch. Liv sprang auf, half mir Teller, Besteck und die Soße zu holen. Nachdem wir alles ins Wohnzimmer gebracht hatten, setzten wir uns links und rechts von Mel auf die Couch. Sanft drückte ich ihren Arm, um sie aufzuwecken.

Sie blinzelte träge, verzog das Gesicht, als hätte sie Schmerzen, und setzte sich dann auf. »Ihr habt Essen gemacht?« Sie sah von Liv zu mir und wieder zurück. »Ihr hättet mich wecken sollen. Ich hätte euch geholfen.«

Mein Blick war fest auf das Essen vor uns gerichtet. Ich brachte es nicht über mich, meine große Schwester anzusehen. »Schon gut. Die Ärztin sagte, du sollst dich ausruhen.«

»Wir brauchen eine Kelle …« Der Verband an Mels Hand sprang mir in die Augen, als sie die Decke von sich schob und Anstalten machte aufzustehen, als hätte sie meine Worte gar nicht gehört.

»Ich hol sie«, sagte ich lauter als gewollt, drückte mich von der Couch hoch und eilte in die Küche. Mein Herz hämmerte so stark in meiner Brust, dass ich mich nur schwer zwingen konnte, mich zu beruhigen. Ich fuhr mir mit einer Hand durchs Haar, ehe ich sie auf meinen Brustkorb presste. Der Druck half mir, mich auf meinen Atem zu konzentrieren, als die Vorwürfe mir durch den Kopf donnerten.

*Es geht ihr gut, Ella. Es ist nicht deine Schuld.*

Ich wiederholte die Worte in Gedanken wie ein Mantra. Wie jedes Mal seit dem letzten Abend, wenn mich negative Gefühle zu überrennen drohten. Ich sagte sie mir leise, wenn ich daran dachte, wie die Reporter ihr mehr Stress gemacht hatten, als sie ohnehin schon hatte. Wenn mir in den Sinn kam, was meine Beziehung mit Jae-yong ihr für Sorgen bereiten musste. Wenn der Gedanke an den Kunstkurs die Schuldgefühle in mir hochkommen ließ, sodass ich die Entscheidung sofort wieder rückgängig gemacht hätte, wenn ich damit die letzten vierundzwanzig Stunden ungeschehen machen könnte.

Ich brauchte mehrere Minuten, bis mein Herz wieder in einem normalen Takt schlug. Dann schnappte ich mir die Kelle und ging zurück ins Wohnzimmer. Niemand fragte, warum ich so lange gebraucht hatte – wir waren anscheinend alle viel zu sehr in unseren eigenen Köpfen gefangen. Mel tat sich ihr Essen auf, dann Liv und schließlich

ich. Die ganze Zeit über herrschte dieses beklemmende Schweigen. Eins von der Sorte, das so viele unausgesprochenen Worte in sich liegen hatte, dass es mich über kurz oder lang nervös machte. Der Fernseher blieb aus, und so war das einzige Geräusch das Kratzen der Gabeln und Löffel auf unseren Tellern, was die Stille nur hervorhob.

»Mrs Elliot war hier, bevor ihr gekommen seid«, durchbrach Liv da unser Schweigen. Ich hätte ihr nicht dankbarer sein können. »Sie hat gesagt, sie hat ein Geschenk für dich zum Geburtstag, Mel. Aber sie will es dir lieber persönlich geben.«

Mel runzelte die Stirn. »Ich kann mich nicht erinnern von Mrs Elliot schon mal ein Geschenk bekommen zu haben.«

»Vielleicht schenkt sie uns ihre Katze«, sagte Liv. Ich konnte hören, dass sie sich um einen lockeren Tonfall bemühte, und hatte das starke Bedürfnis, sie in den Arm zu nehmen und ihr zu sagen, wie großartig sie war.

»Du möchtest nicht, dass Petra bei uns wohnt. Sie würde alle Poster an deiner Wand zerkratzen, die sie erreichen kann«, gab ich zu bedenken.

Liv stockte einen Moment, in dem sie meine Worte blinzelnd verarbeitete. »Ich hoffe, es wird nicht Petra.«

Wir lachten – ein wenig zu leise, ein wenig zu vorsichtig, als für uns normal war. Aber es sorgte dafür, dass ich mich etwas entspannte und die Gedanken, die mich umtrieben, zu einem Hintergrundgeräusch in meinem Kopf wurden.

Die nächste Stunde verging mit kurzen Gesprächen und zu viel Essen. Ich hatte anfangs gar nicht gemerkt, wie hungrig ich war. Das Einzige, was ich seit gestern Abend gegessen hatte, war ein Nussriegel gewesen, den ich mir irgendwann an einem Snackautomaten im Krankenhaus geholt hatte. Mein Hunger war seitdem vollständig in den Hintergrund gerückt.

Als die Töpfe mit den Nudeln und der Soße leer waren, brachte ich alles zurück in die Küche und stellte es neben die Spüle. Um den Abwasch würde ich mich später kümmern – wenn ich mich heute überhaupt noch dazu aufraffen konnte.

Mel war gerade dabei aufzustehen, als ich wieder ins Wohnzimmer trat. »Ich leg mich ein bisschen hin. Sagt Bescheid, wenn ihr etwas braucht, in Ordnung?«

Liv und ich nickten, sahen Mel hinterher, bis sie ihre Zimmertür hinter sich schloss. Mit dem leisen Klicken schien auch das letzte Adrenalin aus meinem Körper zu verschwinden, das mich bisher noch aufrecht gehalten hatte.

Ich ließ mich auf die Couch neben Liv fallen, legte meinen Kopf auf der Rückenlehne ab und schloss die Augen für einen Moment. Etwas ließ sie mich kurz darauf wieder öffnen und zu Liv gucken. Ein Kloß machte sich in meinem Hals breit.

Sie hatte den Blick auf ihren Schoß gesenkt und bemühte sich sehr, die Tränen zurückzuhalten. Ihre Arme hatte sie vor der Brust verschränkt, als wollte sie unbedingt stark bleiben. Trotzdem sah ich eine Träne über ihre Wange kullern und rutschte sofort über die Couch zu ihr, um sie in die Arme zu nehmen.

»Alles ist gut«, sagte ich und strich ihr über den Rücken. Die Worte hätten es beinahe nicht aus meinem Mund geschafft, sosehr ich sie auch glauben wollte.

Ein Schniefen war Livs Antwort. »Meinst du … Meinst du, das wäre auch passiert, wenn wir die Geburtstagsparty nicht geplant hätten?«

Es dauerte ein paar Momente, bis ich wirklich verstand, was sie gesagt hatte. Ich schloss meine Arme fester um sie, hoffte, dass sie hörte, wie ehrlich ich es meinte. »Liv, es ist nicht deine Schuld, hörst du?«

*Und deine auch nicht, Ella.*

Meine kleine Schwester sah zögerlich auf. Sie runzelte die Stirn und wirkte, als machte sie sich mindestens genauso viele Vorwürfe wie ich mir. »Sie war den ganzen Tag mit Josh unterwegs gewesen. Vielleicht … wenn sie nicht noch mit uns gefeiert, sondern sich ausgeruht hätte …«

»Liv«, unterbrach ich sie. »Sie ist nicht umgefallen, weil sie mit uns gefeiert hat, sondern weil sie seit Monaten viel zu viel arbeitet und sich nie eine Pause gönnt.« Ich wusste nicht, wen ich davon zu überzeugen versuchte – sie oder mich. »Wenn es nicht bei der Geburtstagsfeier gestern passiert wäre, dann vielleicht bei einem ihrer Dates mit Josh oder auf der Arbeit.«

Liv schien mir nicht sofort zu glauben. Ich sah regelrecht, wie es in ihrem Kopf arbeitete. Verübeln konnte ich es ihr allerdings nicht, vor allem da es mich selbst so viel Kraft kostete, diese Gedanken beiseitezuschieben.

Eine Weile saßen wir stumm nebeneinander. Meine Hand kreiste im immer gleichen Rhythmus über ihren Rücken. Schließlich richtete Liv sich auf. Sie strich sich

ihre Locken fahrig aus dem Gesicht und wischte die Tränen von ihren Wangen. »Wir sollten das Chaos von gestern aufräumen, oder?«

Ich nickte nur und drückte mich von der Couch hoch.
Ablenkung. Ablenkung war gut.

## 2. KAPITEL

Das Konfetti einzusammeln dauerte nicht so lange, wie ich erwartet hatte. Als ich später in mein Zimmer ging und die Tür hinter mir schloss, war es gerade mal früher Nachmittag – aber die Müdigkeit hatte sich mittlerweile bis in meine Knochen gefressen.

Ich stellte meinen Rucksack neben dem Schreibtisch ab und ließ mich mit einem Seufzen aufs Bett fallen. Mein Blick hing an der Decke, und ich sog die Ruhe in mich ein. Es war wie die Stille, direkt nachdem ein großer Sturm vorbeigezogen war. Immer noch aufgeladen, aber mit dem Wissen, dass ich mich jetzt für einen winzigen Moment entspannen konnte. Ich wünschte mir nichts sehnlicher, als die Augen zuzumachen und den Schlaf der letzten Nacht nachzuholen. Aber wie mir das Summen, das noch durch meinen Körper zog, sagte, würde es ein aussichtsloser Kampf werden. Vielleicht hätte mir ein kleiner Spaziergang gutgetan. Wenn ich mich nur nicht so ausgelaugt fühlen würde. Im Augenblick bestand ich aus zwei Polen, die sich voneinander abstießen.

Mein Blick wanderte durch mein Zimmer, bis er an meinem Rucksack hängen blieb. Ich hatte seit gestern Abend nicht mehr auf mein Handy geschaut. Nachdem ich versucht hatte, Jae-yong zu erreichen, und von ihm keine Antwort gekommen war, hatte sich unter die Verzweiflung, Mel in diesem Krankenhausbett zu sehen, Enttäuschung gemischt. Ich wusste rein rational, dass er auch gerade einiges durchmachte und es nicht leicht war, immer füreinander da zu sein. Trotzdem war es gestern für mich unmöglich gewesen, vernünftig zu denken. Meine Gefühle hatten das Steuer übernommen und alle gleichzeitig einen Alarm ausgelöst, der jetzt langsam wieder abklang, mich aber so erschöpft hatte, dass selbst ein Blick aufs Handy zu viel Anstrengung gekostet hätte.

In meiner Position auf dem Bett verharrend, überredete ich meinen Körper, sich aufzurichten und meinen Rucksack ans Bett zu holen. Ich kramte darin, bis ich mein Handy zu greifen bekam, und zog es unter meinem Skizzenblock und der Federmappe, die ich nie auspackte, hervor. Als ich versuchte, es zu entsperren, wurde ich von einem dunklen Display begrüßt. Frustriert stöhnte ich auf. Natürlich hatte der Akku aufgegeben.

Ich steckte es an das Ladekabel und wartete einige Sekunden, bis der Bildschirm ansprang. Unzählige Nachrichten von Jae-yong und Erin erschienen in der Benachrichtigungsleiste. Sie hatten mir beide geschrieben und mehrmals versucht anzurufen. Ich tippte zuerst auf Jae-yongs und meinen Chat.

**Jae-yong:** Ella? Ist alles in Ordnung?
**Jae-yong:** Ich hab versucht, dich anzurufen, aber es geht nur die Mailbox ran.
**Jae-yong:** Ich mach mir Sorgen.

**Jae-yong:** Bitte ruf mich zurück, wenn du meine Nachrichten liest.

Ich spürte einen Stich, wo das schlechte Gewissen in meinem Brustkorb saß. Wäre ich an seiner Stelle gewesen und hätte ihn stundenlang nicht erreicht, wäre ich vermutlich durchgedreht. Und nicht nur das … Ich erstarrte, als ich mich an das Gespräch erinnerte, das bei ihm gestern angestanden hatte. In meinem Kopf war alles andere nach hinten gerutscht in meiner eigenen Überforderung.

Ich öffnete meine Kontakte, wollte Jae-yong anrufen, um ihm von allem zu erzählen. Bevor ich überhaupt seine Nummer wählen konnte, erschien Erins Name auf meinem Display. Ich nahm ihren Anruf sofort an.

»Es wird auch Zeit!«, schrie mir meine beste Freundin ins Ohr. »Weißt du, was ich mir für Sorgen gemacht habe? Ich seh deinen Anruf auf meinem Handy, aber du reagierst weder auf meine Nachrichten noch auf sonst irgendwas. Ich hab Liv gestern anrufen müssen. Liv!« Sie atmete tief aus, nachdem sie die Flut ihrer Gedanken ausgespuckt hatte. »Geht es dir gut? Ist Mel wieder zu Hause?«

Ich zog meine Bettdecke unter mir hervor und legte sie mir um die Schultern. Nur an den gestrigen Abend zurückzudenken sorgte dafür, dass mir kalt wurde. »Was hat Liv dir erzählt?«

»Dass Mel im Krankenhaus ist und du bei ihr bist«, erklärte Erin. »Aber sie war selber so fertig, dass ich sie nicht weiter ausfragen wollte.«

»Ja, sie hat bei einer Freundin übernachtet, und ich habe mein Lager an Mels Krankenbett aufgeschlagen.« Ich spürte die Nacht, die ich auf dem Besucherstuhl verbracht hatte, in meinen Muskeln. Mein Nacken war so verspannt, dass die Schmerzen bis in meinen Kopf zogen. »Wir hatten doch gestern für Mel die Geburtstagsfeier organisiert. Mel wollte unbedingt die Teller in die Küche bringen, und kurz darauf haben wir ein lautes Scheppern gehört.« Ich fuhr mir mit der Hand über das Gesicht, als könnte ich so die Panik beiseitewischen, die mich mit der Erinnerung überkam.

»Haben die Ärzte gesagt, warum sie einfach umgefallen sein könnte?«

»Sie ist völlig überarbeitet«, sagte ich. Meine Stimme hörte sich tonlos an, wie die eines Roboters. Dabei tobten die Gefühle in mir noch immer ohne jeglichen Halt. Nach meinem kleinen Zusammenbruch im Treppenhaus des Krankenhauses hatte ich diese lähmende Angst in einen hinteren Winkel meines Kopfes verbannt. Ich hatte funktionieren, für Liv stark sein wollen. Aber die Angst wegzuschieben half nicht. Sie war trotzdem da. Ich spürte sie in der Gänsehaut, die hin und wieder meine Arme überzog.

»Ich hab keine Ahnung, wann sie das letzte Mal einen richtigen Urlaub hatte, in dem sie sich wirklich ausgeruht hat. Wenn sie nicht arbeitet, stehen meinetwegen eine Horde Reporter vor der Tür. Und wenn es das nicht ist, muss sie ihre Zeit zwischen Josh, Liv und mir aufteilen.«

Erin schwieg einen Moment. Ihre Stimme war sanft, beinahe zurückhaltend, als sie wieder sprach. »Es ist nur

ein Gefühl, also korrigier mich, wenn ich falschliege ...
aber du klingst so wütend. Kann es sein, dass da noch mehr
dahintersteckt, außer dass Mel sich keine Pausen gönnt?«

Manchmal war es gruselig, wie gut Erin mich kannte.
Als hätte sie einen sechsten Sinn dafür, wenn bei mir etwas nicht stimmte.

»Es war so offensichtlich, dass es Mel nicht gut ging«,
begann ich und musste mir einen Ruck geben, mich beinahe dazu zwingen, auszusprechen, was mir durch den
Kopf ging. »Aber ich war so beschäftigt mit mir selbst,
mit Jae-yong, mit allem anderen, dass ich es bis gestern
einfach immer weggeschoben habe.«

»Ella ... du weißt, dass das nicht deine Schuld ist, oder?«
Ich schwieg.

»Ella«, sagte sie, ernster diesmal. »*Du bist nicht für Mel
verantwortlich.* Sie ist alt genug, um ihre eigenen Entscheidungen zu treffen. Es ist nicht deine Aufgabe, ihr
das abzunehmen.«

»Ich weiß das«, erwiderte ich. Genau das hatte ich vorhin auch Liv erklärt. »Aber ...« Ich stockte, frustriert darüber, wie schwer es mir fiel, auszusprechen, was mich
beschäftigte. »Ich wünsch mir so sehr, dass Mel und Liv
glücklich sind. Und wenn ich daran denke, dass es bei Mel
vielleicht nicht so ist, weil sie denkt, sie müsste wegen uns
so viel arbeiten ...«

»Sag mal«, unterbrach mich Erin mitten im Satz. »Hast
du schon mal darüber nachgedacht, dass Mel nicht wegen
euch so viel arbeitet?«

Ich stockte. »Was meinst du?«

»Ich weiß, dass Mel viel für euch tut. Und ich will auch

gar nicht ausschließen, dass das teilweise mit reinspielt. Aber du hast mir auch mal erzählt, dass sie damals wegen dieses Jobs ganz allein nach Chicago gezogen ist. Und ich habe gedacht: Vielleicht arbeitet sie ja so viel, weil es ihr Spaß macht. Weil der Job ihr so viel gibt und sie liebt, was sie tut.«

Ich wusste gar nicht, was ich sagen sollte. Über einen anderen Grund hatte ich nie nachgedacht, weil es mir immer logisch erschien, dass es ohne Liv und mich nicht so wäre.

»Aber sie ist immer so erschöpft, wenn sie nach Hause kommt. Sie beschwert sich über die Arbeit, über zu viele Aufgaben und zu wenig Zeit. Das klingt für mich nicht, als würde es ihr Spaß machen.«

»Du beschwerst dich doch auch ab und an über deine Schwestern, oder? Liebst du sie deswegen weniger?«

»Natürlich nicht«, antwortete ich sofort und wusste mit einem Mal, worauf sie hinauswollte. Ich lachte leise. »Manchmal bist du viel zu schlau für mich, Erin.«

Ihr breites Grinsen sah ich beinahe vor mir. »Ich gebe mir Mühe.«

Ich rutschte auf meinem Bett nach hinten und lehnte mich an den Kopfteil, um es mir bequemer zu machen. »Übrigens wusste ich gar nicht, dass du Livs Nummer hast.«

»Wir haben sie ausgetauscht, kurz bevor ich nach Australien geflogen bin. Sie wollte, dass ich ihr unbedingt Fotos schicke, wenn ich Kängurus oder Wombats sehe. Ich glaube, sie hat dir nicht vertraut, dass du sie ihr weiterleitest.«

»Das Misstrauen ist stark in ihr.«

»Hast du *Star Wars* gerade falsch zitiert?«

»… eventuell.«

Erin lachte laut auf, und ich spürte, wie meine Mundwinkel ebenfalls zuckten. Unser Telefonat ging noch nicht lang, trotzdem fühlte ich mich schon wesentlich leichter.

Als wir uns langsam wieder beruhigten, kam mir ein ernüchternder Gedanke. »Ist es nicht ironisch, dass die zwei Leute, die ich am meisten um mich herum haben möchte, beide am anderen Ende der Welt leben?« Ich schüttelte den Kopf, auch wenn Erin es nicht sehen konnte.

»Was das angeht …«, begann sie, hielt dann aber inne. Nach ein paar Sekunden seufzte sie so leise, dass ich es beinahe überhört hätte. »Hast du ihm schon erzählt, was passiert ist?« Es schwang etwas in ihrer Stimme mit, das ich nicht ganz identifizieren konnte.

»Ich hab ihm geschrieben«, erklärte ich. »Gestern Abend, als wir im Krankenhaus gewartet haben. Und vorhin habe ich gesehen, dass er mir auch geantwortet hat, aber in dem Moment hast du mich dann angerufen.«

»Tut mir leid, dass ich deine Nachricht auch nicht früher mitbekommen habe, Ella.« Ihr war anzuhören, wie sehr es sie belastete.

Vor Australien hatte immer eine kurze Textnachricht gereicht, damit die jeweils andere sich auf den Weg gemacht hatte, wenn es die Situation erfordert hatte. Wenn jetzt etwas passierte und ich sie brauchte, konnte ich nur darauf hoffen, dass sie ihr Handy gerade in der Nähe hatte und es bei ihr nicht mitten in der Nacht war – so wie gestern.

»Schon gut, du kannst ja nichts für die Zeitverschiebung.« *Oder die Distanz*, fügte ich gedanklich hinzu.

»Ich weiß. Aber das macht es nicht besser, oder?«

Ich lehnte meinen Kopf an die Wand hinter mir, schloss die Augen. Für einen Moment dachte ich darüber nach, ihr zu sagen, dass alles in Ordnung war – dass es mir nichts ausmachte und sie sich nicht schlecht fühlen sollte. Ich wollte es ihr nicht noch zusätzlich zu dem auftischen, was sie gerade wegen Eric durchmachte. Aber ich verwarf die Idee gleich darauf. Es war anstrengend, immer darauf aufzupassen, niemandem auf die Füße zu treten. Und ich konnte nicht behaupten, heute noch viel Kraft dafür übrig zu haben. Zumal Erin mich ohnehin sofort durchschauen würde.

»Ganz ehrlich? Nicht wirklich«, sagte ich. »Wir waren gestern im Krankenhaus, und ich war einfach so … so fertig, weil ich weder dich noch Jae-yong erreicht habe.« Meine freie Hand fuhr nervös über den Stoff meiner Bettdecke. »Aber im gleichen Moment hab ich mich so schlecht gefühlt, weil ich genau weiß, dass niemand etwas dafür kann und ich trotzdem wütend war.«

»Ella.« Erins Stimme hatte diesen sanften Klang, den sie immer annahm, wenn wir über Dinge redeten, die mich belasteten. »Du musst dich nicht schlecht fühlen, weil du mal wütend auf mich bist. Oder auf Jae-yong«, fügte sie schnell hinzu. »Wenn ich an deiner Stelle gewesen wäre, hätte ich dich ziemlich sicher verflucht und danach mein Handy vor Wut gegen die Wand geworfen.«

Ich lachte kurz auf. Bei Erin konnte ich mir das tatsächlich vorstellen.

»Es ist in Ordnung. Solche Gefühle machen dich nicht zu einem schlechten Menschen oder weniger liebenswert, weißt du?«

Ich erwiderte nichts, sog ihre Worte aber in mich auf. Aus irgendeinem Grund war mein Hirn darauf programmiert, dass ich wie auf rohen Eiern um alle herumlaufen musste. Erin verstand das, ohne dass ich es ihr überhaupt erklären musste. Das waren meist die Momente, in denen ich mir sicher war, die beste Freundin gefunden zu haben, die ich mir hätte wünschen können.

»Kann ich dich dazu etwas fragen?«, wollte sie nach ein paar Sekunden des Schweigens wissen.

»Schieß los.«

»Du weißt, dass ich bald wieder in Chicago sein werde«, begann sie. Ein kaum wahrnehmbares Knarzen hallte durch die Leitung, als hätte sie sich irgendwo hingesetzt. »Aber wie ist das bei Jae-yong?«

Mein Herz machte einen kleinen Sprung. »Was ist mit ihm?«, fragte ich, obwohl ich ahnte, worauf sie hinauswollte.

»Bei ihm wird es sich nicht ändern«, sagte sie. »Die Entfernung, meine ich. Klar ist er zwischendurch mal auf Tour, aber sein Leben spielt sich in Südkorea ab. Und ich glaube, das wird wohl erst mal so bleiben.«

»Es ist nicht so, als hätte ich das nicht gewusst, als ich nach dem New-York-Debakel wieder auf ihn zugegangen bin«, murmelte ich.

»Ich weiß«, stimmte sie mir zu. »Nur bin ich mir nicht sicher, ob du dir in den letzten Wochen mal die Zeit genommen hast, wirklich darüber nachzudenken. Die Entfernung ist das eine – aber sein Leben in der Öffentlichkeit noch mal etwas ganz anderes.«

Die Aussage, die zwischen den Zeilen mitschwang, war klar und deutlich: Selbst wenn er die Zeit hätte, einfach in den Flieger zu steigen, um nach Chicago zu kommen, setzte er damit die Karriere von NXT aufs Spiel – ein Risiko, das er wegen mir einginge. Es war nichts Neues – Jae-yongs Berühmtheit nicht, ebenso wenig wie sein Leben in Seoul. Aber es aus Erins Mund zu hören machte es realer, als ich bisher bereit gewesen war, mir einzugestehen.

Als ich nichts erwiderte, fügte Erin noch hinzu: »Ich hoffe, ich hab es damit nicht schlimmer gemacht, als es ohnehin schon war.«

»Nein«, beeilte ich mich, sie zu beruhigen. »Nein, ich bin dir ja dankbar für deine Ehrlichkeit.«

»Aber?«

»Aber ich weiß nicht, ob ich heute noch die Kapazitäten habe, darüber nachzudenken.« Hätte ich mich für die nächste Zeit in einen winterschlafähnlichen Zustand versetzen können, hätte ich es getan.

»Das ist okay.« Sie ließ für den Moment von dem Thema ab, wofür ich sie gern umarmt hätte. »Du kannst mir stattdessen von dem Kuchen erzählen, den Liv für Mel gemacht hat. Ich hab das Foto, das du mir gestern geschickt hast, eventuell einmal zu viel angesabbert.«

Ich schnaubte amüsiert. Erin stand Liv und mir in nichts nach, was die Vernarrtheit in Süßspeisen anging. Ich erzählte ihr ausführlich von dem Naked Cake, von den Geschenken und den unbeschwerten Stunden, die wir fünf miteinander verbracht hatten, bevor Mel ohnmächtig geworden war. Es tat gut, sich darauf zu konzentrieren, statt weiter über die Nacht im Krankenhaus nachzudenken.

Erst nachdem wir aufgelegt hatten, weil Erin langsam mit der Arbeit anfangen musste, wurde mir bewusst, dass ich nicht einmal daran gedacht hatte, sie zu fragen, wie es ihr ging. Ob ihr die Sache mit Eric noch zu schaffen machte. Was ihr Plan war. Ich nahm mir vor, es in den nächsten Tagen nachzuholen – sie sollte genauso ihre Probleme bei mir abladen können. Egal, wie viel hier gerade los war.

Ich lag auf meinem Bett, Beine und Arme von mir gestreckt, den Kopf auf die unzähligen Kissen gebettet, ohne die das Bett viel zu leer für mich wirkte. Die Uhr auf meinem Nachttisch sprang mir ins Auge. Es war kurz vor halb acht am Abend hier in Chicago. Vermutlich war Jae-yong längst auf den Beinen. Ich überlegte, ihm eine Nachricht zu schreiben, entschied mich dann aber dafür, ihn anzurufen. Wir hatten sicher beide einiges zu erzählen.

Es dauerte eine Weile, bis ein leises Knacken in der Leitung ertönte, als Jae-yong abnahm.

»Tut mir leid, dass ich jetzt erst anrufe«, sagte ich sofort. »Gestern Abend habe ich nicht mehr auf mein Handy geguckt, und dann war mein Akku leer. Ich hab es gerade erst wieder angemacht und deine Nachricht gesehen, aber Erin hat mich in der gleichen Sekunde angerufen.«

»Ella! Hey, hier ist Min-ho«, sagte Jae-yongs bester Freund – und versetzte mich ungewollt in eine Schockstarre. »Ist alles in Ordnung? Ich hab deinen Namen auf

Jae-yongs Handy gesehen und bin rangegangen, weil er die ganze Nacht versucht hat, dich zu erreichen. Er schläft gerade, aber er hat vorhin erzählt, dass es deiner Schwester nicht gut geht.«

Ein Stechen schoss in meinen Brustkorb, als ich mir ausmalte, wie schlimm es für Jae-yong gewesen sein musste, mich nach meiner letzten Nachricht nicht zu erreichen. Ich brauchte einen Moment, um meine Stimme wiederzufinden. »Ja, sie ... sie war im Krankenhaus, aber es geht ihr besser. Wir sind erst vor ein paar Stunden wieder nach Hause gekommen, deswegen rufe ich erst jetzt an. Kann ich mit ihm reden?«

Ein Rascheln drang durch die Leitung, und Min-ho zögerte mit seiner Antwort. Schließlich seufzte er. »Tut mir leid, Ella. Ich möchte ihn ehrlich gesagt nicht aufwecken. Er ist gerade erst eingeschlafen. Die letzte Nacht war ... hart für ihn. Nicht nur, weil er dich nicht erreicht hat.«

Plötzlich pochte mir das Herz bis in die Ohren. »Ist es bei euch nicht gut gelaufen?«

»Es ist beschissen gelaufen«, bestätigte Min-ho meine Vermutung leise.

Ich schloss die Augen. Das konnte nicht wahr sein. Nicht, nachdem sie so viel Arbeit in ihr Vorhaben gesteckt hatten.

»Was bedeutet das?« Die Stille, die auf meine Frage folgte, gefiel mir nicht im Geringsten. »Min-ho?«

Er seufzte. Es klang so zittrig, als läge eine riesige Last auf seinen Schultern, die ihn langsam in die Knie zwang. »Ich denke, das sollte dir Jae-yong selbst erzählen.«

Seine Worte ließen mir das Blut in den Adern gefrieren. »Das klingt nicht gut.«

Min-ho atmete mit einem schwachen Lachen aus. »Ja.« Ein weiteres Seufzen, voller Erschöpfung. »Aber deswegen möchte ich ihn gerade nicht aufwecken. Er hat die halbe Nacht mit mir gesprochen, weil ich einfach nicht ...« Seine Stimme brach weg.

»Min-ho ...«

Er räusperte sich. »Ich richte Jae-yong aus, dass du angerufen hast, sobald er aufwacht, in Ordnung?«

»Ja, natürlich«, erwiderte ich. »Und ruh du dich auch etwas aus.«

Er lachte leise. »Wird gemacht.«

Ich legte auf, meine Gedanken ein einziges Chaos. Meine Gefühlslage hatte sich von jetzt auf gleich verändert: Hatte ich vor wenigen Minuten noch diese Enttäuschung in meinem Bauch, Jae-yong nicht erreicht zu haben, als ich ihn gebraucht hatte, wurde sie nun von einem schrecklichen Schuldgefühl begraben.

Wenn das Meeting so schlecht gelaufen war, wie Min-ho angedeutet hatte, musste es Jae-yong richtig mies gehen. Wahrscheinlich konnte ich mir nicht einmal annähernd vorstellen, wie mies. Er und die anderen hatten so viel Zeit in ein neues Konzept und ihre Musik gesteckt, dass eine Absage ihres Managements unendlich wehtun musste. Es fiel mir leicht, immer das Schlimmste zu erwarten. Aber bei dem Feuer, das in Jae-yongs Stimme gelegen hatte, sobald er darüber redete, war es selbst mir unmöglich gewesen, an etwas anderes zu denken als eine Zusage von ihrem Label.

Ich legte mir einen Arm über die Augen, um die Welt für ein paar kostbare Sekunden auszublenden. In meinem Brustkorb saß ein freudloses Lachen. Vor ein paar Tagen hatte es noch den Anschein gehabt, als würden die Dinge sich sowohl für mich als auch für Jae-yong zum Besseren wenden. Doch es hatte nur einen Wimpernschlag gebraucht, um dieses Gefühl wieder verschwinden zu lassen. Wenn ich jetzt an meinen Kunstkurs dachte, kam mir immer Mel in den Sinn, die im Krankenhausbett lag.

Mit kreisenden Bewegungen massierte ich meine Schläfen, versuchte, die Muskeln in meinen Schultern zu entspannen. Es war ein aussichtsloser Kampf gegen den Stress, der mich innerlich zu überrollen drohte. Nach einem tiefen Atemzug stand ich auf und setzte mich an den Schreibtisch. Meine Finger schlossen sich um die vertraute Form des Bleistiftes, und ich führte die Mine übers Papier.

# 3. KAPITEL

*Fünf Minuten. Nur noch fünf Minuten,* verhandelte ich das dritte Mal in Folge mit mir selbst. Ich war noch nicht bereit, aufzustehen. Lieber versank ich in meinem Kissenberg und zog mir die Decke über den Kopf. Die Motivation, den Tag zu beginnen, hatte sich verflüchtigt, als ich nach dem Aufwachen auf mein Handy gesehen hatte: Es gab immer noch keine Nachricht von Jae-yong darauf. Ich versuchte, mir zu sagen, dass er anrufen würde, sobald er konnte – trotzdem ließ die Sorge mich beinahe die Wände hochgehen.

Ich war mit dem Zuschlagen der Wohnungstür aufgewacht, als Liv sich auf den Weg zur Schule gemacht hatte. Keine Ahnung, wie sie es überhaupt aus dem Bett geschafft hatte – ich fühlte mich wie von einem Lastwagen überfahren und bat Matt, für mich in den Vorlesungen mitzuschreiben. Immerhin war ich so mit Mel allein für das Gespräch, das ich vorhatte, mit ihr zu führen. Es fiel mir so schon schwer genug, mich dazu durchzuringen ... Ein weiterer Grund, weswegen ich immer noch in meinem Bett lag.

Als ein dumpfes Poltern durch die Wohnung drang, saß ich mit einem Mal im Bett. Es hatte sich nicht angehört, als wäre etwas kaputtgegangen, aber mein Herz schlug mir trotzdem bis zum Hals. Ich befreite mich aus meiner Decke, verließ mein Zimmer und ging in die Küche, wo ich Mel fand, deren Arme halb im Abwaschbecken verschwanden.

»Alles okay?« Ich bemühte mich, nicht so atemlos zu klingen, wie ich mich fühlte.

Sie drehte sich für ihre Antwort nicht mal zu mir um. »Mir ist eine Schüssel aus der Hand gerutscht.«

Ihre Erklärung half nichts – die Bilder der zersprungenen Teller, die ich gestern Abend aufgeräumt hatte, waren noch zu präsent in meinem Kopf. »Du musst nicht abwaschen. Ich kann das machen, ruh du dich lieber aus.«

»Ich hab gestern den ganzen Tag nichts getan. Wenn ich noch länger nur im Bett oder auf der Couch liege, ohne was tun zu können, verschwinden mit allen Muskeln auch alle Hirnzellen, die ich besitze.«

Mel war von ihrer Ärztin angewiesen worden, es die ersten Tage ruhiger angehen zu lassen. Sie sollte so gut wie möglich Dinge meiden, die anstrengten, und das sowohl körperlich wie auch geistig, hatte man uns erklärt. Kein Fernsehen, keine Bücher. Und vor allem auch keine Hausarbeiten, wenn sie sich eigentlich ausruhen sollte. Ich schnappte mir das Handtuch, das an der Ofentür hing, und übernahm das Abtrocknen für Mel. Ich kannte sie gut genug, um zu wissen, dass sie sich nicht von mir davon abhalten lassen würde, den Abwasch zu erledigen.

Wir redeten erst wieder, als alles in den Schränken verstaut war und Mel das Wasser aus der Spüle ließ. Ich hängte das Geschirrtuch zurück an seinen Platz und drehte mich dann zu Mel um. Sie war dabei, das Spülbecken mit dem Lappen auszuwischen und stand leicht vornübergebeugt. Im Profil sah ich ihre leicht gerunzelte Stirn. Ihre Haut war immer noch wesentlich blasser als normalerweise.

»Willst du dich nicht lieber hinsetzen?«, fragte ich. Hätte ich Mel nicht genau angesehen, wäre mir vielleicht entgangen, wie sie sich verspannte.

»Alles gut, Ella«, sagte sie. Wir beide wussten genau, dass kein Weg daran vorbeiführte, den Abend ihres Geburtstags noch einmal anzusprechen. Ihre Erschöpfung, die sich über mehrere Wochen aufgebaut hatte. Ein Thema, das sie am liebsten beiseitegewischt hätte, das war mir klar. Ich haderte mit mir, dem Scheinfrieden nachzugeben. Es einfach hinzunehmen und still zu sein, um nicht Gefahr zu laufen, sie wütend zu machen. In der Hoffnung, dass es sich von allein bessern würde. Nur hatte ich das in letzter Zeit so häufig getan. Und wenn ich stark sein und endlich das aussprechen musste, was ich dachte, damit ich meine große Schwester nicht noch einmal in diesem Krankenhausbett liegen sehen musste, würde ich das tun. Für meine Familie würde ich mich all meinen Ängsten stellen.

Ich holte tief Luft und sprach aus, was ich wirklich sagen wollte. »Ist es nicht.«

Mel wandte mir den Kopf zu, die Falten auf ihrer Stirn vertieften sich. »Es geht mir ehrlich gut«, versuchte sie, mich zu beruhigen. Weil das ihre Rolle war – die der großen Schwester, die keine Hilfe brauchte.

»Du hast eine Gehirnerschütterung«, erinnerte ich sie. »Das ist nicht ›gut‹.« Ich war überrascht, wie fest sich meine Stimme anhörte, obwohl mein Magen doch Saltos schlug.

»Ich habe die Tage davor einfach nicht gut geschlafen.« Ob sie sich oder mich eher überzeugen wollte, war mir nicht ganz klar. Es machte keinen Unterschied.

»Mel.« *Sei ehrlich.* »Du hast nicht geschlafen, weil du keine Pausen nimmst, weil du dich nicht ausruhst, weil dein letzter Urlaub Monate her ist und du die Erste bist, die unter der Woche das Haus verlässt, und die Letzte, die abends wieder heimkommt.«

»Das passiert nun mal, wenn man in dieser Branche einen Job hat. Ich kann es mir nicht erlauben, nur acht Stunden am Tag zu arbeiten. Ich würde nie mit allem hinterherkommen, was ich zu tun hätte.«

Merkte sie nicht, wie sehr alles, was sie sagte, nach Ausreden klang? »Dann arbeiten alle anderen auch, bis sie ohnmächtig werden? Bis sie ins Krankenhaus müssen und damit ihre Familie und Freunde erschrecken?«

Ich sah, wie sehr sie mit sich rang, zurückzuhalten, was auch immer ihr durch den Kopf ging. Allerdings hatte ich nun einmal angefangen zu sprechen, die Worte purzelten nur so aus meinem Mund. »Wenn dir auch etwas passiert …« Ich schüttelte den Kopf, wollte diese Möglichkeit gar nicht weiterverfolgen. »Was sollen Liv und ich dann tun, Mel? Wir haben Mom und Dad schon verloren. Glaubst du, wir würden das noch mal verkraften?« Das Blut rauschte mir in den Ohren. Ein mir zu gut bekannter Druck legte sich auf meinen Brustkorb.

Mel war mit einem Mal so still neben mir, dass ich mir nicht mal sicher war, ob sie überhaupt atmete. Die Worte hingen in dem Raum zwischen uns, so grell und leuchtend, dass wir es beide nicht länger ignorieren konnten.

Dann stieß Mel die angehaltene Luft lautstark aus. Die Anspannung wich so schnell aus ihrem Körper, wie sie gekommen war, und sie strich sich ihre blonden Haare fahrig hinters Ohr. »Ich lasse euch nicht einfach allein.«

»Wie kannst du das wissen?«, fragte ich. Meine Stimme brach am Ende des Satzes ein wenig.

»Kann ich nicht.« Sie verzog das Gesicht. Dass das zwischen Liv, Mel und mir immer eine Angst sein würde, konnte nicht einmal sie ändern. »Aber ich kann dir sagen, dass ich viel zu stur und dickköpfig bin, als dass ich irgendetwas anderes zulassen würde.«

Ich rang mir ein kleines Lächeln ab. Es war kein Versprechen. Nichts, was irgendein Unfall oder eine Krankheit in der Zukunft nicht doch zunichtemachen könnte. Dennoch wurde der Druck auf meiner Brust ein wenig geringer. Ein wenig leichter zu ertragen. Auch wenn die Befürchtung blieb, dass es eben diese Dickköpfigkeit war, die uns hierhergebracht hatte.

»Und was heißt das? Dass alles so bleibt wie bisher?«

*Bitte sag Nein, bitte sag Nein.*

Mel wandte den Blick ab. Ich konnte den Ausdruck auf ihrem Gesicht nicht deuten – die aufeinandergepressten Lippen hätten alles bedeuten können. Aber so gern ich auch zurückgerudert wäre, brauchte ich etwas Handfestes. Worte, an denen ich festmachen konnte, dass es Mel ernst war. Ob sie die am Ende auch in die Tat umsetzen würde, war eine andere Sache.

Schließlich seufzte sie. »Ich weiß nicht mal, warum ich mit dir diskutiere, wenn ich ohnehin das Gleiche denke.«

Ich blinzelte überrascht. »Tust du?«

»Ich hätte gern mehr Zeit für euch und Josh. Und wenn ich mal mehr als sechs Stunden Schlaf bekommen könnte, wäre ich ziemlich froh. Aber es fällt mir schwer, Nein zu sagen, wenn ich auf Arbeit um etwas gebeten werde.« Ein kleines Lächeln erschien auf ihrem Gesicht. »Es tut gut zu wissen, dass ich in der Firma nicht ersetzbar bin.«

Mir kamen Erins Worte in den Sinn – es schien, als würde sie Mel besser verstehen, als ich es tat.

»Ich werde versuchen, meine Stunden etwas runterzufahren, in Ordnung?«, schlug Mel vor. »Wer weiß – vielleicht habe ich Glück, und meine Chefin gesteht mir eine Assistenz zu, wenn ich endlich mal nachfrage.«

»Verdient hättest du sie.«

»Wenn du ihr das auch sagen könntest ...«

»Ich komme einfach mit an deinem nächsten Arbeitstag«, sagte ich und entlockte Mel damit ein Grinsen. »Aber vorher mache ich uns etwas zu essen, und du legst dich auf die Couch und ruhst dich aus.«

Das Grinsen verschwand so schnell, wie es gekommen war. Von jetzt auf gleich waren wir in ein Paralleluniversum gefallen, in dem unsere Rollen komplett vertauscht waren. Mel musste sich ähnlich unwohl damit fühlen – ich sah den Widerspruch auf ihren Lippen. Als hätte ich in den ganzen Jahren noch nie Essen für uns gemacht.

Zu meiner Überraschung behielt sie ihre Gedanken aber für sich. »Bitte lös kein Feuer aus«, scherzte sie stattdessen.

Gespielt empört sah ich sie an. »Ich habe nie gesagt, dass ich etwas zu essen *kochen* werde.«

»Ich würde dir auch zutrauen, den Toaster aus Versehen in Flammen aufgehen zu lassen.« Mit den Worten ließ sie mich in der Küche stehen.

Ich warf ihr einen bösen Blick hinterher, konnte aber nicht mal widersprechen, immerhin war die Sorge nicht völlig unbegründet. Nachdem ich mich vergewissert hatte, dass Mel sich auf die Couch fallen ließ, widmete ich mich meiner Aufgabe. Im Kühlschrank war nicht sonderlich viel zu finden – wenigstens das hatte sich nicht geändert. Daher entschied ich mich für belegte Brote. Ich bestrich einige Scheiben mit Butter oder Aufstrich und legte Käse oder Wurst darauf. Auf ein Stück gab ich ein wenig Ketchup und musste beinahe lachen, als ich mir Mels angeekelten Gesichtsausdruck vorstellte, sobald sie das auf dem Teller zu sehen bekommen würde. Mom hatte ihre Brote früher öfter so gegessen, aber außer mir hatte sich niemand sonst damit anfreunden können.

Ich trug den vollen Teller ins Wohnzimmer, stellte ihn auf die Couch und holte mir ein Buch aus meinem Zimmer, bevor ich mich neben Mel setzte. Ich legte es vorerst neben mich auf das Polster, konnte aber gar nicht warten, endlich mal wieder zwischen den Seiten eines Buches zu verschwinden. Es kam mir vor, als hätte ich das schon seit einer halben Ewigkeit nicht mehr gemacht.

Wir ließen den Fernseher aus und redeten über nichts

und alles. Mel erzählte mir von Josh und seiner Idee, sich einen Hund zulegen zu wollen. Und ich redete von den letzten Büchern, die ich gelesen hatte, davon, wie es Erin ging, und ein bisschen von Jae-yong. Mir fiel auf, dass es bereits Wochen her sein musste, seit wir das letzte Mal zusammengesessen hatten. Nur wir zwei, ohne irgendwelche Dramen, die im Raum standen und besprochen werden mussten. Ich hatte es vermisst. Ich hatte Mel vermisst. Und nicht nur, weil sie in letzter Zeit so viel gearbeitet hatte. Ich war in Gedanken so häufig bei Jae-yong gewesen, alles andere um mich herum war ein wenig in den Hintergrund getreten. Vielleicht war Mels Unfall, so viel Angst er mir auch bereitet hatte, ein kleiner Silberstreifen am Horizont. Etwas, das Mel, Liv und mich nach all den Dingen, die gerade passierten, wieder ein wenig zusammenbrachte.

Irgendwann, als die belegten Brote schon längst aufgegessen waren, schaltete Mel den Fernseher an, und ich klappte das Buch auf meinem Schoß auf, das ich vorhin aus dem Regal gezogen hatte. *Der Zauberer von Oz*. Ich hatte es zum ersten Mal gelesen, kurz nachdem Liv und ich bei Mel eingezogen waren. Mel hatte es mir zum Geburtstag geschenkt, und ich konnte mich noch gut daran erinnern, wie fasziniert ich von dieser Geschichte gewesen war – und ungläubig, dass so etwas dem Kopf eines Menschen entsprungen war.

Das gleiche Gefühl hatte ich auch diesmal. Ich liebte es, durch Buchhandlungen zu stöbern, neue Geschichten zu entdecken und mehr und mehr Bücher in Stapeln in meinem Zimmer zu sammeln. Aber manchmal überkam mich der Wunsch nach etwas Bekanntem. Nach einem Buch, dessen Seiten sich wie Nach-Hause-Kommen anfühlten. Manchmal gab es Tage und Wochen, in denen ich vergaß, wie sehr mir Bücher halfen. Wenn zu viel los war und ich mich auf keine Geschichte richtig konzentrieren konnte, war es, als würde ein Teil von mir fehlen – genauso wie das Zeichnen. Ich brauchte dieses kreative Outlet wie die Luft zum Atmen.

Die Stimmen im Fernseher waren nur ein Hintergrundrauschen, das mir half, mich aufs Lesen zu konzentrieren. Erst als ich ein gutes Viertel des Buchs gelesen hatte, tauchte ich wieder aus meiner Welt auf und brauchte einen Moment, bis ich realisierte, dass das Handy in meiner Hosentasche vibrierte. Ich legte das Lesezeichen zurück zwischen die Seiten und zog mein Handy hervor.

Ein eingehender Videoanruf von Jae-yong sprang mir in die Augen, und ganz kurz erstarrte ich zur Eissäule. Mel wusste zwar von ihm, trotzdem hatte mich für eine Sekunde das Gefühl, ich würde etwas Falsches tun, überkommen. Ich schüttelte den Kopf, um es loszuwerden, und drückte mich von der Couch hoch. »Das ist Jae-yong«, beantwortete ich Mels fragenden Blick und wartete ihr Nicken ab, ehe ich in meinem Zimmer verschwand.

Die Tür schloss sich mit einem dumpfen Klicken hinter mir. Ich strich mir fahrig über die Haare – bisher hatte ich es noch nicht einmal geschafft, sie zu kämmen –, während ich mich auf den Schreibtischstuhl setzte, und nahm den Anruf an. Es dauerte nur ein paar Sekunden, bis das Video sich aufgebaut hatte, aber die reichten meinem Herzen, um mir bis in die Hose zu rutschen. Ich wusste nicht mal ansatzweise, wo ich dieses Gespräch beginnen wollte.

Seine Haare fielen mir als Erstes auf. Die dunkelbraunen Strähnen fielen ihm unordentlich in die Augen und sahen ein wenig aus, als hätte er, ähnlich wie ich, heute noch keinen Kamm in der Hand gehabt. An einem seiner Ohren glänzte ein silberner Ohrring im schwachen Licht der Deckenbeleuchtung. Er saß in seinem Studio. Im Hintergrund war das Keyboard zu erkennen, an dem er oft arbeitete. Er wirkte müde. Genauso erschöpft wie ich. Aber das hinderte ihn nicht daran, mir ein Lächeln zu schenken, als er mich sah.

»Hey«, begrüßte er mich leise.

»Ich habe gestern mit Min-ho geredet«, fiel ich mit der Tür ins Haus – und sah, wie das Lächeln plötzlich von seinen Lippen fiel.

Er rieb sich über den Nacken. »Ja, er hat es mir erzählt. Als ich deine Nachrichten gesehen habe, waren wir gerade mitten im Gespräch und …« Er schüttelte den Kopf, zuckte hilflos mit den Schultern. »Alle waren so aufgebracht nach dem Meeting, tut mir leid, dass ich mich nicht eher gemeldet habe.« *Entschuldige dich nicht*, wollte ich sagen, aber er kam mir zuvor. »Was ist passiert?«

»Das wollte ich dich gerade fragen«, sagte ich drängend. »Was ist passiert, Jae-yong?«

Sein Blick glitt auf einen unbestimmten Punkt hinter der Kamera. »Sie haben uns nicht ernst genommen«, begann er. »Ich hatte die ganze Zeit das Gefühl, als würden sie innerlich über uns lachen. Wir haben ihnen unsere Ideen vorgestellt, und sie haben sie mit einem Lächeln beiseitegewischt.«

»Aber … sie können doch nicht einfach …«

»Doch«, unterbrach Jae-yong mich. »Können sie. Was haben wir für Mittel in der Hand? Die Musik, die jetzt produziert wird, funktioniert. Warum sollte man irgendetwas ändern, wenn es sich bisher bewährt hat?« Er klang so bitter dabei. Meine Arme kribbelten mit dem Verlangen, ihn zu umarmen. »Wir sind nach Hause gefahren und haben geredet. Keiner von uns hat es wirklich gut verkraftet …« Er hob eine Schulter an. »Ich hätte nie gedacht, dass wir so ein Gespräch jemals führen müssten.«

»Was für ein Gespräch?«

Ein freudloses Lachen entkam ihm. »Darüber, ob wir uns trennen sollten.«

Die Antwort kam so schnell, so unerwartet, dass ich ihn einige Sekunden nur entgeistert anstarren konnte. »Wie bitte?!«

»Ich weiß auch nicht, der Gedanke kam gestern mit einem Mal auf.« Wie er die Arme vor der Brust verschränkt hatte und das Gesicht verzog … Für mich sah es aus, als würden ihm diese Worte Schmerzen bereiten. »Min-ho ist damit überhaupt nicht zurechtgekommen und in sein Zimmer geflüchtet – nicht, dass ich es ihm übel nehmen könnte. Ich hatte die ganze Zeit selbst das Bedürfnis, mich in mein Zimmer einzusperren.« Er blinzelte ein paarmal, um sich aus der Erinnerung zu lösen. »Ich bin zu ihm gegangen, das war der Moment, als ich deine Nachricht bekommen habe. Ich wollte dich sofort anrufen, aber Min-ho war so fertig.«

Mein Herz tat für die ganze Band weh.

Abwesend rieb Jae-yong sich über die Stirn, strich sich ein paar Strähnen aus dem Gesicht. »Ich war so überfordert, weil ich nicht wusste, was ich zuerst tun soll. Ich hab versucht, ihn zu beruhigen, dann, dich anzurufen. Beides nicht sonderlich erfolgreich.« Er schenkte mir ein entschuldigendes Lächeln, und ich wollte ihm wieder sagen, dass er sich nicht entschuldigen brauchte, doch er fuhr schon fort. »Wir haben das ganze Gespräch dann verschoben, weil niemand von uns nach dem Meeting einen Kopf hatte, sich damit auseinanderzusetzen. Ich bin in der Nacht bei Min-ho geblieben, weil er wirklich am Boden war, und muss irgendwann eingeschlafen sein und … na ja. Jetzt sind wir hier.«

»Aber euch zu trennen«, antwortete ich vorsichtig. »Ihr könnt doch nicht …«

»Wir *wollen* es auch nicht, Ella«, unterbrach er mich sofort und klang so aufgebracht, dass es mir die Stimme verschlug. Jae-yong wirkte sonst immer gefasst – ein Gegenpol zu dem Chaos in meinem Kopf. Ihn so neben der Spur zu sehen, verunsicherte mich viel mehr, als ich erwartet hatte.

Ich öffnete den Mund einige Male, schloss ihn aber gleich darauf wieder. Falls es Worte gab, die diese Situation hätten besser machen können, fand ich sie nicht.

»Tut mir leid«, sagte er nach einigen Sekunden. Er hielt die Augen gesenkt, sah mich nicht an. »Ich habe dich angerufen, weil ich dich fragen wollte, wie es dir geht, und fahre dich stattdessen an, weil du die Fragen stellst, die ich an deiner Stelle auch fragen würde.«

»Du musst dich nicht entschuldigen«, sagte ich ehrlich. »Ich glaube, wir hatten beide ein paar ziemlich lange Tage.«

»Allerdings«, bestätigte er, einen nachdenklichen Ausdruck auf dem Gesicht. »Warum war Mel im Krankenhaus? Min-ho meinte, es geht ihr besser?«

Ich ließ meinen Kopf in die Hände sinken. Mit den Fingern drückte ich leicht auf meine Augen, aber das hinderte die Bilder von Mel in dem Krankenhausbett nicht daran, sich wieder nach vorne zu drängen.

»Ja, es geht ihr gut.« Ich korrigierte mich noch im gleichen Moment. »Beziehungsweise, es geht ihr okay. Sie haben sie für eine Nacht im Krankenhaus behalten, um sicherzugehen, aber laut der Ärztin sah alles gut aus, also sind wir am nächsten Tag wieder nach Hause gefahren.«

»Was ist passiert?«

Ich ließ eine Hand sinken, mit der anderen stützte ich weiter meinen Kopf. Mein Körper fühlte sich so schwer an, dass ich mich fragte, wie ich heute Morgen überhaupt aus dem Bett gekommen war. Jae-yong beobachtete meine Bewegungen genau. Die Sorge stand ihm deutlich ins Gesicht geschrieben. Und nur diese Tatsache – dass er in diesem Moment auf dem Bildschirm vor mir war, dass er wissen wollte, wie es mir ging, obwohl bei ihm gerade alles zu brennen schien – machte es ein klein wenig leichter, darüber zu reden.

»Ihr Körper hat sich die Ruhe geholt, die er brauchte«, erklärte ich. »Zumindest waren das die Worte der Ärztin. Sie ist bewusstlos geworden und hat sich dabei den Kopf angeschlagen.«

Jae-yong verzog mitfühlend den Mund. »Und du bist dabei gewesen?«

»Wir alle. Wir wollten gerade aufräumen«, sagte ich. »Sie war auch den ganzen Abend schon so blass, aber denkst du, irgendwem von uns ist es aufgefallen?«

»Manchmal merkt man es selbst gar nicht, bis es zu spät ist. Vielleicht ging es deiner Schwester auch so.«

»Das klingt, als hättest du Erfahrung damit?«

»Ein bisschen.« Jae-yong zuckte mit den Schultern, als wäre es keine große Sache. »Wir führen nicht unbedingt den gesündesten Lebensstil.«

»Was du nicht sagst«, erwiderte ich. Jae-yong quittierte meinen ironischen Ton mit einem müden Grinsen.

»Wenn wir auf Tour sind und nicht aufpassen, kann so was schnell passieren. Höhenunterschiede, wechselndes Wetter, wenig Schlaf, Jetlags, die Auftritte ... Hyun-woo hat sich dabei einmal so an der Schulter verletzt, dass er heute manchmal noch Schmerzen hat.«

»Weil er ohnmächtig geworden ist?«, fragte ich.

»Ja«, erwiderte Jae-yong. »Er meinte, dass er sich abfangen wollte, als ihm schwarz vor Augen wurde, und dabei ist er ungünstig aufgekommen und hat sich die Schulter ausgekugelt.«

»Aua.«

Jae-yong nickte. »Das kannst du laut sagen.«

*So etwas gehört zu seinem Alltag.* Sie verletzen sich und machen trotzdem weiter, weil sie nicht anders können, als für die Musik zu leben – egal, was es sie kostet. Es war bewundernswert, machte den Gedanken an eine Trennung der Band aber noch unerträglicher.

»Werdet ihr euch wirklich trennen?« Am liebsten hätte ich die Frage zurückgenommen, als ich sah, wie Jae-yong zusammenzuckte. Aber ich konnte mir einfach nicht vorstellen, dass sie es wirklich tun würden. Trotz allem. Dafür bedeutete ihnen NXT zu viel.

Jae-yongs Seufzen nach zu urteilen ging sein Gedankengang in eine ähnliche Richtung. »Woo-seok hat das Label nach einem zweiten Meeting für morgen gefragt. Wir wollen es nicht einfach so stehen lassen, aber um ehrlich zu sein, hab ich Zweifel, dass es irgendetwas ändern wird.«

»Sie könnten euch überraschen«, sagte ich, und mir fiel auf, dass ich genau das Gleiche bereits letztes Mal gesagt hatte.

Sein kleines Lächeln erreichte seine Augen nicht. Auf mich hatte es fast den Anschein, als hätte er sich mit der Situation bereits abgefunden, und ich hätte nichts lieber getan, als ihn irgendwie aufzumuntern. Aber das war das Problem mit meinen Worten – wenn ich sie am meisten brauchte, verschwanden sie.

Erst auf Jae-yongs »Ella?« hin merkte ich, dass ich ihn still betrachtet hatte. Die dunklen Haare, die braunen Augen. Das weiße Shirt, das so locker saß, dass am Kragen manchmal die silberne Kette hervorblitzte. Meine Finger umfassten wie von selbst den Anhänger, der um meinen Hals baumelte.

»Ich wäre so gern bei dir«, sagte ich.

Seine Augen glitten über mein Gesicht, und der Gedanke, dass mehrere Tausend Meilen zwischen uns lagen, brachte mich schier um den Verstand.

»Als ich deine Nachrichten gesehen habe … Ich weiß, das macht es nicht besser, aber es tut mir wirklich leid, dass ich nicht für dich da sein konnte.«

»Mir auch. Weil ich nach eurem Meeting nicht ansprechbar war, meine ich.«

Sein Grübchen blitzte auf. »Bist du sicher, dass wir das so richtig machen? Uns selbst schuldig zu fühlen, statt es auf den anderen zu schieben?«

»Hat es uns bisher abgehalten, wenn etwas nicht ›richtig‹ war?«

»Der Punkt geht an dich, Ella.«

Ich hätte diesen Punkt nur zu gern abgegeben, wenn es bedeutet hätte, dafür eine Antwort auf all die Fragen zu haben. Erins Worte tanzten weiter in meinem Kopf herum – sein Leben in Seoul, sein Leben in der Öffentlichkeit, das sich nicht verändern würde, selbst wenn NXT sich dafür entschied, sich zu trennen. Wie sollte die Beziehung zwischen uns funktionieren, wenn wir uns nur hinter verschlossenen Türen treffen durften? Ganz sicher würden solche Dinge, die mich wie Mels Unfall aus der Bahn warfen, noch öfter passieren, ob ich wollte oder nicht.

»Hast du es dir so vorgestellt?«, fragte ich ihn. Ich nestelte am Oberteil meines Schlafanzugs rum, den ich heute noch nicht ausgezogen hatte – eine nervöse Angewohnheit, die mich immer dann überkam, wenn ich unsicher war.

»Was meinst du?«

»Das hier.« Ich deutete abwechselnd auf ihn und mich, damit er verstand, was ich sagen wollte.

Er lehnte sich in seinem Stuhl zurück, ließ mich dabei nicht aus den Augen. »Ehrlich gesagt: nein. Weißt du, warum?«

Ich schüttelte stumm den Kopf.

»Weil ich es nicht erwartet habe, dich auf der Award-Show zu sehen. Danach dachte ich, ich gebe dir dein Buch zurück, und wir gehen unserer Wege, aber dann hast du angefangen zu reden, und ich konnte nicht mehr aufhören, dir zuzuhören.« Sterne funkelten in seinen Augen, als er weitersprach. »Und jetzt sind wir hier – mit etwas unerwartet Schönem zwischen uns, für das ich keine Worte habe.«

Der Kloß in meinem Hals machte es mir unmöglich, etwas darauf zu erwidern. Wenn es um uns ging, war Jaeyong anders. Er wirkte schüchterner, ein wenig zurückhaltend, aber mit einem Funkeln in den Augen, das mir zeigte, wie ernst er es meinte. Es machte mich so sprachlos, dass ich mich fragte, wie ich ihm jemals erklären könnte, was er mir bedeutete. Er war ein Künstler, der mit Worten Bilder malte und mit Sätzen ganze Universen färbte.

»Wie gemein«, murmelte ich.

»Was?«

Ich hob den Blick an, sah ihm fest in die Augen. »Du bist gemein. Du sagst so etwas, obwohl ich keine Möglichkeit habe, zu dir zu kommen, um dich zu umarmen oder mich persönlich zu bedanken.«

»Das brauchst du nicht«, erwiderte er sanft. »Ich sehe es dir an: Wie du dir auf die Lippe beißt, weil du nicht weißt, was du sagen sollst. Wie sich deine Wangen leicht röten und du dich hinter deinen Haaren versteckst, weil du nicht möchtest, dass ich sehe, wie glücklich du lächelst.« Für einen Augenblick schwieg er. »Ich sehe dich, Ella. Immer.«

Mein Herz klopfte stark und gleichmäßig. Trotzdem fühlte es sich an, als würde es mir in den Magen rutschen. Nicht aus Angst oder Nervosität – sondern wegen dieses anderen Gefühls, das mir den Atem raubte und sich ganz tief in meinen Brustkorb grub. Jae-yong sah mich selbst dann, wenn ich mich so unsichtbar fühlte, dass ich Angst hatte zu verschwinden. Selbst dann, wenn die Angst um Mel und Sorge um ihn mich in den Wahnsinn trieben.

Ich blickte ihm in die Augen und wusste, dass es schwer war, vielleicht noch schwerer werden würde. Nichts zwischen uns war perfekt, dafür aber auf eine ganz eigene Weise vollkommen. Und ich hoffte so sehr, dass das ausreichen würde, um uns zusammenzuhalten.

# 4. KAPITEL

Als ich mich am nächsten Morgen für die Uni fertig machte, drehte mein Kopf sich zum ersten Mal nach Mels Unfall nicht mehr im Kreis. Mich selbst zu beruhigen fiel mir häufig unglaublich schwer, aber die Gespräche mit Erin, Mel und Jae-yong hatten geholfen.

Ich zog mir einen dünnen Pulli über mein kurzärmliges Kleid und band meine Haare zu einem Pferdeschwanz zusammen. Mel war zu meiner Überraschung sogar noch in ihrem Zimmer, als ich in der Küche mein Frühstück zubereitete. Ich bestrich eine Scheibe Toast mit Erdnussbutter und schnitt eine Banane in dünne Scheiben, die ich darauflegte. Liv stieß ein paar Minuten später zu mir. Ihre blonden Locken standen in alle Richtungen ab. Ich grinste in meine Teetasse. Sie sah ein bisschen aus wie ein Pudel – ein süßer Pudel, der verschlafen hatte und jetzt wie ein Wirbelwind durch die Küche wütete.

»Ich hasse es, warum muss die Schule in aller Herrgottsfrühe anfangen, wenn eh alle wissen, dass kein Schüler vor zehn Uhr aufnahmefähig ist?«, grummelte sie. Ein Apfel landete in ihrem Rucksack, dazu ein kleiner Orangensaft und mehrere Schoko-Nuss-Riegel, die sie im Schrank gefunden hatte.

»Vermutlich denken eure Lehrer jeden Morgen genau das Gleiche«, erwiderte ich und biss von meinem Toast ab.

Ruppig zog sie den Reißverschluss ihres Rucksacks zu. »Aber im Gegensatz zu uns machen sie es freiwillig und bekommen dafür sogar noch Geld.«

»Seit wann bist du ein Kapitalist?«

»Ich möchte nur ausreichend für meine harte Arbeit belohnt werden.«

Ich lachte. Liv klang, als wäre sie Mitte dreißig und hätte gerade ihre erste Midlife-Crisis. »Du meinst, du möchtest auch noch einen Applaus dafür, dass du verschlafen hast und zu spät kommst?«

Ihr böser Blick richtete sich auf mich. »Ich werde *nicht* zu spät kommen«, sagte sie mit Nachdruck. »Ich werde jetzt nämlich gehen und zur Bushaltestelle rennen, damit ich superpünktlich und superverschwitzt in Mathe sitzen kann.«

»Viel Spaß«, rief ich ihr hinterher, als sie schon die Küche verlassen hatte und sich im Flur die Schuhe im Eiltempo anzog. Die Haustür knallte hinter ihr zu, und Stille legte sich wieder über die Wohnung. Liv schien Mels Unfall gut verkraftet zu haben. Ich konnte mir nicht vorstellen, wie ich in ihrem Alter reagiert hätte. Die vier Jahre Altersunterschied waren vielleicht nicht die Welt, aber in dieser Situation kam es mir vor, als würden sie einen riesigen Unterschied machen.

Nach dem Frühstück stellte ich meinen Teller samt der Teetasse in den Abwasch und holte meinen Rucksack aus meinem Zimmer. Es konnte nicht später als halb neun sein, als ich endlich aus der Haustür trat. Die Luft war kühler als in den letzten Wochen, der Himmel leicht bedeckt. Beides zeugte vom Ende des Sommer, das langsam auf uns zukam. Ich lief zu meiner Haltestelle, nahm diese träge Ruhe auf, die man nur frühmorgens in einer Großstadt finden konnte. Wenn alle zur Arbeit, Schule oder Uni unterwegs waren, der Tag sich noch neu anfühlte. So als wäre alles möglich.

Ich traf Matt auf dem Weg zu unserer ersten Vorlesung. Er nickte mir zu, als er mich unter all den Studenten im Korridor erkannte, und bahnte sich einen Weg zu mir durch.

»Morgen«, sagte ich. Die Ecke eines Lehrbuchs in meinem Rucksack drückte gegen meinen Rücken, und ich versuchte, es in dem Gedrängel gerade zu rücken.

»Ich habe Donuts in meinem Rucksack und habe vor, sie in die Vorlesung zu schmuggeln«, begrüßte Matt mich.

Verwirrt schaute ich zu ihm auf. »Donuts sind in den Vorlesungen nicht verboten.«

»Wenn wir sie essen, du mir von deinem Wochenende erzählst und wir dem Dozenten währenddessen nicht zuhören, schon.«

Ich lachte. »In Ordnung, damit kann ich leben.«

Nur kamen wir gar nicht dazu. Wir hatten uns gerade in den Vorlesungssaal gesetzt und unsere Sachen ausgepackt, als mein Handy mehrmals hintereinander vibrierte. Ich legte es auf meinen Schoß, als der Dozent um Ruhe bat.

**Jae-yong:** Wir sind gerade aus dem Meeting raus.

**Jae-yong:** Mit … ich weiß nicht … einer guten und einer schlechten Nachricht?

**Jae-yong:** Vielleicht sind es auch beides schlechte, wenn man es im Großen und Ganzen betrachtet.

**Ich:** Was ist passiert??

Aus dem Augenwinkel nahm ich wahr, wie Matt mir einen der Donuts zuschob. Ich nahm ihn mit einem geflüsterten »Sorry, meine Schwester« entgegen, ehe ich mich wieder meinem Handy zuwandte.

**Jae-yong:** Sie haben uns aufmerksamer zugehört als bei unserem letzten Gespräch. Vielleicht haben sie bemerkt, dass es uns damit sehr ernst ist. Aber das Ergebnis ist lachhaft.

**Ich:** Erklär's mir.

**Jae-yong:** NXT wird eine Pause machen. Auf unbestimmte Zeit. Die Pressemeldung dazu soll morgen früh rausgehen.

*Was zur …* Ungläubig starrte ich seine Nachricht an. Ich hatte mir so viele mögliche Ausgänge dieses Gesprächs ausgemalt, aber dieser hatte nicht dazu gehört.

**Ich:** Warum eine Pause? Auf unbestimmte Zeit? Können sie das einfach machen?

**Jae-yong:** Wir kommen einfach nicht weiter. Wir weigern uns, so weiterzumachen wie bisher, und unser Label weigert sich, uns entgegenzukommen. Niemand von uns möchte, dass NXT sich auflöst, und bis wir eine Lösung gefunden haben, ist das der sinnvollste Weg.

**Jae-yong:** Laut ihnen. Das wäre dann wohl der positive Teil von allem, was wir die letzten Stunden über besprochen haben.

**Ich:** Und was heißt das für euch?

**Jae-yong:** Keine Touren, keine Interviews, keine Auftritte in Shows. Wir können unseren Twitter-Account weiter bespielen, dürfen aber nicht direkt auf die »Pause« eingehen. Wir dürfen unsere Familien besuchen und sonst wohin fliegen. So gesehen haben sie uns einen Zwangsurlaub aufgelegt. Sie werden es nach außen hin als gewollt und wichtig vermarkten, damit wir uns ausruhen und Kraft tanken können.

**Jae-yong:** Für mich fühlt es sich eher an, als würden sie uns in unsere Schranken weisen. Sobald wir wieder Lust haben, zu kooperieren und zu tun, was sie uns sagen, dürfen wir weitermachen. Aber bis dahin sind der Kontakt zu unseren Fans und unsere Auftritte beschränkt.

**Ich:** Ich … ich weiß nicht, was ich sagen soll. Wie geht es dir damit? Und den anderen?

**Jae-yong:** Wir sind gerade auf dem Rückweg in unser Apartment, bisher hat niemand ein Wort gesagt. Min-ho saß die ganze Zeit neben mir und hat nur den Kopf geschüttelt, als wäre das alles ein schlimmer Traum.

Dass er meine Frage nach seiner Gefühlslage ignoriert hatte, fiel mir erst nach ein paar Sekunden auf. Normalerweise war Jae-yong so offen, was seine Emotionen und die Dinge, die ihm durch den Kopf gingen, betraf. Ich versuchte, mir vorzustellen, wie ich mich an seiner Stelle fühlen würde – verzweifelt, wütend, hoffnungslos –, und merkte, wie sich mein Magen verknotete.

**Ich:** Es tut mir so leid, Jae-yong. Ich kann nicht glauben, dass sie euch nach alldem trotzdem so abwürgen.
**Jae-yong:** Na ja, du weißt ja: Ich hab nicht wirklich etwas anderes erwartet.

Die Worte, die er benutzte, klangen so geschlagen … Ich verfluchte die Distanz zwischen uns.

**Ich:** Kann ich etwas tun, um es besser zu machen?
**Jae-yong:** Ist nach Seoul kommen eine Möglichkeit?
**Ich:** Jae-yong …
**Jae-yong:** Ich möchte dich sehen, Ella.
**Ich:** Ich kann im Moment nicht einfach hier weg. Mel war gerade erst im Krankenhaus, ich kann weder sie noch Liv jetzt allein lassen, um zu dir zu kommen.

Dass ich mir nur für einen kurzen Moment die Vorstellung erlaubt hatte, es zu tun, fühlte sich bereits falsch an. Ich konnte nicht so egoistisch sein – auch wenn ich es mir insgeheim wünschte.

**Jae-yong:** Ich weiß. Gott … keine Ahnung, wo mir gerade der Kopf steht. Aber wenn ich im Augenblick eins noch mehr hasse als die »Lösung«, die unser Label uns aufgetischt hat, dann die Tatsache, dass du am anderen Ende der Welt wohnst.

**Ich:** Denkst du denn, mir geht es damit besser? Dass es mir völlig egal ist? Hast du vergessen, dass wir darüber gestern erst geredet haben?

**Jae-yong:** Gestern hatte ich zumindest noch die Hoffnung, es könnte besser werden. Heute haben wir eine »Pause« für weiß Gott wie lange und die Worte »Kommt zurück, wenn ihr wisst, was ihr wollt«, als hätten wir die letzten Tage nicht damit verbracht, ihnen genau das zu erklären.

**Ich:** Ich WEISS das, Jae-yong. Ich weiß. Aber niemand außer eurem Label kann etwas dafür, und es ändert auch nichts an der Situation, in der ICH mich gerade befinde.

Ich sah für einen Augenblick von meinem Handy hoch, nachdem ich die Nachricht abgeschickt hatte. Meine Hände zitterten, und mein Herz trommelte aufgeregt in meiner Brust. Es war kein richtiger Streit zwischen uns – aus Jae-yong sprach gerade der Ärger, den das Meeting verursacht hatte. Aber es fiel mir schwer, mich davon nicht mitreißen zu lassen.

Ich tippte einen unregelmäßigen Rhythmus mit meinen Fingern auf meinem Oberschenkel. Er ließ sich mit der Antwort einige Minuten Zeit. Als sie dann endlich kam, machte mein Herz einen schmerzhaften Sprung.

**Jae-yong:** Warum muss es so schwer sein?
**Ich:** Ich wünschte, ich hätte eine Antwort darauf.

Nach Jae-yongs Worten von gestern Abend hatte es sich wieder etwas leichter angefühlt. Als könnte es einfacher werden, wenn wir dem Rest der Welt nur ein bisschen Zeit gaben, an den Punkt zu kommen, an dem wir uns schon längst befanden. Ich hätte wissen müssen, dass das nicht allzu lang anhalten würde.

> **Jae-yong:** Wir sind gerade zu Hause angekommen. Woo-seok möchte, dass wir uns direkt zusammensetzen, also wird es vermutlich wieder eine lange Nacht.
> **Ich:** ☹
> **Ich:** Schreib mir, wenn du etwas brauchst.
> **Jae-yong:** Ja, mach ich.
> **Jae-yong:** Tut mir leid, Ella.
> **Ich:** Schon gut, keine Sorge. Ich weiß, dass wir gerade beide unter Strom stehen.

Mit einem Seufzen legte ich mein Handy auf den Tisch neben meinem Lehrbuch ab. Ich hatte von der Vorlesung bisher kaum etwas mitbekommen, dabei war sie bereits zur Hälfte rum. Statt jetzt damit anzufangen, erwischte ich mich dabei, wie ich ein Stück von dem Donut, den Matt mir geschenkt hatte, abriss und in meinen Mund schob. Der Zucker war Balsam für meine Seele.

»Scheint, als könntest du noch mehr davon brauchen«, flüsterte Matt mir zu. Er nickte zu meinem Handy und zog eine Augenbraue in die Höhe.

»Meine Schwester war am Wochenende im Krankenhaus. Ich geh nur sicher, dass sie sich wirklich ausruht«, beantwortete ich seine stumme Frage. Zumindest war es keine Lüge, auch wenn es nicht der eigentliche Grund war, weswegen ich an meinem Handy festgeklebt war.

Matt verzog mitfühlend das Gesicht. »Geht es ihr gut?«

»Ja, sie wurde am nächsten Tag wieder entlassen. Es war trotzdem nichts, was ich noch mal erleben möchte, um ehrlich zu sein.«

»Verständlich.« Er schob mir seinen Donut zu – mit roter Zuckerglasur und Keksstückchen obendrauf. »Ich glaube, du kannst den heute besser brauchen als ich.«

»Hattest du denn ein besseres Wochenende?«, fragte ich leise. Unser Dozent hielt seine Vorlesung zwar trotz mehrerer in der Zuhörerschaft vorgehender Unterhaltungen weiter, aber ich wollte mein Glück nicht herausfordern.

Matt zuckte die Schultern. »Ich hab Serien geschaut und ungefähr zwei Pfund Popcorn dabei gegessen. Kann mich nicht beschweren.«

In meinen Ohren klang das nach einer himmlischen Vorstellung. Ich sehnte mich so sehr danach, mich für ein paar Stunden einfach nur in mein Bett zu legen und Serien zu schauen, bis meine Augen viereckig wurden. Aber ausgerechnet heute hatte ich meinen langen Tag voller Vorlesungen und Seminare und würde nicht vor fünf zu Hause sein.

Ich aß meinen Donut auf und zog dann den von Matt zu mir heran. Wenn der Tag so weiterging, wie er angefangen hatte, würde ich eine ganze Box davon brauchen.


Matt und ich saßen in der Mensa und warteten auf unsere nächste Vorlesung. Wir hatten zwei Stunden Pause, und so zog sich der Tag in die Länge. In der Tischmitte standen unsere Tabletts mit leeren Tellern, Matt tippte seine

Notizen in seinen Laptop, und ich ging einen Text durch, den wir zuvor ausgehändigt bekommen hatten. Nach ein paar Minuten stöhnte ich frustriert und ließ das Blatt sinken.

»Kannst du kurz auf den Text gucken und sichergehen, dass er wirklich in Englisch verfasst wurde?«

Matt sah amüsiert von seinem Laptop auf. »In welcher Sprache soll er sonst sein?«

»Latein? Französisch? Jede andere Sprache auf dieser Welt, die ich nicht sprechen kann?«

Matt warf einen kurzen Blick auf sein eigenes Blatt. »Ich bin mir zu neunundneunzig Prozent sicher, dass es nicht Französisch ist.«

Meine Augenbrauen zuckten in die Höhe. »Du kannst Französisch?«

»Nein, aber deswegen sind es auch keine hundert Prozent«, sagte er.

Ich öffnete den Mund, suchte nach einer Erwiderung, die ich auf die Aussage hin tätigen konnte. Mein Handy leuchtete genau in dem Augenblick auf.

**Liv:** Ella …

**Liv:** Eine Pause? NXT macht eine Pause?? EINFACH SO??

**Liv:** Das haben sie noch nie gemacht, weißt du, was los ist??

Sie schickte den Screenshot einer Promi-Newsseite hinterher. Ich öffnete das Foto und zoomte es ein wenig heran, um den Text besser lesen zu können.

*Superstars NXT gehen in Pause!*

*DFH Entertainment, das Label der Jungs aus Südkorea, hat erst vor wenigen Minuten ihr offizielles Statement dazu herausgegeben. Die Pause sei bereits seit Längerem geplant, so das Label, und man habe sich für den jetzigen Zeitpunkt entschieden, um allen die Möglichkeit zu geben, nach ihrer erfolgreichen Welttour wieder zu Kräften zu kommen.*

*DFH Entertainment stand erst kürzlich wegen des großen Arbeitspensums, das sie ihren Künstlern abverlangen, in der Kritik. Ob dies eine direkte Reaktion darauf ist, ist ungewiss, aber wir wünschen NXT eine erholsame Auszeit!*

»Bereits seit Längerem geplant«, murmelte ich verärgert vor mich hin. Hätte ich nur diesen Text gehabt und nicht gewusst, wie sehr Jae-yong und die anderen im Augenblick um ihre Musik kämpfen mussten, hätte ich es vermutlich sogar geglaubt.

Ich zögerte mit meiner Antwort an Liv, schließlich konnte ich ihr nicht sagen, was wirklich dahintersteckte. Natürlich vertraute ich Liv mit meinem Leben, aber Jae-yong erzählte mir mehr, als er eigentlich durfte. Irgendwie musste ich meine Nachricht so unverfänglich wie möglich formulieren.

**Ich:** Haben sie vorher noch nie Pausen gemacht?

**Liv:** Doch, schon. Aber diese Ankündigung kam komplett aus dem Nichts. Sonst haben sie immer mindestens einen Tweet dazu veröffentlicht oder sich sonst irgendwie geäußert. Und vor allem haben sie eine Pause mit etwas Vorlauf angekündigt und nicht von heute auf morgen.

**Ich:** Lass uns heute Abend darüber reden, in Ordnung?

Ich wartete ihre Antwort nicht ab, sondern tippte auf den Chat mit Jae-yong.

**Ich:** Ich habe gerade das Statement eures Labels gesehen. Ich hoffe, dir geht's gut?

Viel lieber wäre ich persönlich für ihn da gewesen.

Bevor ich die Messenger-App schließen konnte, sprang mir Erins Name ins Auge. Von einer kurzen Nachricht heute Morgen abgesehen, hatten wir den ganzen Tag noch nicht miteinander geredet. Unsere Kommunikation war seit dem letzten Telefonat etwas weniger geworden. Für mich fühlten sich diese Tage meistens an, als würde ich unvollständig durch die Welt gehen. Ich teilte alles mit Erin, jeden noch so kleinen Gedanken, und wenn wir mal nicht miteinander chatteten, fehlte es mir sehr, auch wenn ich es im ersten Moment vielleicht nicht spürte. Ich schickte ihr eine Nachricht, fragte, was sie gerade tat, und ließ das Handy in meinen Rucksack gleiten, ehe ich mich wieder mit dem Text zum Thema Finanzcontrolling beschäftigte.

Matt half mir, den Text auf eine Weise auseinanderzunehmen, die ihn für mich verständlicher machte, und widmete sich dann wieder seinen eigenen Notizen, bis wir uns zu unserer letzten Vorlesung aufmachten. Sie zog an mir vorbei, ähnlich wie mein Heimweg. Meine Gedanken waren Tausende Meilen entfernt, sprangen von Jae-yong zu Erin und wieder zurück. Warum Probleme immer nur in einem großen Haufen kamen, würde ich nie verstehen.

Liv saß bereits im Wohnzimmer vor dem Fernseher, als ich nach Hause kam. Und Mel zu meiner Überraschung direkt neben ihr. Sie hatten es sich auf der Couch bequem gemacht. Für einen kurzen Moment überkam mich wieder das Gefühl der verkehrten Welt – als hätte mich jemand in Mels Körper geworfen, ohne mir vorher Bescheid zu geben. Ich schüttelte es schnell von mir ab.

»Ihr guckt ... einen Disneyfilm?«, fragte ich, die Augenbrauen in die Höhe gezogen. *Ohne mich?*

Liv leuchtete beinahe vor Stolz. »Ich hab Mel dazu überredet.«

»Gezwungen wäre vielleicht das bessere Wort«, erwiderte Mel, und ihr Gesichtsausdruck sah dabei so gequält aus, dass ich lachen musste.

Ich setzte mich neben die beiden auf die Couch. »Disneyfilme sind kein Zwang. Man liebt sie, ob man will oder nicht.«

»Ich glaube, ›ob man will oder nicht‹ ist die Definition von Zwang«, sagte Mel.

Liv wedelte mit der Hand und beugte sich aufgeregt nach vorn. »Pst, pass auf, das ist der beste Part.«

Sie hatte nicht unrecht: Rapunzel saß mit Flynn in einem Boot mitten auf dem See, während im Hintergrund die ersten Laternen in den Himmel stiegen. Ich hätte mir diese Szene stundenlang ansehen können. Sie weckte immer dieses Kribbeln in meinen Fingern, zu einem Stift zu greifen und es nachzuzeichnen.

Aus den Augenwinkeln sah ich, wie Mel konzentriert auf den Bildschirm starrte. Schien, als würde es ihr doch besser gefallen, als sie zugab. Als die Szene vorüber war, lehnte Liv sich zu mir herüber.

»Ella?«, fragte sie leise, um Mel nicht beim Filmschauen zu stören.

Ich löste meinen Blick vom Bildschirm und sah meine Schwester fragend an.

»Weißt du, warum NXT so plötzlich eine Pause einlegen?«

»Ich kann dir wirklich nicht mehr erzählen, als in dem Artikel stand. Ich weiß selbst kaum etwas.«

Sie runzelte die Stirn, als würde meine Antwort sie verwirren. »Aber Jae-yong …«

»Liv«, unterbrach ich sie. »Es tut mir wirklich leid, aber selbst wenn er mir etwas dazu gesagt hätte, wäre es nichts, was ich einfach mit dir teilen kann.« Ich wünschte, ich hätte ihr mehr erzählen können. Weil NXT ihr so viel bedeutete – und sie sich ehrliche Sorgen machte. Auf dem schmalen Grat zwischen ihr als meiner kleinen Schwester, einem meiner wichtigsten Menschen, einerseits und ihr als NXT-Fan andererseits zu balancieren, fiel mir in diesem Moment so schwer, dass ich das Thema am liebsten komplett abgeblockt hätte.

Ich versuchte, mir vor Augen zu halten, was ich ihr von Jae-yong erzählen würde, wenn er jemand wäre, der nicht derart in der Öffentlichkeit stand. Das hier würde eine Grenze überschreiten, mit der ich mich definitiv nicht wohlfühlte.

»Sorry«, sagte Liv, als hätte sie meine Gedanken gehört. Man konnte ihr ansehen, dass sie selbst unentschlossen war, ob sie weiter nachhaken oder ihre Neugier ersticken sollte. Glücklicherweise rettete uns die Klingel aus diesem unangenehmen Moment.

»Habt ihr Essen bestellt?«, fragte ich, was meine Schwestern mit einem Kopfschütteln beantworteten. Keine machte Anstalten aufzustehen. Mit einem Stöhnen drückte ich mich von der Couch hoch, um an die Gegensprechanlage zu gehen. Auf mein »Ja?« kam keine Antwort, stattdessen schallte das Klingeln noch einmal durch die Wohnung.

»Vielleicht hat Mrs Elliot wieder für uns gekocht«, rief Liv von ihrem Platz im Wohnzimmer.

*Hoffentlich keine Clam-Chowder-Suppe*, dachte ich und zog die Tür auf. Das »Hallo« blieb mir im Hals stecken, als ich erst die zwei riesigen Koffer und dann die mir so vertraute Person mit großen Augen vor mir stehen sah.

»Erin?«

# 5. KAPITEL

Meine beste Freundin hob zögernd die Hand zu einem Winken. »Hey.«

Ich musste eingeschlafen sein. Anders konnte ich es mir nicht erklären. Ich war mitten im Film eingeschlafen und träumte jetzt davon, dass Erin vor unserer Wohnungstür stand. Für einige Sekunden starrte ich sie nur an, dann öffnete ich den Mund, aber nichts kam heraus.

Erin strich sich die kinnlangen bunten Haare aus dem Gesicht. Sie wartete, dass ich etwas sagte, aber mir wollte partout nichts einfallen. Was sagte man zu der besten Freundin, wenn man bis vor drei Sekunden noch angenommen hatte, dass sie in Australien war?

»Ella? Wer ist es?«, riss mich Mel aus meiner Starre.

»Äh.« Ich hörte Mels und Livs Schritte, die ein paar Meter hinter mir stehen blieben. Ich musste mich nicht umdrehen, um zu wissen, dass sie Erin ebenfalls mit offenem Mund anstarrten.

Erin zog die Schultern an, als würde sie sich gern vor unseren Blicken verstecken. »Hallo.«

»Was ist passiert, wie lange haben wir *Rapunzel* geguckt?«, flüsterte Liv im Hintergrund und klang dabei ernsthaft schockiert.

»Kann ich vielleicht reinkommen?«, fragte Erin und schaffte es damit, mich aus meiner Starre zu lösen. Ich überwand die wenigen Schritte zwischen uns und zog sie in eine feste Umarmung. Sie erwiderte sie zögerlich, als wäre sie sich nicht ganz sicher, ob das gerade wirklich passierte – ich fühlte mich ähnlich ungläubig. Keine Ahnung, wann, wie oder warum sie hierhergekommen war, aber sie endlich wieder leibhaftig vor mir stehen zu haben war das Beste, was in den letzten Tagen passiert war.

Nachdem ich sie wieder losgelassen hatte, trat ich einen Schritt beiseite, damit sie an mir vorbeikam. Mel hatte sich in der Zwischenzeit auch wieder gefangen und begrüßte sie mit einer Umarmung. Liv dagegen starrte Erin an wie eine Fata Morgana. Ihre Augen waren riesig, der Mund stand ihr offen, und insgesamt sah sie genauso überrumpelt aus, wie ich mich fühlte.

Erin lachte beim Anblick meiner kleinen Schwester. Ich fragte mich, ob die anderen die Unsicherheit in dem Geräusch auch hörten. »Überraschung?«

»Das ist untertrieben«, sagte ich. »Wie bist du überhaupt hier hochgekommen?«

Erin zuckte mit den Schultern. »Ich hab Mrs Elliot am Hauseingang getroffen. Sie meinte, sie müsste noch ein paar Dinge besorgen, und hat mich reingelassen.«

Mir schwirrten so viele Fragen durch den Kopf, dass mir fast schwindelig wurde. Warum hatte sie nichts gesagt?

»Wissen deine Eltern, dass du hier bist?«, fragte Mel.

»Sie … wissen nicht wirklich, dass ich nicht mehr in Australien bin.« Übersetzung: Erin hatte absolut niemandem davon erzählt, dass sie zurück nach Chicago kommen würde. Sie verschränkte die Arme vor dem Bauch. Ich kannte die Geste gut – meistens tat sie das, wenn sie sich unwohl fühlte und sich gern aus der Situation zurückgezogen hätte. »Sie sind gerade bei meiner Tante in Detroit. Ich hab gar nicht richtig darüber nachgedacht, um ehrlich zu sein, und bin einfach zu euch gekommen. Tut mir leid.«

Ich wollte sie fragen, was seit unserem letzten Telefonat passiert war, was sie dazu bewogen hatte, ohne jegliche Vorankündigung in ein Flugzeug zu steigen und zurück nach Hause zu kommen. Aber ich tat es nicht. Vielleicht später, wenn Liv und Mel nicht zuhörten und Erin nicht mehr so angespannt wirkte. So unsicher, wie sie vor mir stand, schien es, als könnten die Fäden, die sie gerade noch zusammenhielten, jeden Moment reißen.

»Du brauchst dich nicht zu entschuldigen«, sagte ich.

»Außerdem haben wir jetzt einen Grund, doch etwas zu essen zu bestellen«, warf Liv ein. Sie wandte sich mit großen Augen an Mel. »Oder?«

Die schnaubte nur amüsiert. »Als würdet ihr sonst auf mein ›Bitte esst nicht so viel vom Lieferservice‹ hören. Bestell eine Thunfischpizza für mich.«

Liv hatte ihr Handy gezückt, bevor Mel überhaupt fertig war. Sie tippte darauf herum, dann sah sie zu Erin auf. »Nimmst du wie immer Hawaii?«

Man konnte förmlich sehen, wie die Nervosität aus Erin wich. »Mit extra Ananas.«

So wie Liv das Gesicht verzog, hätte man meinen können, Erin hätte gerade ein Verbrechen begangen. »Ananas auf Pizza werd ich niemals verstehen«, murmelte sie vor sich hin und ging, in ihr Handy versunken, zurück ins Wohnzimmer.

Ich geduldete mich mit meinen Fragen so lang, bis die Pizza zwanzig Minuten später bei uns ankam. Liv und Mel blieben im Wohnzimmer und aßen gemeinsam, während Erin und ich uns in mein Zimmer verzogen. Ich legte die Pizzakartons auf dem Bett ab und setzte mich daneben. Erin sah sich in meinem Zimmer um, als wäre es das Interessanteste überhaupt. Als wäre sie nicht schon hundertmal hier gewesen. Vor meinem Schreibtisch blieb sie stehen und betrachtete die neuen und alten Zeichnungen, die dahinter an der Wand hingen. »Die kenne ich alle gar nicht.«

»Wirklich? Du willst jetzt über meine Zeichnungen sprechen?«

»Sie sind schön …«, lenkte sie weiter vom Thema ab.

»Erin!«

»Ist ja gut, tut mir leid, okay?« Mit einem Seufzen setzte sie sich auf das Bett. »Aber zu meiner Verteidigung: Ich habe mich ungefähr zwei Stunden, bevor der Flug ging, dazu entschlossen, ihn zu buchen. Das war quasi ein Last-Last-Minute-Flug.«

»Ach, stimmt, das erklärt natürlich, warum du in *Chicago* bist. Auf der falschen Seite des Pazifiks, wenn ich das mal eben anmerken darf.«

»Geografie war noch nie meine Stärke.«

Ich verengte die Augen. Es passierte selten, dass ich kurz davor war zu platzen, aber die Überraschung, Erin vor unserer Wohnungstür stehen zu sehen, gepaart mit der Tatsache, dass sie keinerlei Anstalten machte, mir irgendetwas zu erklären, sorgte dafür, dass ich innerlich durchdrehte.

»Du siehst wütend aus.« Plötzlich klang sie wesentlich kleinlauter.

»Ich bin nicht wütend, ich bin frustriert, weil du mir nicht sagst, weswegen du plötzlich vor unserer Tür stehst. Ich mach mir Sorgen«, sagte ich. Ein Horrorszenario reihte sich an das nächste, wenn ich mir vorstellte, was Erin dazu gebracht haben könnte, mir nichts, dir nichts in den Flieger zu springen.

»Ich habe dir gesagt, dass ich darüber nachdenke, wieder nach Hause zu kommen.«

Ungläubig starrte ich sie an. »Dass du darüber nachdenkst, ja. Dass du dich tatsächlich dafür entschieden hast, muss wohl in den unzähligen Gesprächen, die wir zwischendurch geführt haben, untergegangen sein.«

»Ich hab es einfach nicht mehr ausgehalten, okay?« Ihre Stimme wurde mit jedem Wort ein bisschen lauter. »Ich kann nicht jeden Tag dort sitzen und diesem Kerl beim Frühstück ins Gesicht schauen, als wäre nichts gewesen. Mal ganz davon abgesehen, dass ich Chicago so vermisst habe, dass ich die letzten zwei Nächte kein Auge zugemacht habe.«

Das nahm mir den Wind aus den Segeln. Ich schloss die Augen für einen Moment, stieß den Atem aus. Es war nichts Schlimmes passiert. Nichts, was wir nicht wieder auf die Reihe kriegen würden. Beruhigt öffnete ich ihren Pizzakarton.

Erin beobachtete mich skeptisch, wie ich ein Stück Pizza Hawaii in die Hand nahm. »Was machst du?«

»Ich zwinge dich dazu, was zu essen, weil ich dich kenne. Du vergisst unter Stress immer, etwas zu dir zu nehmen«, sagte ich und hielt ihr das Stück entgegen.

Für einen Augenblick starrten wir uns schweigend an. Erins Augen zuckten von mir zur Pizza. Sie schüttelte grinsend den Kopf und nahm mir das Stück ab. »Mom wird mich umbringen, wenn sie erfährt, dass ich in Chicago bin, ohne ihr Bescheid gesagt zu haben. Sie meinte, dass Dad für den Tag, an dem ich zurückkomme, sogar schon ein Schild gebastelt hat, mit dem er mich auf dem Flughafen begrüßen wollte.«

»Vielleicht solltest du sie anrufen, damit sie nicht den Schock ihres Lebens bekommt, wenn du einfach vor eurer Haustür stehst«, sagte ich trocken.

Erin streckte mir die Zunge entgegen und biss von ihrer Pizza ab. »Es war eine gelungene Überraschung, gib's zu.«

»Ja, so kann man das natürlich auch nennen.«

Erins Blick wanderte wieder zur Wand über meinem Schreibtisch, zu den unzähligen Zeichnungen, Skizzen und Illustrationen, die ich in den letzten Monaten angefertigt hatte. »Ich meinte es übrigens ernst, dass die wirklich schön sind. Das hab ich nicht nur als Ausrede gesagt.«

»Ich mag sie auch«, erwiderte ich.

»Das ist neu.«

»Wie bitte?«

»Dass du mein Kompliment nicht beiseitewischst.« Mit ihrer Hand samt angebissenem Pizzastück deutete sie auf meinen Schreibtisch. »Und dass du das alles dort aufgehängt hast, obwohl ich deine Zeichnungen früher nur habe sehen dürfen, wenn ich dich mit fünf Tafeln Schokolade bestochen habe.«

Ich grinste sie an. »Vielleicht wollte ich einfach gratis Schokolade bekommen.«

»Das Schlimme ist, dass ich dir das sogar zutrauen würde«, sagte sie. »Aber ich kenne dich auch gut genug, um zu wissen, dass das nicht die Wahrheit ist. Oder zumindest nicht die ganze.«

Wann hatte ich angefangen, selbstbewusster mit meiner Kunst zu werden? Wenn es einen genauen Zeitpunkt in den letzten Monaten gab, an dem das passiert war, fiel er mir nicht ein. Ich konnte mich nicht mal an einen ausschlaggebenden Grund erinnern. Es war einfach mit der Zeit passiert – nicht zuletzt auch durch die Ermutigungen von Jae-yong. Ich hatte so oft das Gefühl gehabt, nur auf der Stelle zu treten, und nie bemerkt, dass Veränderungen sich auch in Kleinigkeiten zeigen konnten.

»Dass man nie auslernt, ist anscheinend nicht nur eine Floskel«, war meine Antwort.

Erin kommentierte das mit einem »Amen« und schob sich ein großes Stück Pizza in den Mund.

»Du hast dich auch verändert, weißt du.« Ich wartete, bis sie aufsah, ehe ich weiterredete. »Die Erin von letztem Jahr hätte Australien einfach durchgesessen, egal, wie schlecht es ihr dort auch ging.«

»Tja, und die Erin von diesem Jahr packt einfach alles zusammen und verschwindet in einer Nacht-und-Nebel-Aktion«, scherzte sie.

»Du hast wirklich niemandem Bescheid gesagt? Auch nicht der Familie, bei der du untergekommen bist?«

»Doch, natürlich.« Erin legte den abgeknabberten Pizzarand zurück in die Schachtel und wischte sich die Hände an einer Serviette ab. »George hat mich zum Flughafen gefahren, nachdem ich vor den beiden in Tränen ausgebrochen bin, weil ich mich so schlecht gefühlt habe, einfach so alles abzubrechen. Maya hat mir sogar noch Kekse eingepackt, weil sie meinte, ich könnte Zucker brauchen.«

»Sie klingen sehr nett.«

Erin senkte den Kopf, nickte verhalten. »Sind sie auch. Deswegen hätte ich ja auch so gern noch mehr Zeit drangehangen. Mir hat die Arbeit wirklich Spaß gemacht, und die beiden sind so sympathisch und herzlich.«

»Das heißt, du bist wegen Eric gegangen?«

»Auch«, sagte sie. Dann lachte sie über sich selbst. »Schau, was für ein tolles Frauenbild ich vertrete. Ich lass mich von einem Kerl wegekeln.«

Ich schnippte ihr mit dem Mittelfinger gegen die Stirn. »Hör auf, dich so schlechtzumachen, sonst nehm ich dir deine Pizza weg.«

Sie rieb sich über die Stirn und zog gleichzeitig den Karton näher zu sich. »Nur über meine Leiche. Du weißt Pizza Hawaii gar nicht zu schätzen.«

»Pizza Hawaii ist ein Verbrechen, und du wirst mich nicht umstimmen können.« In dem Punkt waren Liv und ich uns einig.

Erin verdrehte die Augen. »Wenn du auf diesem Level argumentieren willst, lass uns doch über deine Angewohnheit sprechen, die Milch vor den Cornflakes in die Schüssel zu geben.«

»Damit ich weiß, wie viele Cornflakes ich für die Milch brauche«, verteidigte ich mich.

»Man misst an den Cornflakes, wie viel Milch man braucht, du Nuss. Sonst kannst du auch einfach ein Glas Milch trinken.«

»Dann hat sie aber nicht den Geschmack von Cornflakes.«

Erin legte die Hand auf die Stirn und ließ sich mit einem theatralischen Seufzer nach hinten fallen. »Ich gebe auf. Hätte ich ein weißes Tuch, würde ich es schwingen.«

»An dir ist eine begnadete Schauspielerin verloren gegangen«, sagte ich lachend. Ich stapelte die zwei leeren Pizzakartons und trug sie zum Schreibtisch, um Platz auf meinem Bett zu machen. »Wenn du Lust hast, könnten wir aber noch talentierteren Leuten dabei zusehen, wie sie sich durch das Schottland des achtzehnten Jahrhunderts kämpfen.«

»Gibt es eine kompliziertere Beschreibung für *Outlander*? Ich glaube nicht.« Erin rückte ans Kopfende des Betts, wo sie sich aufsetzte und neben sich auf die freie Fläche klopfte. »Ich habe übrigens festgestellt, dass ich ab sofort keine Serien mehr mit anderen Personen anfangen werde. Das ist der Horror. Ich wollte die ganze Zeit wissen, wie es weitergeht, musste mich aber immer mit was anderem ablenken, weil ich dir versprochen habe, dass wir es zusammen schauen.«

»Ich weiß, was du meinst.« *Goblin* war eine dieser Serien, bei der ich es gar nicht erwarten konnte, endlich die nächste Folge zu sehen. Aber es fühlte sich falsch an, sie ohne Jae-yong weiterzugucken.

Ich stellte den Laptop zu unseren Füßen aufs Bett und startete die Serie. So vertraut es sich anfühlte, mit Erin hier zu sitzen, hätte man meinen können, die letzten Monate wären gar nicht passiert. Als wäre sie nie nach Australien gegangen, als hätte Mel nicht erst vor zwei Tagen den Unfall gehabt – und vor allem auch, als hätte ich Jae-yong nie kennengelernt. Die letzten Monate waren wie im Zeitraffer an mir vorbeigezogen, und ich war froh, für diesen Abend endlich mal die Stop-Taste drücken zu können. Auch wenn ich genau wusste, dass die Welt nicht plötzlich damit aufhören würde, sich zu drehen.

Meine Gedanken drifteten zu Jae-yong und den Nachrichten, die wir heute Morgen ausgetauscht hatten. Zu seiner Bitte, nach Seoul zu kommen, so unverfänglich sie auch gewesen sein mag.

»Wenn du mich nachher fragst, was gerade passiert ist, weil du nicht aufpasst, muss ich dich mit deinen eigenen Kissen schlagen«, riss Erin mich aus meinem Gedanken.

»Australien hat dich wesentlich aggressiver gemacht, als mir lieb ist.«

»Dafür haben meine Telepathie-Fähigkeiten abgenommen. Früher hätte ich vielleicht erraten können, was dir durch den Kopf geht, aber jetzt? Keine Ahnung.«

*Immerhin sind wir dann beide gleich schlau, was meinen Kopf angeht.* »Jae-yong hat mich gefragt, ob ich nach Seoul kommen würde.«

»Und du möchtest nicht?«

»Doch ... Nein?« Ein Seufzen entkam mir. »Nicht jetzt. Mel ist gerade erst im Krankenhaus gewesen. Ich kann jetzt nicht einfach in ein Flugzeug springen und ans andere Ende der Welt fliegen.«

Erin betrachtete mich einen Moment schweigend. Nachdenklich. »Okay, und jetzt der echte Grund?«

Ich runzelte verwirrt die Stirn. »Das ist der echte Grund.«

»Ach komm, Ella. Mel ist nicht mal meine Schwester, und selbst ich weiß, dass sie dich hier nicht einsperren würde, wenn du ihr sagst, dass du es möchtest. Bei eurem letzten kleinen Urlaub hat sie das doch auch nicht gemacht, oder?«

»Du bist auch gerade erst nach Chicago zurückgekommen …«

Erin legte den Kopf schief, beide Augenbrauen in die Höhe gezogen, als wollte sie sagen: *Wirklich, Ella? Das versuchst du, mir als Grund zu verkaufen?*

Und sie hatte recht – wie so häufig. Ich wollte Liv und Mel nicht allein lassen, aber es gab noch einen ganz anderen Grund, der mich beschäftigte. »Sie haben heute erst von ihrem Label eine Pause aufgedrückt bekommen. Ich kann mir nicht mal vorstellen, wie Jae-yong sich gerade fühlen muss. Wie soll ich ihn da irgendwie aufheitern?«

»Du machst dir schon wieder um Dinge Sorgen, die in Wirklichkeit viel unkomplizierter sind, als du denkst«, begann sie. Sie setzte sich aufrecht hin und wandte sich mir zu. »Du kennst Jae-yong besser als ich, aber sag mal: Meinst du nicht, er hat dich vielleicht eingeladen, gerade weil ihnen diese Pause aufgedrückt wurde? Wenn ich einen Freund hätte und bei mir was passiert, das mich runterzieht, hätte ich ihn auch gerne in meiner Nähe.

Und nicht, um mich aufzuheitern«, warf sie ein, bevor ich den Mund öffnen konnte. »Sondern einfach … um zu wissen, dass er auf meiner Seite steht. So wie es mir hilft, jetzt mit dir hier zu sitzen, um nicht die ganze Zeit über Eric nachzudenken.«

Wie sie es ausdrückte, klang es ziemlich logisch, und ich musste mich unwillkürlich fragen, wie mein Kopf es jedes Mal schaffte, sich so arg zu verknoten, dass die einfachsten Dinge wie Mammutaufgaben erschienen. »Du bist einfach zu schlau für mich.«

Erin nickte zufrieden. »Ich stehe Yoda in nichts nach.«

»Ha«, machte ich. »Stell dir mal vor, wir hätten uns nicht kennengelernt. Ich würde ständig mit dem Kopf gegen die Wand rennen.«

»Das will ich mir gar nicht vorstellen«, erwiderte sie. »Erzähl mir lieber, was ich in den letzten Monaten alles im wunderschönen Chicago verpasst habe. Ich wette, du hast nicht mal annähernd von allem erzählt, was hier los war.«

»Das hätte alle Rahmen unserer Skype-Telefonate gesprengt.«

»Gut, dass wir darauf jetzt nicht mehr angewiesen sind.«

»Ich mag dich mit weniger Pixeln auch wesentlich lieber.«

Wir grinsten uns breit an. Dass wir ohne jeglichen Vorlauf zurück in unsere normalen Muster fielen, erleichterte mich. Ich erzählte ihr von den großen und kleinen Neuigkeiten, die in den vergangenen Monaten durch Chicago gezogen waren. Von dem neuen Museum, das Downtown eröffnet hatte, dem Café, das ich mit Lana besucht hatte. Von der Tatsache, dass ich langsam den Reiz am Kaffee verstand, Tees aber weiterhin bevorzugte. Im Hintergrund lief die Serie weiter. Bis mitten in die Nacht quatschten, lachten und ärgerten wir uns gegenseitig. Chicago fühlte sich schon wieder wesentlich mehr nach einer Heimat an, jetzt, da Erin zurück war.

# 6. KAPITEL

**Jae-yong:** Ich bin versucht, es Erin nachzumachen und unangekündigt vor deiner Tür zu stehen.

**Ich:** Wehe. Du würdest mir den Schock meines Lebens verpassen, und dann müsstest du dich mit einer wütenden Ella auseinandersetzen, weil du vorher nichts gesagt hast.

**Jae-yong:** Bisher mag ich alle Ellas, ich glaube nicht, dass eine wütende da plötzlich rausfallen wird.

**Ich:** Du bist süß.

**Ich:** Aber du hast auch noch keine richtig wütende Ella erlebt. Die kommt nur in Notsituationen hervor.

**Jae-yong:** In welchen denn zum Beispiel?

**Ich:** Wenn die Schokolade aus ist.

**Ich:** Oder wenn Liv mir sagt, dass sie das Buch, das sie sich von mir ausgeliehen hat, aus Versehen in die Badewanne hat fallen lassen.

**Ich:** (Eine wahre Geschichte.)

**Jae-yong:** Deswegen hab ich Ha-eun nie Bücher geliehen. Sie hat vor ein paar Jahren von unseren Eltern mal ein Buch geschenkt bekommen, und jetzt hat es so viele Eselsohren und Knicke, dass ich Schmerzen habe, wenn ich es ansehe.

**Jae-yong:** Dabei war es so ein gutes Buch. Das hatte es wirklich nicht verdient.

**Ich:** Welches war es denn?

**Jae-yong:** 마당을 나온 암탉

**Jae-yong:** Sekunde

**Jae-yong:** *Das Huhn, das vom Fliegen träumte* heißt es laut Internet bei euch.

**Ich:** Davon hab ich noch nie gehört.

**Jae-yong:** Das macht doch nichts.

**Ich:** Ist es ein bekanntes Buch bei euch?

**Jae-yong:** Ja. Wenn du Ha-eun fragst, war der Film dazu zwar wohl besser, aber laut ihr sind die Filme ohnehin immer besser als das Buch, und das werde ich bis ans Ende meiner Tage nicht verstehen.

Seine Worte weckten ein eigenartiges Gefühl in meiner Brust. Ich saß unter eine Decke gekuschelt im Wohnzimmer, die Beine auf der Couch ausgestreckt, mit einer Schüssel Cornflakes auf meinem Schoß. Ich war heute viel zu früh aufgewacht, nachdem Erin mich im Schlaf beinahe aus dem Bett geschubst hätte. Dass sie sich nachts so breitmachte, hatte ich in den letzten Monaten wohl aus meinem Gedächtnis gelöscht. Wir waren wenig später aufgestanden. Mein Weg hatte mich direkt in die Küche geführt, während Erin sich im Bad eingeschlossen hatte. Im Fernsehen lief ein Cartoon, dem ich keinerlei Aufmerksamkeit schenkte, es war früh am Morgen, und alles war ruhig. Dennoch landete plötzlich ein kleines Gewicht auf meinem Brustkorb, als ich Jae-yongs letzte Nachrichten las.

*Das macht doch nichts.*

Ich konnte mir das Gefühl selbst nicht genau erklären. Es war die Art, wie er mir nebenbei von etwas aus seinem Leben erzählte und es ihn nicht einmal zu stören schien, dass ich keine Ahnung von seinem Land, seiner Kultur – von dem, was ihn ausmachte, hatte. Wir hatten so oft über *Harry Potter* geredet, über Serien und Filme und ganze Fandoms, mit denen ich aufgewachsen war. Wir hatten mit so einer Selbstverständlichkeit über diese Themen diskutiert, dass mir nicht mal bewusst gewesen war, wie wenig ich über seine Wurzeln wusste.

Das hinterließ einen bitteren Geschmack in meinem Mund.

**Ich:** Empfiehlst du mir ein paar Bücher?
**Jae-yong:** Was für Bücher?
**Ich:** Welche, mit denen du aufgewachsen bist. Oder die dir viel bedeuten. So wie *Das Huhn, das vom Fliegen träumte*.
**Jae-yong:** Du meinst Bücher von koreanischen Autoren?
**Ich:** Ja, genau.
**Jae-yong:** Ich glaube, das wird gar nicht so einfach. Ich bezweifle, dass viele davon ins Englische übersetzt wurden.

Das Gewicht auf meiner Brust wurde etwas schwerer. Außer denen, die er mir beigebracht hatte, kannte ich keine koreanischen Worte. Eine fremde Kultur, eine fremde Sprache – und so vieles, was ich nicht wusste.

**Jae-yong:** Aber ich kann dir die raussuchen, die es auf Englisch gibt. Es sind bestimmt trotzdem einige.

**Jae-yong:** Wobei ich bei deinem Lesetempo annehme, dass du sie in den nächsten ein bis zwei Wochen durchgelesen haben wirst.

**Jae-yong:** Woher kommt dein plötzliches Interesse an koreanischer Literatur?

**Ich:** Als du von dem Buch deiner Schwester erzählt hast, ist mir aufgefallen, dass ich über Korea nicht mehr weiß als das, was du mir erzählt hast. Und dass Hotteok sehr gut schmecken. Findest du das nicht komisch?

**Jae-yong:** Du musst dich für mich nicht mit etwas beschäftigen, für das du dich nicht interessierst.

Ein Stechen zuckte durch meinen Brustkorb.

**Ich:** Das ist ein Teil von dir. Natürlich interessiere ich mich für *dich*.

**Jae-yong:** So meinte ich es nicht. Wie kann ich es erklären …

**Jae-yong:** Wenn du etwas über meine Kultur lernen möchtest, beantworte ich dir jede Frage, die du hast. Ich würde mich sogar darüber freuen. Aber ich möchte nicht, dass du das Gefühl hast, du musst alles über mein Land wissen, was es zu wissen gibt. Es ist kein Test. Ich werde niemals böse sein, weil du etwas nicht weißt. Ich möchte nicht, dass du dir damit Stress machst, sondern dass du es lernst, weil es dich interessiert.

**Jae-yong:** Ergibt das Sinn?

Und wie das Sinn ergab. So sehr, dass mein Herz einen kleinen Sprung machte, weil die ganzen Gefühle, die ich für Jae-yong hatte, mich überfluteten.

**Ich:** Ja, tut es.

**Ich:** Vielleicht fangen wir einfach klein an? Bücher klingen für mich nach einem guten Start.

**Jae-yong:** Ich setze mich sofort an die Liste.

**Jae-yong:** Direkt nachdem ich Min-ho abgewimmelt habe. Ich bin bereit fürs Bett, und er hat Appetit auf Chimaek.

**Ich:** Warte, Google sagt … frittiertes Hähnchen mit Bier?

**Jae-yong:** Solange du kein Korean Fried Chicken probiert hast, hast du noch nie wirklich welches gegessen.

**Ich:** Das klingt ziemlich selbstsicher. Vielleicht gibt es in den USA ja besseres?

**Jae-yong:** Du vergisst, dass wir schon auf der halben Welt Konzerte gegeben haben. Glaub mir – euer fried chicken ist nicht besser.

Die Wendung, die dieses Gespräch plötzlich genommen hatte, ließ mich beinahe laut auflachen.

**Ich:** Geh du Min-ho davon überzeugen, dass es eine gute Idee ist, ausnahmsweise mal früher ins Bett zu gehen. Ich werd in der Zeit endlich mal mein Frühstück aufessen. Die Cornflakes dürften jetzt maximal durchgeweicht sein.

**Jae-yong:** Ihh, aufgeweichte Cornflakes.

**Jae-yong:** Aber ich wette mit dir, dass wir in 30 Minuten im Wohnzimmer sitzen und essen.

**Ich:** Haha. Immerhin kannst du dann heldenhaft behaupten, dass du es versucht hast.

**Jae-yong:** Obwohl wir beide wissen, dass das eine Lüge ist?

**Ich:** Wir löschen einfach die letzten paar Nachrichten.

**Jae-yong:** Perfekt.

Schmunzelnd sperrte ich den Bildschirm meines Handys. Erin suchte sich diesen Moment aus, um das Bad zu verlassen und auf direktem Weg ins Wohnzimmer zu kommen, wo sie es sich neben mir bequem machte. Ihre kurzen Haare standen ihr in alle möglichen Richtungen um den Kopf ab – vermutlich ähnlich wie meine blonden Locken. Ich hatte sie nach dem Aufstehen notdürftig zum Pferdeschwanz zusammengefasst.

Erin beugte sich zu mir rüber und genehmigte sich einen Löffel voll Cornflakes aus meiner Schüssel. Ich lachte, als sie das Gesicht verzog. »Wie lange hast du die schon in der Milch liegen? Das schmeckt eher nach Brei als nach Cornflakes.«

Ich nahm ihr den Löffel ab und deutete damit auf sie. »Selbst schuld, wenn du mir mein Essen wegnimmst.«

»Du wirst doch deiner unter Jetlag leidenden besten Freundin nicht ein Frühstück verwehren, oder?«

»Nein.« Ich nickte Richtung Küche. »Aber du weißt genau, wo alles steht. Niemand hält dich davon ab, dir etwas zu essen zu machen.«

Erin seufzte so theatralisch laut, dass Mrs Elliot es vermutlich noch hören konnte. »Ich hatte gehofft, dass du mir etwas bringst.«

Mit einer hochgezogenen Augenbraue führte ich einen Löffel der Cornflakes-Pampe zu meinem Mund. Sie waren wirklich nicht mehr genießbar.

Sie seufzte noch einmal, drückte sich dann aber vom Sofa hoch und verschwand in der Küche. Ich hörte Geschirr klirren und Schränke auf- und zugehen. Ein paar Minuten später saß sie mit einem Teller voller Kekse neben mir.

»*Das* ist dein Frühstück?«, fragte ich ungläubig – und zugegebenermaßen vielleicht auch ein wenig neidisch.

»Willst du einen?« Sie hielt mir ihren Teller direkt vor die Nase.

Meine Hand bewegte sich wie von selbst und griff nach einem der Kekse. Die Cornflakes-Schüssel stellte ich auf dem Couchtisch ab und lehnte mich dann zurück. In Gedanken hing ich immer noch ein wenig in dem Gespräch mit Jae-yong. Wie lange kannte ich ihn mittlerweile – ein halbes Jahr? Wann waren diese ganzen Monate vergangen? Und wie konnte es sein, dass ich über sein Heimatland trotzdem kaum etwas wusste?

»Ich hab vorhin übrigens mit meinen Eltern telefoniert«, holte Erin mich da aus meinen Gedanken. »Und ihnen erzählt, dass ich wieder zu Hause bin.«

»Wie haben sie es aufgenommen?«

»Dad war völlig sprachlos, und ich glaube, Mom hatte fast einen Herzinfarkt.«

*Verständlich.* Ich konnte immer noch nicht glauben, dass sie tatsächlich neben mir saß.

Sie zuckte mit den Schultern. »Aber sie klangen nicht sauer deswegen. Sie haben gesagt, dass sie ihre Sachen packen und morgen wieder nach Chicago kommen werden. Das heißt, ich darf heute Abend nach Hause fahren und mich auf das Gespräch mit ihnen vorbereiten.«

»Soll ich mitkommen? Ich kann dir bei deinen Eltern zwar nicht helfen, aber dich immerhin bis morgen mit Serien und unzähligen Eiscreme-Packungen ablenken.«

»Nein, schon gut.« Ihre Hand spielte nervös mit ihren dunklen Haarsträhnen. Ich fragte mich unwillkürlich, ob sie überhaupt mitbekam, dass sie das tat. Sie zeigte ihre Emotionen so offensichtlich nach außen, dass man ihr jedes Gefühl von der Nasenspitze ablesen konnte. »Ich kann die Zeit allein vermutlich gut brauchen, um ein paar Dinge hier drin zu sortieren.« Sie tippte sich gegen die Schläfe.

»Du weißt schon, dass wir beide nicht so für unsere sortierten Gedanken bekannt sind, oder?«

»Dann ist jetzt der perfekte Zeitpunkt, es endlich anzugehen«, antwortete sie mit einem Grinsen.

Wo sie recht hatte … Ich war jedes Mal aufs Neue fasziniert davon, wie ähnlich wir uns waren – obwohl wir unterschiedlicher nicht hätten sein können. Ein Oxymoron, das ich bis heute nicht verstand, aber letztlich spielte es auch keine Rolle. Erin war Erin, und ich war ich. Nicht mehr und nicht weniger.

Wir knabberten gedankenverloren an den Keksen und ließen uns nebenbei vom Fernsehen berieseln. Nach der Aufregung der letzten Tage war das genau die Art Vormittag, die ich so dringend gebraucht hatte.

Mel war heute bereits wieder zur Arbeit gefahren – sie

hatte es nicht mal eine halbe Woche ausgehalten, zu Hause zu bleiben und sich zu entspannen. Ich wartete die ganze Zeit nervös darauf, dass mein Handy klingelte, weil wieder etwas mit Mel passiert war. Aber als sich auch am frühen Nachmittag noch nichts geregt hatte, beruhigten sich meine aufgekratzten Nerven langsam.

Erin und ich verbrachten den größten Teil des Tages auf der Couch, bewegten uns nur von dort fort, wenn der Hunger uns überkam oder wir die Serien und Filme durch Bücher ersetzen wollten. Eine geschlagene Stunde verbrachten wir damit, vor den großen Regalen in meinem Zimmer zu sitzen und jedes Buch durchzugehen, dass ich gekauft hatte, während Erin in Australien war. Es waren einige.

»Ich kann nicht glauben, dass du die *Luna-Chroniken* immer noch nicht gelesen hast«, beschwerte sich Erin lautstark. »Wie oft muss ich dir noch vorschwärmen, dass Thorne der ultimative book boyfriend ist? Um Welten besser als der Darkling.«

»Also, entschuldige, aber du redest Blödsinn. Katzen müssen fliegen lernen, bevor jemand den Darkling übertrumpft.« War er ein kaputter Charakter? Ja. Hatte er einige falsche Entscheidungen getroffen? Auch ja. Hatte ich am Ende der Reihe trotzdem Rotz und Wasser geheult, weil ich ihn so sehr ins Herz geschlossen hatte? OH JA.

Ich schob *Cinder* zurück an seinen Platz im Regal und lehnte mich, auf meine Hände gestützt, zurück. »Apropos, wollen wir vielleicht mal nach draußen einen Kaffee trinken gehen, um nicht hier drin zu versauern?«

Erin runzelte die Stirn. »Wieso ›apropos‹? Wir haben über nichts in der Art gesprochen.«

»Ah«, machte ich. »Ich habe daran gedacht, wie Alina und Mal aus Ravka fliehen, um dem Darkling zu entkommen.«

»Und das Haus zu verlassen wäre ein ähnliches Manöver, wie vor einem manipulativen, machthungrigen Kerl davonzurennen?«

»Vielleicht nicht ganz«, bestätigte ich. »Aber ich dachte, vielleicht möchtest du lieber was von Chicago sehen. Wir könnten uns an den Navy Pier setzen und Hotdogs essen.«

Den Ausdruck auf ihrem Gesicht konnte ich nicht recht deuten. Es war einerseits ein Lächeln, andererseits aber auch etwas Traurigeres, das in ihren Augen lag. »Ich bin noch nicht so richtig dazu bereit, mich der Realität zu stellen. Meinst du, wir könnten noch etwas hierbleiben und einfach so tun, als wäre ich nicht Hals über Kopf aus Australien geflohen?«

»Siehst du, da ist die Flucht ja doch …«

Ehe Erin dazu kam, etwas zu erwidern, gab die Wohnungstür ein verräterisches Quietschen von sich. Verwirrt schaute ich zum Wecker auf meinem Nachttisch. Es war erst kurz nach vierzehn Uhr. Liv sollte eigentlich noch in der Schule sein. Ich warf Erin einen Blick zu, als könnte sie wissen, was los war, aber sie zuckte nur mit den Schultern.

»Bin gleich wieder da«, sagte ich zu ihr und stand vom Boden auf. Im Flur konnte ich niemanden sehen, daher ging ich direkt in die Küche. Mel saß am Küchentisch, ihre dünne Jacke über die Stuhllehne hinter sich gelegt. Sie war in ihr Handy vertieft, schaute aber auf, als ich wie angewurzelt stehen blieb, und lächelte mir zu.

Verwirrt blinzelnd blickte ich auf die Uhr an der Wand, dann wieder zu meiner großen Schwester. »Äh. Hey. Hast du was vergessen?«

Mel schüttelte den Kopf. »Ich bin früher nach Hause gekommen.«

*Früher nach ... was?* War ich in einer Parallelwelt aufgewacht?

Mein fragender Gesichtsausdruck entging Mel nicht. Sie legte ihr Handy nieder und verschränkte die Hände vor sich auf dem Tisch. »Ich baue heute ein paar Überstunden ab. Davon hab ich ja mehr als genug. Aber ein bisschen Arbeit muss ich nachher trotzdem noch erledigen.«

»Du baust Überstunden ab?« Ich versuchte, die Ungläubigkeit aus meiner Stimme zu halten – versuchte es wirklich. Mein Kopf tat sich allerdings schwer, diese Aussage einfach so hinzunehmen.

Das Lächeln auf Mels Lippen verblasste ein wenig. »Ich weiß, ich hab in der letzten Zeit ... nicht sehr gut auf mich aufgepasst. Ich kann dir nicht versprechen, dass ich das von heute auf morgen ändern kann. Gerade weil ich meinen Job wirklich liebe, egal, wie erschöpft ich bin. Aber ich kann es zumindest versuchen.«

Ob sie hören konnte, wie mir der Stein vom Herzen fiel?

»Außerdem bin ich auf meinem Rückweg an einem Donutladen vorbeigekommen und hab welche mitgebracht«, warf sie da in den Raum, sichtlich bemüht, die Stimmung etwas aufzulockern.

Ich entdeckte die bunte Box, die neben dem Kühlschrank stand, und war in wenigen Schritten auf der anderen Seite der Küche. Länger, als vermutlich angebracht war, betrachtete ich den Inhalt der Box – das Wasser lief mir im Mund zusammen, als ich die zwei Cronuts darin sah – und musste mich beherrschen, nicht sofort den ersten zu essen.

»Zwei für jeden?«, fragte ich.

»Die mit den Oreo-Stückchen auf der Glasur sind für Liv«, war Mels Antwort.

»Sie ist noch nicht zu Hause – sie müsste nie erfahren, dass ich ihre auch gegessen habe.«

Für mich klang diese Schlussfolgerung sehr logisch, aber Mel betrachtete mich nur mit einer hochgezogenen Augenbraue.

Ich seufzte. »Oder wir warten, bis Liv von der Schule kommt.«

Glücklicherweise musste ich mich nicht sehr lang gedulden. Liv kam zwei Stunden später nach Hause und verkündete lautstark ihren Hunger. Das Leuchten in ihren Augen, als sie die Donuts in der Küche stehen sah, war das Warten allemal wert. Wir setzten uns zu viert in die Küche, Erin und ich mit einer Tasse Tee, Liv mit einem Kakao und Mel mit ihrem zweiten Kaffee des Tages.

Liv beugte sich über den Tisch, um sich ihren zweiten Donut aus der Box zu nehmen, und biss genüsslich davon ab. »Ich glaube, ich möchte nie wieder etwas anderes essen.«

»Dein Zahnarzt wird es dir danken«, warf Erin ein. Sie hatte ihre beiden Donuts bereits aufgegessen.

»Ich habe Zähne aus Stahl. Die sind schon längst gegen jeglichen Zucker abgehärtet«, erwiderte meine kleine Schwester.

Ich schnaubte amüsiert, behielt meine Erwiderung allerdings für mich, als mein Handy an meinem Bein vibrierte und ich einen kurzen Blick auf die Nachricht warf.

**Jae-yong:** Das Gute an der Pause: Ich kann seit Jahren mal wieder für mehr als ein paar Tage mit meiner Familie zusammen sein.

**Ich:** Bist du bei ihnen?

**Jae-yong:** Noch nicht, aber meine Sachen sind schon so gut wie gepackt.

**Ich:** Deine Eltern werden sich bestimmt freuen.

**Jae-yong:** Wenn ich nicht aufpasse, spannen sie mich direkt für die Arbeit im Restaurant ein.

**Ich:** Ich könnte mir schlimmere Dinge vorstellen, als in der Umgebung von Essen zu arbeiten.

**Jae-yong:** Aber du darfst nichts davon essen. Das ist, als würde dir jemand nach drei Wochen Zuckerabstinenz eine Torte direkt vor die Nase halten.

**Ich:** Oh Gott. Ich nehme alles zurück, das klingt furchtbar.

Beim Schreiben entging mir, wie das Gespräch am Tisch abflaute. Als ich aufsah, starrten mich drei Gesichter neugierig an. Ich legte das Handy neben mich auf den Tisch und setzte ein entschuldigendes Lächeln auf.

»Ist das ihr Gesichtsausdruck, wenn sie mit Jae-yong schreibt?«, fragte Erin meine beiden Schwestern.

Sie nickten synchron.

»Manchmal kichert sie dabei sogar noch«, sagte Liv.

»Oder grinst, als hätte sie im Lotto gewonnen«, fügte Mel hinzu.

»Schrecklich, diese verliebten Leute«, kam es von Erin.

Ich verdrehte die Augen. »Haha.«

»Sei uns nicht sauer, Ella.« Erin lächelte mir gutmütig zu. »Von uns hat dich einfach noch keiner so erlebt.«

»Ich bin nicht sauer.« War ich wirklich nicht. Die drei grinsten sich gegenseitig an, als würde es ihnen die größte Freude bereiten, mir dabei zuzusehen, wie ich mich ertappt fühlte. Es war bereits eine Weile her, dass ich sie so losgelöst und entspannt erlebt hatte. Wie konnte ich ihnen das übel nehmen?

Erin schnappte sich meinen letzten Donut und biss schamlos ein großes Stück davon ab. Ich ließ es ihr durchgehen, obwohl meine beste Freundin genau wusste, dass mein Essen das Einzige war, was ich normalerweise nicht mit ihr teilte.

»Geht es Jae und den anderen denn gut?«, fragte Liv zögernd, als wäre sie unsicher, ob die Frage angebracht war.

»Ich denke schon.« Zumindest klangen die Nachrichten, die er mir schrieb, größtenteils so. »Sie haben sehr viel Freizeit, ich glaube, das sind sie nicht mehr gewohnt.«

»Der beste Zeitpunkt, um sein Angebot anzunehmen und ihn endlich mal zu besuchen«, meinte Erin.

Ich warf ihr einen vielsagenden Blick zu. Vor meinen Schwestern dieses Thema anzuschneiden war nicht unbedingt die beste Idee. »Ich hab doch gesagt, dass es jetzt nicht geht.« Ich murmelte es eher zu mir selbst.

Mel legte den Kopf schief. »Warum nicht?«

Vor Überraschung verschlug es mir einen Moment die Sprache. Ausgerechnet Mel stellte diese Frage? »Weil ... weil du gerade erst im Krankenhaus warst. Und ...« Hilfe suchend wandte ich mich an Erin – allerdings sah sie mich nur gespannt an. *Sie tut so, als hätten wir nicht erst gestern darüber geredet.* Ich zog die Augenbrauen zusammen. »Und außerdem war in den letzten Wochen so viel los. Es hat sich gerade alles mal wieder beruhigt – ich will nicht riskieren, wieder alles loszutreten, weil ich nach Südkorea fliege.«

»Ella«, begann Mel vorsichtig und schien nach den richtigen Worten zu suchen, ehe sie ihre Gedanken aussprach. »Ich bin dir dankbar, dass du immer auf uns alle aufpasst. Aber Liv und ich kommen auch ein paar Tage alleine klar. Und das sage ich nicht, weil wir dich nicht bei uns haben wollen. Sondern weil ... Wie habt ihr es mir gegenüber ausgedrückt? Weil du auch mal ein bisschen ›selbstsüchtig‹ sein kannst.«

Ich erinnerte mich nicht mal mehr, in welchem Gespräch wir das zu ihr gesagt hatten.

»Außerdem«, fuhr sie fort, als ich nichts erwiderte, »habe ich meiner Chefin heute gesagt, dass ich eine Assistenz oder einen Praktikanten möchte. Wenn ich Glück habe, kann ich in ein paar Wochen schon ein paar meiner Aufgaben abgeben.«

Liv und ich sahen sie gleichermaßen überrumpelt an.

»Du hast nach einer Assistenz gefragt?«, wiederholte meine kleine Schwester ungläubig. »Dass ich das noch erleben darf.«

Mel verdrehte die Augen, als würde unsere übertriebene Reaktion sie nerven. Dabei konnten wir alle das kleine Zucken in ihrem Mundwinkel sehen. »Ich wollte damit auch eigentlich nur sagen, dass du wegen mir nicht darauf verzichten musst, Jae-yong zu besuchen. Wir müssten darüber reden, wie du nach Südkorea kommst – ich kann mir nicht vorstellen, dass die Flüge sehr billig sind. Aber wenn du es wirklich möchtest …«

Für einen Augenblick erlaubte ich mir, davon zu träumen, wie es wäre, nach Korea zu fliegen. Ich meinte, die Müdigkeit nach dem langen Flug und die Freude, ihn in die Arme zu schließen, beinahe körperlich spüren zu können. Ein Funken Vorfreude blitzte in mir auf, aber für den Moment drückte ich sie zurück. Das war nichts, was ich hier und jetzt entscheiden wollte.

»Ich werde darüber nachdenken«, antwortete ich.

Mel und Liv gaben sich damit vorerst zufrieden. Nur Erin sah mich weiterhin an, als könnte sie meine Gedanken lesen und wüsste genau, was mir gerade durch den Kopf schwirrte. Ich versuchte, ihr mit einem Blick zu verstehen zu geben, dass wir darüber später weitersprechen würden. Mit einem kleinen Lächeln und einem Nicken ließ sie von dem Thema ab.

Liv erzählte von der Schule, davon, wie sehr sie den

Unterricht gerade mochte. Dann war es an Erin, von ihren ganzen Erlebnissen in Australien zu berichten. Sie holte ihr Handy und zeigte uns gefühlt hundert Bilder, von denen selbst ich die Hälfte nicht kannte. Das Thema Südkorea kam den ganzen Abend über nicht noch mal zur Sprache – und trotzdem dachte ich in jeder Sekunde, die nicht mit Gesprächen gefüllt war, darüber nach.

# 7. KAPITEL

Mit Erin zurück in Chicago trat die nächsten Tage über eine ungewohnte Normalität ein. Auch Mel hielt ihr Wort – die meisten Tage war sie vor Liv und mir zu Hause. Manchmal traf sie sich danach mit Josh, manchmal fanden wir sie vor dem Fernseher im Wohnzimmer sitzen. Einmal kam ich nach Hause und rief mein gewohntes »Hallo« in die Wohnung. Als niemand antwortete, klapperte ich die Zimmer meiner Schwestern ab und fand Mel, wie sie an ihrem Schreibtisch saß, ihre Kopfhörer in den Ohren, und sich das Hörbuch von *Herr der Ringe* anhörte, während sie etwas im Internet recherchierte.

Es war eine Normalität, die ich gern so beibehalten hätte. Nur Jae-yongs Zwangspause stieß mir immer wieder übel auf. Mittlerweile war er seit drei oder vier Tagen bei seiner Familie und schickte mir zu Uhrzeiten, die ich gar nicht gewohnt war, unzählige Textnachrichten und Bilder aus seiner Heimat. Nicht, dass ich mich beschwerte.

**Jae-yong:** [.jpeg]
**Jae-yong:** Vielleicht sollte ich Ha-eun als meine neue Stylistin engagieren.

Auf dem Foto war Jae-yong zu sehen, die dunklen Haare, die ihm sonst immer in die Stirn fielen, hatte seine Schwester mit einem lila Zopfhalter mittig auf seinem Kopf zusammengefasst. Neben ihm am Bildrand konnte man gerade so eine Katze ausmachen, die sich in das Foto drängelte. Ich brauchte einen Moment, um mich daran zu erinnern, dass er mir vor Wochen schon mal ein Bild von ihr geschickt hatte. Ein amüsiertes Lächeln zierte seine Lippen, und er sah zum ersten Mal seit langer Zeit aus, als hätte er endlich mal keinen Stress.

**Ich:** Sie hat auf jeden Fall ein Talent für Farben. Das Lila steht dir.

**Jae-yong:** Ich werde gleich morgen alles aus meinem Kleiderschrank sortieren, das eine andere Farbe hat.

**Ich:** Und nur noch lilafarbene Outfits tragen? Das wäre auf jeden Fall ein Statement.

**Jae-yong:** Alle werden beeindruckt sein.

Mit einem Lachen legte ich das Handy neben mich, als ich ein Paar auf die Garderobe zukommen sah. Ich nahm ihre Jacken entgegen, reichte ihnen ihre Marken und verabschiedete sie mit einem Lächeln, das mich heute nicht mal anstrengte. Seit ich im Museum war, beschäftigte mich ein stetiger Besucherstrom. Je später es wurde, desto mehr nahm der zwar ab, aber selbst die einkehrende Ruhe konnte meine gute Laune nicht dimmen.

Am Ende meiner Schicht wollte ich mich gerade zum Gehen fertig machen, als ich eine vertraute Gestalt auf mich zukommen sah.

»Man könnte meinen, dein Lieblingsort in ganz Chicago ist diese Garderobe«, rief ich Lana zu.

Sie trug ein knöchellanges dunkelgrünes Kleid, das ihre roten Haare noch leuchtender erscheinen ließ, und blieb direkt vor mir stehen. »Was soll ich sagen …« Mit der Hand strich sie liebevoll über den alten Holztisch, der unser Arbeitsplatz war. »… meine Liebe zu diesem Ort ist einfach unendlich.«

Hätte ich sie nicht besser gekannt, hätte ich ihr ihre schauspielerische Leistung vielleicht sogar abgekauft. »Warum bist du heute hier? Hast du wieder etwas vergessen?«

»Ausnahmsweise mal nicht«, erklärte Lana. »Ich war gerade in der Nähe und wollte dich fragen, ob du Lust hast, was mit mir zu unternehmen.«

Ich verzog entschuldigend das Gesicht. »Liebend gerne. Aber ich bin gleich noch mit einer Freundin verabredet.« Erin wollte ihre Rückkehr nach Chicago unbedingt feiern und hatte sich dafür ein Diner ausgesucht, das selbst abends noch Frühstücksmenüs anbot.

»Oh.« Wenn Lana enttäuscht war, überspielte sie es schnell mit einem Lächeln. »Dann vielleicht ein anderes Mal.«

»Du könntest auch mitkommen«, schlug ich vor. Woher war das denn gekommen? Normalerweise war Spontanität nicht meine Stärke – aber ich war mir sicher, dass Erin nichts dagegen hätte. Und je mehr ich drüber nachdachte, desto überzeugter war ich, dass Erin und Lana sich blendend verstehen würden.

Lanas Augen leuchteten auf, als hätte ich ihr ein riesiges Weihnachtsgeschenk gemacht, statt sie nur zum Abendessen einzuladen. »Ehrlich?«

»Ja, ich frag Erin kurz, aber ich denke, das sollte gehen.« Ich zückte mein Handy und schickte Erin eine Nachricht. Ihre Antwort kam zügig und bestand aus einem GIF, das das kleine Mädchen aus *Ich – Einfach unverbesserlich* zeigte, wie es aufgeregt auf und ab hüpfte. Ich deutete das als ein sehr begeistertes »Ja«.

Das Diner war in der Nähe vom Lincoln Park – einem riesigen grünen Bereich direkt vor dem Lake Michigan. In der Mitte des Parks befand sich ein Zoo, in dem Liv und ich uns früher stundenlang aufgehalten haben. Wenn man von der richtigen Seite des Parks aus auf die Stadt schaute, konnte man hinter den Bäumen die gläsernen Fassaden der Hochhäuser aufragen sehen. Spätabends spiegelte sich in ihnen das Licht der untergehenden Sonne und erschuf ein Bild, das das Motiv unzähliger Postkarten war. Von dem Diner aus war davon zwar nichts zu sehen, aber das Wissen, dass so ein schöner Ort nur unweit entfernt war, machte es leichter, sich zwischen den Wolkenkratzern nicht wie eine Ameise zu fühlen.

Ich betrat vor Lana das Diner und schaute mich suchend nach Erin um. Ihren dunklen Schopf konnte ich gerade so in einer der hintersten Ecken ausmachen, wo sie beinahe hinter der hohen Lehne der Sitzbank verschwand. Links von uns zog sich die Bedienungstheke durch den größten Teil des Raums. Der Mitarbeiter dahinter begrüßte uns mit einem Nicken, das Lana und ich erwiderten, ehe wir uns zu Erin setzten.

Meine beste Freundin brauchte ein paar Minuten, um sich von der Speisekarte zu lösen. Sie hatte sich den Pony zur Seite aus dem Gesicht geflochten und wirkte mit dem Grinsen im Gesicht plötzlich viel jünger.

»Ich dachte, schon, ihr versetzt mich«, sagte sie statt einer Begrüßung.

»Wir haben uns auf dem Weg verlaufen. Lach nicht, Erin, du weißt genau, dass ich den Orientierungssinn einer Kartoffel habe.« Meine beste Freundin gab sich Mühe, ihr Schmunzeln zu unterdrücken, scheiterte allerdings kläglich. »Erin, das ist meine Kollegin … Freundin … Lana vom Museum«, sagte ich. »Und Lana, das ist meine beste Freundin Erin.«

Erin streckte die Hand über den Tisch aus, die Lana ohne Zögern ergriff. »Hallo, Lana vom Museum.«

»Turner eigentlich, aber ›vom Museum‹ geht auch.«

Erin zog eine Augenbraue in die Höhe. »Lana Turner?«

»Wie die Schauspielerin.«

Erin warf mir einen Blick zu – anscheinend sagte ihr diese Schauspielerin genauso wenig wie mir. Meine beste Freundin täuschte über dieses Unwissen hinweg, indem sie uns beiden zwei Menükarten zuschob. »Ich hab einen Mordshunger. Bitte lasst mich nicht länger auf das Essen warten.«

Ich klappte die Karte auf, überflog die Auswahl kurz. Eigentlich wusste ich schon genau, was ich haben wollte. Als der Kellner unsere Bestellung aufnahm, knurrte mir bereits der Magen. Ich war froh, mit Erin und Lana die Wartezeit überbrücken zu können. Die beiden verstanden sich so gut, wie ich gehofft hatte. Vor allem als Erin erfuhr, dass Lana schon einmal in Australien gewesen war, gab es kein Halten mehr.

»In Sydney war ich lieber als in Melbourne. Obwohl die Spaziergänge am Yarra River immer noch meine Highlights sind«, erklärte Erin mit leuchtenden Augen.

Lana sah ähnlich begeistert aus. »Und der Queen-Victoria-Markt mit den tollen Ständen! Ich hätte den ganzen Tag dort verbringen können.«

Ich verfolgte ihre Diskussion zu gleichen Teilen fasziniert und wehmütig. *Das hättest du auch erleben können*, schoss es mir durch den Kopf. Unwillkürlich fragte ich mich, wie es gewesen wäre, wenn Erin und ich diese Reise zusammen gemacht hätten. Hätte ich jetzt auch hier gesessen und mit ihnen darüber reden können, statt nur zuzuhören? Ich mochte es, dass sie sich darüber austauschten. Dass Erin und Lana die Erinnerungen an Australien auf gewisse Weise miteinander teilen konnten. Aber ich kam auch nicht umhin, darüber nachzudenken, wie wenig ich bisher von der Welt gesehen hatte. All die Länder und Kulturen, die noch auf mich warteten … Chicago kam mir plötzlich viel kleiner vor.

Der Kellner rettete mich aus meinen Gedanken. Vor Lana stellte er einen großen Teller ab, auf dem zwei Pancakes den meisten Platz einnahmen. Ein Paar Spiegeleier lag davor, seitlich daneben einige Streifen kross gebratener Bacon. Erin hatte sich ein Omelett bestellt, das mit Spinat, Putenbrust und einer Menge Cheddar gefüllt war. Und mein Abendessen bestand aus vier French-Toast-Rolls, deren Kruste mit Zimt und Zucker überzogen war. Als ich sie anschnitt, quollen Erdbeeren und eine Schokocreme daraus hervor. Der Anblick reichte bereits, um mich glücklich zu machen.

Wir genossen unser Essen in einvernehmlichem Schweigen und bestellten hinterher sogar noch jede einen Milchshake. Ich löffelte die Sahne von dem Getränk, bevor ich den ersten Schluck nahm. »Wie geht es eigentlich deiner Freundin, Lana?«

»Ganz gut.« Sie verrührte das Eis mit der Milch in ihrem Shake. Der Löffel klirrte dabei rhythmisch gegen das Glas. »Es kriselt gerade ein bisschen, aber das passiert bei uns öfter.«

»Warum das?«, fragte Erin. Sie lehnte sich ein Stück in unsere Richtung, den Kopf interessiert schief gelegt.

»Wir sind einfach komplett unterschiedlich. Manchmal ist es schwer, da einen gleichen Nenner zu finden.« Ein Seufzen entkam Lana. »Seid ihr in Beziehungen?«

Erin schüttelte vehement den Kopf. Ob ich die Einzige war, die sah, wie sie sich plötzlich verspannt hatte? Ihr schien das Thema so unangenehm zu sein, dass sie die Aufmerksamkeit sofort auf mich lenkte. »Aber Ella hat einen Freund.«

Lana wandte sich mir zu. »Ehrlich? Das wusste ich gar nicht.«

Innerlich wand ich mich unter ihrem Blick. Meine Beziehung zu Jae-yong war so privat, dass ich noch nicht mal darüber nachgedacht hatte, ihn ihr gegenüber zu erwähnen. Die Umstände, in denen wir uns befanden, waren nicht unbedingt die besten für Fragen nach seiner Person. »Wir sehen uns nicht so oft.«

»Er lebt in Südkorea«, sagte Erin da, ohne nachzudenken. Ich versuchte ihr zu verstehen zu geben, dass sie dieses Thema nicht anschneiden sollte – jegliche Infos darüber waren nur eine falsche Google-Suche entfernt. Erin verzog entschuldigend das Gesicht, als ihr das klar zu werden schien.

Zum Glück machte Lana nicht den Eindruck, als würde sie hinter Erins Aussage mehr vermuten als eine Fernbeziehung. »Wie habt ihr euch kennengelernt?«

»Er ... war für seine Arbeit in Chicago.« Das entsprach zumindest der Wahrheit. »Und wir sind uns zufällig über den Weg gelaufen.« *Mehr oder weniger,* fügte ich gedanklich hinzu.

»Dann warst du schon mal in Südkorea?«

»Nein, äh ...« Gott, ich fühlte mich, als würde ich ohne Vorwarnung einen Drahtseilakt vollführen. »Bisher haben wir uns immer hier getroffen, wenn seine Arbeit es erlaubt hat.«

Erin warf mir einen Blick zu, der Bände sprach. Ich wusste genau, was ihr durch den Kopf ging. Dass ich durchaus eine Gelegenheit hatte, sie aber nicht ergriff, sondern drum herum tänzelte, wie ich es dank meiner Ängste und Sorgen immer tat.

»Das muss ziemlich interessant sein«, sagte Lana in dem Moment. »Meine Freundin und ich, wir sind zwar sehr unterschiedlich, aber die britische und die amerikanische Kultur ähneln sich genügend, dass das nie ein Thema zwischen uns war. Ich kann mir vorstellen, dass es für euch beide ziemlich schwierig sein muss, immer alles vom jeweils anderen nachvollziehen zu können.«

»Ja, ich ...« ... wusste selbst nicht, was ich dazu sagen

sollte. Sie hatte mit ihrer Aussage ungewollt einen wunden Punkt getroffen, der seit diesem Gespräch mit Jae-yong in meinem Kopf gewütet hatte.

*Du musst dich für mich nicht mit etwas beschäftigen, für das du dich nicht interessierst*, kam mir seine Textnachricht wieder in den Sinn – und ich hätte mir am liebsten die Hand gegen die Stirn geschlagen. Ich war froh, dass man mir meinen inneren Monolog nicht ansehen konnte, denn Erin und Lana übergingen meine Sprachlosigkeit einfach, als würden sie sie gar nicht bemerken. Ich wollte ihrem Gespräch aufmerksam zuhören, aber Lanas Frage und Jae-yongs Nachricht flogen wie aufgeregte Bienen durch meinen Kopf.

Jae-yong hatte mich halb im Scherz nach Seoul eingeladen, auch wenn ich wusste, dass er sofort nach Flugtickets mit mir gucken würde, sollte ich meine Meinung ändern. Ich sagte mir, dass es nicht anders ging und die Situation im Augenblick nicht ideal war, dass das Semester gerade erst wieder angefangen hatte, aber … mit Mel, die sich bemühte, weniger zu arbeiten, Erin zurück in Chicago und NXT in einer Pause, die weiß Gott wie lange anhalten konnte – wie viel besser würden die Umstände je werden?

»Sag mal, Lana«, unterbrach ich die beiden in ihrer Unterhaltung, bevor ich es mir anders überlegen konnte. »Würde es dir etwas ausmachen, eine meiner Schichten im Museum zu übernehmen?«

Erins Augenbrauen schossen in die Höhe, während Lana mich einen Augenblick verwirrt anblinzelte, ehe sie antwortete. »Nein, warum?«

Wie sollte ich meinen plötzlichen Entschluss erklären? »Mein Freund ...« Das Wort fühlte sich komisch in meinem Mund an. Ungewohnt. »Er hat mich gefragt, ob ich ihn besuchen kommen möchte. Eigentlich hatte ich abgesagt, weil bei uns beiden gerade einiges los ist, aber ...« Ich zuckte mit den Schultern. »Wer weiß, ob sich das in Zukunft ändern wird.«

»Ohh«, machte Lana begeistert. »Absolut. Ich übernehme deine Schicht, und dafür musst du mir so viele Bilder aus Südkorea schicken, wie mein Handyspeicher aushält.«

Ich nickte, dankbar, dass sie mir helfen wollte. »Das lässt sich bestimmt einrichten.«

Erin hatte unseren Austausch still verfolgt, aber mir entging das Grinsen nicht, das sich auf ihrem Gesicht ausbreitete. Ich wusste, dass sie – ähnlich wie Mel – nicht wollte, dass ich verletzt wurde. Dass sie meine Entscheidung mit dieser kleinen Geste dennoch unterstützte, bedeutete mir die Welt.

Wir verließen das Diner eine gute Stunde später. Lana verabschiedete sich von uns, da sie auf der anderen Seite der Stadt wohnte, und Erin und ich machten uns gemeinsam auf den Weg zur Bahn. Dunkle Wolken zogen über den Himmel, verdeckten die Sonne und tauchten die Stadt in ein farbloses Grau. Die meisten Leute liefen zügig durch die Straßen, wissend, dass das Gewitter nicht mehr weit entfernt war. Mich hatte ein plötzlicher Regenschauer nie gestört. Es hatte für mich etwas Beruhigendes, wenn mir anstelle von Abgasen, fettigem Essen und den unterschiedlichsten Parfüms der Geruch des Regens in die Nase drang.

»Also«, begann Erin. »Was muss man für einen Trip nach Südkorea alles einpacken?«

»Einen Rucksack voll Snacks«, überlegte ich laut.

»Mindestens fünf Bücher.«

»Drei Skizzenblöcke.«

»Klamotten?«

»Wenn noch welche in den Koffer passen.«

Erin lachte laut auf. »Ich sehe, wir verstehen uns.«

Ich stimmte in ihr Lachen ein, hakte mich bei ihr unter. Als die ersten Regentropfen vom Himmel fielen und meine Haare sich mehr und mehr kräuselten, fühlte ich mich völlig losgelöst. Ich stellte mir vor, wie Jae-yong reagieren würde, wenn ich ihm von meiner Entscheidung erzählte, und konnte es kaum erwarten, nach Hause zu kommen.

# 8. KAPITEL

Ich war vollkommen durchnässt. Meine Schuhsohlen quietschten auf dem Linoleumboden unseres Hausflurs und die Wassertropfen, die von meinen Haaren fielen, hinterließen eine nasse Spur auf dem Boden. Ich schloss die Wohnungstür auf, und bevor ich überhaupt dazu kam, meine Schuhe auszuziehen, hörte ich Gelächter aus dem Wohnzimmer zu mir dringen.

»Schüler müsste man wieder sein«, sagte ich, als ich Charlie und Liv auf der Couch sitzen sah. Im Fernsehen lief ein Film, der mir nicht bekannt vorkam, und der Tisch vor ihnen ging in einer Flut von Chipstüten und Schokoladentafeln unter.

»Du hast bis jetzt gearbeitet?«, fragte meine kleine Schwester skeptisch.

»So ist das harte Leben als Erwachsene.« Ich legte mir in einer theatralischen Geste den Handrücken an die Stirn. »Ist Mel zu Hause?«

»Josh hat sie vorhin nach dem Abendessen abgeholt«, sagte Liv. »Falls du was willst, in der Küche steht noch etwas Salat.«

»Ich glaube, der würde nicht so gut zu den French-Toast-Rolls passen, die ich zum Abendessen hatte.«

Liv blieb vor Empörung der Mund offen stehen. »Du hast French-Toast-Rolls ohne mich gegessen? Und mich dann auch noch mit einem Essen voller Vitamine zurückgelassen? Wie kannst du nur!«

Ich unterdrückte das Lachen in meiner Brust. Liv und ich hatten heute anscheinend beide einen Hang zur Theatralik. »Ich hab dir nicht mal ein Foto davon gemacht«, sagte ich, ging an ihr und Charlie vorbei zum Flur. Wenn ich mich nicht täuschte, waren es Livs böse Blicke, die ich dabei im Rücken spürte.

»Charlie übernachtet heute hier«, rief sie mir noch hinterher. Ihrer Stimmlage nach hatte sie meinen Verrat bereits wieder überwunden.

»Ist gut!« Ich schloss meine Zimmertür hinter mir, warf meinen Rucksack neben den Schreibtisch. Er war noch nicht mal gelandet, als ich schon mein Handy zückte, um Jae-yong zu schreiben.

**Ich:** Was meinst du, wie viele Bücher bräuchte ich, um mich auf einem Flug von … sagen wir 13 Stunden zu beschäftigen?

Ich wollte mein Handy weglegen, sah aber, dass Jae-yong keine Sekunde später online war. Aus reiner Gewohnheit war ich davon ausgegangen, eine Weile auf seine Antwort warten zu müssen.

Zwar freute ich mich darüber, dass seine neu gewonnene Freizeit unsere Kommunikation ein wenig vereinfachte, aber dem Gefühl wurde direkt ein Dämpfer verpasst. Mir wäre es lieber, auf seine Antwort warten zu müssen, wenn das bedeuten würde, dass Jae-yong mehr Freiheiten in seiner Musik hatte.

> **Jae-yong:** Wenn wir so lange unterwegs sind, versuchen wir meistens, so viel wie möglich zu schlafen. Das Jetlag ist dann ein wenig erträglicher.
>
> **Jae-yong:** Bitte sag mir, dass du aus dem Grund fragst, aus dem ich glaube, dass du fragst.
>
> **Ich:** Wenn deine Einladung nach Seoul noch steht … dann ja. Genau aus dem Grund.

Ich kicherte bei der Vorstellung, wie überrumpelt er sich von meiner Nachricht fühlen musste. Kurz darauf begann mein Handy zu klingeln. Jae-yong gab mir gar keine Möglichkeit für eine Begrüßung – geschweige denn für eine Erklärung.

»Ich denke immer, endlich habe ich dich verstanden«, beschwerte er sich als Einstieg, »und dann wirfst du mir so was vor die Füße. Das kannst du mir nicht antun, Ella. Mein Herz ist nicht mehr das, was es mal war.«

»Du bist einundzwanzig«, erwiderte ich lachend. »Übertreibst du nicht ein bisschen?«

»Ella.« In seiner Stimme mischte sich Unglaube mit Freude, es ließ ihn beinahe verzweifelt klingen. »Das ist nicht der Punkt.«

Ich grinste in mich hinein, spürte ein aufgeregtes Flattern in meinem Magen. »Dann heißt das, deine Einladung steht noch?«

»Diese Frage werde ich nicht mal beantworten«, sagte Jae-yong. »Gib mir ein paar Stunden, bis ich zurück in Seoul bin und meine Wohnung halbwegs aufgeräumt habe, dann kannst du kommen, wann du willst.«

»Und wie lange soll ich bleiben?«

»Solange du willst.

»Du bist keine Hilfe.«

Er lachte.

Diese Vertrautheit … Ich hatte nie geahnt, dass ich so etwas auch außerhalb meiner Familie und meiner Freundschaft mit Erin finden könnte. Früher hatte mir der Gedanke, jemand Neues in meinen kleinen Kreis aus Familie und Freunden zu lassen, Angst bereitet. Mehr Leute bedeuteten immer eine größere Wahrscheinlichkeit, verletzt zu werden. Aber bei Jae-yong? Mir war es nie auch nur in den Sinn gekommen, ihn nicht näher an mich heranzulassen.

»Gibst du mir noch ein paar Tage, um ein Flugticket zu organisieren und meinen Koffer zu packen?«

Jae-yong stöhnte gespielt verzweifelt auf. »Wenn es sein muss. Brauchst du Hilfe mit dem Flugticket? Du weißt, dass ich es dir bezahlen …«

»Du lädst mich jeden Tag zum Essen ein, wolltest du sagen, stimmt's?«, unterbrach ich ihn.

Er seufzte resigniert. »Ich würde lieber das Ticket bezahlen. Damit würde ich besser wegkommen, so viele Süßigkeiten und Gebäck, wie du isst.«

Wo er recht hatte …

Ich kam allerdings nicht dazu, etwas zu erwidern, denn nur einen Augenblick später drang eine laute Mädchenstimme durch den Hörer an mein Ohr. Jae-yong antwortete ihr auf Koreanisch, und ich meinte, den Namen seiner Schwester zu hören. Ich wartete geduldig, bis er wieder mit mir sprach.

»Ha-eun sagt, ich soll dir ein ›Hallo‹ ausrichten.«

»Sie weiß, wer ich bin?« Die Erleuchtung kam mir, bevor Jae-yong anfangen konnte, es zu erklären. »Ich hab vergessen, dass sie dein größter Fan ist und alles verfolgt. Sie hat das Foto gesehen, oder?«

»Auch. Aber vor allem war sie vor ein paar Tagen dabei, als ich meinen Eltern von dir erzählt habe.«

Die Worte blieben mir im Hals stecken. Nicht, dass ich ein Problem damit hatte, dass er seiner Familie von mir erzählte. Aber tat man so etwas nicht nur, wenn man … es wirklich ernst meinte?

*Guten Morgen, Ella. Schön, dass du das nach einem halben Jahr auch schon verstehst.* Ich wusste nicht, ob ich über mich lachen oder weinen sollte. Man sollte meinen, die letzten Monate wären aussagekräftig genug gewesen, was den Ernst unserer Beziehung anging. Trotzdem fühlte es sich hin und wieder wie ein Traum an. Ein sehr, sehr intensiver Traum, aus dem ich nicht aufwachen wollte.

»Und …« Ich räusperte mich, fing noch mal von vorne an. »Und deine Eltern … Haben sie … waren sie …?«

»Ja?«, fragte Jae-yong. Er tat mir nicht den Gefallen, mich von meinem Leid zu erlösen. Eher hatte ich das Gefühl, als würde er nur mit Mühe ein Lachen unterdrücken.

»Wie haben sie reagiert?«, brachte ich meine Frage schließlich hervor.

Stille. Sie half nicht gerade dabei, meine Nervosität zu lindern.

»Jae-yong?«, hakte ich nach.

»Ich überlege gerade, wie ich es dir am besten erkläre«, sagte er.

»Das klingt nicht gut.«

Er zögerte noch kurz. »Sie haben gefragt, ob es nicht besser wäre, mich erst mal auf meine Karriere zu konzentrieren.«

Die Antwort war ernüchternd. »Sie möchten nicht, dass wir zusammen sind?«

»Die Sache ist: Meine Eltern sind nicht wie deine große Schwester. Südkorea hat eine ganz andere Kultur als die USA. Ich habe schon erwartet, dass sie so etwas sagen würden – vor allem in Hinblick auf die Tatsache, dass du in Chicago lebst und kein Koreanisch kannst.«

»Oh.« Ich war mir nicht sicher, was ich erwartet hatte. Mir war nie wirklich in den Sinn gekommen, dass seine Eltern ein Problem mit einer Beziehung zwischen ihm und mir haben könnten. Es zeigte mir nur ein weiteres Mal, wie wenig ich über seine Kultur wusste.

»Ich weiß, es klingt harsch, aber versuch, es dir nicht zu sehr zu Herzen zu nehmen«, erklärte er. »Sie meinen es nur gut und wollen das Beste für mich. Außerdem möchten sie dich trotzdem kennenlernen. Und ich wüsste nicht, wie sie dich nicht mögen könnten, wenn sie dich einmal sehen.«

Seine Worte waren Balsam für meine Seele. Ich spürte ein kleines Lächeln auf meine Lippen treten. »Du bist ein elender Charmeur. Sprich gern weiter.«

»Ich würde nichts lieber tun, allerdings wurden Haeun und ich heute beauftragt, das Mittagessen zu kochen.

Meine Mom wird es uns für immer vorhalten, wenn wir es nicht pünktlich auf den Tisch bringen.«

»Ich wusste gar nicht, dass du kochen kannst.«

»Ich habe normalerweise einfach keine Lust. Aber wenn ich es wirklich möchte, kann ich mit meiner Mom mithalten.«

»Das glaube ich erst, wenn ich es sehe.«

»Die Beweisbilder werden folgen.«

»Deal.« Wenn er auch noch kochen konnte … Ich fragte mich, ob es überhaupt etwas gab, worin er nicht gut war. »Ich sag dir Bescheid, sobald ich weiß, welchen Flug ich nehme, ja?«

»Ich kann immer noch nicht glauben, dass das kein Traum ist. Ich hab es mir anscheinend so sehr gewünscht, dass das Universum es hat wahr werden lassen.«

»Oder vielleicht mag ich es einfach, dich immer wieder zu überraschen«, sagte ich. »Damit dir nicht langweilig wird.«

»Weil es zwischen uns bisher so viel Langeweile gab, stimmt.«

»Pff. Details.«

Jae-yong lachte. »Na gut, Ella. Ich muss jetzt wirklich gehen. Ha-eun hat schon mit dem Kochen angefangen und *sie* hat wirklich kein Talent dafür.«

Wie er über seine Schwester sprach, erinnerte mich an die Art und Weise, wie Liv, Mel und ich miteinander umgingen. Man konnte ihm anhören, dass es nur eine Neckerei war – in Wahrheit bedeuteten ihm seine Schwester und seine Familie so viel wie mir meine.

»Viel Spaß!«, wünschte ich Jae-yong noch, dann legten wir beide auf. Es war bereits so spät, dass es sich nicht lohnte, noch einen Film oder eine Serie anzufangen. Von Liv und Charlie war auch nichts mehr zu hören – vermutlich waren sie schon längst ins Bett gekrochen. Nachdem ich mich bettfertig gemacht hatte, legte ich mich auf die Bettdecke, das Handy bereits wieder in der Hand. Ich durchforstete das Internet so lange nach passenden Flügen, bis mir die Augen zufielen.

Am nächsten Tag war ich so hibbelig, dass ich in der Uni die meiste Zeit auf meinem Stuhl hin und her rutschte. Ich wollte lieber nach Hause gehen, die Reise weiter planen, nur ging mein Alltag dafür nicht auf Pause – sosehr ich es mir auch wünschte. Matt warf mir immer wieder einen verwirrten Blick zu. Vermutlich war er es gar nicht gewohnt, mich mit so guter Laune zu erleben; vor allem nicht während unserer Wirtschaftsvorlesungen. In unserer Mittagspause brachte er es schließlich über sich, mich nach dem Grund zu fragen.

»Es ist Montag«, sagte er und legte seine Gabel auf dem Teller ab. »Es regnet seit Stunden, und wir haben erst die Hälfte unserer Vorlesungen geschafft. Warum bist du so gut drauf?«

Ohne aufzublicken, rührte ich meine Nudeln unter die Tomatensoße. »Weil wir unsere Stimmungen miteinander ausgleichen müssen, um das kosmische Gleichgewicht zu wahren.« Als Matt mich daraufhin nur mit einer hochgezogenen Augenbraue musterte, bemühte ich mich, mein Grinsen zu unterdrücken. Ich kannte mich ja selbst nicht so. Meistens war ich so sehr in den Katastrophenszenarien in meinem Kopf gefangen, dass jegliche Vorfreude sich immer in Ängste umwandelte. Diesmal war irgendwas anders. Ich war mir nur nicht sicher, ob es an den Umständen lag oder ob ich es war, die sich verändert hatte.

»Ich weiß, das ist nur eine Ausrede, aber sie ist gut genug, dass ich versucht bin, es einfach zu glauben«, sagte er.

»Meine beste Freundin ist zurück in Chicago«, gab ich ihm als Erklärung. Das war auf jeden Fall einer der Gründe für meine gute Laune. »Sie ist Ende letzten Jahres für ihr Work and Travel nach Australien geflogen, seitdem hab ich sie nicht gesehen.«

»Ah. Von ihr hattest du doch mal erzählt, oder? Die du seit der Middleschool kennst?«

»Genau die«, bestätigte ich und spießte ein paar Nudeln mit meiner Gabel auf. »Na ja, und jetzt hat sich kurzfristig noch eine Reise ergeben, die demnächst ansteht. Deswegen bin ich ausnahmsweise gegen den Montagsblues gewappnet.«

»Oh cool. Wohin geht's?«

Ich zögerte kurz. »Nach Südkorea.«

Matts Augenbrauen schossen wieder in die Höhe. »Okay. Ich hatte erwartet, dass du vielleicht New York sagst oder so. Südkorea ist ein bisschen weiter entfernt. Was führt dich dorthin?«

»Ich wurde eingeladen. Von … von meinem Freund.«

Einige Sekunden starrte Matt mich sprachlos an. Ich versuchte, seine Miene zu deuten. War er überrascht? Verwirrt? Emotionen aus Gesichtern zu lesen war nicht unbedingt meine Stärke.

»Kennst du das, wenn du jemanden immer nur an einem

Ort siehst und dann irgendwann feststellst, dass diese Person auch außerhalb dieses Raums ein Leben hat?«, fragte Matt. »So geht es mir gerade.«

»Du meinst, so wie bei unseren Dozenten oder früher den Lehrern? Ja, das kenne ich. Ich bin immer noch überfordert, wenn ich jemandem davon im Supermarkt über den Weg laufe.« Bei Matt war es ähnlich. Es hatte bisher nicht viele Momente gegeben, in denen wir über etwas Privates gesprochen hatten. Normalerweise drehten sich unsere Unterhaltungen nur um unirelevante Dinge.

»Genau so«, sagte Matt. »Wobei ich bei meinen Lehrern immer in die andere Richtung davongelaufen bin, wenn ich sie früher getroffen habe.«

»Bist du in Chicago aufgewachsen?«, fragte ich nun doch neugierig. Wie konnte es sein, dass ich nach zwei Semestern so gut wie gar nichts über ihn wusste?

»Nein, in Atlantic City.«

»New Jersey? Und wie hat es dich hierher verschlagen?«

»Ich hatte gehört, dass die Uni gut sein soll. Und weil meine Großeltern hier wohnen, war die Entscheidung nicht so schwer«, antwortete er. Er stocherte ein wenig lustlos in seinem Mittagessen herum. Die Kantine war nicht für ihr ansehnliches Essen bekannt. »Mal ganz davon abgesehen, dass Obama hier früher unterrichtet hat.«

»Dafür hast du aber das falsche Fach belegt.«

»Kannst du dir mich als Anwalt vorstellen?«, fragte er. »Ich kann mich nicht mal meinem Großvater gegenüber verteidigen, wenn er mich fragt, ob ich den Nachtisch wirklich vor dem Hauptgang essen möchte. Und ich werde dieses Jahr zwanzig.«

»Dein Großvater klingt ein bisschen wie meine große Schwester.«

Matt warf mir einen mitfühlenden Blick zu, dann schob er sich eine Gabel voll Nudeln in den Mund. Ich tat es ihm nach und verzog das Gesicht. Korrektur: Die Kantine war weder für ansehnliches noch für schmackhaftes Essen bekannt.

Bald machten wir uns auf den Weg zu unserer nächsten Vorlesung. Dabei kamen wir an einem Bibliotheksgebäude vorbei, dessen gotische Bauweise mir immer das Gefühl gab, in eine andere Epoche gefallen zu sein. Bisher hatte ich mich noch nicht sehr häufig darin aufgehalten, und wenn ich mich doch mal dorthin verirrte, schüchterten mich die hohen Wände ein. Als würde ich durch eine Kathedrale laufen, statt durch eine Universitätsbibliothek.

Unsere Vorlesung fand in einem der moderneren Gebäude statt. Der Saal war groß genug, dass wir in der hintersten Ecke zwischen den anderen Studenten untertauchen konnten. Matt hatte über seinem Notizheft ein Buch aufgeklappt, in das er vertieft war, während der Dozent im vorderen Bereich seinen Monolog hielt. Ich nutzte die Zeit, die ungelesenen Nachrichten der letzten zwei Stunden auf meinem Handy zu beantworten.

**Erin:** Was ist das? Regen?? Hatte Chicago schon immer so schlechtes Wetter?

**Ich:** …

**Ich:** »Windy City«

**Ich:** Ist das nicht Erklärung genug?

**Erin:** Ich wollte heute Tourist spielen und mich durch die

Stadt treiben lassen, aber bei dem Wetter macht das keinen Spaß.

**Ich:** Du lebst seit fast zwanzig Jahren in der Stadt, ich wusste gar nicht, dass es noch Orte gibt, die du nicht kennst?

**Erin:** Das ist es nicht mal. Ich war vorhin am Navy Pier – ich weiß, ich weiß, ohne dich, wie kann ich nur! :P – und irgendwie kam es mir so anders vor als noch vor einem Jahr.

**Ich:** Inwiefern anders?

**Erin:** Ich weiß auch nicht. Nicht schlecht anders, nicht gut anders. Einfach, als müsste ich die Stadt noch mal neu für mich entdecken.

**Ich:** Sagst du mir Bescheid, wenn du jemanden brauchst, der sie mit dir entdeckt?

**Erin:** Gegen ein Eiscreme-Date Ende der Woche hätte ich nichts einzuwenden.

**Ich:** Spendier mir eine Kugel Erdbeereis, und ich bin dabei.

Die nächste Nachricht war von Liv, die mich fragte, wo ich ihre Lieblingscookies versteckte – in meinem Rucksack, weil ich für die späteren Vorlesungen einen Snack brauchte, um sie durchzuhalten. Dann sah ich mir wieder das neueste Foto von Jae-yong an. Im Hintergrund waren der Strand, ein Ausschnitt vom Wasser und direkt dahinter unzählige Hochhäuser zu sehen. Ich konnte seine Schwester im Profil erahnen, ihre langen dunklen Haare wehten ihr um den Kopf. Nur Jae-yongs dunkelblauer Kapuzenpullover verwirrte mich ein wenig. Ich sah kurzerhand auf meinem Handy nach den Temperaturen, die tagsüber in Busan herrschten, und fragte mich, wie er in diesem Sweatshirt nicht langsam und qualvoll schmelzen konnte.

**Jae-yong:** Hiermit kennst du jetzt auch den größten und bekanntesten Strand Südkoreas: Haeundae Beach.
**Jae-yong:** (PS: Die schönsten Strände gibt es allerdings auf Jejudo.)

Das Foto hatte er vor knapp zwei Stunden geschickt, nachdem er den ganzen Tag mit Ha-eun am Strand verbracht hatte. Seit er in seiner Heimat war, unternahm er ständig Tagesausflüge, einen kurzen Strandurlaub oder Shoppingtouren. Meistens waren seine Tage so vollgepackt, dass er nur zwischendurch ein Lebenszeichen von sich gab und etwas mehr berichtete, wenn er abends endlich im Bett lag. Es gab kaum einen Tag, an dem er sich einfach ausruhte und nichts tat. Vielleicht war das nicht sein Ding. Vielleicht wollte er immer unterwegs sein. Aber irgendetwas sagte mir, dass er sich damit vor allem auch von dem ganzen Drama mit dem Label ablenken wollte. Als ich ihn einmal darauf angesprochen hatte, war er mir ausgewichen, und ich hatte es nicht über mich gebracht, ihm das Thema aufzuzwingen. An seiner Stelle würde ich es auch verdrängen wollen. Es sei denn, er war mir ausgewichen, weil es bereits neue Pläne gab, über die er mit mir nicht sprechen konnte. Aber ich war mir sicher, dass Jae-yong mir so etwas nicht verschweigen würde.

Jedes Mal, wenn ich über die Probleme mit seinen

Label-Bossen nachdenken wollte, verknotete sich mein Hirn. Ich hatte nicht viel Ahnung von seiner Branche, noch weniger, wie sie als Band das erreichen konnten, was sie wollten. Aber ich hoffte, dass sie einen Weg finden würden, der nicht in einer Trennung der Gruppe endete.

# 9. KAPITEL

Mel war vor mir zu Hause – eine Tatsache, an die ich mich immer noch gewöhnen musste. Es war spät am Nachmittag, und sie saß mit einem Buch auf dem Schoß im Wohnzimmer. Liv war noch beim Tanztraining und würde frühestens in einer Stunde nach Hause kommen.

Ich stellte meinen Rucksack neben der Couch ab, holte mir ein Glas Wasser aus der Küche und setzte mich neben Mel. Während ich sie beobachtete, wie sie die Seite fertig las, trank ich das Wasser und stellte mein leeres Glas dann auf den Couchtisch.

Mel legte ein Lesezeichen zwischen die Seiten. Dann klappte sie das Buch zu und gab den Blick auf einen Buchrücken frei, der mir normalerweise immer aus meinem Regal entgegenstarrte.

»Hast du dich an meinen Büchern bedient?« Liv und Mel wussten, dass meine Bücher mein Heiligtum waren. Sie hatten zwar freien Zugang zu dieser hauseigenen Bibliothek, aber nur, solange sie gut mit meinen Schätzen umgingen.

»Ja, mir war so nach Lesen, und ich hab in meinem Zimmer ja nichts stehen, das ich nicht schon kenne«, erklärte sie.

Ich wusste nicht mal, wann ich Mel das letzte Mal hatte lesen sehen – Unterlagen für die Arbeit ausgenommen. Sie gab sich offensichtlich Mühe, nicht mehr völlig in der Arbeit zu versinken, und ich sollte mich darüber freuen. Aber ich war unsicher. Ob man eine Angewohnheit tatsächlich so schnell ablegen konnte? Oder ob es nur für einen gewissen Zeitraum so sein würde wie jetzt?

*Oder vielleicht machst du dir auch einfach zu viele Gedanken, Ella.* Ich unterdrückte ein Seufzen. *Das* würde sich mit hoher Wahrscheinlichkeit nie ändern.

»Ich hätte dir auch was empfehlen können, wenn du auf mich gewartet hättest.«

Mel zog eine Schulter in die Höhe. »Falls ich das hier jemals beende, kannst du das gern tun. Ich hab das Gefühl, ich lese langsamer als ein Schulanfänger.«

»Niemand hetzt dich.« Auch wenn mir das Gefühl bekannt vorkam – meistens überkam es mich dann, wenn ich die ganzen ungelesenen Bücher in meinem Zimmer und auf meinem Wunschzettel stehen sah und darüber nachdachte, wann ich das alles jemals lesen sollte. Die Antwort war jedes Mal ernüchternd. Und frustrierend, wenn ich darüber nachdachte, wie viele Geschichten mir in meinem Leben entgehen würden.

»Merkwürdig. Und ich dachte, wir halten einen Wettkampf ab, wer die meisten Bücher lesen kann.« Mel grinste mich an.

»Dann hättest du schon längst haushoch verloren.«

»Touché.«

Sie fuhr mit dem Zeigefinger gedankenverloren die Seiten des Covers entlang. Ihre Ungeduld, weiterzulesen, war beinahe spürbar – ein weiteres Gefühl, das mir nur zu bekannt war. Wenn man sich einfach in eine andere Welt fallen lassen wollte und Leute einen mit allen möglichen Dingen davon abhielten. Nur dass ich mich diesmal auf der anderen Seite befand, weil ich etwas von ihr wollte.

»Mel?«

Sie legte die flache Hand auf das Buch. »Ja?«

»Erinnerst du dich daran, wie du zu mir gesagt hast, dass wir über einen Flug nach Südkorea sprechen müssten?«, fragte ich.

Nun war ihre volle Aufmerksamkeit auf mich gerichtet, das Buch vergessen. »Ja, tu ich.«

»Also.« Ich verschränkte meine Hände in meinem Schoß. Warum fiel es mir immer noch so schwer, um Hilfe zu bitten? »Wegen dem Geld musst du dir keine Sorgen machen, ich hab durch die Arbeit ein wenig angespart. Aber kannst du mir vielleicht dabei helfen, einen Flug zu buchen?«

Sie zögerte keine Sekunde. »Bringst du deinen Laptop her, oder soll ich meinen holen?«

Sofort sprang ich auf und lief in mein Zimmer.

»Mir schwirrt der Kopf, wenn ich darüber nachdenke, was ich für die Reise alles organisieren muss«, sagte ich, als ich ins Wohnzimmer zurückkam. Ich stellte meinen Laptop vor uns auf dem Couchtisch ab und setzte mich neben Mel.

»Deswegen machen wir es ja zusammen«, beruhigte sie mich.

Nur ein einziges Mal war ich bisher ins Ausland geflogen – und die Strecke nach Kanada war bei Weitem nicht so lang wie die, die mir bevorstand. Normalerweise hatte ich keine Angst vor dem Fliegen, trotzdem breitete sich jedes Mal eine nervöse Gänsehaut auf meinen Armen aus, wenn ich daran dachte, dreizehn Stunden in einem Flieger zu verbringen. Viel zu viele Meilen über dem Boden. Mit viel zu vielen unbekannten Leuten auf engstem Raum.

Dazu kamen noch die Preise, die mir nun Bauchschmerzen bereiteten. Ich versuchte, sie so gut es ging zu ignorieren – auch wenn sie teilweise so unverschämt hoch waren, dass ich meinte, mein Konto leise weinen zu hören. Aber das Geld würde es wert sein, wenn ich Jae-yong dafür sehen konnte. Es tat gut, mich nach den Anstrengungen der letzten Wochen endlich auf etwas anderes konzentrieren zu können.

»Am besten nimmst du einen Direktflug, alles andere klingt nach unnötig viel Stress. Hast du schon drüber nachgedacht, in welchem Zeitraum du fliegen möchtest?«, fragte Mel.

Bisher hatte ich noch nicht mal darüber nachgedacht, wie lange es sein sollte. Mehr als eine Woche würde einiges an Unistoff bedeuten, den ich nachholen musste. Außerdem war da noch der Kunstkurs, der jeden Mittwoch stattfand. Ich wollte ungern mehr als eine Stunde verpassen – vor allem nicht so früh im Semester.

»Ist es zu spontan, um den Hinflug für Donnerstag in zwei Wochen anzusetzen?«, war meine Gegenfrage. Ob Jae-yong und ich es jemals schaffen würden, etwas im Voraus zu planen? Der Kurztrip nach New Buffalo war auch ziemlich spontan. Andererseits hatte ich so weniger Gelegenheit, alles zu zerdenken. Man musste immer die positiven Seiten sehen.

»Du hast einen Reisepass, also sollte es organisatorisch kein Problem sein.«

»Wenn ein Wochenende dazwischenliegt, würde ich die wenigsten Vorlesungen verpassen«, dachte ich laut nach. »Vielleicht von Donnerstag bis Dienstag?«

»Da hast du deine Antwort doch schon.« Mel gab ein Datum Mitte Oktober in die Suchmaschine der Fluggesellschaft ein und klickte auf *Suchen*. Bei dem Preis, der unten rechts in Dunkelblau angezeigt wurde, verzog ich das Gesicht. Von dem Geld konnte ich normalerweise mehrere Monate leben.

Wir suchten einen Flug aus, der nicht mitten in der Nacht startete, checkten die Daten noch einmal gegen und buchten ihn dann. Das Ganze konnte nicht länger als eine halbe Stunde gedauert haben, aber es kam mir trotzdem unendlich lang vor. Meine Paranoia, ich könnte vielleicht doch etwas Falsches angegeben haben, kannte keine Grenzen. Ich war froh um Mels Pragmatismus bei solchen Dingen. Er half mir, mich nicht in Kleinigkeiten zu verlieren.

Ich trug meinen Laptop in mein Zimmer, stellte ihn zurück an seinen Platz auf dem Schreibtisch. Unschlüssig stand ich vor meinem Bett. Die ganze Planung meiner Reise nach Seoul – Seoul! – hatte mich mit einer nervösen Energie erfüllt. Zum ersten Mal würde ich in ein Land mit einer völlig anderen Kultur und Sprache reisen. Ich war gleichzeitig voller Vorfreude und Sorgen. Keine gute Kombination.

Nachdenklich setzte ich mich auf den Bettrand und zwang mich dazu, ein bisschen zur Ruhe zu kommen. *Ich bin nicht allein dort*, sagte ich mir immer wieder. Jae-yong war da, und dieser Gedanke war hundertmal beruhigender, als ich mir hätte wünschen können.

Mein Handy drückte in meiner Hosentasche gegen meinen Oberschenkel. Ich zog es hervor, haderte kurz mit mir, ob ich Jae-yong schreiben oder anrufen sollte, und klickte gleich darauf auf das Symbol für den Videochat.

Jae-yong nahm nach den dritten Klingeln ab und blinzelte verschlafen in die Kamera. Die Decke hatte er bis unters Kinn gezogen, seine Haare waren wirr und hatten einen wortwörtlichen »So bin ich aufgewacht«-Look.

»Hab ich dich aufgeweckt?«, fragte ich. In Gedanken rechnete ich grob nach, wie spät es bei ihm war. Neun Uhr morgens? Zehn?

Er räusperte sich ein paarmal, gab sich sichtlich alle Mühe, um nicht wieder einzuschlafen. »Nein, mein Wecker hat kurz vorher geklingelt. Aber hättest du nicht angerufen, wär ich vielleicht noch mal eingeschlafen.«

»Du hast ein Leben«, neckte ich ihn.

»Und wie.« Er unterdrückte ein Gähnen und streckte sich unter seiner Decke. »Bis nachts um zwei lesen und mit dem Buch in der Hand einschlafen. Ich wäre die Stimmungskanone auf jeder Party.«

»Wäre es eine Lesenacht gewesen, hättest du alles richtig gemacht.«

»Wenigstens etwas«, sagte er. Es raschelte leise, als er sich aufsetzte. Die Decke rutschte dabei von seiner Brust und gab den Blick auf glatte, nackte Haut frei. Oh Himmel. »Warum hast du angerufen?«

»Wie, was?« Ich brauchte einen Moment, um mich von dem Anblick zu lösen und meine Augen zurück zu seinem Gesicht zu dirigieren. Dem schläfrigen Grinsen, das er auf den Lippen trug, nach zu urteilen, war ihm aufgefallen, wohin meine Aufmerksamkeit gerutscht war. Ich fühlte mich nicht mal schlecht deswegen. »Ah. Ich wollte dich mit der Info überfallen, dass ich einen Flug gebucht habe, ohne dich vorher zu fragen, ob der Zeitraum in Ordnung ist.«

Sein Schulterzucken ließ kurz seine Muskeln spielen, und ich musste mich danach wieder auf sein Gesicht konzentrieren.

»Ich hab dir gesagt, dass du kommen kannst, wann du möchtest. Das hab ich ernst gemeint. Es ist nicht so, als hätte ich gerade viel vor.«

»Ja, ich weiß«, sagte ich. »Deswegen stelle ich dich ja jetzt auch vor vollendete Tatsachen.«

»Sehr gut. Wann kann ich mit dir rechnen? Und wie lange bleibst du überhaupt?«

»Freitag übernächste Woche. Ich fliege gegen zwölf Uhr am Donnerstag los und komme am nächsten Tag um vier Uhr nachmittags am Incheon International Airport an. Und dann wirst du mich fünf Tage lang nicht mehr los.«

»Das klingt, als müsste dich spätestens in Seoul der schlimmste Jetlag aller Zeiten überrennen.«

»Ich kann es kaum erwarten«, erwiderte ich trocken. »Von dort ist es auch noch ein Stück mit dem Zug bis in die Stadt, oder?«

»So anderthalb Stunden vielleicht.«

Ich stöhnte verzweifelt. »Ich garantiere für nichts, wenn ich unterwegs einfach einschlafe und am anderen Ende der Welt wieder aufwache.«

»Am anderen Ende der Welt sind die USA. Dann wärst du zumindest zurück in Chicago.«

»Wenn das deine Art ist, mich aufzuheitern, scheiterst du damit kläglich.«

»Tut mir leid. Ich habe gerade überlegt, ob ich dich irgendwie abholen kann, aber ...«

Als es nicht den Anschein machte, als würde er seinen Satz beenden, tat ich es. »Es wäre ziemlich leichtsinnig.«

Er musste es gar nicht bestätigen. Wenn wir bereits hier in Chicago so sehr aufpassen mussten, wollte ich mir nicht vorstellen, was passieren würde, wenn man uns gemeinsam in seiner Heimat sehen würde. Das Statement seines Labels, er hätte in New York nur eine »alte Bekannte« getroffen, wäre dann als glatte Lüge entlarvt.

Mit einer Hand strich Jae-yong sich die Haare aus den Augen und lehnte sich nach vorn. Sein Ellenbogen kam auf seinem Knie zum Liegen, sein Kinn stützte er in der Hand ab.

»Vielleicht könnte ich mir eine Papiertüte über den Kopf ziehen.«

»Das zu sehen wäre es fast schon wert«, sagte ich, froh, dass er einen Scherz daraus gemacht hatte. Galgenhumor war immer meine letzte Reserve gewesen, und es schien, als würde er das mit mir teilen. »Mit kleinen Löchern für die Augen, damit du auch ganz sicher wie ein richtiger Verbrecher aussiehst.«

»Immerhin würde es zu deiner zweiten Identität als Museumseinbrecher passen.«

»Das wirst du mich nie vergessen lassen, oder?«

Er schüttelte den Kopf, kleine Lachfältchen bildeten sich in seinen Augenwinkeln. Auch wenn er sich bemühte, sich seine Belustigung nicht ansehen zu lassen, konnte ich das amüsierte Funkeln in seinen Augen deutlich sehen.

Ich rollte gespielt genervt mit den Augen, letztlich klebte aber auch in meinem Gesicht ein Lächeln. Die Nervosität, die ich anfangs immer in seiner Nähe gespürt hatte, war im Laufe der Wochen abgeklungen – ganz ohne dass ich es bemerkt hatte. Sie war nur noch ein sanftes Hintergrundrauschen, das ab und an dafür sorgte, dass mein Magen Saltos schlug. Und selbst das Gefühl war mittlerweile so vertraut, dass es mich nicht völlig verunsicherte.

Dieser Gedanke machte mich sogar neugierig. Wie würde es in einem Monat sein, in einem Jahr? Ob wir uns verändern würden, und wenn ja, in welche Richtung? Letztes Jahr hatte ich ihn noch nicht mal gekannt, und jetzt kam es mir vor, als wäre es nie anders gewesen.

»Wenn ich bei dir bin, zeigst du mir dann auch den Weg, den du nachts am Han-Fluss immer spazieren gehst?«

»Und wo es die besten Hotteok gibt.«

»Und deinen Lieblingsbuchladen.«

Er nickte. Lächelte sanft.

»Ich kann's kaum erwarten.« Meine Wangen taten vom Grinsen bereits weh.

»Ich auch nicht, Ella«, sagte Jae-yong. »Ich auch nicht.«

So ging es noch ein wenig hin und her. Wir redeten über all die Dinge, die wir gemeinsam erleben würden, sobald ich bei ihm war. Egal, wie unrealistisch sie waren – das spielte in dem Augenblick keine Rolle. Es waren Träumereien, denen wir uns hingaben. Wünsche, denen wir nachhingen.

Als ich später im Bett lag, auf bestem Weg in einen tiefen Schlaf, wurde mir bewusst, wie viel schöner es war, mit jemandem zusammen zu träumen.

# 10. KAPITEL

Das Warten war eine ganze eigene Qual. Was für ein Glück, dass ich Erin wiederhatte – neben der Uni und der Arbeit verbrachte ich die meiste Zeit mit ihr. Nachdem ihre Eltern den ersten Schock überwunden hatten, hatten sie sie mit offenen Armen willkommen geheißen. Ich wusste, wie viel Erin das bedeuten musste – einen Ort zu haben, an den sie immer wieder zurückkehren konnte, egal, was in ihrem Leben gerade passierte.

Wenn wir nicht unterwegs waren und Chicago »neu entdeckten«, wie Erin es nannte, hielten wir uns in meinem Zimmer auf. Sie las, während ich am Schreibtisch saß und zeichnete. Jeden Mittwoch, wenn ich von der Uni nach Hause kam, war ich so beflügelt von dem Kunstkurs, dass ich nicht anders konnte, als die ganzen Dinge in meinem Kopf zu Papier zu bringen.

Matt hatte bei seinen positiven Erzählungen von diesem Kunstkurs nicht übertrieben. Nachdem Mr Vega sich in der ersten Stunde einen Eindruck von unserem Können gemacht hatte, waren die nächsten Stunden voll mit theoretischem Wissen. Er erzählte uns von der Theorie des Zeichnens, die noch bis vor einigen Jahrhunderten als Mittel zum Zweck gesehen wurde.

»Wenn Sie eine Zeichnung anfertigen, reduzieren Sie die Formen und Linien auf das, was für das Auge wesentlich ist. Das ist eine intellektuelle Leistung, die viel Aufmerksamkeit und genaues Hinsehen erfordert«, sagte er. »Ihre Zeichnungen der Blumenvasen waren gut, auch wenn Sie sich an manchen Stellen noch zu sehr in den Details verlieren.« Er zeigte auf unsere Bilder, die er am Anfang der Stunde wieder an die Tafel gehängt hatte. »Wenn Sie mit unterschiedlichen Künstlern reden, wird Ihnen vermutlich jeder etwas anderes sagen. Nicht wenige sind der Auffassung, dass die Zeichnung eine untergeordnete Kunstgattung ist. Eine Vorbereitung auf die eigentliche Malerei. Schon im siebzehnten Jahrhundert gab es kunsttheoretische Debatten darüber. Die Poussinisten waren der festen Überzeugung, die Linie sei wichtiger als die Farbe, wohingegen die Rubenisten die Meinung vertraten, dass Linien zweitrangig seien.«

Ich schrieb so viel mit wie sonst in keiner Vorlesung, sog alle Informationen auf. Für mich fühlte es sich an, als hätte mir jemand eine Tür zu einer anderen Welt geöffnet. Einer, in der darüber diskutiert wurde, welche Grundlagen wichtig waren, welche Maler die einflussreichsten. Es gab so viel, von dem ich noch nie gehört hatte – und der Gedanke, das alles endlich lernen zu können, machte mich so ungeduldig, dass ich am Ende der Stunde bereits den nächsten Mittwoch herbeisehnte.

Wenn ich Erin davon erzählte, strahlte sie mich jedes Mal an, als wäre sie diejenige, die zu diesem Kurs ging. So wie in diesem Augenblick. Sie saß auf meinem Bett und hörte mir aufmerksam zu, während ich versuchte, die letzte Doppelstunde so wiederzugeben, wie ich sie erlebt hatte.

»Ich wusste gar nicht, dass du an Kunstgeschichte so interessiert bist«, kommentierte Erin schließlich. Ihre dunklen Haare waren zu einem unordentlichen Dutt auf ihrem Kopf gedreht. Einige Strähnen hatten sich daraus bereits wieder gelöst. Die bunten Spitzen berührten gerade so ihr Kinn.

Ich blieb vor dem Bett stehen. Beim Erzählen war ich die ganze Zeit hin und her gelaufen. »Ich auch nicht. Ich habe nie darüber nachgedacht, mich damit überhaupt auseinanderzusetzen. Aber zu erfahren, woher die ganzen Techniken kommen, die ich mir über die Jahre antrainiert habe, ist spannender als jeder wirtschaftliche Text, den ich bisher gelesen habe.«

Ihr Blick wanderte an mir hinunter und wieder hoch. Über meine Locken, die ich notdürftig in einen Zopf zusammengefasst hatte. Zu der hellen, taillierten Jeans und dem beigefarbenen Hemd, das ich vorne in den Bund der Hose gesteckt hatte.

Sie kniff die Augen zusammen. »Du siehst aus wie meine Ella, aber ich bin mir nicht sicher, ob du es auch wirklich bist.«

»Ich bin es wirklich«, sagte ich und ließ mich neben sie aufs Bett fallen. »Ich wurde nicht von Aliens entführt, wenn du das befürchtest. Wenn du willst, kannst du nächsten Mittwoch einfach mitkommen und dich selber davon überzeugen, dass es spannend ist.«

»Ich kann nicht mal meinen Eyeliner gerade ziehen«, erwiderte sie. »Wie kommst du darauf, dass ich mich freiwillig in einen Kunstkurs schmuggeln würde und dann auch noch Spaß daran hätte?«

Ich betrachtete den dünnen schwarzen Lidstrich an ihren Augen nachdenklich. »Für mich sehen sie ziemlich gerade aus.«

»Der Geheimtipp sind Wattestäbchen. Damit bekommst du jeden Fehler wieder weg.«

»Gesprochen wie ein wahrer Make-up-Artist.«

Sie ließ sich nach hinten auf die Decke fallen. Ihre Füße hingen über den Bettrand. »Vielleicht ist das meine Berufung. Kannst du dir mich als Make-up-Artist vorstellen?«

»Nicht wirklich«, sagte ich ehrlich. Sie schminkte sich zwar regelmäßig, hatte aber bisher nie den Anschein gemacht, als wäre das ihre Leidenschaft.

»Ich auch nicht«, gab sie zu und seufzte. »Vielleicht stolpere ich ja auf meiner Sightseeingtour über meine Bestimmung.«

Ich gab nur einen nachdenklichen Laut von mir und erntete dafür einen Fußtritt in die Rippen. Mit schmerzverzogenem Gesicht rieb ich mir über die Stelle.

»Ein bisschen mehr Anteilnahme wäre schön.«

Lachend legte ich mich neben sie auf das Bett. »Ich überlege nur, in welchem Job ich dich sehen könnte. Aber irgendwie fällt mir nichts ein.« Und das, obwohl wir letztes Jahr so viel über unsere Zukunft geredet hatten. Nur irgendwie war es nie über Australien hinausgegangen. Wir hatten beide nicht an den Moment gedacht, in dem sie zurück nach Chicago kommen würde. Es schien immer so weit entfernt gewesen zu sein.

»Ja, nicht? Ich könnte Pilot werden. Oder Ärztin. Mir steht die ganze Welt offen, und ich habe trotzdem das Gefühl, sie hat keinen Platz für mich.«

Es war eine ernüchternde Vorstellung. Eine, die erst im Laufe der letzten Jahre gekommen war. Nachdem die Realität Kindheitsträume von Astronautinnen und Schauspielern abgelöst hatte.

»In meiner Welt hast du immer einen Platz«, sagte ich.

Das breite Lächeln auf Erins Gesicht vertrieb die düsteren Worte der letzten Minuten. »Deswegen bist du auch die beste Ella, die ich kenne.«

»Ha. Ich bin die einzige Ella, die du kennst.«

»Richtig. Und aus Dankbarkeit werde ich dir jetzt bei deiner Packliste helfen.«

»Es ist noch eine Woche Zeit«, versuchte ich dem zu entgehen. Packen war nichts, womit ich mich gern beschäftigte. Die Möglichkeit, ich könnte etwas Wichtiges vergessen, steckte immer in meinem Hinterkopf und ließ mich alles dreimal gegenchecken.

Erin kannte mich allerdings gut genug. Sie hob eine Augenbraue in die Höhe und sah mich abwartend an.

Ich seufzte geschlagen. »Klapp meinen Laptop auf, das Word-Dokument müsste noch offen sein.«

Sofort sprang sie vom Bett auf und setzte sich an meinen Schreibtisch. Während sie die Liste durchging, die ich gestern Abend angefangen hatte, streckte ich mich quer über das Bett, um nach meinem Handy zu greifen. Wenn Jae-yong gerade nicht schlief, schrieb er mir im Augenblick so regelmäßig, dass ich jedes Mal, wenn ich auf mein Handy guckte, eine neue Nachricht von ihm hatte.

**Jae-yong:** Ich fahre übermorgen zurück nach Seoul. Brauchst du irgendwas Bestimmtes, das ich besorgen soll?

**Ich:** Ein Bett zum Schlafen, laufendes Wasser …

**Jae-yong:** Ha. Witzig.

**Ich:** Ich glaube, ich bin relativ pflegeleicht, was das angeht. Auf Reisen bringe ich ohnehin immer meinen halben Hausstand mit, also könnte es vielleicht sein, dass ein halbes Dutzend Koffer bei dir eintreffen.

**Jae-yong:** Ich stelle mir dann einfach vor, dass du bei mir einziehst und ich dich nie wieder gehen lassen muss.

**Ich:** Wenn du so einen Kleiderschrank wie bei Narnia hättest, wäre es ganz praktisch. Dort müsste ich nur durchlaufen und wäre direkt in Seoul.

**Jae-yong:** Ich begeb mich direkt auf die Suche.

»Du hast deine Zeichenmaterialien gar nicht aufgeschrieben«, kommentierte Erin meine Packliste.

Ich legte mein Handy auf der Matratze ab und drückte mich vom Bett hoch, um mich neben sie an den Schreibtisch zu stellen. »Die sind eh immer in meinem Rucksack, deswegen fand ich es unnötig.«

»Und deine Bücherauswahl?«

»Die hab ich noch nicht entschieden.« Meistens feilte ich für große Reisen tagelang an dieser Liste, nur um das eigentliche Packen völlig zu vergessen und es am letztmöglichen Tag in aller Eile erledigen zu müssen.

Erin klatschte in die Hände und drehte sich auf dem Stuhl schwungvoll zu meinen Bücherregalen um. »Sehr gut. Dann wissen wir ja, wo wir anfangen müssen.«

Mein Blick wanderte über meine vollgestopften Regale. Es wunderte mich, dass die einzelnen Bretter noch nicht unter der Last der Bücher zusammengebrochen waren. »Ich weiß, dass du als Erstes die *Luna-Chroniken* vorschlagen wirst. Spar uns beiden also die Diskussion und schreib es einfach auf die Liste.«

Ihre Augen leuchteten auf, und sie hielt mir ihren ausgestreckten Daumen entgegen. »Ich wusste, wenn ich dich nur lange genug nerve, wirst du es irgendwann lesen.« Sie drehte sich wieder zum Laptop um und tippte den Titel in das Dokument. »Okay, was noch?«

Wir gingen alle meine ungelesenen Bücher durch und diskutierten über Vor- und Nachteile wie den jeweiligen Umfang. Je schwerer sie waren, desto weniger Bücher konnte ich einpacken. Dass ich in einer Woche nicht mehr als ein oder zwei Bücher lesen würde, ignorierten wir. Man musste ja vorbereitet sein.

Als Erin am Abend ging, war ich theoretisch beinahe bereit, in den Flieger nach Seoul zu steigen. Allerdings musste ich vorher noch das Wochenende rumkriegen und drei ganz gewöhnliche Tage in der Uni durchstehen, während in mir drin die Vorfreude bis ins Unermessliche wuchs. Ich verließ mein Zimmer, um das Geschirr, das Erin und ich beim Abendessen benutzt hatten, in die Küche zu bringen, und hielt auf dem Rückweg im Wohnzimmer an. Liv saß vor dem Fernseher und schaute sich ein Interview mit NXT an, das – nach Jae-yongs rosafarbenen Haaren zu urteilen – schon etwas älter sein musste.

Auf die Rückenlehne der Couch gestützt, las ich die Untertitel mit. Ed erklärte gerade die Bedeutung ihrer damals neuesten Single und wie sie in ihr Comeback passte. Das Interview musste zu der Zeit entstanden sein, als Jaeyong und ich keinerlei Kontakt gehabt hatten.

»Es gibt tatsächlich Interviews, die du noch nicht kennst?«, sagte ich nach einigen Augenblicken. »Ich hätte gedacht, dass du alles sofort guckst, sobald es rauskommt.«

Liv pausierte das Video und drehte sich zu mir um, die Stirn gerunzelt. »Weißt du, wie viele Interviews, Radiosendungen, Behind-the-Scenes-Videos und anderes Material sie während ihrer Comebacks veröffentlichen? Ich könnte mich sechs Wochen vor den Fernseher setzen und hätte trotzdem nur ein Viertel von allem gesehen, was von ihnen existiert.« Ihr Blick zuckte zurück zum Bildschirm. Sie betrachtete Ed nachdenklich, der gerade in Großaufnahme gezeigt wurde. »Außerdem sprechen sie in dem hier über ihre Zukunftspläne und neue Alben und irgendwie …« Sie zuckte mit den Schultern. »Irgendwie finde ich es so merkwürdig, dass sie alle möglichen Dinge andeuten und jetzt einfach Pause machen.«

Ich hielt meine Augen auf den Bildschirm gerichtet, spürte aber deutlich, dass sie mich ansah. An dem Tag, als die Pressemitteilung veröffentlicht wurde, war Erin plötzlich aufgetaucht – und seitdem hatte Liv das Thema nicht noch einmal angesprochen. Dabei konnte ich mir nur zu gut vorstellen, dass sie innerlich langsam platzen musste.

»Ich weiß, du kannst mir nichts sagen. Aber jetzt fährst du plötzlich nach Seoul und … Ich weiß nicht, irgendwie wirkt es alles so komisch«, fuhr Liv fort. »Kannst du vielleicht … Kannst du mir wenigstens sagen, ob es ihnen gut geht? Oder ob etwas Schlimmes passiert ist?«

Ich blickte zu Liv hinunter. Aufrichtige Sorge schwang in ihren Worten mit, und ich brachte es nicht über mich, ihre Frage unbeantwortet zu lassen. Die Band lag ihr so sehr am Herzen und gab ihr oft so viel Freude. Dass das von einem Tag auf den anderen einfach wegbrach – und dann auch noch ohne Erklärung … vermutlich könnte ich an ihrer Stelle auch nicht an mich halten.

»Es geht ihnen gut«, sagte ich. »Es gibt ein paar Unstimmigkeiten, die sie während der Pause klären müssen. Und davon abgesehen, haben sie sich eine Pause ja mehr als verdient, findest du nicht?«

Vor Erleichterung entspannte Liv ihre Schultern sofort. »Alle Fans sagen immer, dass sie sich mehr Ruhe gönnen sollen«, bestätigte sie.

»Eben.« Ich ging um die Couch herum und ließ mich neben sie fallen. Mein Koffer und die Packliste konnten auch noch einen Abend warten. »Also, in dem Interview sprechen sie über neue Alben, ja? Gibt es schon Theorien zu ihrem nächsten Comeback?«

Die Frage kam für Liv wie gerufen. Sie verfiel sofort in Ausführungen über die unzähligen von Fans aufgestellten Theorien, was nächste Alben betreffen könnte – und strahlte dabei so sehr, dass ich nicht anders konnte, als mir jede Kleinigkeit anzuhören, die sie dazu zu sagen hatte.

Allerdings hinterließ jedes Glänzen in ihren Augen und jedes Lächeln auch einen Beigeschmack, den ich den ganzen Abend nicht mehr loswurde. Im Augenblick war es nicht mal sicher, wann NXT aus ihrer »Pause« zurückkommen durften – geschweige denn, wann sie ein nächstes Album veröffentlichen würden. Ich konnte nur hoffen, dass Livs Enthusiasmus gerechtfertigt war.

Als Mel später am Abend von Josh zurück nach Hause kam, saßen wir mit einer großen Familienpizza vor dem Fernseher und waren von NXT-Interviews zu Disneyfilmen gewechselt, die wir schon hundertmal gesehen hatten. Mel setzte sich, ohne zu zögern, zu uns, auch wenn sie weiterhin so tat, als ließe sie den Film nur über sich ergehen, weil wir ihn unbedingt gucken wollten.

Ich genoss den Abend mit meinen Schwestern. Eine Woche zu verreisen mochte vielleicht nicht viel sein, aber ich konnte mich nicht erinnern, in den letzten Jahren für mehrere Tage so weit von ihnen entfernt gewesen zu sein. Selbst bei Tagesausflügen während der Highschool waren wir immer in den USA geblieben. Die Sicherheit, die dieses Wissen unterbewusst mit sich gebracht hatte, fiel mir erst jetzt nach und nach auf.

Nach dem Wochenende konnte ich mich kaum auf die Vorlesungen konzentrieren – viel zu sehr war ich damit beschäftigt, mir die nächste Woche mit Jae-yong vorzustellen. Wie es in Seoul sein, was er mir von der Stadt zeigen würde. Wie viel näher wir uns in der Zeit kommen konnten ... Ich dachte an die Nächte in New Buffalo, an die Küsse und Berührungen, die ich noch immer meinte, auf meiner Haut spüren zu können, und mein Herz machte einen Sprung.

Es war, als stritten zwei Teile meiner selbst in mir: Der

eine war froh über die Distanz – wir hatten dadurch viel Zeit gehabt, uns langsam kennenzulernen. Aber da war auch dieser andere Teil, ein ungeduldigerer, der Jae-yongs Nähe so genoss, dass nichts anderes eine Rolle spielte. Dieser Teil sorgte allerdings auch dafür, dass die Zeit, die ich bereits mit Jae-yong verbracht hatte, immer zu kurz erschien.

Die Nacht vor meiner Abreise war am schlimmsten. Ich lag in meinem Bett, tat kein Auge zu und ging die Reise Schritt für Schritt durch, um mich zu beruhigen. Ich wünschte mir nicht zum ersten Mal, dass mich das alles kaltlassen würde – dass ich morgen einfach entspannt zum Flughafen fahren konnte und es mich nicht weiter stören würde, wenn die Dinge nicht nach Plan verliefen. Nur machten mich bereits die kleinsten Abweichungen nervös. Vor allem dann, wenn ich sie nicht selbst in der Hand hatte.

Gegen zwei Uhr nachts gab ich es auf, den Schlaf zu erzwingen. Stattdessen schrieb ich Jae-yong, in der Hoffnung, er könnte meine Nerven beruhigen.

**Ich:** Wie hoch ist die Wahrscheinlichkeit, dass das Flugzeug mitten über dem Ozean abstürzt?
**Jae-yong:** Gering. Sehr, sehr gering.
**Ich:** Und wie sieht es damit aus, dass ich in ein falsches Flugzeug steige?
**Jae-yong:** Noch zehnmal geringer.
**Ich:** Okay, aber angenommen, ich vertausche meine Tasche auf der Toilette mit einer anderen und gehe plötzlich zum falschen Terminal.

**Jae-yong:** … wie schaffst du es, deine Tasche auf der Toilette zu vertauschen?

**Ich:** Na ja, wenn ich mit jemandem zusammenstoße, der gerade aus dem WC kommt, wenn ich dort reinmöchte. Und wir haben die gleichen Taschen und lassen sie beide fallen, und weil die andere Person es eilig hat, greift sie einfach eine, ohne zu checken, ob es wirklich ihre ist.

**Jae-yong:** Und du würdest auch nicht auf das Flugticket gucken, zu welchem Terminal du musst und zufällig sehen, dass der falsche Name draufsteht?

**Jae-yong:** Mal ganz davon abgesehen, dass ich mir zu 99 % sicher bin, dass du dir alles Wichtige schon hundertmal durchgelesen und eingeprägt hast und allein an der Nummer deines Sitzes sehen würdest, dass es nicht dein Ticket ist.

**Ich:** … wieso kennst du mich so gut, was soll das?

**Jae-yong:** Was denkst du, was ich die letzten Monate gemacht habe, während wir miteinander geredet haben? Kinderlieder in meinem Kopf gesungen?

**Ich:** Du bist heute ausgesprochen frech. Ist das jetzt der Moment, in dem deine wahre Persönlichkeit ans Licht kommt?

**Jae-yong:** Nein, entschuldige.

**Jae-yong:** Ich möchte dir eigentlich nur sagen, dass alles gut gehen wird. Ich kann verstehen, warum dich die Reise stresst, aber ich warte am anderen Ende der Welt mit etwas zu essen, einem großen Bett und einer noch größeren Umarmung auf dich.

Ich presste meine flache Hand auf die Brust, direkt über meinem Herzen. Gott, er war so, so ... Mir fiel nicht mal eine passende Beschreibung für ihn ein. Er war alles – aufmerksam, süß, verständnisvoll. Und so viel mehr, dass ich es nicht mal in Worte fassen konnte.

**Ich:** Ich bin so gespannt, wie dein eigenes Apartment aussieht.

**Ich:** Bisher stell ich mir noch eine riesige Bibliothek wie bei *Die Schöne und das Biest* vor. Ein bisschen staubig, aber vor allem sehr gemütlich.

**Jae-yong:** Wer ist in deiner Vorstellung die Schöne?

**Ich:** ...

**Ich:** Wir beide. Niemand? Ist das eine Fangfrage? Gibt es eine richtige Antwort??

**Jae-yong:** Haha. Beide klingt gut. Aber ich glaube, wenn du dir das vorstellst, wirst du enttäuscht sein von der Realität. Viele meiner Bücher stehen in dem Apartment, das ich mir mit den anderen teile.

**Ich:** Oh nein, dann kann ich mir dein Bücherregal gar nicht ansehen??

**Jae-yong:** Was denkst du von mir? Natürlich habe ich hier auch eins. Ein Raum ist doch ohne Bücher nur halb eingerichtet.

**Jae-yong:** Ich meinte eher die Vorstellung der Bibliothek. Damit kann ich nicht dienen. Und sooo staubig ist es auch wieder nicht.

**Ich:** Du wirst jetzt putzen, bevor ich komme, habe ich recht?

**Jae-yong:** Es war schon immer so sauber!

**Ich:** :DD

**Jae-yong:** Der Staub fürchtet mich.

**Ich:** Bestimmt tut er das.

**Jae-yong:** Deine Zweifel sind hier nicht angebracht!!

Ich drehte meinen Kopf zur Seite, um mein Lachen im Kopfkissen zu ersticken. Mit nur ein paar Nachrichten schaffte er es, meine Sorgen in den Hintergrund rücken zu lassen. Welche gute Fee hatte auf mich aufgepasst, als wir uns auf der Award-Show über den Weg gelaufen sind? Ich hätte ihr zu gerne gedankt.

**Ich:** Hmm. Vielleicht kann ich meinen Körper überreden, einzuschlafen, wenn ich ihm sage, dass die Zeit, bis du und ich uns sehen, damit schneller vergeht.

**Jae-yong:** Einen Versuch ist es wert.

**Ich:** Okay. Drück mir die Daumen.

**Jae-yong:** Schlaf gut, Ella.

**Ich:** Bis morgen, Jae-yong.

Ich drückte das Handy an meine Brust, als könnte ich ihm so näher sein, schloss die Augen und war nach wenigen Minuten eingeschlafen.

# 11. KAPITEL

Ich schlief ein paar Stunden und stand nach dem Weckerklingeln sofort auf, um mein Gepäck noch einmal durchzugehen. Mel und Liv verabschiedeten sich von mir, bevor sie das Haus verließen. Dass ich mich allein bis zum und am Flughafen orientieren musste, lag mir wie ein Stein im Magen.

Ich fuhr viel zu früh los, hatte dadurch aber Zeit, mich ohne zusätzlichen Stress durch das Gebäude zu navigieren. Ich checkte an einem Automaten ein, verstaute die Bordkarte in meinem Rucksack und gab mein Gepäck am Schalter auf. Mein Herz schwankte dabei zwischen meinem normalen und einem ungesund schnellen Puls hin und her. So weit lief alles problemlos ab, aber die unbekannte Situation, die vielen Dinge, die schiefgehen konnten, sorgten für eine dauerhafte Anspannung in meinem Körper. Eine halbe Stunde vor dem Boarding begab ich mich zum Gate und verbrachte die letzten Minuten mit einem Buch im Wartebereich.

In meinem Rucksack hatte ich das Wichtigste untergebracht: meinen Zeichenblock, ein Buch, Kopfhörer und alles andere, von dem ich das Gefühl hatte, es im Flugzeug benötigen zu können. Trotzdem war ich nicht auf dreizehn Stunden in der Luft vorbereitet. Als ich das Flugzeug betrat und zu meinem Platz gewiesen wurde, trommelte mein Herz so sehr in meiner Brust, dass ich mich zwingen musste, ruhig zu atmen. Ich setzte mich hin, checkte dreimal meinen Gurt und wippte, bis wir abhoben, nervös mit den Beinen. Der Druck auf den Ohren, die engen Sitze, die vielen Geräusche … Ich erlebte die Unannehmlichkeiten des Fliegens zwar nicht zum ersten Mal, dafür aber wesentlich intensiver. Mein Magen rumorte bereits den ganzen Morgen, und ich war mir nicht sicher, ob er mir mitteilen wollte, dass ich unbedingt oder auf keinen Fall etwas essen sollte.

Die ersten Stunden waren dennoch in Ordnung und vergingen halbwegs schnell. Ich beschäftigte mich mit dem Ausblick von meinem Fensterplatz, mit Skizzen von den Wolken am Horizont, die wie Zuckerwatte aussahen. Oder ich las in meinem Buch, während ich Musik hörte. Aber irgendwann konnte ich mich selbst damit nicht mehr von meiner Nervosität ablenken. Als es draußen immer dunkler wurde, und mehr und mehr Leute es sich so bequem wie möglich in den ungemütlichen Sitzen machten, lehnte ich mich an das kleine Fenster und schloss ebenfalls die Augen. Aus meinen Kopfhörern drang sanfte Klaviermusik. Ich hatte sie in der Hoffnung ausgewählt, mich darauf konzentrieren und einschlafen zu können – und schaffte genau das nach einer Weile sogar.

Ein paar Stunden verschlief ich, bis die Mahlzeiten serviert wurden. Ich wählte einen Nudelauflauf, der wesentlich besser schmeckte, als er aussah, und schaute beim

Essen einen Film über das Bord-TV. Als meine beiden Sitznachbarn ihre Plätze verließen, nutzte ich die Zeit, um kurz auf Toilette zu gehen und mir die Beine zu vertreten. Normalerweise hatte ich nichts dagegen, mehrere Stunden am Stück am Platz zu verbringen, aber die unbequemen Sitze, gepaart mit der unmittelbaren Nähe zu meinen Sitznachbarn, verlangten mir einiges ab.

Nach einigen Minuten setzte ich mich wieder hin und versuchte, die letzten Stunden abwechselnd zwischen meinen Buchseiten und dem Bord-TV herumzukriegen.

Nach der Landung schickte ich als Erstes meinen Schwestern eine Nachricht, dass ich gut angekommen war, und brauchte dann eine gute Stunde, um meinen Koffer vom Gepäckband zu holen und den Incheon Airport zu verstehen. Der Flughafen war riesig und unglaublich modern. Überall wuselten Menschen herum, alle zwei Meter befand sich ein neues Geschäft oder Restaurant. Ich suchte mir meinen Weg nach draußen und war, kaum dort, für einen Augenblick von den ganzen Bussen und Autos überfordert, die überall warteten.

Jae-yong hatte mir empfohlen, ein Taxi zu nehmen, statt allein mit meinem Gepäck und einem drohenden Jetlag meinen Weg nach und durch Seoul zu suchen. Ich zeigte dem Taxifahrer die Adresse, die Jae-yong mir geschickt hatte, lächelte entschuldigend, als er etwas auf Koreanisch sagte, und setzte mich auf die Rückbank. Während der Fahrt schrieb ich Jae-yong, dass ich unterwegs war, und richtete meinen Blick aus dem Fenster.

Wir verließen die Insel, auf der sich der Flughafen befand, über eine dreispurige Straße, die zu einer Brücke führte. Rechts und links von uns erstreckte sich Wasser, das im diffusen Licht der Sonne glitzerte. Der Himmel war grau, wirkte beinahe ein bisschen verschwommen, und in allen Himmelsrichtungen ragten Berge am Horizont auf.

Überwältigt von der Aussicht sog ich die Eindrücke in mich auf, die Müdigkeit rückte in den Hintergrund. Die Brücke führte uns aufs Festland, wo die Berge von Bäumen und Wäldern ersetzt wurden. Hätte ich nicht hundertmal gecheckt, dass ich in den richtigen Flieger gestiegen bin, hätte ich Zweifel gehabt, ob ich mich wirklich in der Nähe einer Weltmetropole befand. Je weiter wir fuhren, desto mehr kleine Häuser tauchten auf, bis Seoul schließlich so vor mir lag, wie die Bilder es zeigten: mit unendlich hohen Wolkenkratzern, überall Menschen und vielen bunten Leuchtreklamen. Beinahe die ganze Fahrt über klebte ich am Fenster und hatte trotzdem das Gefühl, nur die Hälfte richtig wahrgenommen zu haben.

Wir waren eine gute Stunde unterwegs, als das Smartphone in meinen Händen vibrierte.

**Jae-yong:** Vor den Gebäuden stehen Securitys. Sie können Englisch und sind informiert, dass du kommst. Sag mir Bescheid, wenn du da bist, ich hol dich vom Eingangsbereich ab.

Eine halbe Stunde später hielt das Taxi vor einem Komplex aus drei Hochhäusern. Ich reichte dem Fahrer meine Kreditkarte zum Bezahlen. Danach hob er mein Gepäck aus dem Kofferraum, worauf ich ein schüchternes »Gamsahamnida« – *Danke* – sagte, das ich mir vor dem Flug angeeignet hatte. Ich war mir nicht sicher, ob ich es richtig aussprach – oder ob er mich überhaupt verstand. Aber das Lächeln, mit dem er reagierte, war so freundlich, dass ich mich sofort ein wenig besser fühlte.

Als das Taxi wieder abfuhr, atmete ich einmal tief durch. *Du bist in Seoul, Ella. Und bis hierhin hast du es ganz allein geschafft.*

Ich legte den Kopf in den Nacken und sah für einen Augenblick nur die drei Hochhäuser, die mit ihrer obersten Etage die Wolken zu berühren schienen. Dann packte ich den Griff meines Koffers und setzte mich in Bewegung. Mein Herz schlug mir bis in den Hals, das Blut rauschte in meinen Ohren. Die Erschöpfung der Reise machte meine Nervosität nur schlimmer. Dabei war ich mir nicht mal sicher, woher sie kam. In meinem Kopf spielten die unterschiedlichsten Szenarien mal wieder Pingpong: Am Ende hatte Jae-yong mir eine falsche Adresse geschickt – oder der Fahrer war irgendwo falsch abgebogen. Auch wenn beides unwahrscheinlich war. Ich erreichte die Sicherheitskontrolle und verstand dank einer Tafel, dass ich dem Mann meinen Personalausweis reichen musste. Er prüfte ihn länger als nötig, ließ mich dann aber vorbei.

Als ich schließlich im Eingangsbereich des vordersten der drei Hochhäuser stand, schickte ich Jae-yong eine Nachricht. Unschlüssig sah ich mich um. Die Wände waren mit dunklem Holz vertäfelt, der Boden glänzte so sehr, dass ich mein Spiegelbild darin erahnen konnte. Zu meiner Rechten befand sich eine Rezeption, von der mir eine Frau nett zulächelte. Ich tat ein paar Schritte in den hinteren Bereich, blieb aber sofort stehen, als mir Personen entgegenkamen. Unsicher drückte ich mich an die Wand, um ihnen Platz zu machen – und im besten Fall auch, um mit ihr zu verschmelzen. Gefühlt verbrachte ich eine halbe Ewigkeit so, bemüht, niemandem im Weg zu stehen. Erst als ich Jae-yongs vertraute Gestalt auf mich zukommen sah, entspannte ich mich. Und noch ein wenig mehr, als er mich sah und seinen Schritt beschleunigte.

Er bemühte sich sichtlich, das Grinsen auf seinem Gesicht im Zaum zu halten, biss sich sogar auf die Unterlippe, um es zu unterdrücken. Aber kaum war er bei mir, nahm es sein gesamtes Gesicht ein. In seinen Augenwinkeln bildeten sich kleine Fältchen, er zog die Nase kraus, weil er so strahlte, und – Gott, mein Herz wollte sich gar nicht mehr beruhigen. Bevor ich etwas sagen konnte, griff er nach meinem Koffer, umfasste meine Hand und zog mich hinter sich her zu den Fahrstühlen, die im hinteren Bereich warteten.

Als sich die Türen hinter uns schlossen, legte er beide Hände an mein Gesicht und küsste mich so sanft, dass mir schwindelig wurde. Ich schaffte es gerade mal, meine Hände auf seine Brust zu legen, da rückte er schon wieder von mir ab. Viel Raum ließ er zwischen uns allerdings nicht. Und er schloss ihn auch wieder, als ich ihm mein Gesicht auffordernd entgegenreckte. Der Kuss war tiefer diesmal, intimer. Der Geruch seines Shampoos stieg mir in die Nase, seine Haare kitzelten meine Wange.

Ich bekam nur nebenbei mit, wie der Aufzug ein Stockwerk nach dem anderen nach oben fuhr. Ich verlor mich in Jae-yong und wünschte mir, niemals diesen kleinen Raum verlassen zu müssen. Kaum hatte ich das gedacht, hielt der Aufzug an. Jae-yong verschränkte unsere Finger und strich mit den Lippen über meinen Handrücken, während wir darauf warteten, dass die Türen aufgingen.

Wir hatten noch kein Wort miteinander gesprochen – und das mussten wir auch gar nicht. Ich hatte das Gefühl, genau zu wissen, wie es ihm gerade ging. Die Erleichterung, ihn endlich wieder in meiner Nähe zu haben, füllte mich völlig aus.

Vor einer Tür blieben wir stehen, und Jae-yong gab eine Zahlenkombination in das daran installierte Tastenfeld ein. Die Tür öffnete sich mit einem melodischen Geräusch. Jae-yong schob die Tür auf, ließ mir den Vortritt. Vor mir eröffnete sich ein kleiner, gefliester Bereich, in dem Jae-yong seine Schuhe auszog und in ein Regal stellte. Ich tat es ihm nach und schlüpfte in die Hausschuhe, die er mir vor die Füße legte. Der Rest der Wohnung lag ein Stück erhoben, vielleicht eine halbe Stufe über dem Eingangsbereich. Jae-yong schob meinen Koffer vor sich her, und ich folgte ihm in das Apartment. Rechts von uns hing ein Bildschirm an der Wand, an dem Jae-yong sich gerade zu schaffen machte. Ich bekam nicht mit, was er darauf eintippte – der Ausblick, der sich mir bot, zog meine volle Aufmerksamkeit auf sich. Ein großer, offener Raum verband Küche und Wohnzimmer miteinander. Eine riesige Fensterfront mir gegenüber erstreckte sich vom Boden bis zur Decke. Ich war wie hypnotisiert von der Aussicht und stellte mich direkt an das Fenster, um die Stadt von oben zu betrachten: Direkt unter mir teilte der Han-Fluss Seoul in zwei Hälften. Auf der anderen Seite des Flusses befanden sich unzählige Hochhäuser, die durch die Entfernung winzig klein wirkten. Zu allen Seiten erstreckten sich Berge im Hintergrund. Beinahe so, als kesselten sie die Stadt völlig ein.

Ich spürte Jae-yong hinter mich treten. Die Wärme seines Körpers war so angenehm, dass ich mich leicht zurücklehnte, bis mein Rücken seine Brust berührte.

»Ich bin wirklich hier, oder?«, fragte ich ihn.

Seine Hand kam auf meiner Taille zum Liegen. »Bist du.«

Ein ungläubiges Lachen entkam mir. Ich war so weit von zu Hause entfernt wie noch nie zuvor – und alles, was ich spürte, war pure Aufregung. Ich wollte die Stadt entdecken, alle Restaurants austesten und mir Jae-yongs liebste Orte zeigen lassen. Ich war auf der anderen Seite der Welt. Und so froh, etwas getan zu haben, das mir bis vor Kurzem noch Angst bereitet hatte.

Nach einem letzten Blick auf die Stadt wandte ich mich Jae-yong zu und betrachtete ihn das erste Mal ausgiebig. Er trug einen Pulli, der eine Farbe irgendwo zwischen Violett und Rosa hatte, dazu eine dunkle Jeans. Die Haare umrahmten wellig seine Stirn, und ich fragte mich unwillkürlich, ob er sie noch gestylt hatte, bevor er nach unten gekommen war. Er sah mich an, als würde er ebenfalls jedes Detail in sich aufsaugen.

Als er meinen Blick auffing, lächelte er schief, blieb aber einen Schritt von mir entfernt stehen. Ich wollte meine Arme um ihn schlingen, ihn festhalten und nie wieder loslassen … Aber ich rührte mich nicht vom Fleck, obwohl ich in seinen Augen sah, dass er darauf wartete. Stattdessen zog ich eine Augenbraue nach oben und erwiderte seinen Blick in einer stummen Herausforderung. Es dauerte nicht lang, bis er nachgab. Er überwand die paar Schritte zu mir und umschloss mich mit seinen Armen. Ich spürte, wie sein Kinn auf meinem Scheitel zum Liegen kam, und seufzte glücklich.

»Du weißt, dass ich bei dir nie standhaft sein kann«, grummelte er.

Ich erstickte mein Lachen an seiner Brust. »Zum Glück. Ich bin stur genug für uns beide.«

Jae-yong seufzte so schwer, dass ich beinahe Mitleid mit ihm hatte. »Du genießt das auch noch, hab ich recht?«

Ich sparte mir die Antwort. Stattdessen stellte ich mich auf die Zehenspitzen, um über seine Schulter den Wohnbereich seines Apartments zu betrachten. »Gibst du mir eine Tour durch deine Wohnung?«

»Wenn du möchtest«, sagte er. »Aber hast du keinen Hunger? Durst? Möchtest du dich erst mal ausruhen?«

Ich schüttelte den Kopf. »Ich melde mich, falls ich was brauche. Und wenn du mir zeigst, wo der Kühlschrank ist, kann ich auch immer wieder was daraus klauen, wenn du gerade nicht hinschaust.«

»Äh, ja … Was das angeht: Ich weiß nicht, ob du etwas finden wirst, das du daraus klauen möchtest. Meine Mom hat mir eine Menge Kimchi und anderes Banchan mitgegeben, als ich zurück nach Seoul gefahren bin. Ansonsten habe ich einen Schrank voll Ramyeon, falls du darauf Lust hast.«

»Banchan?«

»Das sind … hm, sehr unterschiedliche Lebensmittel. Manche werden gekocht, manche geschmort. Kimchi wird zum Beispiel fermentiert. Traditionell werden zum Winteranfang von den Frauen der Familie hundert Köpfe Chinakohl eingelegt, damit man über den Winter ausreichend hat.«

»Dann lass uns doch das später essen.«

Er wirkte nicht völlig überzeugt. »Es schmeckt wahrscheinlich anders als das, was du gewohnt bist …«

»Deswegen bin ich hier«, sagte ich. »Damit du mir alles zeigen kannst, was ich bisher auf meiner Seite der Erde verpasst habe.« Ich wand mich aus seiner Umarmung, griff nach seiner Hand und zog ihn einen Schritt von der Fensterfront weg. »Aber zuerst die Wohnungstour.«

»Es gibt nicht wirklich viel zu sehen. Hier ist der Wohnbereich, den ich extra aufgeräumt habe, bevor du gekommen bist.« Er deutete auf das lange Sofa, das mit dem Rücken zu uns stand. »Vorher haben ungefähr dreihundert Bücherstapel alles dominiert.«

Vor dem Sofa lag ein riesiger grauer Teppich, darauf stand ein runder Glastisch, den Trockenblumen schmückten. An der gegenüberliegenden Wand hing ein Flachbildfernseher, und in jeder Ecke standen Zimmerpflanzen und gaben dem Raum das gewisse Etwas.

»Ich wusste gar nicht, dass du so einen grünen Daumen hast«, kommentierte ich, als er mich weiter zur offenen Küche führte. Eine Kochinsel stellte den Mittelpunkt dar. Sie war vollständig aus schwarzem Granit, der von goldenen Schlieren durchzogen war. Dagegen war die schlichte graue Schrankwand samt der Arbeitsfläche dahinter beinahe unscheinbar.

Jae-yong handelte die Küche im Schnelldurchlauf ab. »Kühlschrank, Reiskocher, Herd, Kaffeemaschine.« Wir gingen zurück Richtung Eingangsbereich, bogen kurz vorher aber rechts ab. Nach ein paar Schritten standen wir bereits im Schlafzimmer – auch das kam ohne Tür aus. Das gesamte Apartment war offen gestaltet. Es war nicht einmal sonderlich groß, aber durch den Grundriss und die Art, wie alles ineinander überging, wirkte es geräumig.

Das Bett stand rechts von einer Tür, die das Badezimmer versteckte, wie sich später herausstellte. Auf der anderen Seite gab ein hohes Fenster wieder den Ausblick auf die Stadt frei. Wenn man sich im Bett auf die linke Seite rollte, könnte man direkt aus dem Fenster auf den Park darunter sehen. Ich hätte nie gedacht, dass eine riesige Metropole wie Seoul noch so viele Grünflächen bieten würde.

Ich drehte mich einmal um die eigene Achse, wollte alles in Augenschein nehmen. Vom deckenhohen Kleiderschrank über das Bett, bis ich am völlig überladenen Bücherregal hängen blieb.

Jae-yong folgte meinem Blick und schmunzelte, als ich sofort den Raum durchquerte, um mir die Bücher genau anzusehen. Die meisten Buchrücken trugen koreanische Titel. Ich zog eins aus der Reihe hervor, strich über den roten Einband und die Silhouette einer Person, die sich verbeugte – zumindest wirkte es so auf mich. Ich klappte das Buch in der Mitte auf und überflog die für mich rätselhaften Schriftzeichen. Ich meinte zu erkennen, wenn sich einzelne Zeichen wiederholten, aber sobald es in eine andere Schriftart wechselte, war ich völlig aufgeschmissen.

Jae-yong nahm mir das Buch aus der Hand, klappte es zu und deutete auf einen Teil des Titels. »*Eomma*. Das koreanische Wort für Mom. Ich glaube, im Englischen haben sie den Titel mit *Please Look After Mom* übersetzt.« Er sah auf, betrachtete die Bücher in seinem Regal. »Irgendwo müsste ich die englische Ausgabe auch stehen haben.«

»Darf ich sie mir ausleihen?«, fragte ich. Hatte ich schon jemals Bücher von koreanischen Schriftstellern gelesen? Ich konnte mich nicht daran erinnern. Vermutlich also nicht.

»Mein Regal ist dein Regal.« Es dauerte einen Moment, bis er das Buch in der zweiten Reihe gefunden hatte und mir gab.

Ich wog es in meinen Händen, betrachtete das Gesicht der Frau auf dem Cover und las mir die Inhaltsangabe durch, ehe ich zu Jae-yong aufsah. »Warum hast du dir das Buch in zwei Sprachen gekauft?«

»Ich war neugierig, wie sie es übersetzt haben. Koreanisch und Englisch sind vom Sprachaufbau her komplett unterschiedlich. Manchmal … gehen ein paar Dinge bei der Übersetzung verloren.«

Die meisten Bücher, die ich las, waren englische Originale, nur wenige waren Übersetzungen aus anderen Sprachen. Ohnehin war die einzige Fremdsprache, die ich beherrschte, Spanisch – aber meine Kenntnisse reichten nicht, um ganze Bücher zu lesen.

»Wenn du nicht neben mir stehen würdest, müsste ich mich jetzt ernsthaft fragen, ob du real bist«, sagte ich.

Jae-yong entkam ein überrumpeltes Lachen. »Warum?«

»Du legst es nicht mal drauf an und stößt trotzdem immer mehr meiner liebsten fiktiven Charaktere von ihrem Thron. Das find ich nicht in Ordnung.«

Seine Augen wurden schmal. »Willst du mir etwa sagen, dass ich noch nicht dein Platz eins bin?«

Ich öffnete den Mund und schloss ihn gleich darauf wieder. »Das ist eine Fangfrage, oder? Alles, was ich jetzt sage, kann und wird gegen mich verwendet werden.«

»Es ist keine Fangfrage. Du kannst sie also ruhig beantworten.«

Ich drückte das Buch, das er mir gegeben hatte, an mich und sah mich nachdenklich um. »Ich glaube, ich wäre jetzt bereit für etwas zu essen.«

»Ella«, warnte er mich spielerisch. Das Funkeln in seinen Augen zeigte mir, dass er nur Spaß machte … vermutlich.

»Ella hat Hunger«, sagte ich und drehte Jae-yong den Rücken zu. Ich durchquerte den Raum in wenigen Schritten und drehte mich im Übergang zum Wohnbereich zu ihm um. Er stand wie angewurzelt neben dem Regal, die Arme vor dem Brustkorb verschränkt. »Kommst du?«

»Du hast drei Sekunden.«

Vielleicht machte er doch keinen Spaß. »Wofür?«

»Um mir zu sagen, wie ich auf Platz eins komme, bevor ich es aus dir herauskitzle.«

»Das würdest du nicht tun«, sagte ich, machte aber gleichzeitig einen großen Schritt rückwärts.

Er zog nur eine Augenbraue nach oben und begann zu zählen. Ich wartete nicht ab, bis er damit fertig war, sondern sah zu, dass ich das Schlafzimmer verließ und mich hinter der Kochinsel in Sicherheit brachte. Kurz darauf hörte ich schon seine Schritte näher kommen. Er stellte sich auf die andere Seite der Kochinsel und stützte sich mit beiden Armen auf der Oberfläche ab. Mein Blick wanderte wie von selbst zu den Adern, die sich in seinen Unterarmen abzeichneten, wo er den Pulli hochgekrempelt hatte. Und direkt weiter zu den Muskeln, die danach folgten. Ich war so damit beschäftigt, ihn anzugucken, dass ich beinahe nicht mitbekam, wie er einige Schritte nach links trat, um die Kochinsel zu umrunden.

Bevor ich dazu kam, wieder auf Sicherheitsabstand zu gehen, hatte Jae-yong einen Arm um meinen Rücken gelegt, den anderen unter meine Kniekehlen, und hob mich ohne große Mühe hoch. Er trug mich zum Sofa, während ich ihn anflehte, auf das Kitzeln zu verzichten. Aber er ignorierte meine Bitte, setzte sich in aller Seelenruhe hin und hielt mich auf seinem Schoß.

Er wartete, bis ich nicht mehr versuchte, seinem Griff zu entkommen. »Eine Chance hast du noch. Wen muss ich vom ersten Platz stoßen, hm?«

Ich wusste nicht, ob ich lachen oder weinen sollte. Ich zwickte ihn in den Oberarm, auch das störte ihn reichlich wenig. »Das sag ich dir, wenn du mich loslässt.«

Seine Augen blitzten amüsiert auf. Ihm machte das hier wirklich Spaß. »Falsche Antwort.«

Ich gab ein lautes Quieken von mir, als ich seine Finger an meinen Seiten spürte. »Okay! Okay, ich sag's dir!« Er hielt in seiner Bewegung inne, und ich ließ meinen Kopf an seine Schulter fallen. »Gus«, murmelte ich in den Stoff seines Pullovers.

Jae-yong lehnte sich ein Stück zurück. »Wie bitte?«

»Augustus Waters!«, wiederholte ich, lauter diesmal. »Er hat mir das Herz gebrochen, und ich werde für immer weinen, wenn ich an ihn oder *Das Schicksal ist ein mieser Verräter* denke.«

Er erwiderte nichts. Nach kurzem Zögern sah ich zu ihm auf und bemerkte die Falte, die sich zwischen seinen Augenbrauen gebildet hatte. »Was denkst du?«

»Dass ich schon verloren habe, wenn ich gegen Augustus Waters antreten muss«, war seine Antwort. Er klang nicht glücklich darüber.

Ein Kichern brach aus mir hervor, ohne dass ich es verhindern konnte. Ich spürte Jae-yongs ungläubigen Blick auf mir, als ich mich auf seinem Schoß anders hinsetzte, um meine Arme und Beine um ihn zu schlingen. Mein Kinn kam auf seiner Schulter zum Liegen, und ich drehte meinen Kopf, sodass meine Nasenspitze seinen Hals berührte.

Ich umarmte ihn noch etwas fester. »Gus hatte nie eine Chance gegen dich.«

»Das sagst du jetzt nur, damit mein Selbstbewusstsein nicht völlig zerbricht«, murmelte er. Trotzdem legte er seine Hände an meinen Rücken und drückte mich noch etwas näher an sich.

Ich hob den Kopf von seiner Schulter, um ihm ins Gesicht sehen zu können. »Bist du etwa eifersüchtig? Auf einen fiktiven Charakter?«

»Ich weiß, wie das mit book boyfriends ist. Sie setzen den Maßstab so hoch, dass ich dich demnächst mit Pferd und Rüstung vor etwas retten muss, damit ich interessant bleibe.«

Was die hohen Maßstäbe anging, hatte er nicht unbedingt unrecht … »Wovor würdest du mich denn retten müssen?«

»… vor meinem lang verschollenen bösen Zwillingsbruder?«, mutmaßte er. »Das kann ich ja vorher nicht wissen, sonst müsste ich nicht mit einem Pferd durch Seoul reiten, um dich zu retten.«

Ich schnaubte amüsiert. »Deine Fantasie geht mit dir durch.«

»Die Schuld dafür gebe ich dir.«

»Mir? Warum?«

»Niemand sonst ist hier, ich kann keine andere Person dafür beschuldigen.« Mit einem Nicken bekäftigte er seine Aussage, als würde sie Sinn ergeben. Für ihn vielleicht. Ich hatte Mühe, dem Verlauf des Gesprächs zu folgen, ohne in Lachen auszubrechen. Von unserer Unterhaltung vor seinem Bücherregal bis zu diesem Moment waren keine zehn Minuten vergangen, und plötzlich redeten wir von fiktiven Freunden und bösen Zwillingsbrüdern. Ich mochte, dass ich mit ihm über unsinnige Dinge sprechen konnte. Ich mochte, dass ich mit ihm aber auch über alles sprechen konnte, was mich beschäftigte. Ich mochte, wie er mich behandelte, wie er mich festhielt und mit mir redete. Ich mochte seine Leidenschaft und alles, was ihn ausmachte. Ich mochte … *ihn*. So sehr, dass es mir den Atem verschlug.

Mein Mund strich über seinen Kiefer, als ich meinen Kopf wieder an seine Schulter legte, ich drückte einen Kuss auf die glatte Haut dort und stieß ein Seufzen aus.

Jae-yongs Hand glitt an meinem Rücken hinauf und kam an meinem Hinterkopf zum Liegen. »Alles in Ordnung?«

Ich nickte, drückte mich fester an ihn. Sein Brustkorb hob und senkte sich regelmäßig, ich lauschte seinen Atemzügen. Ich wollte ihm beschreiben, wie ich mich fühlte, aber jedes Mal, wenn ich den Mund öffnete, wollte mir mein Herz in den Magen rutschen. Es war ein neues Gefühl, mit dem ich mich so verletzlich, so schutzlos wie noch nie fühlte.

Jae-yong hakte nicht nach. Ich fragte mich, ob er es auch fühlte oder ob es nur mir so ging und meine hundert Ängste und Sorgen alle Emotionen verstärkten. Jae-yong schien die Veränderung in mir zu bemerken – vielleicht in der Art, wie ich mich an ihn klammerte. Oder er spürte meinen aufgeregten Herzschlag. Was auch immer es war, es brachte ihn dazu, beruhigende Kreise über meinen Rücken zu streichen. Er nahm die Stille hin, das Schweigen, und gab mir Zeit, bis ich die ganzen Gefühle in mir wieder eingefangen hatte.

Erst als ich so weit war, richtete ich mich auf. Jae-yongs dunkle Augen streiften über mein Gesicht, eine stumme Frage in ihnen. Ich schenkte ihm ein kleines Lächeln.

»Wollen wir etwas essen?«, fragte er daraufhin und ließ mich nur langsam los, als ich nickte. Er hielt meine Hand fest in seiner, bis wir an der Kochinsel angekommen waren. Dort bedeutete er mir, mich auf einen der Barhocker zu setzen, die davorstanden, und holte einige Dosen aus dem Kühlschrank. Ich sah ihm stumm dabei zu, wie er das Banchan auf mehreren Tellern verteilte und anrichtete. Dazu kamen zwei Schüsseln Fertigsuppe, die er aus dem Kühlschrank gegriffen und kurz aufgewärmt hatte. Eine runde weiße Verpackung, deren Inhalt sich letztlich als Reis herausstellte, erhitzte er in der Mikrowelle. Jae-yong verteilte ihn auf zwei Schüsseln und stellte meine links vor mich. Dann reichte er mir über die Kücheninsel hinweg zwei Stäbchen und einen Löffel.

»Das Kimchi meiner Mom ist mit Abstand das beste.« Er deutete auf den Teller, der ihm am nächsten stand. »Das Banchan auch, wenn du mich fragst. Ich weiß nur nicht, ob es dir schmecken wird …«

Er verstummte, als ich meinen Arm ausstreckte und mit den Stäbchen etwas von dem Teller nahm, der direkt vor mir stand. Ich wusste weder, was es war, noch, ob ich damit vielleicht mit allen koreanischen Tischsitten auf einmal brach, als ich es mir direkt in den Mund schob. Ich wollte nicht, dass er sich sorgte.

»Pass auf, das ist …«

»Scharf«, platzte es aus mir hervor.

Er stand auf, füllte ein Glas mit Wasser und stellte es vor mir ab. »Iss etwas Reis, das hilft gegen das Brennen.«

Tat es wirklich – zumindest für einen kurzen Augenblick. Ich griff nach dem Wasserglas und trank es mit wenigen Schlucken leer.

Jae-yong beobachtete mich amüsiert dabei. Der Gesichtsausdruck änderte sich auch nicht, als ich ihm einen bösen Blick zuwarf. »Schau mich nicht so an, du hast mir keine Chance gegeben, zu erklären, was das alles ist.« Er deutete auf den kleinen Teller vor mir. »Das ist Mu Saengchae. Scharfer Rettichsalat. Ich dachte eigentlich, die rote Farbe wäre Warnung genug, wenn es um den Schärfegrad geht, aber da hab ich mich wohl getäuscht.«

Dafür kassierte er direkt noch einen bösen Blick.

Jae-yong nahm den Teller und stellte ihn vor sich ab. Er schob andere Beilagen näher zu mir und gab mir für jede eine Erklärung. »Sukju Namul sind gewürzte Mungobohnensprossen. Gamja Jorim besteht aus Kartoffeln, Karotten und grüner Paprika, die in Sojasoße gekocht werden. Und Gaji Bokkeum sind …« Er stockte kurz, suchte nach dem Wort. »Auberginen und Paprika, die in Sojasoße und Sesamöl gebraten werden. Da ist auch ein wenig Chilipaste dran, also könnte es vielleicht etwas scharf sein.«

Ich hörte aufmerksam zu. Nachdem er fertig war, probierte ich jede Beilage einzeln, immer mit einem Löffel voll Reis in der anderen Hand, falls ich wieder auf etwas Scharfes stieß. Die Gerichte waren so unterschiedlich, dass ich nicht sagen konnte, welches mir am besten gefiel. So viele Geschmacksrichtungen prallten aufeinander. Das Kimchi war leicht säuerlich und salzig, und ich sah, dass Jae-yong davon am meisten aß. Die Aubergine schmeckte scharf und gleichzeitig süß, die Kartoffeln nach etwas, das ich gar nicht beschreiben konnte, und die Sprossen waren dank ihres unaufdringlichen Geschmacks gut für zwischendurch. Ich schaffte es kaum, mich mit Jae-yong zu unterhalten, weil ich so damit beschäftigt war, alles zu kosten.

Als wir fertig waren, rieb ich mir über den Bauch. Zwar hatte ich das Gefühl, unendlich viel gegessen zu haben, aber es lag nicht so schwer in meinem Magen wie die übliche Pizza, die Liv und ich uns so oft bestellten.

*Das könnte vielleicht an dem ganzen Gemüse liegen, Ella,* merkte eine Stimme in meinem Kopf ironisch an. »Wie kommt es, dass schon eure Beilagen intensiver schmecken als das meiste, was ich zu Hause esse?«

»Willkommen in Südkorea«, meinte Jae-yong nur grinsend.

# 12. KAPITEL

Vom Sofa aus konnte ich dabei zusehen, wie die Sonne langsam Richtung Horizont wanderte. Weit unter uns gingen die Straßenbeleuchtungen langsam an, während der Han-Fluss im letzten Sonnenlicht funkelte, als würden Tausende Diamanten in ihm liegen.

Jae-yong hatte sich seitlich auf das Sofa gesetzt, ein Bein auf dem Boden, eins vor sich auf dem Polster angewinkelt. Seinen rechten Arm stützte er auf die Rückenlehne und wandte sein Gesicht ebenfalls den Fenstern zu. Ich fragte mich, was ihm durch den Kopf ging, während er über die Stadt blickte. Er wirkte entspannt, beinahe unbekümmert, dabei wusste ich genau, dass ihn die Probleme rund um die Band ziemlich beschäftigten.

»Sprichst du eigentlich mit Min-ho und den anderen?«

Er löste sich nur mühsam von der Aussicht, um mich anzusehen. »Wir schreiben uns meistens täglich. Min-ho war auch bei seinen Eltern und dürfte jetzt wieder zurück in unserem Apartment sein. Woo-seok und Hyun-woo reisen irgendwo durch die Welt, und Ed … Ich glaube, er wollte endlich mal alte Schulfreunde besuchen, die nach Neuseeland gezogen sind.«

»Verstehe«, murmelte ich – obwohl es mir vorkam, als

würde ich überhaupt nichts kapieren. Wie lange sollte diese Pause gehen? Würde ihr Management irgendwann zu einer Entscheidung kommen, die für beide Seiten in Ordnung war? Oder würde die Pause einfach so lange gehen, bis NXT nachgab und ihre Träume und Wünsche wieder hintanstellten?

Es war zum Haareraufen. Und wenn ich mich schon so fühlte, musste Jae-yong sich damit noch viel, viel hilfloser fühlen.

»Hast du Lust, ein wenig spazieren zu gehen?«, fragte Jae-yong mich unvermittelt.

Ich warf einen Blick nach draußen. Von hier oben sahen die Menschen wie kleine Ameisen aus. »Können wir denn einfach so rausgehen?«

Er zuckte mit den Schultern, ungewohnt unbekümmert. »Der Park, den du von hier aus sehen kannst, gehört zum Gelände. Er ist gesichert, und man kommt auch nur als Anwohner des Gebäudekomplexes dort rein. Ich würde mich zwar lieber mit dir an den Fluss setzen, aber du bist schon so lange auf den Beinen – das können wir uns noch für morgen aufheben.«

Oder übermorgen. Oder überübermorgen. Der Gedanke an so viel Zeit mit Jae-yong vertrieb die unschönen Themen aus meinem Kopf. »Deal.«

Ich sprang auf, rollte meinen Koffer ins Wohnzimmer und kramte darin nach einer dünnen Jacke, die ich mir überziehen konnte. Jae-yong behielt seinen Pulli an, setzte aber eine Cap auf und zog sich eine schwarze Maske über Mund und Nase. Sein Gesicht war dadurch beinahe völlig verdeckt. Eine Sicherheitsmaßnahme, wie er mir erklärte, falls wir im Park doch jemandem über den Weg liefen, der dort nicht hingehörte.

Ich setzte mich im Eingangsbereich auf die kleine Stufe, um mir meine Schuhe anzuziehen, während ich auf ihn wartete. Er war noch mal in sein Schlafzimmer gegangen, und als er zurückkam, setzte er mir wortlos ebenfalls eine Cap auf den Kopf. Ich hob den Kopf an, um ihn unter dem Schirm hinweg ansehen zu können.

»Ist das wie bei *Sailor Moon?* Niemand wird mich erkennen, wenn ich etwas an meinem Outfit verändere?«, fragte ich und stand auf. Ich richtete die Cap, um mir nicht ständig den Hals verrenken zu müssen, wenn ich Jae-yong ins Gesicht schauen wollte.

Er verzog den Mund. »Ich möchte wirklich nicht Tuxedo Mask sein.«

»Ich hätte nichts dagegen, dich noch mal im Anzug zu sehen.« Eine gewisse Ironie hatte sich in meine Stimme geschlichen, obwohl ich es ernst meinte. Jae-yong im Anzug … Wenn ich an unser erstes Treffen auf der Award-Show zurückdachte, machte sich ein Kribbeln in meinem Bauch breit. *Oh ja*, dachte ich. *Ich würde ihn wirklich gern noch mal im Anzug sehen.*

Ich hielt Jae-yong meine Hand hin. Er griff danach, ohne zu zögern, und führte mich aus der Wohnung zum Aufzug und unten schließlich aus dem Gebäude. Wir liefen eine kleine Straße entlang, die beinahe wie ein Hinterhof wirkte. Bäume säumten unseren Weg, der uns direkt in den Park führte – außer uns war weit und breit niemand zu sehen. Das letzte Licht des Tages reichte gerade so aus, dass ich die Umgebung noch erkennen konnte.

Einige Bäume leuchteten bereits in den verschiedensten Orange- und Rottönen, während andere noch hartnäckig an ihrem Grün festhielten. Die ersten Minuten redeten wir nicht viel, sondern ließen uns von der Natur mitten in der Stadt einhüllen. Es war so anders, als ich es mir vorgestellt hatte. Ich hatte zwar noch nicht viel gesehen, aber Seoul ... Hier herrschte eine Atmosphäre, die ich nicht mit Worten beschreiben konnte. Ich wollte all die Eindrücke in mein Gedächtnis brennen, um sie später auf Papier bringen zu können.

Wir erreichten eine Brücke, blieben auf ihrer Mitte stehen. Ein kleiner Fluss plätscherte darunter entlang, mit jedem Luftzug segelten bunte Blätter von den Bäumen auf das Wasser.

»Du solltest das zur Kirschblütenzeit sehen«, sagte Jaeyong leise. »Wenn die Bäume weiß und rosa sind und die ganze Zeit kleine Blütenblätter wie Schnee auf dich runterrieseln.«

Ich lehnte mich an seinen Arm und stellte mir das Bild vor, das er mit seinen Worten zeichnete. »Das muss wunderschön sein.«

»Ist es. Außer du hast Allergien«, scherzte er sanft.

»Hast du?«

»Allergien?«, fragte er. Ich nickte. »Sagen wir so. Ich musste mich früh von meinem Traum von hundert Babyhunden verabschieden.«

»Oh nein«, sagte ich lachend. »Hast du dir deswegen eine Katze geholt?«

»Nein. Meine Eltern haben sie mir zum Geburtstag geschenkt, nachdem ich mich monatelang nicht entscheiden konnte, ob ich mir wirklich eine holen sollte. Mit den ständigen Reisen und Terminen ist ein Haustier nicht die beste Idee. Aber ich habe sie mit meiner Unentschlossenheit wohl so lange genervt, dass sie sich bereit erklärt haben, auf sie aufzupassen.« Er runzelte die Stirn. »Wo ich so darüber nachdenke, wirkt es eher, als hätten sie nach einer Ausrede gesucht, um sich selbst ein Haustier zulegen zu können.«

In Gedanken hing ich noch an der Vorstellung, wie er ewig lang hin und her überlegte, ob er sich seinen Wunsch nach einer Katze wirklich erfüllen sollte. Er wirkte sonst immer, als wüsste er genau, was er wollte. Diese winzig kleine Unsicherheit ... Aus irgendeinem Grund fand ich das viel süßer, als es vermutlich war.

Wir blieben im Park, bis es vollständig dunkel war. Laternen erhellten unseren Weg immer wieder mit kleinen Lichtkegeln; es hatte beinahe etwas Magisches. Der Gebäudekomplex empfing uns auf dem Rückweg hell erleuchtet. Als ich wenig später wieder an der Fensterfront in Jae-yongs Wohnung stand, hatte Seoul sich in ein einziges Lichtermeer verwandelt.

Ich gähnte zum hundertsten Mal an diesem Abend. Mein Körper wollte sich schon seit Stunden schlafen legen, aber ich hatte mich gezwungen, wach zu bleiben. Sonst hätte ich meinen Schlafrhythmus nie wieder unter Kontrolle bekommen. Jae-yong rollte meinen Koffer vom Wohnbereich in das Schlafzimmer und stellte ihn neben dem Bücherregal ab. In der Zwischenzeit hatte ich mich aufs Bett gelegt und die Augen für ein paar Minuten geschlossen. Ich spürte, wie die Matratze unter seinem Gewicht nachgab, als er sich an den Rand setzte, und streckte meinen Arm aus, bis meine Fingerspitzen seinen Oberschenkel streiften. Es war nur eine Kleinigkeit, aber ich fühlte mich jedes Mal besser, sobald ein Teil von mir ihn berührte.

»Möchtest du dich umziehen?«, fragte Jae-yong leise. Ich gab ein zustimmendes Grummeln von mir, bewegte mich aber nicht. Ich war bereits auf dem besten Weg Richtung Schlaf. Er verlagerte sein Gewicht, strich ganz sacht über meine Wange. »Komm. Ich verspreche auch, dir morgen Frühstück zu machen.«

Das brachte mich dazu, ein Auge zu öffnen. »*Du* machst morgen Frühstück?«

»Wenn du mir verrätst, was du möchtest.«

Ich setzte mich auf, sah ihm prüfend ins Gesicht. Für einen Moment blieb ich an seinen Augen hängen, an dem kleinen Lächeln in seinen Mundwinkeln. Er meinte es wirklich ernst.

»Jetzt ist es so weit.«

Eine seiner Augenbrauen zuckte in die Höhe. »Was?«

»August Waters weint um seinen ersten Platz.« Und um den zweiten und dritten und vierten, aber das brauchte Jae-yong nicht zu wissen.

Er grinste mich nur an, stand auf und half mir vom Bett hoch. Ich suchte meine Schlafsachen aus dem Koffer, schnappte meine Waschtasche und schlüpfte ins Bad, um mich bettfertig zu machen. Nach einer schnellen Dusche lag ich zehn Minuten später bereits wieder unter der Decke. Jae-yong schaltete auf dem Weg zum Bett das Licht aus, und ich sah über meine Schulter, um einen

Blick aus dem Fenster zu werfen. Die Häuser und Straßen leuchteten hell und zeugten von Seouls Nachtleben. Davor erstreckte sich der Han-Fluss schwarz und düster. Ich speicherte den Anblick in Gedanken ab – wenn ich das nächste Mal Stift und Papier in der Hand hatte, würden viele Ideen darauf warten, aufgezeichnet zu werden.

Jae-yong seufzte leise, als er sich neben mich legte. Er streckte die Arme nach mir aus, bevor ich mich überhaupt in seine Richtung schieben konnte, und drückte mich so fest an sich, dass kein Blatt zwischen uns gepasst hätte. Ich hob den Kopf an, fordernd. Seine Lippen berührten erst meine geschlossenen Augenlider, dann trafen sie auf meinen Mund. Mein Herz stolperte, weil er mich so sanft, so sacht küsste. Wäre ich nicht so müde gewesen, hätte ich mehr von ihm spüren wollen. Mehr von seiner Wärme. Von seinem Körper. Aber für den Moment war es genug.

Ich schlief ein, bevor ich noch einen weiteren Gedanken fassen konnte.

Der Geruch von Essen weckte mich. Ich streckte mich aus meiner eingekugelten Schlafposition, schob die Decke von mir und folgte – noch halb schlafend – dem Duft. Jae-yong stand in der Küche mit dem Rücken zu mir. Er war an der Arbeitsfläche beschäftigt und hörte mich nicht einmal kommen. Dementsprechend überrascht zuckte er zusammen, als ich meine Stirn zwischen seine Schulterblätter auf seinen Rücken legte, ihn mit meinen Armen umschlang und meine Finger vor seinem Bauch verschränkte. Ich schaffte es kaum, meine Augen offen zu halten, und wäre beinah im Stehen wieder eingeschlafen.

»Du bist fünf Minuten zu früh aufgewacht«, sagte er.

Ich stellte mich auf die Zehenspitzen und schaute über seine Schulter. »Du machst ja wirklich Frühstück.«

»Hast du gedacht, ich lüge?« Er bewegte sich ein paar Schritte nach links, um zwei Scheiben Brot aus dem Toaster zu holen. Statt ihn loszulassen, hielt ich ihn weiter fest und ging mit wie ein übergroßes Koalababy.

»Eher, dass ich den Teil des Abends geträumt habe.« Der ganze gestrige Tag fühlte sich surreal an. Mein Kopf war noch in Chicago, während mein Körper sich bereits an Seoul zu gewöhnen begann.

»Hast du nicht«, antwortete Jae-yong. »Aber weil du mir nicht verraten hast, was du möchtest, musste ich raten.« Er deutete über die Schulter zur Kochinsel.

Nun ließ ich ihn doch los, um mich umzudrehen. Und riss die Augen auf, als ich Obst, Rührei, Marmelade und Orangensaft sah … Mir lief nur vom Hinsehen das Wasser im Mund zusammen. »Das hättest du nicht tun müssen.«

Jae-yong stellte den Toast auf den Tisch und setzte sich auf einen Barhocker. »Ich wollte es. Ich dachte, dass es dir vielleicht leichter fällt, in einer komplett fremden Stadt zu sein, wenn du wenigstens zum Frühstück etwas Bekanntes hast.«

Mein Herz … Mein armes, armes Herz.

Ich setzte mich neben ihn, völlig sprachlos.

»Hättest du lieber etwas anderes gewollt?«

Gott. Mir war fast ein wenig nach Weinen zumute. Ich schüttelte den Kopf. »Nein, das ist perfekt. Danke.«

Er entspannte sich und wirkte beinahe ein wenig stolz auf sich. Ich sah ihm dabei zu, wie er einen Toast auf seinen Teller legte und Rührei drum herum drapierte.

»Zeigst du mir morgen, was du normalerweise zum Frühstück isst?«, bat ich. Ich war so dankbar, dass er versuchte, mir den Besuch hier so leicht wie möglich zu machen. Trotzdem wollte ich so viel wie möglich von seiner Kultur lernen, von seinem Leben. Ich wollte all die Dinge aufholen, die ich in den letzten Monaten kaum beachtet hatte.

Jae-yong betrachtete mich eingehend. Der Blick war mir mittlerweile so vertraut, dass ich genau wusste, was er bedeutete. Er versuchte herauszufinden, was mir durch den Kopf ging. »Wenn du möchtest.«

Ich nickte und nahm mir eine Toastscheibe, die ich mit Marmelade bestrich. »Stell dir das doch mal vor. Dann kann ich allen erzählen, dass du zweimal für mich gekocht hast.«

»Und das würdest du wem erzählen?«

Meine Hand, die den Toast hielt, stoppte kurz vor meinem Mund.

»Ich könnte es in mein Tagebuch schreiben.«

Er grinste in seinen nächsten Bissen. »Du hast mir nie erzählt, dass du Tagebuch schreibst.«

»Ich könnte damit anfangen.«

Sein Grinsen wurde noch breiter. »Du könntest auch einfach zugeben, dass du dich gerade um Kopf und Kragen redest.«

Ich deutete mit meinem Toast auf ihn, die Augen verengt. »Ich mag dich nicht, wenn du gemein bist.«

Ein Grübchen erschien in seiner rechten Wange. »Du magst mich mehr als Augustus Waters.«

Das konnte ich nicht mal verneinen. Ohne ihm zu antworten, wandte ich mich wieder meinem Essen zu und biss eventuell ein wenig zu energisch von meinem Toast ab.

Ich spürte Jae-yongs Blick auf mir. Wie er seinen Oberkörper zu mir neigte. Im nächsten Augenblick berührten seine Lippen meine Schläfe. Seine Stimme war nur ein Flüstern an meinem Ohr.

»Ich mag dich auch mehr als Hazel Grace.«

# 13. KAPITEL

Wir ließen uns Zeit, ehe wir das Apartment verließen.
Nach dem Frühstück kümmerte ich mich um den Abwasch, während Jae-yong sich umzog. Als ich fertig war,
setzte ich mich auf die Couch und schaffte es endlich, ein
paar Nachrichten mit meinen Schwestern und Erin auszutauschen. Gestern hatte ich außer dem kurzen »Ich bin
da« nicht viel zustande gebracht.

> **Liv:** Okay, ich hab dir eine Liste angehängt mit allen Din-
> gen, die ich unbedingt BRAUCHE! Wenn du ohne sie zu-
> rück aus Korea kommst, musst du ab sofort alleine Dis-
> neyfilme gucken.
> **Ich:** Du würdest unsere Pizza-Film-Abende auf Eis le-
> gen, weil ich es in einem begrenzten Zeitraum mit noch
> begrenzteren Möglichkeiten eventuell nicht schaffe, deine
> dreiseitige Liste abzuarbeiten?
> **Liv:** Ja.
> **Ich:** Drei Seiten, Liv!!
> **Liv:** Ich hab mich noch zurückgehalten, okay?!

Ich stöhnte laut. Niemals würde ich alles kaufen, was
sie aufgeschrieben hatte. Mein Koffer war auf dem Flug

hierher schon knapp unter der Gewichtsgrenze gewesen – und ich hatte nicht vorgehabt, einen Zuschlag zu zahlen. Ich überließ Liv ihren Träumereien und widmete mich Erins Nachrichten.

**Erin:** Ich kann immer noch nicht ganz glauben, dass du in Südkorea bist. Werden wir jetzt für immer dazu verdammt sein, an unterschiedlichen Enden der Welt zu leben?

**Ich:** … ich komme in ein paar Tagen zurück. Wenn du nicht gerade vorhattest, ein zweites Auslandsjahr in Neuseeland zu starten, sollten wir Glück haben.

**Erin:** Ich glaube, das wird erst mal nicht passieren. Mom und Dad haben mich gestern beim Abendessen gefragt, was meine Pläne seien. College oder ein Job oder … welche Möglichkeiten auch immer es noch gibt.

**Ich:** Und?

**Erin:** Na ja, ich habe mich in den letzten Tagen zumindest durch alle Cafés der Stadt durchprobiert und kann mich jetzt dort bewerben, wo es den besten Frappé gibt.

**Ich:** Also kein College?

**Erin:** Vielleicht. Aber dafür bräuchte ich erst mal Geld. Und Mom und Dad würden mir zwar helfen, aber ich kann nicht alles auf die abwälzen.

**Ich:** Ja, ich weiß, was du meinst.

**Ich:** Dann sieh mich schon mal als deinen ersten Stammkunden.

**Erin:** Heiße Schokolade mit extraviel Sahne?

**Ich:** Du kennst den Weg zu meinem Herzen einfach.

Ich legte mein Handy beiseite, als ich Jae-yong aus dem Schlafzimmer kommen sah. Seine nassen Haare glänzten, und vereinzelt fielen Tropfen auf sein graues Sweatshirt. Er setzte sich neben mich, so nah, dass ich mich an ihn lehnen und die Augen für einen Moment schließen konnte. Die Erschöpfung meiner Reise hing mir noch in den Knochen, obwohl ich die Nacht geschlafen hatte wie ein Stein.

»Was machen wir heute?«, fragte ich nach einer Weile.

»Ich würde dir am liebsten die ganze Stadt zeigen. In Gangnam wäre zum Beispiel die Starfield Library – die würde dir sicher gefallen. Zwei Stockwerke und so groß, dass wir den ganzen Tag dort verbringen könnten. Aber es ist mitten in einem Einkaufszentrum …« Er zuckte mit den Schultern, dieses entschuldigende Lächeln auf den Lippen, das er immer dann aufsetzte, wenn wir etwas nicht machen konnten, weil zu viele Leute uns sehen könnten. »Ich würde dir gern den Gyeongbokgung zeigen. Das ist der älteste Palast Seouls. Alles ist aus Holz und Lehm gebaut, am Eingang sieht man traditionell gekleidete Soldaten. Oh! Oder Cheonggyecheon. Viele Pärchen gehen dort zum Spazieren hin, vor allem, wenn es in der Dämmerung beleuchtet ist und sich die ganzen Lichter im Wasser spiegeln.« Er grinste – und seufzte gleich darauf. »Entschuldige, Ella. Als ich dich gefragt habe, ob du hierherkommen möchtest, habe ich nicht darüber nachgedacht, ob wir überhaupt etwas unternehmen können.«

Es war ernüchternd, immer wieder daran erinnert zu werden, was wir alles nicht tun konnten. All die Orte, die wir uns nicht zusammen ansehen durften, weil zu viele

Leute in der Nähe sein könnten. Zu viele neugierige Blicke, die ihn zu schnell erkennen würden.

Ich griff nach Jae-yongs Hand, die locker in seinem Schoß lag. »Weißt du, ich bin vor allem hier, um dich zu sehen, nicht für die ganzen Sehenswürdigkeiten. Wir könnten auch den ganzen Tag hierbleiben, und ich wäre für die nächsten Tage der glücklichste Mensch der Welt«, sagte ich. »Aber ich erinnere mich an einen gewissen Spazierweg am Fluss, den du mir zeigen wolltest. Wir könnten damit anfangen, und du erzählst mir als mein persönlicher Stadtführer dabei von Sehenswürdigkeiten und geheimen Ecken, die wir uns anschauen werden, wenn die ganze Stadt mal leer ist.«

Er drückte meine Hand dankbar und schnaubte beim zweiten Teil meiner Aussage amüsiert. »Wieso genau verschwinden fast zehn Millionen Menschen auf einmal alle gleichzeitig aus der Stadt?«

»Eine Zombieapokalypse?«

»Und während der haben wir nichts Besseres zu tun, als eine Sightseeingtour zu machen?«

Ich richtete mich auf, um ihn ansehen zu können. »Haben wir nicht, weil die Stadt evakuiert wurde und wir die letzten Menschen sind, die in Seoul zurückgeblieben sind. Und manchmal braucht man auch einfach mal einen Tag Pause von der Zombiebekämpfung.«

»Das klingt, als hättest du *Train to Busan* und *I Am Legend* genommen und die interessantesten Parts beider Filme miteinander kombiniert.«

»Ich hab beide nicht gesehen, aber schlecht klang das in meinen Ohren definitiv nicht. Scheint, als sollte ich meinen Skizzenblock beiseitelegen und meinen ersten eigenen Roman schreiben.«

Jae-yong sah nicht sonderlich überzeugt aus. »Möchtest du den Inhalt noch mal zusammengefasst hören? Eine Studentin aus Chicago und ein K-Pop-Idol sind in Seoul gefangen, nachdem die gesamte Stadt von Zombies überrannt wurde.« Er gab ein nachdenkliches Geräusch von sich. »Weißt du was, du hast recht. Unter Umständen würde ich das vielleicht sogar lesen.«

Ein zufriedenes Grinsen machte sich in meinem Gesicht breit. »Sag ich doch.«

»Ich darf es doch als Erster lesen, oder?«, fragte Jae-yong.

»Nur wenn ich deine Erzählungen von Seoul nachher mit in den Roman einbauen darf.«

»Deal«, erwiderte er sofort.

Ich grinste so breit, dass mir die Wangen wehtaten. Ich mochte es, bei ihm mit keinem meiner Gedanken hinter dem Berg halten zu müssen. Er ließ sich immer darauf ein – so unerwartet oder merkwürdig sie auch sein mochten.

»Okay, also, ein Spaziergang am Fluss entlang«, sagte ich. »Und danach?«

»Hmm. Wie stehst du zu Abendessen in einem Restaurant?«

»Gibt es dort Hotteok?«

Er schüttelte den Kopf. »Hotteok sind hier Streetfood. Aber vielleicht haben wir Glück und kommen an einem Stand vorbei – dann kannst du ganz frisch welche probieren.«

»Das reicht mir schon. Ich bin dabei.«

»Sehr gut.« Im nächsten Moment war er aufgestanden und hatte mich mit sich vom Sofa gezogen. »Und danach gucken wir *Train to Busan* und *I Am Legend*. Ich kann es nicht verantworten, dass du durchs Leben gehst, ohne einen der Filme jemals gesehen zu haben.«

Ich drückte mich an ihm vorbei, um ins Schlafzimmer zu gehen. Bisher hatte ich es noch nicht für nötig gehalten, meinen Schlafanzug gegen normale Kleidung zu tauschen. »Ich kann dir nicht versprechen, dass ich beim Fernsehen nicht einschlafe.«

Es war bereits früher Nachmittag, als die Apartmenttür schließlich hinter uns zufiel. Wir verließen das Gebäude diesmal nicht durch den Haupteingang, sondern fuhren mit dem Aufzug eine Etage weiter nach unten. Die Tiefgarage wurde von grellen Leuchtstoffröhren erhellt, die mich für einen Moment blendeten, als wir aus dem Aufzug traten. Jae-yong bog nach rechts ab und ging zielstrebig auf eine Reihe von Autos zu.

Vor einem dunkelblauen Sportwagen blieben wir stehen. Er war tiefergelegt, sehr kompakt und besaß keine Rückbank. Hinter den Vordersitzen befand sich der Motor, den man durch ein Fenster im hinteren Teil des Dachs sogar sehen konnte. Jae-yong hielt mir die Beifahrertür auf, ehe er das Auto umrundete und sich hinter das Steuer setzte. Der Innenraum war komplett in Schwarz gehalten, die Sitze mit Leder bezogen. Der Wagen schrie mir quasi »Ich bin teuer und schnell« entgegen.

»Ich wusste nicht, dass du ein Autoliebhaber bist«, sagte ich beim Anschnallen und nahm den Innenraum des Sportwagens genauer in Augenschein.

»Ich bin ein Liebhaber von *diesem* Auto«, erwiderte er. Der Motor startete. »Von dem R8 Coupé abgesehen weiß ich nichts über Autos. Ich bin eigentlich schon ziemlich zufrieden, wenn ein Wagen fährt.«

»Dafür, dass dir Autos so egal sind, ist das hier aber ein ganz schönes Statement.«

Jae-yong grinste verschmitzt. »Ich sag ja: Abgesehen von dem hier sind mir alle egal.« Damit fuhr er den Wagen aus der Parklücke, und kurz darauf verließen wir die Tiefgarage.

Ich war versucht, mich in meinem Sitz so klein wie möglich zu machen – auch wenn ich es für unwahrscheinlich hielt, dass jemand in das fahrende Auto blicken und Jae-yong und mich erkennen würde. Er trug wieder seine schwarze Cap, dazu eine Sonnenbrille und war ansonsten mit dem grauen Sweatshirt und der dunklen Jeans unauffällig gekleidet. Ich hatte mich heute für ein helles Kleid entschieden, das ein paar Zentimeter über meinen Knöcheln endete. Darüber hatte ich einen rosafarbenen Kapuzenpullover gezogen und hoffte, dass das Wetter mich meine Entscheidung nicht bereuen lassen würde.

Eine gute halbe Stunde brauchten wir von seinem Apartment bis zu unserem Ziel. Wir überquerten eine der fast dreißig Brücken, wie Jae-yong mir erklärte, die über den Fluss zu anderen Stadtteilen Seouls führten. Das Radio lief leise im Hintergrund. Ich fragte mich, ob es für Jae-yong ein merkwürdiges Gefühl war, dass er sich jeden Moment selbst im Radio hören könnte. Ob man sich an so etwas auch gewöhnte? Allerdings sprach ich ihn nicht darauf an. War es egoistisch? Vielleicht. Ich wollte den Tag heute mit ihm genießen, einfach so tun, als wäre das hier unser Alltag.

Einige Zeit fuhren wir direkt am Fluss entlang. Die Aussicht erinnerte mich an den Navy Pier: Rechts von uns erstreckte sich das Wasser – Fähren und Schiffe fuhren darauf oder waren hier und da angedockt –, links ragten die Hochhäuser eins neben dem anderen in den Himmel. Bald hielten wir unweit des Flusses auf einem Parkplatz, auf dem nicht viele andere Autos standen, und stiegen aus.

Der Wind pustete mir die Haare um den Kopf. Ich zog meine Kapuze über, um sie zurückzuhalten, und umrundete den Wagen. Jae-yong reichte mir seine Hand, die ich dankbar nahm. Mit ihm in der Öffentlichkeit zu sein machte mich so nervös, dass ich Jae-yong am liebsten gebeten hätte, wieder ins Auto zu steigen und zurück zu seinem Apartment zu fahren.

»Dafür, dass so schönes Wetter ist, sind überraschend wenig Leute im Park«, sagte ich, um mich abzulenken. Auf der anderen Seite liefen zwei Jogger vorbei. Ansonsten waren nur wir hier.

»Jamwon Park ist relativ lang. Es gibt Teile, die etwas breiter sind. Dort kann man die Straße vom Fluss aus nicht mehr sehen. Aber ich mag es hier. Hier haben wir wenigstens unsere Ruhe.«

»Und hier gehst du immer zum Nachdenken hin?« Wir gingen nah am Wasser entlang, so langsam, dass es sich anfühlte, als kämen wir kaum voran.

»Oder wenn es zu laut wird, ja.«

»Zu laut?«

»Hier drin«, sagte er und tippte sich gegen die Schläfe. »Min-ho und ich waren das erste Mal vor unserem Debüt hier, da habe ich gerade ein knappes Jahr in Seoul gelebt. Mittlerweile kommen wir nur noch selten zusammen hierher. Meistens gehe ich allein spazieren.« Er lächelte mich an. »Obwohl es mit jemandem an meiner Seite natürlich schöner ist.«

Innerlich seufzte ich glücklich. »Ist das Apartment, das ihr euch miteinander teilt, denn weit von hier entfernt?«

Jae-yong deutete in Richtung der Brücke, die wenige hundert Meter vor uns zu sehen war. »In der Nähe des Bergs dort hinten. Mit dem Auto bräuchten wir ungefähr genauso lange wie zu meinem Apartment.« Den Arm weiterhin ausgestreckt, drehte er seinen Oberkörper und zeigte auf die Hochhäuser zu unserer anderen Seite. »Und wenn wir in die Richtung fahren würden, würden wir nach Gangnam kommen. Das ist einer der bekanntesten Stadtbezirke.«

»Gangnam wie in dem Lied *Gangnam Style*?« Bevor ich die Frage überhaupt ausgesprochen hatte, überkreuzte Jae-yong die Handgelenke vor dem Körper und machte die Bewegung der Choreografie, die aussah, als würde man ein imaginäres Pferd reiten. Ich schlug die Hände vor dem Mund zusammen, unsicher, ob ich ihn geschockt anstarren oder lauthals lachen wollte. Es vergingen nur ein paar Sekunden, bis er wieder meine Hand hielt.

»Ein ›Ja‹ hätte auch gereicht«, sagte ich.

»Wo wäre da der Spaß gewesen? Außerdem hätte ich dann niemals diesen Gesichtsausdruck von dir zu sehen bekommen.« Er grinste zufrieden. »Aber ja. Gangnam wie in dem Lied *Gangnam Style*. Dort sitzt übrigens auch unser Label.«

»Dort trainiert ihr auch, oder?«

»Ja, und unsere Studios findest du in dem Gebäude ebenfalls. Normalerweise verbringen wir, wenn wir nicht gerade unterwegs sind, die meiste Zeit dort.« Kurz stockte er. »Ich weiß nicht, ob wir es schaffen, aber wenn du Lust hast und es dich interessiert, würde ich es dir gerne zeigen.«

Im Gehen lehnte ich mich an ihn. »Ich würde mich freuen.«

Bisher hatte ich von Jae-yongs Studio nur hin und wieder Ausschnitte gesehen, wenn er mir gerade von dort ein Bild geschickt hatte. Zu gern hätte ich gewusst, wie es aussah. Woran und vor allem wie er dort arbeitete. Als ihm in New Buffalo die Song-Idee gekommen war, hatte ich nur den Anfang des Entstehungsprozesses mitbekommen. Zu sagen, ich war neugierig, was er erschuf, wenn er das richtige Equipment hatte, wäre eine Untertreibung.

Nur nebenbei bemerkte ich, wie wir irgendwann den Weg zurück zum Auto einschlugen. Jae-yong erzählte mir währenddessen alles über Seoul, was ihm gerade in den Sinn kam. Von Karaokeräumen und langen Nächten in Itaewon – einem weiteren bekannten Stadtbezirk. Vom Namsan Tower und der Aussicht, die man von dort oben über die gesamte Stadt hatte, von Märkten wie dem Namdaemun Markt, bei denen man traditionell koreanische Heilkräuter und Wurzeln kaufen konnte sowie das beste Streetfood. Er beschrieb mir, wie voll es dort war, den Geruch von Erde und gemischten Kräutern, Fisch, frittiertem Essen. Wie sich das Obst und Gemüse an jeder Ecke stapelte und einem aus jeder Richtung Angebote zugerufen wurden. Dabei glänzten seine Augen, und es lag so viel Enthusiasmus in seiner Stimme, dass ich mir am liebsten alles sofort mit ihm angesehen hätte, nur um ihn weiter so animiert sprechen zu hören.

Wenig später saßen wir wieder im Auto, auf dem Weg zu dem Restaurant, das Jae-yong erwähnt hatte. Wir bogen von einer mehrspurigen, von den luxuriösesten Geschäften gesäumten Hauptstraße ab in eine Gasse, die immer schmaler wurde, je weiter wir fuhren. Diese Fahrt verbrachten wir größtenteils in Stille – ich war viel zu beschäftigt, die Stadt auf mich wirken zu lassen. Die Kontraste, die überall ineinanderspielten. Moderne Wolkenkratzer trafen auf eng aneinandergereihte Wohnsiedlungen und kleine Häuser mit Ziegeldächern. Jae-yong erklärte mir, dass besagte Dächer noch von der traditionell koreanischen Architektur früherer Wohnhäuser stammten, die man Hanok nannte. Und während die Straße, auf der wir fuhren, im einen Moment noch eben war, reichte es, einmal links abzubiegen, und man hatte plötzlich den Eindruck, das Auto würde einen kleinen Berg erklimmen.

Jae-yong parkte den Wagen in einer winzigen Seitenstraße, stieg aus und wartete, bis ich vor dem unscheinbar aussehenden Haus an seiner Seite war. Über dem Eingang hing ein Schild mit koreanischen Schriftzeichen.

Wir waren erst ein paar Schritte in den Laden getreten, als uns bereits eine Frau mit einem freundlichen Lächeln auf Koreanisch ansprach. Etwas verloren sah ich mich nach Jae-yong um. Er antwortete ihr, und kurz darauf führte sie uns einen Gang entlang in einen privaten Raum, den eine Schiebetür aus Reispapier vom Rest des Restaurants trennte. Dunkle Holzvertäfelungen zierten einen Teil der Wände, der Boden bestand aus mindestens genauso dunklem Parkett, und in der Mitte stand ein flacher, ebenholzfarbener Tisch. Wir ließen unsere Schuhe vor der Tür stehen, betraten den Raum, der – ähnlich wie Jae-yongs Apartment – leicht erhoben war. Am Tisch lagen sich zwei dunkelrote Sitzkissen gegenüber, auf die wir uns setzten. Mein Blick schweifte über zwei Kunstwerke, die an der Wand in Jae-yongs Rücken hingen. Beide zeigten Landschaften: Das rechte mit Bergen, die den Großteil des Bildes ausfüllten. Das linke mit einem Fluss, der sich an Bäumen und Gebirgen vorbei ins Tal schlängelte.

In meinem Staunen bemerkte ich nicht mal, dass unsere Kellnerin den Raum kurz verließ. Sie kam mit einer Karaffe voll stillem Wasser zurück, die sie zwischen uns stellte. Dann folgte das Besteck – je ein Löffel und ein Paar Stäbchen für jeden von uns. Die Dame stellte Jae-yong noch eine Frage und ließ uns mit einem diskreten Lächeln allein.

Ich rieb meine Hände unbewusst über den Stoff des Kleides an meinen Oberschenkeln, während ich meinen Blick durch den Raum gleiten ließ. Ein aufgeregtes Flattern Tausender Schmetterlinge füllte meinen Magen aus.

Jae-yong wartete geduldig, bis ich ihm schließlich ins Gesicht sah. »Alles in Ordnung?«, fragte er leise.

»Ja.« War es. Es war mehr als in Ordnung. »Es ist nur …
ich weiß auch nicht. Mein Kopf ist wieder ein bisschen
unsinnig.«

»Weshalb?«

Ich bemühte mich, meine Gedanken zu ordnen, bevor
ich ihm antwortete. »Das hier … ist das erste Mal, dass
wir in so einem schicken Restaurant sind.«

In Jae-yongs Gesicht leuchtete Verstehen auf. »Das ist
das erste richtig klassische Date, das wir haben, oder?«

Mit einem Schulterzucken nickte ich. Nicht, dass unsere anderen Treffen und Verabredungen nicht schön waren – bisher hatte ich lieber die wenigen Minuten und
Stunden mit ihm verbracht, die ich kriegen konnte, als ihn
gar nicht zu sehen. Aber hier in dem Restaurant, mitten in
Seoul mit Jae-yong auf seinem Platz mir gegenüber, stolperte mein Herz vor sich hin, als wäre ich ein Teenager,
der das erste Mal mit jemandem ausging. Dabei war es
nicht mal ein unschönes Gefühl. Nein. Einfach ein nervöses Kribbeln auf meiner Haut, wenn ich Jae-yong ansah.

»Dann muss ich mir wohl mehr Mühe geben als sonst«,
sagte er nachdenklich.

Noch mehr? Ich wusste nicht, wie mein Herz noch
mehr aushalten sollte. »Wenn du jetzt nicht gerade eine
Babykatze aus deiner Hosentasche ziehst, wird es schwer,
alles, was du bisher getan hast, zu übertrumpfen.«

»Hmm. Versprich mir, dass du hier wartest, wenn ich
mich gleich entschuldige, um auf Toilette zu gehen und
etwas länger brauche, weil ich erst einmal jemanden finden muss, der mir um diese Uhrzeit eine Babykatze ver-
kauft.«

Ich hielt ihm meine Hand mit ausgestrecktem kleinem Finger entgegen. »Auf Babykatzen werde ich immer warten.«

Jae-yong hakte seinen kleinen Finger in meinen, aber statt meine Hand danach loszulassen, umschloss er sie mit seiner und drückte sie kurz.

Als unsere Kellnerin diesmal zurückkam, bestellte Jae-yong für uns beide. Ich war froh darum – nicht nur, weil ich so wenig Ahnung von der koreanischen Küche hatte. Die Auswahl allein hätte mich überfordert.

Nur wenige Minuten später hatten wir unser Essen vor uns stehen. Es kam mir vor, als wären seit der Bestellung nur zwei Minuten vergangen, dabei waren zwanzig vermutlich zutreffender. Eine Schüssel Reis wurde je an meinen und an Jae-yongs Platz gestellt, gefolgt von mehr und mehr Tellern Banchan. Der Hauptteil des Gerichts kam in einem großen, flachen Topf, der in der Mitte des Tischs auf einem transportablen Gaskocher platziert wurde. Darin befand sich eine Art Eintopf – Jeongol nannte Jae-yong es: Pilze, Fleisch, Gemüse köchelten in einer Brühe vor sich hin und verströmten einen Duft, der mir das Wasser im Mund zusammenlaufen ließ.

Jae-yong nahm, ohne zu zögern, seine Stäbchen auf, kostete etwas von dem Kimchi, das rechts von ihm stand, und seinem Reis. Ich beobachtete ihn dabei, spiegelte seine Bewegungen, weil ich nicht unwissentlich einen Fehler die Essetikette betreffend begehen wollte. Auch wenn ich rein rational wusste, dass es ihn nicht stören würde.

Ich probierte mich durch das Banchan, das gefühlt alle Farben des Regenbogens abdeckte. Von weichen, salzig-süßen Auberginen bis hin zu knackigen und im Geschmack neutralen Sprossen. Der Eintopf war würzig und knackig, mit feinen Stücken Fleisch darin. Es schmeckte großartig. Ich sah Jae-yongs Grinsen aus den Augenwinkeln, war aber so aufs Essen konzentriert, dass ich es nicht mal weiter beachtete. Er nahm seinen Löffel ebenfalls in die Hand, tunkte ihn in den Eintopf und wirkte beim Kauen vollkommen zufrieden und glücklich über das Essen.

Als ich knapp die Hälfte Reis aus meiner Schüssel aufgegessen hatte, legte ich meine Stäbchen daneben ab und nahm einen großen Schluck Wasser.

»Ich hab ganz vergessen, dir von Mel liebe Grüße auszurichten.«

»Hast du heute Morgen mit ihr geschrieben?«, fragte Jae-yong.

»Mit ihr und Liv und Erin. Entgegen meinen Erwartungen ist noch nichts Tragisches passiert, weswegen ich sofort nach Hause fliegen müsste«, erzählte ich. »Mel und Liv haben mir sogar ein Foto geschickt, auf dem sie zusammen vor dem Fernseher im Wohnzimmer sitzen. Ich freue mich ehrlich, dass Mel einen Gang zurückfährt, aber irgendwie kann ich das Gefühl nicht ganz abschütteln, dass es nur wegen dem Schock so ist und sich bald wieder ändert.«

Jae-yong ließ seine Stäbchen ebenfalls sinken. »Machst du dir deswegen Sorgen?«

»Ja, natürlich«, entkam es mir sofort. »Ich versuche wirklich, nicht drüber nachzudenken, aber bei der Vorstellung, dass es noch mal passieren könnte …« Unwillkürlich verspannten sich meine Schultern. »Ich hab mich noch nicht mal getraut, ihr von dem Kunstkurs zu erzählen, weil ich Angst habe, es könnte sie unnötig belasten.«

Eine Falte hatte sich zwischen Jae-yongs Augenbrauen gebildet. Er rieb sich über die Stirn, ein nachdenklicher Zug um den Mund. »Ich weiß, das ist so ziemlich der schlimmste Rat, den man in so einem Moment geben kann, aber ich glaube ... durch diese Sorge musst du dich einfach durchbeißen.«

Ich senkte den Kopf, nickte geschlagen und wünschte mir gleichzeitig ein Allheilmittel herbei, das mir jetzt sofort einen Ausweg aus diesen Denkspiralen bot.

»In meinem Kopf klang das nicht ganz so demotivierend«, schob er schnell hinterher. »Was ich sagen möchte, ist: Wir werden bestimmt noch einige Dinge erleben, bei denen wir nichts anderes tun können, als zuzusehen und zu hoffen, dass sie ein gutes Ende nehmen.« Er lehnte sich nach vorn, den Arm ausgestreckt, um seine Hand genau neben meine zu legen. »Ich kann nichts daran ändern, dass es mies und frustrierend ist. Aber ich kann dir zumindest versprechen, dass du nur die Hand ausstrecken musst und ich dir immer helfe, wo ich kann.« Eine schüchterne Röte machte sich bei den Worten auf seinen Wangen breit.

Es beruhigte mich mehr, als ich ihm je hätte erklären können.

Nach einigen Augenblicken des Schweigens schloss er das Thema ab, indem er fragte: »Apropos Kunstkurs: Gefällt er dir noch? Wann kann ich deine erste Kunstausstellung erwarten?«

Wir nahmen unsere Stäbchen wieder auf und aßen weiter. Ich grinste in meinen nächsten Bissen hinein.

»Dafür ist es noch mindestens fünf Jahre zu früh.«

»Schade.«

»Aber ›gefallen‹ ist für den Kurs gar kein Ausdruck. Vielleicht liegt es daran, dass es nicht zu meinem Major gehört, aber es fühlt sich nicht mal an, als würde ich studieren«, schwärmte ich. »Ich hab Schule und Uni immer mit diesem Druck und einer gewissen Erwartungshaltung verbunden. Mit Themen, die man nicht mag, sich aber trotzdem einprägen muss, weil es halt dazugehört.«

»Und das hast du dort nicht«, mutmaßte Jae-yong.

Ich schüttelte den Kopf. »Nicht mal annähernd.«

»Was an sich ja etwas Gutes ist, oder?«

»Ja, schon«, erwiderte ich. »Nur fällt es mir dadurch nicht gerade leichter, mich mit meinem jetzigen Studiengang anzufreunden.«

Ein paar Herzschläge lang wirkte Jae-yong, als wollte er dazu etwas sagen. Ich konnte mir sogar vorstellen, in welche Richtung es ging. Wenn mir der Studiengang nicht gefiel, sollte ich ihn wechseln. Es war der gleiche Gedanke, der mich bereits seit Monaten umhertrieb – aber bisher war es mir immer wie die kompliziertere Lösung erschienen. Die, die mehr Leuten mehr Stress bedeuten würde, als wenn ich das Studium einfach wie gehabt durchzog.

Ich war dankbar dafür, dass Jae-yong sich entschloss, es nicht anzusprechen. Hier und jetzt wollte ich so tun, als würde mein Leben zu Hause in Chicago nicht wirklich existieren.

Schweigend aßen wir den Eintopf weiter. Als wir fertig waren und ich das Gefühl hatte, mein Magen würde bald platzen, räumte die Kellnerin die Schüsseln ab und stellte Jae-yong eine Frage. Nach seiner Antwort wandte sie sich mit einem Nicken ab und zog die Schiebetür hinter sich zu.

»Der Eintopf war so gut. Wie kann es sein, dass ich so was in Chicago noch nie probiert habe?«, fragte ich.

»Du wusstest bis vor Kurzem auch nicht, das Hotteok existieren – und jetzt sieh, wo du bist.«

»Mitten in der Sucht.«

»Eben«, grinste er. »Du solltest dich mal mit Ed unterhalten. Er liebt jede Art von Jeongol. Wenn er könnte, würde er vermutlich jeden Tag ins Restaurant gehen und von nichts anderem leben.«

»Das könnte Liv mit Mac and Cheese sein. Es gab eine Zeit, da hat sie das jeden Tag in einem großen Topf zum Abendessen gemacht.« Ich verspürte bis heute, Jahre später, noch nicht wieder das Bedürfnis, mir die Nudeln mit Käse zu machen.

Die Kellnerin kam mit zwei Getränken zurück. Der Geruch von Zimt stieg mir in die Nase und ließ mich sofort nach der flachen Tasse greifen, als wir allein waren. Entgegen meinen Erwartungen war das Getränk kalt, beinahe schon eisig und schmeckte unglaublich süß und zimtig.

»Das ist Sujeonggwa. Ein Punsch aus getrockneten Kaki, Zimt, Ingwer und Pinienkernen«, erklärte Jae-yong und trank ebenfalls einen Schluck. Dann nahm er das vorherige Gesprächsthema wieder auf. »Immerhin wechselt ihr es mal ab. Pizza, Mac and Cheese, Kuchen … Das klingt nach einer ausgewogenen Ernährung.«

»Manchmal ist Obst auf dem Kuchen«, verteidigte ich mich. »Und die Pizza Margherita kommt auch immer mit frischen Tomatenscheiben obendrauf.«

»Oh, entschuldige. Dann habe ich natürlich nichts gesagt.« Er grinste schief. »Eds Ausrede ist immer, dass er extraviel davon essen muss, weil er es beim Militär vielleicht nicht mehr bekommt. Mit ihm darüber zu argumentieren, dass er während der Zeit ziemlich sicher auch Eintopf zu essen kriegt, hat mich mehrere Jahre meines Lebens gekostet.«

*Moment … was?* »Militär? Warum geht Ed zum Militär?«

Für ein paar Sekunden schien es, als würde Jae-yong meine Frage nicht verstehen. Dann verzog er das Gesicht. Seufzte. »In Südkorea gibt es eine Wehrpflicht für alle Männer, die dazu in der Lage sind, sie zu leisten. Ein bisschen Zeit hat Ed noch, aber spätestens bis zum dreißigsten Lebensjahr müssen wir es getan haben.«

Ich wusste nicht mal, wo ich mit meinen Fragen anfangen sollte. »Gibt es davon keine Ausnahmen? Ihr könnt doch sicher … Ich meine, ihr habt doch bestimmt die Möglichkeit, es zu umgehen, oder nicht?«

Jae-yong schüttelte langsam den Kopf und beobachtete mich genau. »Es gibt Ausnahmen, ja, aber von gesundheitlichen Aspekten abgesehen nur sehr wenige. Und keine davon betrifft uns.«

Was im Umkehrschluss hieß, dass Jae-yong diesen Wehrdienst auch leisten musste. Mein Hirn war gerade dabei, sich vor lauter Gedanken zu verknoten. Ich hatte keine Ahnung vom Militär in Südkorea, und Jae-yong sprach davon in einem Nebensatz, als hätte er das Thema bereits abgeschlossen. Mein Appetit auf das Getränk war mit einem Mal verschwunden.

»Aber ... ich meine, ihr seid Weltstars. Die erfolgreichste Band, die es im Augenblick gibt. Wäre es nicht angebracht, eine Ausnahme zu schaffen?«

»Ich glaube nicht, dass es passieren wird«, sagte er leichthin. »In den Jahren, seit es die Wehrpflicht gibt, hat es so gut wie keine Ausnahmeregelungen gegeben. Das wird sich bei uns nicht ändern.«

Jae-yong redete darüber, als wäre es keine große Sache, aber ... Zum Militär zu gehen bedeutete doch immer einen gewissen Grad an Gefahr. Oder nicht? Mein Kopf drehte sich angesichts all der Fragen.

Ich versuchte, sie zu sortieren, eine herauszufischen, die mich gerade am meisten beschäftigte, und beobachtete Jae-yong währenddessen stumm dabei, wie er seine Tasse leerte.

Kurz darauf zahlte Jae-yong die Rechnung und half mir in meine Jacke. Draußen hielt er die Beifahrertür seines Sportwagens wieder für mich auf – und kaum hatte er den Wagen in den Verkehr eingefädelt, brachen die Fragen aus mir hervor.

»Was musst du während der Wehrpflicht tun?«, fragte ich. »Und wie lange geht sie? Müsst ihr den Umgang mit Waffen lernen? Hast du schon einen Termin, wann du sie beginnen musst?«

Jae-yong hielt den Blick auf die Straße gerichtet, während er meinem Schwall an Fragen zuhörte. Er nahm er sich einige Augenblicke, um über seine Antwort nachzudenken.

»Ich weiß, ich habe dir das gerade sehr unvermittelt in den Schoß geworfen«, begann er. »Aber meinst du, wir könnten es für heute … ignorieren?« Er schien mit der Wortwahl selbst nicht sonderlich glücklich zu sein, korrigierte sich allerdings nicht. »Ich möchte uns beiden den Abend nicht damit verderben, und ich glaube, darauf würde es hinauslaufen, wenn wir weiter darüber sprechen.«

*Wie soll ich die ganzen Fragen einfach für mich behalten? Ich platze, wenn ich die restliche Nacht alleine darüber nachdenken muss*, dachte ich. Aber sprach ich es aus? Nein. Die Sorge, damit tatsächlich die Stimmung zwischen uns verderben zu können, breitete sich in mir aus und ließ mich verstummen. Stattdessen lehnte ich mich in meinem Sitz zurück und beobachtete die Straßen und Häuser, die an uns vorbeiflogen. Ich zwang mich, nicht mein Handy zu zücken, um mit einer Google-Suche all die Fragen zu beantworten, die ich hatte. Trotzdem rumorte in meinem Magen die ganze Fahrt über eine Unsicherheit, die ich nicht abschütteln konnte.

# 14. KAPITEL

»Möchtest du etwas trinken?«, fragte Jae-yong.

Ich war gerade dabei, meine Sneakers gegen die Hausschuhe auszutauschen, die er für mich bereitgestellt hatte, und richtete mich auf, um ihm zu antworten. »Hast du vielleicht eine Cola? Oder etwas Ähnliches?«

Er nickte und ging zum Kühlschrank. Ich wusch mir derweil die Hände und das Gesicht im Bad, ehe ich mich im Wohnbereich zu ihm setzte. Jae-yong reichte mir ein Glas Cola, stellte sein eigenes auf den Tisch. Er winkelte ein Bein auf dem Sofa an, um sich mir zuzuwenden.

»Sagst du mir, weswegen das Wehrdienst-Thema dich so beschäftigt?«

Nervös trank ich einen Schluck, dann noch einen und noch einen, bevor ich auf seine Frage reagierte. »Ich bin mir selbst nicht sicher.« Ich drehte das Glas in meinen Händen, als könnten sich in der Cola alle Antworten befinden. »Es hat mich in dem Moment einfach überrascht. Ich überreagiere etwas, oder?«

»Tust du nicht«, sagte er. Ein Arm lag hinter mir auf der Sofalehne. Mit der anderen Hand strich er mir eine verirrte Locke aus den Augen. »Wenn du mir so etwas ohne Vorankündigung gesagt hättest, wäre ich bestimmt genauso verwirrt. Für uns ist es hier einfach so normal, dass der Wehrdienst früher oder später ansteht, dass ich nicht darüber nachgedacht habe, wie du dich damit fühlen musst. Vielleicht ist es doch nicht die beste Idee, es einfach zu ignorieren. Würde es dir helfen, wenn wir darüber reden und ich dir deine Fragen beantworte?«

Ich nickte, legte meine Hand auf seine, die nun auf meinem Oberschenkel gelandet war.

»Okay. Dann schieß los.«

»Wie lange geht der Wehrdienst?«, sprach ich die erste Frage aus, die mir in den Sinn kam.

»Zwischen achtzehn und zweiundzwanzig Monaten. Je nachdem, ob ich in der Bodentruppe, Marine oder Lufttruppe bin.«

Mindestens anderthalb Jahre ... Ich konnte mich nicht entscheiden, ob das eine positive oder negative Nachricht war. »Und was ist in der Zeit mit deiner Musik? Mit den anderen?« Mit mir?

»Die Jungs und ich, wir haben schon öfter mit unserem Management drüber geredet, wie es funktionieren soll. Ob wir alle zusammen gehen und hoffen, dass zwei Jahre später noch jemand unsere Musik hören möchte. Oder ob wir getrennt gehen und dann mehrere Jahre nicht vollständig sind.« Er zuckte mit den Schultern. »Die Kommunikationsmöglichkeiten sind während der Zeit vermutlich recht eingeschränkt. Handynutzung ist zwar nach der Arbeitszeit erlaubt, und wenn es in der Nähe ist, kann man am Wochenende nach Hause fahren. Aber es wird ... nicht leicht«, fügte er nach einem Augenblick hinzu. »Für uns.«

Noch eingeschränkter als jetzt? Wie würden wir uns in den Monaten mit der Einschränkung zusätzlich zur Zeitverschiebung unterhalten? Es hatte nicht geklungen, als wäre sein Wehrdienst in nächster Zeit geplant – vor allem in diesem Schwebezustand, in dem sich die Band im Moment befand. Aber ich kam trotzdem nicht umhin, mir Gedanken darüber zu machen. Das Universum hatte wohl nicht vor, uns eine Verschnaufpause zu gönnen. Mit einem Kopfschütteln versuchte ich, die Gedanken zu vertreiben. Positiver. Ich hatte mir vorgenommen, positiver zu denken, so schwer es mir an manchen Tagen auch fiel.

»Dann kann ich dir endlich mal einen richtigen Brief schreiben«, sagte ich im Versuch, die Stimmung etwas zu lockern.

Jae-yong ging darauf nicht ein, sondern betrachtete mich eingehend. »Weswegen machst du dir wirklich Sorgen?«

Das Lächeln war genauso schnell aus meinem Gesicht verschwunden, wie es aufgetaucht war. Mein erster Instinkt war es, mich rauszureden, aber je länger ich Jae-yong in die Augen sah, desto schwächer wurde dieser Wille. Ich senkte den Blick auf unsere ineinander verschränkten Hände. Seine war so viel größer als meine, seine Finger lang und schlank. Jedes Mal, wenn er nach meiner Hand griff, spürte ich, wie rau seine Fingerkuppen waren. Und mit jedem Mal wurde das Gefühl vertrauter.

Es gab so viele Gründe, weswegen ich mich in seiner Nähe so wohlfühlte. Weswegen ich aus meinem kleinen Schneckenhaus kroch und mich mit ihm der Welt stellen konnte, ohne mir allzu viele Sorgen zu machen. Aber wenn ich daran dachte, seine Hand loszulassen. Zurück nach Chicago zu müssen. Ihn vielleicht zwei Jahre nicht richtig sprechen zu können … Jeder Teil von mir sträubte sich dagegen.

Ich wollte ihm all das sagen, und gleichzeitig fürchtete ich mich davor, es auch nur anzusprechen. Warum war es so schwer, verletzlich zu sein?

»Zwei Jahre sind eine lange Zeit«, war schließlich meine Antwort. »In zwei Jahren können neue Gesetze entstehen. Bisher unbekannte Dinge entwickelt werden.« Ich zögerte. »Gefühle können sich ändern …« Ich brachte es kaum über mich, von unseren Händen aufzublicken, dabei wollte ich so unbedingt sehen, welche Emotionen sich in seinem Gesicht spiegelten.

*Angst*, flüsterte mir eine kleine Stimme zu. *Du hast Angst, dass dir nicht gefällt, was du in seinem Gesicht zu sehen bekommen könntest.*

Hatte ich. Hatte ich wirklich. Mein Herz klopfte plötzlich so laut, dass Jae-yong es mit Sicherheit hören musste. Und dass er nichts sagte, machte das Ganze nicht besser. Während sein Schweigen anhielt, hob ich langsam, ganz langsam, den Blick. Er war vollkommen auf mich konzentriert, betrachtete mich so eingehend, dass es mir den Atem verschlug.

Ob er mir alle Gedanken von der Nasenspitze ablesen konnte? Jae-yong hatte diese Art, zu erraten, was mir durch den Kopf ging, dass ich es für sehr wahrscheinlich hielt.

Für ein paar Herzschläge sahen wir uns nur an. Sagten

beide nichts. Dann beugte er sich vor und lehnte seine Stirn an meine Schulter. Seine Haare kitzelten mich beinahe an der Nase, sie waren nur Millimeter entfernt.

Ein leises Seufzen entkam ihm. »Weißt du denn nicht, wie hoffnungslos verliebt ich in dich bin?«

All meine Gedanken flogen davon. Ich spürte kaum, wie mein Atem stockte, viel zu sehr war ich damit beschäftigt, die Worte wieder und wieder in meinem Kopf zu wiederholen. Die Stille, die sich daraufhin ausbreitete, war geladen. Mit Erwartungen, Ängsten, Hoffnungen. Und mein Herz … Gott, es schaffte es kaum, zurück zu einem normalen Rhythmus zu finden.

Jae-yong richtete sich langsam auf. Beinahe schien es, als wäre es für ihn plötzlich genauso schwer, mir ins Gesicht zu sehen. Sein Blick sprang von meinem Kinn zu meinen Augen und wieder zurück. Hin und her, bis er es nicht mehr aushielt und nervös lachte.

»Du bist so still. Bitte sag etwas, bevor mein Herz sich endgültig entschließt, nicht mehr zu schlagen.«

»Ich …« … wusste nicht … Ich atmete zittrig aus, schloss die Augen, als ich den leichten Druck dahinter spürte.

Jae-yongs Hände umfassten mein Gesicht. »Du … weinst du?«

Ich wollte den Kopf senken, mich vor ihm verstecken. Nur gab er mir nicht die Chance dazu. Er hielt mich fest und wartete, bis ich die Augen wieder öffnete. Sein Gesicht war so nah vor meinem, nur ein paar Zentimeter entfernt. Ich verlor mich in den dunklen Augen, die mich vor einem halben Jahr so verzaubert hatten. Und ehe ich darüber nachdenken konnte, beugte ich mich nach vorn. Berührte seine Lippen hauchzart mit meinen. Er öffnete den Mund leicht, ließ mich den Kuss vertiefen. Ich schaffte es nicht, die Worte, die mir durch den Kopf gingen, auszusprechen – aber ich hoffte von ganzem Herzen, dass er sie spürte.

Ich wusste nicht, wie viel Zeit verging, bis ich mich von ihm löste, nur, dass mein Herz in meinem Brustkorb stolperte, als ich aufstand. Ein Kribbeln zog meinen Arm hinauf und durch meinen gesamten Körper, als er meine Hand ergriff und mir ins Schlafzimmer folgte. Ich blieb vor dem Bett stehen. Unschlüssig. Unsicher. Jae-yong schlang seine Arme um meinen Bauch, drückte seine Brust an meinen Rücken. Für ein paar Sekunden standen wir so in dem Raum und lauschten der Stille, während ich seine Wärme in mich aufsog.

Irgendwann drehte ich mich zu ihm um – und plötzlich war es ganz leicht. Ich vertraute ihm. Ich vertraute ihm mit ganzem Herzen und spürte, wie mein Körper sich bei seinem Anblick entspannte. Meine Hand hob sich wie von selbst, fuhr ihm durch die Haare. Er neigte den Kopf leicht und küsste mich. Drückte mich so nah wie möglich an sich. Die Welt um mich herum verschwamm in Gefühlen. Mit den Händen glitt ich an seinem Körper hinab, suchte die warme Haut, die von seinem Sweatshirt bedeckt war. Jae-yong löste sich für einen Herzschlag von mir, um es sich über den Kopf zu ziehen, während ich meinen Pulli auszog. Dann öffnete er den Reißverschluss meines Kleides. Ich spürte jedes Streifen seiner Fingerkuppen auf meiner Haut so intensiv, dass sich mir der Kopf drehte – seine kleinen Berührungen waren überall, aber trotzdem nie genug. Mein Kleid glitt über meinen Körper, kam mit einem sanften Laut auf dem Boden auf. Ich bekam es kaum mit, war völlig in Jae-yongs Küssen gefangen. Er machte einen Schritt nach vorn, ich einen nach hinten und stolperte dabei über meine eigenen Füße. Meine Knie berührten die Bettkante, und schon spürte ich die weiche Decke in meinem Rücken.

Die Matratze gab unter seinem Gewicht nach, als Jae-yong sich neben mich kniete. Seine silberne Kette glänzte im schwachen Licht, das durch das Fenster ins Zimmer fiel, und strich über meine empfindliche Haut, als er den Kopf senkte und Küsse auf meinem nackten Bauch zu verteilen begann. Höher und höher, über meine Rippen und meinen BH. Er stützte einen Arm neben meinem Kopf ab und hielt inne.

Ich sah ihn an und wollte weinen und lachen und fröhlich tanzen. Nie … nie hätte ich gedacht, dass ein einzelner Mensch so viele Gefühle in mir auslösen könnte. Mein Herz war so voll, dass es wehtat. Jae-yongs Augen wurden weich, als könnte er all das von meinem Gesicht ablesen. Er hob die Hand, um mir eine einsame Träne aus dem Augenwinkel zu streichen, und ich sah, wie seine Hand zitterte. War er genauso nervös wie ich? Mein Herz klopfte so laut, dass ich außer meinem Herzschlag kaum etwas hören konnte. Ich hielt mich an Jae-yong fest, meine Hände an seinen Hüften, und sagte mir selbst immer und immer wieder, dass alles in Ordnung war. Dass ich nicht nervös sein brauchte, weil er es war. Der Mensch, dem ich vollkommen vertraute. Trotzdem wurde ich die

Aufregung nicht völlig los. Ich spürte die nackte Haut seines Oberkörpers auf meiner, und plötzlich war da diese Anspannung, sosehr ich es auch genoss.

Wie durch einen Schleier nahm ich wahr, wie Jae-yong innehielt. Er löste sich einen Hauch von mir, brachte so viel Platz zwischen uns, dass er mein Gesicht sehen konnte. Seine Arme stützte er neben meinem Kopf auf und sah mir fest in die Augen.

»Alles in Ordnung?«, fragte er leise.

Ich brachte ein Nicken zustande. Eins, das allem Anschein nach nicht wirklich überzeugend war, denn er wurde plötzlich vollkommen still über mir.

»Ehrlich?«, fragte er noch einmal.

Ich löste eine Hand von seiner Hüfte, legte sie auf meine Wange, die viel zu heiß war. »Es ist … sehr viel. Hier drin.« Ich deutete auf meinen Kopf. »Und hier.« Auf meinen Brustkorb, direkt in der Höhe meines Herzens.

Jae-yong hielt meine Hand fest, als ich sie sinken lassen wollte, und verschränkte unsere Finger miteinander.

»Ich habe das Gefühl, keine Worte dieser Welt könnten beschreiben, was ich gerade empfinde. Mein Magen ist ein einziges Chaos, mein Herz schlägt viel zu schnell. Mir ist gleichzeitig warm und kalt, und wenn ich es nicht besser wüsste, würde ich denken, ich werde krank.« Er winkelte die Arme an, sank ein Stück nach unten, um mich zu küssen. »Das, was ich vorhin gesagt habe – ich meinte es ernst. Ich bin so verliebt, dass ich dich nur ansehen muss, und sofort merke, wie meine Beine zu Gummi werden.« Seine Lippen waren nur wenige Zentimeter von meinen entfernt, während er sprach.

»Das beschreibt sehr gut, was in mir drin gerade passiert«, erwiderte ich ebenso leise.

Er drückte meine Hand, als wollte er mir verdeutlichen, dass ich damit nicht allein war. Ich spürte seinen Atem über mein Gesicht streichen und ... mit dem Wissen, dass es ihm genauso ging wie mir, war es mit einem Mal viel leichter. Ich legte meine Arme um seinen Hals, wartete, bis er meine Lippen streifte. Wir küssten uns einfach – so lange, bis ich nicht mehr wusste, wie viel Zeit vergangen war.

Jae-yong versuchte nicht, mehr zu erzwingen. Er schien zufrieden damit, mir so nah sein zu können, und ließ sich voll und ganz in den Kuss fallen. Erst als die Nervosität in mir langsam kleiner wurde, als die Ungeduld und Erregung sie verdrängten, bewegte er sich wieder. Alles um mich herum wurde unscharf, verschwand unter einer Flut von Küssen und Berührungen. Ich tauchte erst wieder auf, als mein BH mit einem leisen Geräusch auf dem Boden aufkam. Als seine Hände über meinen Körper streiften und dieses sanfte Lächeln auf seinen Lippen auftauchte, das mein Herz singen ließ. Er zog mir meinen Slip von den Hüften und entledigte sich im nächsten Moment seiner Hose und Boxershorts. Ich sah zu ihm auf und hoffte, dass er spüren konnte, welche Flut an Emotionen in mir tobte. Er streifte ein Kondom über, strich voller Zuneigung über meine Oberschenkel, wieder und wieder, bis ich meine Beine öffnete und er sich zwischen sie schieben konnte. Ich spürte ihn heiß und steif an meinem Oberschenkel und konnte das Stöhnen nicht unterdrücken, das mir entkam.

Jae-yong fing es mit einem Kuss auf. Sein Daumen liebkoste meinen Wangenknochen, als wollte er mich beruhigen. Er hob die Hüften und drang quälend langsam in mich ein. Während er sich in mir zu bewegen begann, erkundete ich jeden Zentimeter von ihm – seine Schultern, seinen Rücken, die Muskeln, die sich dort mit jeder Bewegung anspannten. Ich wollte ihm noch näher sein, und Jae-yong schien es ähnlich zu gehen. Er vergrub das Gesicht an meiner Schulter, wiederholte meinen Namen immer wieder mit dieser tiefen, rauen Stimme. Und ich verlor mich so vollständig in ihm, dass nichts anderes mehr eine Rolle spielte.

Danach wollte ich mich nie wieder aus dem Bett fortbewegen. Ich lag auf dem Bauch, die Decke bedeckte nur knapp meinen Po. Jae-yong stützte sich neben mir auf einen Arm und zeichnete Muster auf meinen nackten Rücken. Meine Augen waren geschlossen, wenn ich nicht aufpasste, würde ich vermutlich jeden Moment einschlafen.

»Min-ho hat gefragt, ob wir uns treffen möchten. Wenn du Lust hast«, sagte Jae-yong leise. »Ich glaube, er würde sich freuen.«

Ich öffnete die Augen, um ihn zu betrachten. Es war immer noch dunkel, keine Ahnung, wie viel Uhr. Jegliches Zeitgefühl hatte sich von mir verabschiedet. »Das fällt dir jetzt ein?«

Seine Finger hielten in der Bewegung inne, und er legte den Kopf schief. »Ich wollte es dir vorhin sagen, aber dann war ich ein bisschen abgelenkt.« Ein Kuss landete auf meiner Schulter, kurz darauf begann er, wieder kleine

Kreise auf meinem unteren Rücken zu ziehen. Er lenkte mich damit so sehr ab, dass ich für meine Antwort einige Minuten brauchte.

»Ich hab nichts dagegen«, sagte ich. »Wenn wir uns in eurem gemeinsamen Apartment treffen, kann ich deine restlichen Bücherregale ausrauben.«

Jae-yong gab einen amüsierten Laut von sich. »Ich glaube, es ist besser, wenn er hierherkommt. Andernfalls müsste ich vorher mein Zimmer dort zuschließen.«

Ich drehte mich auf die Seite, damit ich meinen Nacken nicht weiter verrenken musste, um ihn anzusehen. Seine Hand kam dabei auf meiner Hüfte zum Liegen, und seine Augen glitten kurz über meine Brüste, ehe er meinen Blick erwiderte. Ich zog eine Augenbraue in die Höhe, was er mit einem Lächeln und einem halben Schulterzucken beantwortete.

»Warum hast du noch zusätzlich eine eigene Wohnung, wenn das meiste, was du besitzt, ohnehin in dem anderen Apartment ist?«, fragte ich.

»Fünf Kerle auf einem Fleck können manchmal ziemlich anstrengend sein«, erklärte er. »Ich bin gern mit ihnen zusammen, aber es gibt Momente, in denen wir uns gegenseitig nicht ausstehen können. Es ist angenehmer, dann einen Rückzugsort zu haben, der nur mir gehört, als ihnen ständig über den Weg zu laufen. Und es macht es auch leichter, wenn ich Besuch bekomme.«

»Passiert das öfter? Dass du hierherkommst, weil ihr euch streitet?«

»Nicht mehr so häufig. Früher war es schlimmer, weil wir alle zu stur und egoistisch waren, um über irgendwelche Probleme sofort zu sprechen. Ich kann mich an so viele Situationen erinnern, in denen ich mir dachte: ›Und mit diesen vier Leuten willst du wirklich in einer Band sein?‹« Mit einem Lächeln schüttelte er den Kopf. »Mittlerweile frage ich mich, wie ich überhaupt jemals daran habe zweifeln können.«

Ich versuchte mir vorzustellen, wie es zwischen den fünf Jungs gewesen sein musste, scheiterte aber kläglich. Jae-yong redete immer mit so viel Zuneigung von ihnen. In Gedanken verloren drehte ich den Anhänger seiner Kette zwischen meinen Fingern hin und her. Jae-yong spielte mit meinen Haarsträhnen und verbrachte die nächsten Minuten mit mir im Schweigen. Es war ruhig, nur unser Atem war zu hören. Ich genoss die Stille – dieses Gefühl, genau jetzt genau da zu sein, wo ich hingehörte. Ich wollte es für die Momente aufsaugen, in denen diese Nacht meilenweit entfernt wirken würde.

»Woran denkst du?«, fragte er nach einer Weile.

Meine Lippen formten die Worte, bevor ich darüber nachdenken konnte. »Wie froh ich bin, hier zu sein. Und was für ein Glück ich hatte, in diesem Ankleideraum damals über dich zu stolpern.«

Wie er mich ansah … Ein wenig nachdenklich, ein wenig ernst. Als wollte er mir nur mit seinem Blick die Worte noch einmal mitteilen, die er vorhin gesagt hatte: *Weißt du denn nicht, wie hoffnungslos verliebt ich in dich bin?*

Ich spürte es. In dem sanften Blick, mit dem er mich ansah. Darin, wie er seine Arme beinahe beschützend um mich legte und mir einen Kuss gab, der so zart war, dass es mir den Atem verschlug. Er zog sich nur einen Hauch zurück, seine Stirn an meine gelehnt, als könnte er es nicht ertragen, mehr Raum als nötig zwischen uns zu bringen. Für mich waren bereits diese wenigen Zentimeter zu viel. Ich hob den Kopf ein wenig an, bis ich seine Lippen wieder an meinen fühlte. Ein Seufzen entkam ihm, so leise, dass ich es mehr spürte als hörte. Ich drängte mich an ihn, vertiefte den Kuss. Und als er mich auf sich zog, verschwamm ein weiteres Mal alles um mich herum.

Ich hatte das Gefühl, erst vor ein paar Minuten eingeschlafen zu sein. Im ersten Moment war ich desorientiert, suchte nach dem Grund, der mich geweckt hatte. Dann nahm ich Jae-yong neben mir wahr. Meine Augen öffneten sich nur widerwillig. Ich wollte nichts lieber, als mich wieder in die Decke zu kuscheln, um weiterzuschlafen – aber Jae-yong ließ sich nicht beirren. Er strich vorsichtig Muster auf meinen Rücken, ehe er mich sanft an der Schulter rüttelte. Selbst mein unglückliches Grummeln schreckte ihn nicht ab.

Ich drehte mich auf den Rücken. Der Blick aus dem Fenster zeigte mir, dass es draußen noch dunkel war. »Warum weckst du mich mitten in der Nacht?« Ich blinzelte ein paarmal. »Und warum bist du angezogen?«

»Ich hab eine Überraschung für dich«, sagte Jae-yong leise. Seine Stimme war rau – vermutlich war er selbst noch nicht lange wach.

Es dauerte ein paar Sekunden, bis mein müdes Hirn seine Aussage verarbeitet hatte. »Jetzt? Kannst du sie mir nicht zeigen, wenn die Sonne aufgegangen ist?«

»Das könnte schwierig werden.«

Ich betrachtete ihn skeptisch. Gefühlt befand ich mich noch immer im Halbschlaf – ich war mir nicht mal sicher, ob Jae-yong vor mir nicht nur eine Ausgeburt meiner viel zu aktiven Fantasie war.

»Wenn ich erzähle, dass ich kein großer Fan von Überraschungen bin, hörst du jedes Mal weg, oder?«, fragte ich.

»Ich habe mir vorgenommen, dich von deiner Angst vor Überraschungen zu heilen, und wenn es das Letzte ist, was ich tue«, erwiderte er und drückte einen Kuss auf meine Schläfe. »Also: Ja, tue ich.«

Das Seufzen, das ich ausstieß, war nur zu Teilen ernst gemeint. Ich mochte es nicht, im Ungewissen zu sein – hatte ich noch nie. Die Entscheidung nicht selbst in der Hand zu haben beschwörte immer meine Sorgen und Ängste herauf. Aber ich kam nicht umhin, mir all die Möglichkeiten auszumalen, die er sich einfallen lassen würde, um meine Meinung zu ändern.

Jae-yong stand vom Bett auf, als würde er in meinem Gesicht die Entscheidung sehen, bevor ich sie gefällt hatte. Er reichte mir seine Hand, half mir, mich aus dem Deckenchaos zu befreien, in das ich mich im Schlaf eingewickelt hatte.

Sein Daumen strich über meinen Handrücken. »Zieh dir was an, ich packe schnell noch ein paar Sachen für unterwegs in die Tasche.«

Tasche? Für unterwegs? Wollte er um diese Uhrzeit etwa nach draußen? Wie spät war es eigentlich?

Jae-yong legte den Kopf schief, dunkle Haarsträhnen fielen ihm in die Augen. In meinem schlaftrunkenen Zustand fragte ich mich, wann er wohl das letzte Mal beim Friseur gewesen war – und wie lang er seine Haare wachsen lassen wollte. Mir gefiel die Vorstellung von einem Jae-yong mit längeren Haaren.

»Ella?«

Mühsam riss ich mich aus meinen Gedanken los. »Ja?«

»Danke, dass du nach Seoul gekommen bist«, sagte er. »Seit wir mit unserem Management gesprochen haben, ist alles so … kompliziert.« Ein wenig hilflos zuckte er mit den Schultern. »Es ist leichter, seit du da bist.«

Sein unerwartetes Geständnis ließ mich in der Bewegung innehalten. Bevor ich allerdings dazu kam, einen klaren Gedanken zu fassen und ihn in eine Antwort zu packen, drückte Jae-yong mir einen Kuss auf den Mund, sagte: »Und jetzt zieh dir etwas an, sonst schaffen wir es nicht mehr pünktlich«, und verschwand aus dem Zimmer.

# 15. KAPITEL

Fünfzehn Minuten später saßen wir im Auto. Ich hatte Mühe, meine Augen auf dem Beifahrersitz offen zu halten und hätte die Rückenlehne des Sitzes am liebsten nach hinten geklappt, um noch ein wenig zu schlafen. So lehnte ich meinen Kopf an das Seitenfenster und beobachtete die entgegenkommenden und vorbeifahrenden Autos. Mit jeder Minute schienen sich die Straßen mehr zu füllen. In dem unterschied sich Seoul nicht sonderlich von Chicago: Beide Städte ruhten nie.

Wir fuhren enge Seitenstraßen entlang, die steil anstiegen. Immer weiter und weiter, bis Jae-yong schließlich auf einem Parkplatz hielt und den Motor abstellte. Er drehte sich in seinem Sitz zu mir um, nahm mir die Tasche, die er vorhin gepackt hatte, vom Schoß und bedachte mich mit einem Lächeln.

»Wir müssen von hier laufen, aber es ist nicht so weit.«

Ich stöhnte auf. Er wollte wirklich, dass ich mich um diese Uhrzeit mehr als nötig bewegte. Woher nahm er überhaupt die Energie, mitten in der Nacht gut gelaunt und munter zu wirken? Ich würde mich anstrengen müssen, nicht im Stehen einzuschlafen.

Als wir die Wohnung verlassen hatten, war es draußen

größtenteils noch dunkel gewesen. Mittlerweile färbte sich der Himmel bläulich und machte es leichter, dem Weg zu folgen, der uns einen Berg hinaufführte. Hin und wieder trafen wir auf einzelne ältere Leute, die uns glücklicherweise nicht weiter beachteten. Manchmal lichteten sich die Bäume und der Wald um uns herum und offenbarten einen kleinen Platz, auf dem freistehende Sportgeräte aus Metall standen.

Um voranzukommen, mussten wir häufiger Treppen steigen – es waren so viele Stufen, dass ich schon nach der Hälfte des Anstiegs dank meiner nicht vorhandenen Kondition aus der Puste war. Ich warf Jae-yong in regelmäßigen Abständen einen bösen Blick zu, weil er mir das noch vor dem Frühstück antat. Jedes Mal, wenn er es bemerkte, lächelte er nur und drückte meine Hand. Ihm schien die morgendliche Wanderung kaum etwas auszumachen.

Die ganze Zeit hatte ich das Gefühl, nicht mehr in Seoul zu sein. Die Luft war wesentlich frischer als in der Stadt, und außer den Bäumen und Büschen war auch kaum etwas zu sehen – als wären wir plötzlich tief in der Natur statt auf einem Berg in einer Millionenmetropole.

Nach einer Weile lichteten sich die Bäume um uns herum ein wenig. Wir traten auf eine steinerne Plattform – und sofort fing mich die Aussicht, die sich von hier aus bot, ein. Stellte man sich an den Rand der Plattform, hatte man einen einzigartigen Blick: erst das Grün vom Berg, gefolgt von den Häusern und Lichtern Seouls. Die Stadt erstreckte sich bis zu den Bergen am Horizont, aufgelockert durch den Fluss, der sie teilte.

Es war die Art Aussicht, an der man sich nicht satt-sehen konnte. Wie wenn man aufs Meer starrte und einen die unendlichen Weiten des Wassers gefangen nahmen. Ich stand bestimmt fünf Minuten an diesem Fleck und ließ meinen Blick von links nach rechts und wieder zu-rück wandern, ehe ich mich überwinden konnte, mich zu Jae-yong umzudrehen.

Er hatte in der Zwischenzeit eine kleine Decke auf dem Boden ausgebreitet, sich darauf niedergelassen und sah mich abwartend an.

»Ein Sonnenaufgang auf dem Berg. Ich wusste nicht, dass du so eine romantische Ader hast«, sagte ich, als ich mich dicht neben ihn setzte und mich an seine Seite lehnte.

»Ich wusste es ja selbst nicht«, erwiderte er. »Aber ich wollte schon so lange mal wieder hierherkommen, und ich dachte, dir würde die Aussicht gefallen.«

Tat sie. Die Sonne schob sich langsam hinter den Ber-gen hervor und tauchte die Stadt unter uns mehr und mehr in ein goldenes Licht. Es war, als würde man da-bei zusehen, wie die Welt aufwachte, und ich wünschte mir plötzlich sehnlichst meinen Zeichenblock her, um die Aussicht einzufangen.

»Busan liegt direkt am Wasser, oder? Magst du Berge oder das Meer eigentlich lieber?«

»Zählt ein See mitten in den Bergen?«, fragte er.

»Weil ich die Antwort mag, ja.«

Ich spürte, wie sein Brustkorb sich mit einem Lachen hob und senkte. Mein Blick war weiterhin auf die Sonne gerichtet, die im Himmel mit jeder Minute höher kletterte. Und meine Gedanken wanderten … von diesem Ort hier zurück nach Chicago und zu dem, was mich dort erwartete, wenn ich zurück nach Hause flog. Die Reise nach Südkorea war ein Ausbruch aus meinem Alltag, und ich konnte mir beim besten Willen nicht vorstellen, in wenigen Tagen wieder in unserer Wohnung zu stehen, mit Erin essen zu gehen und in Vorlesungen zu sitzen. Alles wirkte so weit entfernt.

Diese Gedanken brachten auch all das mit sich, was ich in den letzten Tagen beiseitegeschoben hatte. Das Unwohlsein, wenn ich an die Uni dachte. Die Sorge, dass Mel wieder in ihrer Arbeit versank, ohne dass ich es bemerkte. Erin, die im Augenblick wie ein Tourist in ihrer eigenen Heimat wirkte. Es gab so vieles, auf das ich keine Antworten hatte. So viele Dinge, die ich mit mir selbst ausmachen musste, dass sich mein Herzschlag beschleunigte, während ich darüber nachdachte.

Unwillkürlich verspannte ich mich. Ich wollte in Jae-yongs Arme kriechen und die Realität ein wenig länger ausblenden. Vermutlich bemerkte er, wie steif ich an seiner Seite plötzlich geworden war, denn er lehnte sich zurück, um mir fragend ins Gesicht sehen zu können.

»Ich habe nur gerade gedacht … Ich muss bald wieder nach Hause und all die Dinge, die auf uns warten … Ich habe das Gefühl, wir haben gerade nur auf Pause gedrückt und sobald wir wieder in unseren Alltag übergehen, werden uns all die Dinge überfallen, die wir gerade ignorieren.«

Der Ausdruck in Jae-yongs Augen wirkte weit entfernt, als er den Blick über die Stadt gleiten ließ. »Vielleicht können wir uns in eine andere Dimension flüchten, in der wir das alles schon durchgemacht haben.«

Ich schenkte ihm ein schwaches Lächeln. »Ich wünschte, das würde wirklich gehen. Machst du dir denn gar keine Gedanken über die Zukunft?«

»Die ganze Zeit«, sagte Jae-yong ehrlich. »Mein Kopf dreht sich im Kreis, wenn ich versuche, eine Lösung zu finden. Wir haben zweimal mit unserem Management gesprochen und sitzen jetzt mitten in einer Pause fest. Ich hab keine Ahnung, wie wir da rauskommen sollen, ohne dass uns alles um die Ohren fliegt. Und wenn du in zwei Tagen wieder in Chicago bist, kann ich nicht mal mehr so tun, als würde es mich nicht beschäftigen.«

»Habt ihr seitdem noch mal darüber geredet?«

»Nicht wirklich. Selbst Woo-seok ist ratlos, und er hat normalerweise immer eine Lösung parat. Ich kenne auch niemanden, der sich schon mal in so einer Situation befunden haben könnte. Wir sind vollkommen uns selbst überlassen.«

Ich wollte positiv gestimmt sein – wollte ich wirklich. Aber sosehr ich auch darüber nachdachte, mein Hirn sprang von einer Katastrophe zur anderen. Was war das kleinere Übel, wenn sie sich zwischen dem Fortbestehen der Band und ihren individuellen Identitäten als Künstler entscheiden mussten? Beides bedeutete auf seine Weise, etwas aufgeben zu müssen, von dem ich nicht glaubte, dass sie bereit waren, es zurückzulassen.

Daher antwortete ich mit der Wahrheit: »Ich weiß nicht, was ich sagen soll.«

Der Ausdruck, der über sein Gesicht huschte, wirkte

beinahe traurig. Nur eine Millisekunde, aber ich sah es trotzdem – als hätte er sich, so unsinnig es auch war, gewünscht, dass ich eine Lösung für ihn hätte. Ein Stich fuhr durch meinen Brustkorb. Ich wollte ihm all seine Sorgen abnehmen, auch wenn ich meine kaum tragen konnte. Aber mit jedem Problem, das wir lösten, kam wieder ein neues auf – und ich sah vor mir, wie es uns jedes Mal ein bisschen mehr erschöpfte und ein bisschen mehr abverlangte.

»Jae-yong?«, fragte ich leise. Ich wollte meine nächsten Worte nicht laut aussprechen, aber ich war mir sicher, dass sie immer größer und bedrohlicher werden würden, wenn ich sie für mich behielt. »Wie soll das weitergehen?«

»Was meinst du?«

Ich suchte die Umgebung mit den Augen ab, als würde ich zwischen den Bäumen und dem Horizont irgendwo eine Antwort finden. »Wir dürften eigentlich nicht zusammen sein. Wir dürfen uns nicht gemeinsam in der Öffentlichkeit zeigen, müssen aufpassen, dass niemand uns auch nur zufällig sieht. Ich hab mich einfach gefragt ... wie das funktionieren soll. Auf lange Sicht, meine ich.« Ich stolperte über meine Worte, weil es mir schwerfiel, die richtigen zu finden.

Jae-yong schwieg eine ganze Weile. Ich legte meinen Kopf an seine Schulter und wartete, bis er bereit war, seine Gedanken auszusprechen. »Es wird nicht einfach«, sagte er dann ehrlich. »Wir werden uns häufig streiten und missverstehen. Ich werde Dinge tun, die dich verletzen, und du welche, die ich nicht erwarte.« Er hob eine Hand, um eine meiner Haarsträhnen durch seine Finger gleiten zu lassen. »Ich bin mir sicher, dass die Distanz und die Zeitverschiebung uns irgendwann in den Wahnsinn treiben werden.«

»Ich hoffe sehr, dass gleich noch ein Aber folgt«, warf ich ein.

Jae-yong lächelte. »*Aber* – irgendwann werden sich nicht mehr so viele für NXT interessieren. Die Jungs und ich, wir werden weniger Songs schreiben, werden ein Leben außerhalb der Musik verfolgen. Und bis dahin stellen du und ich uns wenigstens gemeinsam dem Chaos, das unser Leben ist.«

Ein kleines Lachen entkam mir bei seiner Formulierung, und ich merkte, wie sich ein Teil in mir gleichzeitig entspannte. *Gemeinsam.* Das Wort nahm die Angst vor einer Zukunft, die völlig unvorhersehbar war. Ich rutschte einen Zentimeter näher an ihn heran, meine Nase an seinem Hals und sein Arm ein wärmendes Gewicht auf meinen Schultern.

Ein paar Minuten verbrachten wir so hier oben – über der Stadt, viele Meter von unseren Problemen entfernt. Als sich die Sonne vollständig hinter den Bergen hervorgeschoben hatte, legten wir die Decke zusammen und traten unseren Rückweg an. Das Autoradio war die einzige Geräuschquelle, die die Rückfahrt erfüllte. Ich wünschte mir magische Kräfte herbei, um die Zeit anzuhalten, sie vorzudrehen oder zurück. Irgendetwas, um nicht mehr in dieser Schwebe der Ungewissheit hängen zu müssen.

In seinem Apartment setzten wir uns für ein kleines Frühstück an die Kücheninsel. Wir nutzen beide die Zeit, um die Benachrichtigungen auf unseren Handys durchzugehen. In meinem Fall bedeutete das, Liv alle Fotos zu schicken, die ich bisher von Seoul geschossen hatte, und Mel meine obligatorische »Alles gut, ich lebe noch«-Nachricht zu schreiben. Ihre Antwort war ein Bild, das ihre in einer Jogginghose steckenden Beine zeigte. Ich erkannte im Halbdunkel das Muster ihrer Bettdecke und musste mir mehrmals über die Augen reiben, um sicherzugehen, dass ich nicht doch wieder eingeschlafen war.

**Mel:** Ich habe nie gewusst, dass es anstrengend ist, nichts zu tun.
**Ich:** Falls du Hilfe brauchst, wende dich an Liv. Sie ist darin Meisterin.

Als wir mit dem Essen fertig waren, holte ich mir meinen Zeichenblock und setzte mich damit auf das Sofa. Jae-yong verschwand für ein paar Minuten in seinem Schlafzimmer und setzte sich dann mit einem Buch neben mich. Aus den Augenwinkeln bemerkte ich, wie seine Aufmerksamkeit zwischen dem Buch und meiner Skizze von Seoul hin- und herschwankte, sagte aber nichts. Es machte mir nichts aus, dass er mir bei der Entstehung zusah, im Gegenteil. Ich hatte bei ihm nie das Gefühl, als würde er über irgendetwas urteilen, das ich tat, sondern sich einfach dafür interessieren, womit ich meine Zeit verbrachte.

Später schauten wir einen Film und gingen schließlich dazu über, *Goblin* in einem kleinen Serienmarathon weiterzugucken. Mit jeder Folge, die wir sahen, verliebte ich mich ein bisschen mehr in diese Serie. Die Charaktere, die Geschichte, das gesamte Setting. Selbst Jae-yong, der *Goblin* schon mindestens einmal gesehen haben musste, konnte seine Augen kaum vom Bildschirm lösen. Während der ganzen Zeit ließ er meine Hand nicht ein einziges Mal los.

Der fehlende Schlaf der vergangenen Nacht überkam mich, als wir am Ende der vierten Folge angekommen waren. Ich lehnte meinen Kopf an Jae-yongs Schulter und musste mich nach jedem Blinzeln zwingen, meine Augen wieder zu öffnen. Dass er seinen freien Arm um meine Schultern legte und mit den Fingern gleichmäßig durch meine Haare fuhr, half nicht gerade, mich wach zu halten. Wir hatten nicht einmal sonderlich viel unternommen – trotzdem kam es mir vor, als würde ich jeden Tag so viele Eindrücke sammeln, dass mein Hirn mit dem Verarbeiten gar nicht hinterherkam.

Als wir uns am Nachmittag für das Treffen mit Min-ho fertig machten, hatte ich meine Gedanken immerhin langsam wieder im Zaum. Ich freute mich sogar darauf, Jae-yongs besten Freund zu sehen. Das eine Mal, als wir uns bei Jae-yongs und meinem ersten Treffen unterhalten hatten, kam mir vor, als wäre es in einem anderen Leben passiert. So viel war seitdem geschehen – so viel hatte sich verändert. Wenn ich darüber nachdachte, konnte ich es selbst nicht fassen.

Ich war gerade dabei, meine Zeichensachen ins Schlafzimmer zu bringen, als die Eingangstür piepte und aufging. Wie ein verschrecktes Tier blieb ich mitten in der Bewegung stehen und sah mich plötzlich einem Min-ho mit dunkelbraunen, fast schwarzen Haaren gegenüber.

Der es anscheinend nicht für nötig hielt, vorher zu klingeln oder zu klopfen oder wenigstens mit einer Nachricht bei Jae-yong anzukündigen, dass er gleich in das Apartment stürzen würde.

Jae-yong kam um die Kücheninsel herum auf uns zu. »Ich hab dir doch gesagt, dass du nicht einfach den Code verwenden sollst, wenn dir danach ist«, begrüßte er Min-ho.

Dieser trat sich die Schuhe von den Füßen und schlüpfte in ein paar Hausschuhe. »Dann hättest du ihn mir nicht verraten sollen.«

»Ich hab ihn dir für Notfälle gegeben«, sagte Jae-yong trocken.

Min-ho hielt uns eine prall gefüllte Plastiktüte entgegen. »Das ist ein Notfall. Ich habe fried chicken, und in deinem Kühlschrank wartet Bier darauf, dass es dazu getrunken wird.«

»Warum bist du dir so sicher, dass ich Bier in meinem Kühlschrank habe?«

Min-ho bedachte Jae-yong mit einem Blick, bei dem ich mir das Lachen verkneifen musste. Die beiden waren wie ein altes Ehepaar. Jae-yong gab sich nach ein paar Sekunden mit einem Seufzen geschlagen und nahm Min-ho die Tüte ab, der seine Aufmerksamkeit daraufhin mir zuwandte.

Ich winkte ihm zur Begrüßung zu und fragte mich im nächsten Moment, wie es sein konnte, dass ich in der Nähe von halbwegs fremden Leuten immer stumm wurde. Wie hatte ich in meinem bisherigen Leben Freundschaften geschlossen? Ich konnte mich beim besten Willen nicht dran erinnern. Immerhin ließ sich Min-ho von meinen glänzenden sozialen Fähigkeiten nicht abschrecken.

»Hey, Ella. Gefällt dir Seoul bisher?«, fragte er.

»Es ist wirklich schön, wenn mich nicht gerade jemand mitten in der Nacht aus dem Bett wirft«, sagte ich und warf Jae-yong einen bösen Blick zu.

»Um den Sonnenaufgang anzugucken«, verteidigte er sich. »Lass den wichtigsten Part doch nicht einfach aus. Außerdem hattest du Spaß, gib's zu.«

Ich grummelte nur etwas vor mich hin, bei dem sich das Grinsen auf Jae-yongs Gesicht vergrößerte.

»Mit mir bist du noch nie auf einen Berg geklettert, um den Sonnenaufgang anzugucken«, schaltete Min-ho sich ein.

»Du hasst es zu wandern«, sagte Jae-yong.

»Das ist nicht wahr. Ich habe eine Ablehnung gegenüber allen sportlichen Aktivitäten.«

Ich runzelte die Stirn. »Wie stehst du dann Konzerte durch?«

»Mit so viel Jammern, dass wir uns jedes Mal ganz weit weg von ihm wünschen«, sagte Jae-yong, und Min-ho nickte bestätigend. Jae-yong hob den Arm, in dem er die Plastiktüte hielt. »So wie ich dich kenne, Min-ho, ist hier vermutlich viel zu viel Essen drin.«

»Ich wollte, dass Ella alles probieren kann. So gutes Hühnchen wird sie in nächster Zeit nicht wieder bekommen.« Er lächelte mir zu, als er das sagte, und ich konnte nicht anders, als es zu erwidern.

»Solange du dich nachher nicht beschwerst, weil du wieder Bauchschmerzen hast ...« Jae-yong entfernte sich, noch während er sprach, von uns und brachte das Essen in die Küche. Min-ho folgte ihm, aber nicht, bevor er mich das Augenrollen hatte sehen lassen, mit dem er auf Jae-yongs Aussage reagierte. Ich brachte meine Zeichenutensilien ins Schlafzimmer, bevor ich mich zu ihnen gesellte. Es verging keine Minute, in der sie sich nicht gegenseitig piesackten.

Als wir in den Wohnzimmerbereich umzogen, setzte ich mich im Schneidersitz zu Jae-yong auf die Couch. Min-ho machte es sich in dem kleinen Sessel bequem, der links von mir stand, und hatte bereits eine Dose in der Hand, in der ich Bier vermutete. Jae-yong fing meinen Blick auf und hielt mir seine Dose entgegen, doch ich schüttelte den Kopf. Alkohol und ich – wir waren noch nie die größten Freunde gewesen, und der Geschmack von Bier hatte seinen Teil zu meiner Abneigung beigetragen. Lieber schenkte ich dem fried chicken vor mir meine volle Aufmerksamkeit. Es waren drei unterschiedliche Sorten, und ich musste nicht erst Jae-yong fragen, um zu wissen, dass ich mich von dem tiefroten Hähnchen fernhalten sollte. Ich nahm mir ein Stück aus der Mitte, das relativ unverfänglich aussah, biss hinein und … und wusste sofort, dass ich in meinem Leben nie wieder etwas anderes essen wollte. Es schmeckte süß, würzig und sogar ein wenig scharf, war knusprig und das Fleisch gleichzeitig unglaublich zart. Mit einem Ohr hörte ich dem Gespräch von Jae-yong und Min-ho zu, während ich das Stück fried chicken aufaß.

Sie unterhielten sich größtenteils auf Englisch, um mich nicht auszuschließen, obwohl ich mich kaum beteiligte. Ich wusste die Geste zu schätzen, auch wenn es mich nur darin bestärkte, mir zu Hause endlich ein Lehrbuch für Koreanisch zuzulegen.

»Ed ist mit seinem Bruder in Jejudo, und Hyun-woo ist mit Woo-seok in Gwangju. Vielleicht sollten wir auch wegfliegen. Wer weiß, wann wir mal wieder die Chance dazu haben, Urlaub zu machen«, sagte Min-ho gerade. Er hielt ein Stück Hähnchen in der Hand, machte aber keine Anstalten hineinzubeißen. Obwohl seine Worte positiv klangen, hatte seine Stimme einen rauen Unterton, die ihn verriet.

»Du wolltest doch schon ewig durch Europa reisen«, erwiderte Jae-yong, einen ähnlichen Tonfall anschlagend. Es wirkte, als bemühten beide sich mit allen Mitteln, die Pause als etwas Gutes zu betrachten, auch wenn es sie innerlich zerriss.

»Ja, wollte ich.« Min-hos Blick richtete sich auf einen Punkt in weiter Ferne. Ich kannte diesen Ausdruck – wenn die Gedanken einen überfielen und für einen kurzen Moment aus dem Hier und Jetzt zogen.

»Welche Orte würdest du denn gerne sehen?«, fragte ich, als es nicht den Anschein machte, dass Jae-yong etwas antworten würde.

Min-ho blinzelte ein paarmal und wiegte den Kopf hin und her. »Schottland, England, Deutschland, Frankreich. Wenn es ginge, würde ich mir ein Auto mieten und einfach einmal quer über den Kontinent fahren.«

»Ein Roadtrip? Ich bin dabei.« Erin und ich hatten schon so oft darüber gesprochen, die USA in einem Roadtrip zu erkunden. Bisher hatten sich daraus aber nie mehr als eine kurze Recherche im Internet und unerfüllte Träume ergeben.

Ein Grinsen erschien auf Min-hos Gesicht, die Sorgen zogen sich vorerst zurück. »Ein Roadtrip durch Europa. Abgemacht.« Er streckte die Hand aus, die immer noch das Hähnchen festhielt, als könnte er das Versprechen damit besiegeln. Dabei rutschte es ihm aus den Fingern und landete mit einem uneleganten *Platsch* auf dem Boden. Ein paar Sekunden starrten wir auf den rötlichen Fleck, den die Marinade auf dem grauen Teppich hinterlassen hatte. »Mein Hähnchen!«, rief Min-ho verzweifelt, als gäbe es nicht noch ein gutes Dutzend davon auf dem Couchtisch, und Jae-yong legte den Kopf mit einem geschlagenen Stöhnen in den Nacken.

Ein Lachen brach aus mir hervor, kurz darauf stimmten auch Min-ho und Jae-yong mit ein. Letzterer legte seine Hand für einen winzigen Moment an meinen Rücken. Ich drehte ihm den Kopf zu und sah, wie sich sein Lachen in ein kleines Lächeln verwandelte, das mein Herz stolpern ließ. Er formte ein stummes »Danke« mit den Lippen, als hätte ich mit den zwei Sätzen, die ich bisher gesagt hatte, irgendetwas an ihrer Situation verändert. Dann holte er einen nassen Lappen aus der Küche, um den gröbsten Teil der Marinade vom Teppich aufzuwischen. Den Fleck würde er vermutlich nie wieder rausbekommen, aber das schien ihn reichlich wenig zu stören.

Als er sich wieder hinsetzte, war er so nah, dass sein Oberschenkel sich gegen meinen drückte. Bei der Berührung überfielen mich Bilder der letzten Nacht – Jae-yong über mir, seine nackte Haut auf meiner, seine Wärme.

Ich beugte mich schnell nach vorn, um mir ein weiteres Stück Hähnchen zu nehmen und mir meine Haare ins Gesicht fallen zu lassen. Es fehlte mir nur, dass einer von beiden meine roten Wangen bemerkte und mich darauf ansprach.

»Ihr habt nicht zufällig Lust, später noch zum Karaoke mit mir zu gehen, oder?«, fragte Min-ho nach einer Weile.

Ich sah alarmiert von meinem Essen auf. »Das willst du deinen Ohren nicht antun, glaub mir.« Genauso wenig wie ich es mir antun wollte, mit zwei ausgebildeten Sängern zum Karaoke zu gehen.

»Ich mag deine Stimme«, sagte Jae-yong gutmütig.

»Du hast mich auch noch nie singen hören«, erwiderte ich. Vor allem nicht mit Liv zu Disneysongs. Ich traf weitaus mehr Töne als sie, aber wenn ich bedachte, wie schief meine kleine Schwester sang, war das keine allzu große Herausforderung.

»Umso mehr Grund, das endlich zu ändern.«

»Schau dir mit mir einen Disneyfilm an, dann bekommst du meinen Gesang automatisch zu hören.«

»Wir haben schon einen geschaut. *Vaiana*. Da hast du nicht mitgesungen«, sagte er.

»Du weißt gar nicht, wie viel Anstrengung es mich gekostet hat, es zurückzuhalten.«

Er legte eine Hand auf die Brust. »Du verletzt mich.«

»Bei *Aladdin* hättest du bessere Chancen, etwas zu hören zu bekommen.«

Jae-yong verzog das Gesicht und behielt seine weiteren Argumente für sich. Wie war ich an die einzige lebende Person geraten, die mit Disney nichts anfangen konnte? Der Gedanke ließ mich an meiner Menschenkenntnis zweifeln.

Min-ho beobachtete unseren Austausch amüsiert. »Hat Jae dir eigentlich von dem Song erzählt, den er für dich geschrieben hat?«

Ich hatte Jae-yong noch nie so schnell reagieren sehen. Sein Kopf zuckte zu Min-ho herum, aber da hatte sein bester Freund es schon ausgesprochen. Die beiden lieferten sich ein stummes Blickduell, während Min-hos Worte nach und nach zu mir durchdrangen.

»Einen Song?«, fragte ich Jae-yong. Er blieb stumm, aber seine roten Ohren reichten mir bereits als Antwort.

Min-ho grinste zufrieden, als würde es ihm die größte Freude bereiten, Jae-yong dabei zuzusehen, wie er sich wand.

»Was für einen Song?«, bohrte ich weiter. Jae-yong mied meinen Blick, und ich beugte mich vor, um ihm ins Gesicht sehen zu können. Es dauerte einige Sekunden, bis er sich dazu überwinden konnte, mir in die Augen zu blicken. Und selbst als er es tat, hielt er meinem Blick nicht lange stand, sondern sprang immer wieder zwischen meinen Augen und einem Punkt auf meiner Stirn hin und her.

»Du hast einen Song für mich geschrieben?«, fragte ich nach ein paar weiteren Herzschlägen leise.

Jae-yong schloss gequält die Augen, als würde er sich sehr gern aus dem Gespräch nehmen, nickte aber. Mein Magen schlug Purzelbäume.

»Darf ich ihn hören?«

Da öffnete er seine Augen. Sie wanderten zögernd über mein Gesicht. »Du hast ihn schon mal gehört.«

Verwirrt blinzelte ich ihn an.

»Der Song, den ich in New Buffalo angefangen habe«, erklärte er.

Ich erinnerte mich an den Abend. Es war der Todestag meiner Eltern gewesen, als er mir den Song vorgespielt hatte. Er hatte so dunkel geklungen – ich wusste noch, wie verwirrt ich war, dass so etwas in unserem kleinen Urlaub entstanden war.

»Ich war mit dem Text nicht zufrieden, und du hast mir geraten, Dinge aufzuschreiben, die mir durch den Kopf gingen«, fuhr er fort. Wenn ich mich nicht täuschte, schlich sich eine leichte Röte auf seine Wangen. »Ich ...« Er räusperte sich. »Du bist seit einer Weile immer sehr weit oben auf der Liste.«

Wie schaffte er es immer wieder, mich sprachlos zu machen? Es war, als hätte er ein Talent dafür, genau die Dinge zu sagen, die mich mitten ins Herz trafen.

»Das heißt, es gibt eine zweite Variante des Songs, die du mir nie vorgespielt hast?«

Jae-yong nickte ein weiteres Mal.

Ich setzte meinen besten Welpenblick auf. Eine stumme Bitte, mich den Song hören zu lassen, bevor mich die Neugier zerfraß.

»Ich hab ihn nirgends gespeichert. Wir müssten ins Studio fahren ...« Als er bemerkte, dass das nichts an meinem Blick änderte, lachte er heiser auf.

»Gestern hast du noch gesagt, wie gern du es mir zeigen möchtest.«

»Gestern wusste ich nicht, dass Min-ho dir von dem Song erzählen wird«, erwiderte er.

»Dann möchtest du mir das Studio jetzt nicht mehr zeigen?«

»Doch.« Er seufzte. »Schau mich nicht mit diesem Blick an, du weißt, dass ich dem nicht lange standhalten kann.«

Min-ho tarnte sein leises Lachen hinter mir als Husten. In den letzten Minuten hatte ich seine Anwesenheit beinahe völlig ausgeblendet.

Ich konnte den bittenden Ausdruck nicht von meinem Gesicht wischen – dafür war ich viel zu neugierig. Auf den Song, auf sein Studio. Auf alles, was ihn betraf. Gleich darauf tauchte allerdings ein anderer Gedanke bei mir auf. »Wir könnten es uns so oder so nicht ansehen, oder? Das Gebäude muss voll von Menschen sein. Wenn uns jemand bei eurem Label sehen würde ...«

»Auf der Etage, wo sich unsere Studios befinden, ist seit unserer Pause so gut wie niemand«, schaltete Min-ho sich ein. »Und so spät am Abend schon gar nicht.«

Ich lächelte in seine Richtung und rückte ein kleines Stück von Jae-yong ab. »Dann wäre es kein Problem, wenn wir uns Jae-yongs Studio angucken würden?«, fragte ich Min-ho.

Sein Blick ging kurz zu Jae-yong, dann zuckte er mit den Schultern. »Ich wüsste nicht, wieso. Ich habe meine Familie auch schon öfter mit hingenommen, und davon weiß bis heute niemand.«

Hoffnungsvoll drehte ich mich wieder zu Jae-yong um. »Wie oft muss ich bitte sagen, damit wir hingehen?

Eigentlich sollte es reichen, dass es dort einen Song gibt, der von mir handelt, oder?«

»Er handelt nicht von dir ... per se«, sagte er. »Du warst eher die Inspiration. Wenn überhaupt ist er *für* dich.«

»Wenn das dein Versuch ist, meine Neugier zu verringern, funktioniert er nur sehr bedingt.«

Er schloss die Augen und schüttelte lachend den Kopf.

»Wenn es euch beruhigt, komme ich auch mit und halte Ausschau, ob sich wer nähert«, warf Min-ho ein. »Was ist ein unauffälliges Warnzeichen? Taubengurren?«

Jae-yong starrte ihn sekundenlang wortlos an, ehe er sich wieder mir zuwandte. »Und du bist dir sicher, dass du es sehen möchtest?«

Ich wusste nicht genau, ob er fragte, weil er unsicher war, ob es mich tatsächlich interessieren könnte, oder weil es ihm damit genauso ging, wie wenn ich jemandem eine Zeichnung zeigte. »Wenn es dir nichts ausmacht?«

Jae-yong betrachtete mich kurz, nachdenklich. Dann schüttelte er den Kopf.

»Dann sehen wir uns heute dein Studio an?«

Er spiegelte mein Lächeln, angesteckt von meiner eigenen Vorfreude. »Ja, wir sehen uns heute mein Studio an.«

# 16. KAPITEL

Wir fuhren mit Min-hos Wagen nach Gangnam. Mit der Nase klebte ich förmlich an der Fensterscheibe, weil ich alles von dem Stadtteil sehen wollte. Er war hektisch, mit vielen Autos und noch mehr Menschen. Geschäftsleute trafen auf junge Erwachsene, die durch die Straßen liefen, es gab überall Werbetafeln und Reklamen, die alles hell erleuchteten. Gangnam pulsierte nur so vor Leben.

Min-ho parkte den Wagen in der Tiefgarage des Labels. Jae-yong saß auf dem Beifahrersitz, während ich hinten aus dem Fenster sah und die Umgebung betrachtete. Von außen war das Gebäude nicht sonderlich auffällig – ein frei stehendes gläsernes Hochhaus in einem Teil von Gangnam, der nicht ganz so überlaufen war wie der Rest des Stadtteils. Es war ein Gebäude wie jedes andere – auch wenn Liv das vermutlich anders empfinden würde. Die Vorstellung, wie sie mit großen Augen vor dem Hochhaus stehen und aus dem Staunen gar nicht mehr rauskommen würde, erheiterte mich ungemein.

Wir fuhren mit dem Aufzug in den elften Stock, auch im Inneren setzte sich die schlichte, beinahe unauffällige Architektur fort. Ich war mir nicht sicher, was ich erwartet hatte, aber es war kein Bürogebäude, das ich genauso gut in Chicago hätte finden können.

Die Aufzugtüren öffneten sich uns und gaben den Blick auf einen langen, breiten Gang frei. An den Wänden hingen gerahmte Bilder mit alten wie neuen Albumcovern von NXT und hier und da auch Bandfotos. Davon abgesehen war alles relativ unpersönlich.

Min-ho führte uns zielsicher an den Türen vorbei, bis er am Ende des Gangs vor einer stehen blieb. Er trat einen Schritt beiseite, um Jae-yong Platz zu machen, der eine lange Zahlenkombination in das elektronische Schloss tippte. Wie er sich die Zahlen hierfür und für seine eigene Wohnung merken konnte, war mir ein Rätsel. Ich hatte in der Highschool schon genügend Probleme damit gehabt, mir die Zahlenkombination meines Spinds zu behalten.

Der Raum war kleiner, als ich erwartet hatte. In meiner Vorstellung war er groß gewesen, mit genügend Platz für unzählige Instrumente. Zwar waren die Instrumente da, aber sie standen gedrungen neben dem Schreibtisch, den ich schon häufiger in Fotos gesehen hatte. Jae-yong startete den Computer, und zwei Monitore erwachten leuchtend zum Leben.

Min-ho setzte sich ohne Umschweife auf das kleine Sofa direkt neben der Tür. Ich blieb mitten im Raum stehen und drehte mich einmal um die eigene Achse. Vor dem Sofa stapelten sich Bücher in die Höhe, die Wände waren voller Bilder von Jae-yong mit seiner Familie, mit der Band oder Leuten, die ich nicht kannte. In dem kleinen Raum gab es so viel zu sehen wie in meinem eigenen

Zimmer, und ich nahm mir die Zeit, alles genau zu betrachten.

Ich spürte Jae-yongs Blick auf mir. Er stand am Tisch, eine Hand auf der Lehne des Schreibtischstuhls abgelegt, und wartete. Unweigerlich fragte ich mich, ob das Studio eventuell ein privaterer Raum für ihn war als seine eigene Wohnung. Wie viel Zeit verbrachte er in einer normalen Woche hier? Und wie sehr musste es wehtun, hier zu sein – mit dem Wissen, dass die Musik, die hier entstand, nur selten andere Leute erreichte?

Mein Herz brach bei dem Gedanken ein wenig. Jae-yong hatte mir bereits so oft mit seinen Worten geholfen, dass ich es nicht mehr an zwei Händen abzählen konnte. Die Art, wie er Sprache zu nutzen verstand, war fast wie ein Heilmittel. Er wusste die Worte auf eine Weise aneinanderzureihen, als könnte er spüren, was sie in einer anderen Person auslösen. Er hatte so viel Talent, so viel Leidenschaft, so viel Liebe an die ganze Welt abzugeben … Aber statt anderen damit helfen zu können, musste er alles in diesem Studio verschlossen halten.

Ich überwand die paar Schritte zwischen uns, schlang meine Arme für einen kurzen Moment um ihn. Bevor er die Umarmung überhaupt erwidern konnte, zog ich mich zurück, seinen fragenden Blick ignorierend. Was hätte ich auch sagen können, das die Situation verbessert hätte?

Er drehte den Schreibtischstuhl auffordernd in meine Richtung und wartete, bis ich mich gesetzt hatte, ehe er nach der Maus griff. Der kleine Zeiger flog in einem Tempo über die Bildschirme, dass ich Mühe hatte, ihn nicht aus den Augen zu verlieren. Ein Schnittprogramm öffnete sich, und ich meinte, Jae-yong neben mir tief ein- und ausatmen zu hören.

»Du musst ihn mir nicht vorspielen«, sagte ich leise. Min-ho konnte wahrscheinlich trotzdem jedes Wort hören, aber es brachte mir wenigstens die Illusion von Privatsphäre.

Jae-yong verzog das Gesicht. »Ich hab nur Sorge, dass es dir nicht gefällt.«

»So ging es mir auch, als ich dir meine Zeichnungen gezeigt habe.« Beide Male hatte mein Herz mir bis zum Hals geklopft. »Aber du hast einen Song geschrieben. *Für mich.* Du könntest eine Triangel spielen und dazu jodeln, ich würde es trotzdem für den besten Song halten, den ich je gehört habe.«

Min-ho lachte auf. Wir drehten uns beide zu ihm um, doch er wedelte nur mit der Hand. »Alles gut, ignoriert mich einfach, während ich mir Jae beim Jodeln vorstelle.« Er stand noch im Reden auf, streckte sich kurz und warf einen Blick über die Schulter zur Tür. »Ich gehe mal kurz in mein eigenes Studio, falls ihr mich braucht.« Damit verschwand er im Flur.

»Möchte er es sich nicht anhören?«, fragte ich. Min-ho war so plötzlich aufgestanden, und dass er in sein eigenes Studio gehen wollte, wirkte auf mich wie eine fadenscheinige Ausrede, die er sich zwei Sekunden zuvor ausgedacht hatte.

»Er hat gemerkt, dass ich mir ein wenig merkwürdig dabei vorkomme, es dir vorzuspielen, während er dabei ist«, sagte Jae-yong und wandte sich wieder dem Bildschirm zu. »Oder vielleicht braucht er tatsächlich etwas aus seinem Studio, wer weiß.« Er wartete, bis ich mich ebenfalls umgedreht hatte, zögerte noch einen kurzen Moment und klickte dann auf *Play*.

Das Lied war ruhiger als die Version, die ich kannte. Da war wieder dieser Bass, der sich wie ein Herzschlag anhörte, aber statt der vielen Klänge, die immer mehr an Fahrt aufnahmen, mischte sich eine Klaviermelodie darunter. Sie begleitete die Stimme, die sich kaum und doch vollkommen wie Jae-yongs anhörte. Er klang so stark und gleichzeitig verletzlich, als würde er mit seinem Herzen auf der Zunge singen.

Eine Gänsehaut breitete sich auf meinen Armen aus. Ich merkte kaum, dass ich die Luft anhielt, so sehr war ich in das Lied vertieft. Ich wollte nichts verpassen, keine Note, kein Wort, das er sang. Obwohl ich nichts verstand, hatte ich das Gefühl, alles zu spüren – jede Emotion, jeden Gedanken, der in das Stück geflossen war. Der Gesang schwoll an. Ein halbes Orchester trug Jae-yongs Stimme durch die Zeilen, die immer lauter und drängender wurde, bis am Ende alles plötzlich abbrach. Sein Atem war zu hören, so angestrengt, als wäre er einen Marathon gelaufen, kurz darauf erklang der Herzschlag ein letztes Mal, und es wurde still im Raum.

Ich wusste, dass Jae-yong auf meine Reaktion wartete, aber ich konnte einfach keinen Gedanken greifen. Meine Kehle hatte sich zugeschnürt, weil das Lied so roh und ehrlich auf mich wirkte. Nachdem ein paar Minuten vergangen waren und ich weiterhin schwieg, drehte Jae-yong den Stuhl, auf dem ich saß, vorsichtig zu sich um. Er hockte vor mir am Boden, die Hände an meinen Oberschenkeln, und sah zu mir auf.

Ich öffnete den Mund. Stieß ein leichtes Lachen aus, weil ich kaum fassen konnte, was er da erschaffen hatte. »Ich weiß nicht, was ich sagen soll.«

Jae-yong sah mich an, als bräuchte ich das auch gar nicht. Vermutlich konnte er in meinen Augen lesen, wie sehr der Song mich berührt hatte, denn er umfasste eine meiner Hände, die in meinem Schoß lagen, und führte sie zu seinem Mund. Den Kuss, den er auf meinen Handrücken drückte, spürte ich bis in meine Knochen.

»Was haben die Lyrics für eine Bedeutung?«, fragte ich leise.

Jae-yong fuhr sich mit der Hand über den Nacken – eine nervöse Geste. »Sie erzählen von einem Lachen, das Wolken vertreibt. Vom Träumen und Fallen und Hoffen und davon, wie eng die schönsten Momente mit den schlimmsten verbunden sind.« Er sah auf den Bildschirm, als könnte er dort die Worte finden, die seine Gedanken ausdrücken. »Die Jungs und ich – wir haben schon unglaublich viel erlebt. Wir sind um die Welt gereist, haben Promis kennengelernt, Rekorde gebrochen, Awards gefeiert. Und trotzdem sind die Augenblicke, die ich mit dir verbringe, meine liebsten. Das … wollte ich mit dem Lied irgendwie einfangen.«

Ein Kloß machte sich in meinem Hals breit. Er war so groß, dass ich kaum schlucken konnte – geschweige denn Worte hervorbringen. Ich rollte den Stuhl ein paar Zentimeter zurück, damit ich aus dem Sitz rutschen konnte. Meine Knie kamen ungebremst auf dem harten Fußboden auf, als ich die Arme um Jae-yongs Hals schlang, aber ich spürte es kaum. In meinem Eifer hätte ich ihn damit beinahe umgeworfen, er konnte sich allerdings im letzten Moment mit einem Arm abfangen. Den anderen legte er um meine Hüfte, während ich das Gesicht an seinem Hals vergrub.

Ich atmete seinen Geruch ein, sog seine Wärme in mich auf. »Mein Herz tut weh, wenn du solche Dinge sagst.«

Ich spürte, wie sich mein Shirt am Rücken spannte, wo er sich an dem Stoff festhielt. »Das Letzte, was ich möchte, ist, dir wehzutun.«

»Schon gut«, murmelte ich. »Es ist kein schlimmer Schmerz. Es tut weh, weil es noch nie so voll war.«

Ein gehauchtes Lachen entkam ihm. »Das kann ich gerade so verkraften.« Seine Hand glitt über meinen Rücken in meinen Nacken. Mit den Fingern kämmte er vorsichtig durch meine Haare, ehe seine Hand an meinem Hinterkopf zum Liegen kam. Ich drückte derweil kleine Küsse auf seinen Hals, seinen Kiefer hinauf, bis ich an seinem Mund angekommen war. Seine Lippen waren weich und warm an meinen, vertraut und dennoch irgendwie aufregend.

Wir saßen hier auf dem Studiofußboden, mehrere Minuten vergingen, in denen ich seinem Atem lauschte und betete, dass die Welt mir den Gefallen tat, für ein paar Stunden anzuhalten. Natürlich tat sie es nicht. Irgendwann löste Jae-yong sich von mir, das Gesicht vor Schmerz verzogen, weil sein Bein in einer merkwürdigen Position hinter mir ausgestreckt war. Ich setzte mich wieder auf den Stuhl und sah dabei zu, wie er sich erst zurück in die Hocke arbeitete und dann aufstand. Als er sich aufgerichtet hatte, legte er seine Hand an meine Wange, strich mit dem Daumen über meine Unterlippe. Seine Augen glänzten, mein Atem stockte. Ich war so auf Jae-yongs Berührung konzentriert, dass ich zusammenzuckte, als ein Klopfen an der Tür ertönte.

Ein Code wurde auf der anderen Seite eingegeben, dann steckte Min-ho den Kopf zur Tür herein. Jae-yongs Hand war in der Zwischenzeit zurück an seine Seite gefallen.

»Habt ihr es schon fertig gehört? Ich habe eine Tüte Chips in Eds Studio gefunden, die ich mit euch teilen würde«, sagte er.

Ich drehte den Kopf zum Computermonitor und tat so, als wäre ich zu beschäftigt, mir das Schnittprogramm darauf anzusehen, um ihm zu antworten. In Wahrheit drückte ich mir meine kühlen Finger an die viel zu heißen Wangen und hoffte, Min-ho würde mir nicht anmerken, wie nah Jae-yong und ich uns eben noch gewesen waren.

Jae-yong fasste sich schneller. Er sagte etwas auf Koreanisch zu Min-ho, der daraufhin in den Raum trat und sich wieder auf das Sofa setzte. Für eine Millisekunde berührten Jae-yongs Finger meinen Arm, dann setzte er sich zu seinem besten Freund. Ich holte noch ein paarmal tief Luft und rollte mit dem Stuhl zu ihnen, um in die geöffnete Chipstüte zu langen. Ich griff eine Handvoll und genoss kurz darauf den salzigen Geschmack in meinem Mund.

»Hast du es schon geschafft, die Backing Vocals neu aufzunehmen?«, fragte Min-ho. Ich war froh, dass Jae-yong und er das Gespräch übernahmen. Es gab mir die Zeit, mich nach dem Gefühlsansturm wieder zu sammeln.

»Vor dem ersten Chorus, ja«, bestätigte Jae-yong und griff in die Tüte. »Beim zweiten habe ich sie rausgenommen. Ich fand einen vierstimmigen Satz mit den ›Oh‹s dort besser, weil die Ähnlichkeit zum ersten Chorus mich gestört hat.«

Ein wenig kam es mir vor, als hätten sie in eine neue Fremdsprache gewechselt und vergessen, mir zu sagen, um welche es sich handelte. Es war eine ganz eigene Welt, an der ich bisher kaum Interesse gehabt hatte. Ob ich mich auch so anhörte, wenn ich über meine Kunst sprach?

»Wie lange brauchst du für so einen Song?«, fragte ich Jae-yong, nachdem ich die Chips in meiner Hand aufgegessen hatte.

Er runzelte nachdenklich die Stirn. »Alles zwischen zwei Tagen und ein paar Wochen ist möglich.«

»Das ist ziemlich ungenau.«

»Wie lange brauchst du normalerweise für eine Zeichnung?«, drehte er die Frage um. Die Antwort blieb ich ihm schuldig. Wenn es ihm mit der Musik genauso ging wie mir, überfiel ihn die Kreativität an manchen Tagen – und blieb an anderen völlig aus.

»Von uns allen hat Woo-seok bisher die meisten Songs produziert«, sagte Min-ho. »Er ist wie eine Maschine, was das angeht, aber dafür hat er auch schon allein mit einigen Künstlern zusammengearbeitet.«

»Warum macht nur Woo-seok das?«, wollte ich wissen.

Jae-yong kam Min-ho zuvor. »Er hat schon vor NXT

Musik gemacht und sich damit einen Namen aufgebaut. Damit hat er sogar etwas Bekanntheit erlangt, und die meisten Leute entdecken ihn über seine Solo-Tracks von früher. Min-ho, Ed, Hyun-woo und ich haben das nicht – und wer sollte uns anfragen, wenn wir mit so gut wie keiner eigenen Musik auf dem Markt vertreten sind?«

So schloss sich der Kreis. Die Unwilligkeit des Managements, NXT eigene Lieder veröffentlichen zu lassen, zog einen wesentlich längeren Rattenschwanz hinter sich her, als mir bewusst gewesen war. Das betretene Schweigen, das sich daraufhin im Studio ausbreitete, sagte genügend.

Min-ho durchbrach die Stille. »Okay, Ella. Was sagst du dazu, dass wir noch eine Tour durch unsere anderen Studios machen und auf dem Weg ein paar Süßigkeiten aus Hyun-woos Vorratsschrank klauen? Ich glaube, er hat wesentlich mehr bei sich gebunkert als ich.«

»Das klingt perfekt«, sagte ich, um den gleichen lockeren Ton bemüht, den er angeschlagen hatte. Ich drückte mich aus dem Stuhl hoch, wartete auf Jae-yong, der die Chipstüte in einer Schublade seines Schreibtischs verstaute und dann zu mir aufschloss. Min-ho war bereits auf den Gang getreten.

»Ich würde dir nicht raten, etwas von den Süßigkeiten zu essen. Ich bin mir sehr sicher, dass er die seit unserem Debüt bunkert«, sagte Jae-yong und nahm wie selbstverständlich meine Hand.

»Dann lasse ich sie Min-ho vorkosten. Wenn er es überlebt, kann es nicht so schlimm sein.«

»Und wenn nicht?«, fragte er lachend.

»Dann musst du das Fluchtauto bereithalten.«

Der Ausdruck auf seinem Gesicht zeichnete alles zwischen Angst und Erheiterung ab. Ich wollte ihn gerade fragen, ob er sich nun Sorgen machte, heute Nacht neben mir schlafen zu müssen, als er plötzlich direkt vor mir stehen blieb. Mitten in der Tür. Er hielt sie mit einem Arm auf, bewegte sich aber nicht weiter. Über seine Schulter hinweg sah ich Min-hos Gesicht, das mit einem Mal um mehrere Nuancen blasser war.

Mein Magen zog sich schmerzhaft zusammen, bevor ich überhaupt den Blicken der beiden gefolgt war. Ich konnte nicht viel erkennen – Jae-yong blockierte mir die Sicht zum großen Teil. Aber die eine Person, die ich einige Meter von uns entfernt erkannte, genügte. Sofort legte sich eine Klammer um meinen Brustkorb.

*Nein. Nicht jetzt. Nicht heute, bitte, bitte.*

Es war ein Gesicht, das ich bisher nur einmal gesehen hatte. Einmal. Trotzdem löste es eine Panik in mir aus, die alle Wärme aus meinem Körper vertrieb. Ich merkte kaum, wie ich mich an Jae-yongs Hand klammerte. Wie er den unnatürlich festen Griff erwiderte.

Die Augen des Mannes glitten in Zeitlupe von Min-ho zu Jae-yong. Zu mir. Zu unseren verschränkten Händen. Ich wollte zurück in das Studio flüchten, die Tür zusperren und mich verstecken, auch wenn ich wusste, dass es nichts bringen würde. Es würde das Unvermeidliche nur hinauszögern.

Mein Herz pochte und pochte. Sollte ich etwas sagen? Jae-yongs Hand loslassen? Meine Gedanken drehten sich im Kreis, und die Stille zog sich unendlich in die Länge.

Als der Mann sich endlich rührte, musste ich mich zusammenreißen, um nicht zurückzuschrecken.

Ich hatte Anschuldigungen erwartet. Laute Stimmen, Streit. Aber stattdessen seufzte er – und wenn überhaupt war das noch schlimmer. Er sah enttäuscht aus, als er Jae-yong mit seinen Augen fixierte. Müde. Seine Stimme spiegelte diesen Eindruck, als er etwas auf Koreanisch sagte. Ich merkte, wie Jae-yong sich neben mir anspannte. Sein Griff um meine Hand war beinahe schmerzhaft, aber ich brachte es nicht über mich, mich von ihm zu lösen.

Es konnte nicht mehr als eine Minute vergangen sein, bis der Mann kehrtmachte und sich von uns entfernte. Wie angewurzelt standen wir drei mitten im Gang und sahen ihm nach, bis er im Aufzug verschwunden war.

»Jae …«, hörte ich Min-ho sagen, aber Jae-yong schüttelte nur den Kopf. Er schnitt seinem besten Freund damit das Wort ab, die Augen unverwandt auf das Ende des Flurs gerichtet.

Mein Herz stolperte, und meine Gedanken taten es ihm gleich. Was hatte er gesagt? Es konnte nichts Gutes gewesen sein. Die Sprache nicht zu verstehen, frustrierte mich in diesem Moment so sehr, dass ich schreien wollte. Ich tappte im Dunkeln, und nichts hielt mich davon ab, alle möglichen Szenarien durchzuspielen. Mein Kopf kam kaum hinterher – teilweise war ich noch immer im Studio und hörte Jae-yongs Song. Ich hatte Mühe, mich davon zu lösen. Von der Wärme und den ganzen Gefühlen, die mich durchströmt hatten, um die Tragweite der Situation zu verstehen. Während alle Muskeln in meinem

Körper bereits so angespannt waren, als würde ich mich auf einen Fluchtversuch vorbereiten. Jae-yong atmete stockend. Ich suchte nach Worten, die uns aus unserer Starre befreien könnten, aber kein einziges wollte meinen Mund verlassen.

Min-ho war es schließlich, der das Schweigen ein weiteres Mal durchbrach. »Wir sollten gehen.«

Seine Stimme wirkte ruhig, beinahe gefasst, aber die nervösen Blicke, die er Jae-yong zuwarf, sprachen Bände. Er lief vor uns den Flur entlang, sah sich erst am Aufzug um, ob wir ihm folgten. Wir fuhren in die Tiefgarage, stiegen in das Auto, Min-ho vorne und Jae-yong neben mir auf der Rückbank. Min-ho startete den Motor, kaum dass wir alle saßen. Jae-yongs Hände waren in seinem Schoß zu Fäusten geballt, die Knöchel traten weiß hervor.

»Was hat er gesagt?«, fragte ich nach einem Moment. Meine Stimme war nur ein Hauchen, ein Flüstern voller Angst.

Wenn es überhaupt möglich war, spannte Jae-yong sich auf die Frage hin noch weiter an. Er presste die Kiefer aufeinander, sein Körper schien unter Strom zu stehen. »Ich ...« Er räusperte sich schwer. »Ich erzähle dir alles, wenn wir zu Hause sind, okay?«

Ich nickte, auch wenn ich daran zweifelte, dass er es aus den Augenwinkeln wahrnahm. Min-ho steuerte das Auto aus der Tiefgarage, das Schweigen zwischen uns war so schwer, dass es mich zu erdrücken schien. Min-ho sagte auf der ganzen Fahrt kein Wort, Jae-yong ebenfalls nicht, und nach ein paar Minuten ging ich dazu über, meine Hände nervös über meine Oberschenkel zu reiben. Auf und ab, bis Jae-yongs Hand sich über meine legte. Ich drehte sie unter seinem Griff um, verschränkte unsere Finger miteinander, um mich an ihm festzuhalten, und er drückte sie so fest, dass es beinahe schmerzte.

Ich sah zu ihm, Worte auf der Zunge, die nicht helfen, aber zumindest diese schreckliche Stille füllen würden. Doch sie verschwanden, als ich sein Gesicht sah. Ich dachte, er hatte meine Hand genommen, um mich davon abzuhalten, weiter nervös über meine Beine zu streichen. Jetzt kam es mir eher so vor, als hielte er sich um seinetwillen an mir fest. Als wäre ich seine Rettungsleine, die ihn vor dem Ertrinken bewahrte.

Min-ho fuhr uns zu Jae-yongs Apartment. Er parkte, ließ den Motor aber laufen und drehte sich in seinem Sitz zu uns um.

»Wir sehen uns morgen, ja?«

Jae-yong nickte nur knapp, ehe er ausstieg. Ich schenkte Min-ho noch ein Lächeln, von dem ich hoffte, dass es weniger zittrig war, als ich mich fühlte, und folgte Jaeyong dann. Min-ho wartete, bis wir das Gebäude betreten hatten, ehe er wendete.

»Was ist morgen?«, fragte ich Jae-yong leise vor den Aufzügen.

Er löste den Blick nur für einen kurzen Moment von den leuchtenden Nummern oberhalb der Fahrstuhltüren, die die Etagen anzeigten. Ich versuchte, in seinem Gesicht zu lesen, was ihm durch den Kopf ging, aber er wirkte völlig verschlossen. Ich hatte ihn noch nie so ... so sprachlos erlebt, so angespannt, beinahe abweisend.

Jae-yong blieb mir eine Antwort schuldig, bis wir zurück in seinem Apartment waren und die Tür sich mit einem Piepen schloss. Zögernd zog ich meine Schuhe im Eingangsbereich aus. Jae-yong trat sie sich nachlässig von den Füßen und verschwand in seinem Schlafzimmer. Ich folgte ihm, bog langsam um die Ecke und sah ihn auf der Bettkante sitzen. Er hatte die Ellenbogen auf die Knie gestützt, den Kopf gesenkt und die Hände in den Haaren vergraben. Dicht vor ihm blieb ich stehen. Ich ballte meine Hände zu Fäusten und entspannte sie dann wieder. Meine Finger kribbelten mit dem Verlangen, ihn zu berühren. Ihn zu beruhigen. Irgendetwas zu tun.

Nach einer Weile ließ er seine Hände zwischen die Oberschenkel fallen. Er hob den Kopf an. Dunkle Haarsträhnen fielen ihm ins Gesicht und sorgten dafür, dass seine Augen im Schatten lagen. Ich strich sie ihm wortlos aus der Stirn. Als ich meine Hand zurückziehen wollte, fing er sie auf und verschränkte unsere Finger miteinander.

Er seufzte. Schwer und tief und müde und hundertmal erschöpfter als noch vor wenigen Stunden.

»Du hast ihn erkannt, oder?«, war das Erste, was er mich fragte. »Unseren Manager?«

»Ich weiß nicht, ob ihn jemals vergessen könnte.« Wie er mir in New York in dem kleinen Besprechungsraum gegenübergesessen hatte, hatte sich fest in mein Gedächtnis eingebrannt. »Was ... was wird jetzt passieren?«

»Was er vorhin gesagt hat ... Er meinte, dass wir morgen darüber sprechen werden. Vorher wird er es der obersten Etage erzählen, weil er keine andere Wahl hat, als den

Vertragsbruch zu melden. Mein Vertrag ...« Er brach ab, zuckte mit den Schultern, weil er es nicht aussprechen konnte oder wollte. Die Sorge, die unterschwellig mitschwang, hörte ich dennoch klar und deutlich, sosehr er auch versuchte, sie aus seiner Stimme zu halten.

»Was ... was, wenn wir mit ihm reden, bevor er es euren Chefs erzählt?« Ich glaubte selbst nicht an das, was ich sagte.

Jae-yong schenkte mir ein kleines, geschlagenes Lächeln und zog mich näher zu sich. Den Kopf in den Nacken gelegt, betrachtete er mich eingehend, als wollte er sich jeden Zentimeter meines Gesichts ins Gedächtnis brennen. Mein Herz trommelte in meiner Brust. Wieso war da dieser Schmerz in seinen Augen? Sah er mich so an, weil er wusste, dass er nicht mehr lange die Chance dazu hatte? Mein Brustkorb zog sich schmerzhaft zusammen, raubte mir alle Luft zum Atmen. Nein, das konnte nicht sein ... Zu gut erinnerte ich mich an das bodenlose Loch, das unser letzter Abschied hinterlassen hatte. Wie sollte ich das diesmal aushalten? Nachdem wir uns noch viel näher gekommen waren und ich mich ... ich mich Hals über Kopf in ihn verliebt hatte.

Er ging auf meinen Einwand nicht ein, aber das brauchte er auch gar nicht. Wir wussten beide, dass er an den Haaren herbeigezogen war. Stattdessen lehnte er die Stirn an meinen Bauch und schlang die Arme um mich. Meine Finger vergruben sich ganz von selbst in seinen Haaren.

»Tut mir leid, Ella«, flüsterte er nach einigen Minuten in den Stoff meines Oberteils.

»Wofür?«

»Dass es von Anfang an so kompliziert gewesen ist«, sagte er leise. »Dass ich nichts daran ändern kann, dass ich dir nicht die Möglichkeit geben kann, dich bei mir einfach fallen zu lassen, ohne dir Sorgen um andere Dinge machen zu müssen.« Während er sprach, wurde seine Umarmung fester und fester. Ich wurde das Gefühl nicht los, dass er sich an mich klammerte, weil ihm die Kraft für alles andere fehlte.

Ein Stechen fuhr mir mit jedem Wort durch den Brustkorb. »Du hast mich nie angelogen oder behauptet, dass es einfach sein würde.«

Ein freudloses Lachen schüttelte seinen Körper. »Ich hätte auch nie damit gerechnet, mich je zwischen zwei Teilen meines Herzens entscheiden zu müssen.«

*Zwei Teile seines Herzens* … Hinter meinen Augen drückte es verräterisch. Die Musik. Die Band. Oder ich. Ich fragte mich, wie ich das letzte Mal so selbstlos hatte sein können. Wie ich es geschafft hatte, ihn einfach zurück in seine Welt gehen zu lassen, ohne mich mit Händen und Füßen dagegen zu wehren. Ich wollte diese Ella noch einmal hervorholen. Ihr sagen, dass sie stark sein und Jae-yong loslassen musste. Aber diesmal könnte es endgültig sein. Jede Faser meines Körpers wehrte sich dagegen, diesen Gedanken auszusprechen. Ich konnte es nicht. Ich konnte ihn nicht gehen lassen – ich war nicht in der Lage dazu, und das machte mir Angst. Es bedeutete, dass er einen so großen Platz in meinem Herzen eingenommen hatte, dass ich keine Wahl hatte, als alles, was hiernach kam, auf mich zu nehmen.

Ich löste mich vorsichtig von ihm. Seine Arme fielen wie bei einer Marionette, der man die Fäden durchgeschnitten hatte, zurück an seine Seite.

Das Zimmer lag beinahe in völliger Dunkelheit. Schwaches Mondlicht drang durch das Fenster und ließ es wirken, als befänden wir uns in einer anderen Dimension. Einer, in der die Zeit stillstand – wenn auch nur für heute Abend. Ich legte meine Hände an Jae-yongs Wangen und trat einen halben Schritt zurück. Dann beugte ich mich zu ihm hinunter. Meine Lippen trafen auf seine, und der Laut, der ihm entkam, klang fast gequält.

Mir war bewusst, dass der morgige Tag auf eine Art schlimm werden würde, die ich mir jetzt noch nicht einmal ausmalen konnte. Aber für den Moment wollte ich nicht daran denken. Ich wollte, dass die Sorge aus Jae-yongs Augen verschwand. Und wenn es danach ging, wie leidenschaftlich er meinen Kuss erwiderte, fühlte er ebenso. Er stand vom Bett auf, die Hände um meinen Hals gelegt. Mit den Daumen drückte er mein Kinn nach oben und vertiefte unseren Kuss. Er war stürmischer als sonst. Weniger zurückhaltend. Die Verzweiflung trug ihren Teil dazu bei.

Ich gab mich dem Verlangen hin, das tief in meinem Bauch kribbelte. Das meinem Herzen einen anderen Grund für seinen schnellen Rhythmus gab als die Panik, die im Hintergrund lauerte. Meine Hände zerrten an seinem Shirt. Ich zog es aus dem Bund seiner Hose, bis ich glatte, nackte Haut spürte, und ließ Jae-yong nur los, damit er es sich über den Kopf ziehen konnte.

Er schob mich auf das Bett, entledigte sich seiner Hose, bevor er sich zu mir legte. Warme Hände berührten mich, glitten über jeden Zentimeter Haut, den er freilegte. Und die ganze Zeit über waren seine Augen auf mich gerichtet; sie bildeten den sanften Gegensatz zu seinen rauen Berührungen. Meine Sinne waren völlig von Jae-yong erfüllt. Ich dachte nicht an morgen. Nicht an die Außenwelt und was auch immer uns dort erwartete.

Jetzt und hier waren nur wir beide wichtig.

# 17. KAPITEL

In dieser Nacht schlief ich kaum. Die Ungewissheit trieb mich wieder und wieder in ein Gedankenkarussell, das ich nicht abstellen konnte. Wenn es mich überfiel, versuchte ich, mich auf Jae-yong zu konzentrieren. Auf seinen regelmäßigen Atem, der mich an der Schulter kitzelte oder seine Arme, die mich – auch während er schlief – nicht losließen. Solange ich in seiner Nähe sein konnte, war alles gut. Ich fühlte mich sicher und auf gewisse Weise sogar unverwundbar.

Die Minuten vergingen, und der Morgen rückte näher. Die ersten Sonnenstrahlen fielen ins Zimmer, und ich beobachtete die Staubkörnchen, die überall zu tanzen schienen. Das leise *Ping* einer eingehenden Nachricht weckte Jae-yong – anscheinend hatte er auch nicht sonderlich tief geschlafen. Er küsste mich auf die Wange, strich mir über den Arm, der auf der Bettdecke lag. Dann rollte er sich auf den Rücken und griff nach seinem Handy.

Ich drehte mich auf die andere Seite, sah ihm zu, wie er die eben eingegangene Nachricht las und ein Seufzen ausstieß. Er fuhr sich über das Gesicht und rieb sich die Augen, als wollte er die letzten Reste Schlaf vertreiben.

»Sie wollen mit mir sprechen«, sagte er. Jegliche Emotionen hatte er aus der Stimme verbannt.

»Wann?«

»In einer Stunde.« Er setzte sich auf, wandte mir den Rücken zu. Mit dem Zeigefinger fuhr ich über seine Wirbelsäule und zog kleine Kreise auf seinem Rücken.

»Kann ich mitkommen?« Ich konnte mir nicht vorstellen, die nächsten Stunden hier auf ihn zu warten, und sah mich bereits im Apartment auf und ab tigern, angetrieben von all den Sorgen, die mich überfallen würden, sobald die Tür hinter ihm zufiel.

Seine Schultern verspannten sich einen Augenblick. »Bist du dir sicher, dass du das möchtest? Nachdem sie dich das letzte Mal so schrecklich behandelt haben ... Ich weiß nicht, was diesmal passieren wird.«

»Ich möchte dich nicht allein lassen.«, sagte ich, während ich unablässig Kreise auf seinem Rücken malte.

Er nahm meine Hand, hielt sich daran fest. »Ich bezweifle allerdings, dass sie dich mit in das Meeting lassen werden.«

*Das hatten sie beim letzten Mal auch nicht.* »Geht es mich nicht genauso viel an wie dich?«

»Es betrifft dich, ja. Und wenn es nach mir ginge, wärst du in jeder Sekunde dabei. Aber es sind meine Chefs. Meine Vorgesetzten und mein Vertrag, um den es geht. Es wird für sie keinen Unterschied machen, was du sagst, weil unser Manager mit eigenen Augen gesehen hat, dass wir zusammen sind, obwohl wir es eigentlich nicht sein dürften.«

Ich hasste die Machtlosigkeit, in der ich mich in dieser Situation befand. Die Tatsache, dass ich nichts tun konnte, um es besser zu machen. Im Gegenteil. Vermutlich würde es nur schlimmer werden, würde ich versuchen, an dem Meeting teilzunehmen.

»Dann warte ich im Studio auf dich.« Zumindest hätte ich dort das Gefühl, in erreichbarer Nähe zu sein. Ohne auf seine Reaktion zu warten, schlug ich die Bettdecke zurück und stieg aus dem Bett. Auf dem Weg ins Bad sammelte ich meine Klamotten ein.

Als ich frisch geduscht und angezogen wieder zu Jae-yong stieß, knöpfte er sich gerade sein Hemd zu. Es war schwarz und passte zu der ebenso dunklen Anzughose. Er bändigte seine wirren Haare mit den Fingern und rückte die Kette um seinen Hals gerade – eine nervöse Geste, die verriet, was in ihm vorging.

Wenige Minuten später saßen wir bereits im Auto und befanden uns auf dem Weg nach Gangnam. Es war erst kurz vor acht, die Straßen aber bereits überfüllt. Ich konzentrierte mich auf die Aussicht, die sich mir bot: die kleinen Gebäude und riesigen Hochhäuser, die Berge am Horizont von Seoul und der Fluss, über den wir hinwegfuhren. Ich wollte mir die Aussicht mit den Gefühlen einprägen, die mich die ersten Tage durch die Stadt begleitet hatten. Pure Freude und ungläubiges Staunen, unterstrichen von der Wärme, die mich überfiel, sobald Jae-yong lächelte. Die Angst, unsere gemeinsame Zeit könnte von den Dingen überschattet werden, die in den nächsten Stunden passieren würden, war unendlich groß.

Viel zu schnell verging die Fahrt, und wir bogen in die Tiefgarage des Headquarters ein. Jae-yong parkte das

Auto nah am Aufzug und stellte den Motor aus, machte aber keine Anstalten, den Wagen zu verlassen. Er saß ruhig da – die Hände weiterhin am Lenkrad und den Blick starr aus der Windschutzscheibe gerichtet. Ich wünschte mir nichts sehnlicher, als seine Gedanken lesen zu können. Vielleicht wäre es mir dann leichter gefallen, Worte zu finden, die ihm Trost spendeten. Meine eigenen Gedanken waren wie wütende Bienen, die durch meinen Kopf huschten. Wollte ich sie greifen, flogen sie davon und hinterließen nichts als ein aufgeregtes Summen.

Nach ein paar Minuten glitten Jae-yongs Hände vom Lenkrad in seinen Schoß. Sein Brustkorb hob sich in einem tiefen Atemzug. Dann wandte er sich mir zu.

»Bereit?«, fragte er.

*Nicht wirklich*, wollte ich sagen. Nur würde es nichts ändern. Ich nickte.

Jae-yong brachte mich in sein Studio. Ob er damit Zeit schinden wollte oder meine Gegenwart ihn genauso beruhigte wie mich seine, wusste ich nicht. Aber als er mich in die Arme nahm, bevor er ging, war es mir gleich. Ich strich über seinen Rücken, spürte die Anspannung in jedem Muskel, den meine Hände ertasteten.

»Alles wird gut«, sagte er mehr zu sich selbst als zu mir. Ich nickte an seiner Brust. Er küsste mich auf den Scheitel, ehe er sich nach unten beugte und mit seinen Lippen hauchzart meine berührte. Im nächsten Moment ließ er mich los. Die Tür fiel mit einem Klicken hinter ihm zu, und ich war allein.

Die ersten Minuten beschäftigte ich mich, indem ich

mich in dem Studio umsah – als hätte ich es nicht gestern erst zur Genüge getan. Nachdem ich mir selbst die kleinsten Details auf den Fotografien an seiner Wand angesehen hatte, setzte ich mich auf das Sofa und zückte mein Handy. In dem ganzen Trubel hatte ich weder Erin noch meinen Schwestern geschrieben. Ich öffnete erst Mels Chat, dann Livs, aber die fröhlichen Nachrichten, die ich ihnen gestern noch geschickt hatte, standen in starkem Widerspruch zu meiner aktuellen Gefühlslage: aufgewühlt und hilflos. Ich wusste nicht, wie ich ihnen erzählen sollte, was passiert war, wo ich doch selbst keine Ahnung hatte, wie es ab hier weitergehen würde. Jetzt gerade brauchte ich meine beste Freundin, ihre Wärme, auch wenn sie Tausende von Meilen entfernt war. Und ihren Rat, was ich tun sollte, wenn mir alle Hände gebunden waren.

**Ich:** Wenn du zaubern kannst, ist jetzt der Moment, mir endlich davon zu erzählen.

Es dauerte keine zwei Minuten, bis sie meine Nachricht las.

**Erin:** Glaubst du wirklich, ich würde in meinem Kinderzimmer bei meinen Eltern wohnen, wenn ich mir Downtown ein Loft herbeizaubern könnte?
**Ich:** Ich hatte es gehofft, ja. Brauchen könnte ich es gerade auf jeden Fall.
**Erin:** Was ist passiert?

Selbst in meinen Textnachrichten konnte sie zwischen den Zeilen lesen. Ich vermisste sie plötzlich so schmerzlich, dass ich mir nichts sehnlicher wünschte, als Erin hier in Seoul an meiner Seite zu haben.

**Ich:** Jae-yong ist gerade in einem Gespräch mit seinem Management. Sie haben uns gesehen … zusammen.

Darauf folgte erst einmal nichts. Ich stellte mir vor, wie Erin geschockt vor ihrem Handy saß, auf die Sätze starrte und überlegte, was sie darauf erwidern sollte.
*Ich auch, Erin. Ich auch.*

**Erin:** Was bedeutet das für euch?
**Erin:** Für dich? Du hast die Verschwiegenheitserklärung unterschrieben … Werden sie deswegen etwas unternehmen?

Über diese Möglichkeit hatte ich noch gar nicht nachgedacht. Mein Magen knotete sich von jetzt auf gleich zusammen. Ich rief mir in Erinnerung, was in dem Vertrag stand: Dass es mir verboten war, mit Journalisten zu sprechen oder Interviews zu geben, wenn es dabei um Jae-yong, NXT oder ihr Label ging. Dass ich niemandem gegenüber irgendetwas erwähnen durfte, was Jae-yong mir erzählte. Die einzigen Leute, mit denen ich darüber geredet hatte, waren Erin und meine Schwestern. Wenn es hart auf hart kam, würde jeder von ihnen leugnen, dass ich Jae-yong auch nur erwähnt hatte. Bedeutete das, der Vertrag war noch intakt?

**Ich:** Ich habe absolut keine Ahnung. Ich wünschte, ich wüsste es, dann würde ich im Augenblick nicht die Decke hochgehen.

**Erin:** Schreib mir, sobald du etwas weißt, in Ordnung? Hier ist es erst kurz vor sieben Uhr abends, aber falls es länger dauert, lasse ich mein Handy auf laut, damit du mich erreichen kannst.

**Ich:** Danke, Erin. Und entschuldige, dass ich mich die letzten Tage so wenig gemeldet habe. Ich hoffe, dir geht's gut?

**Erin:** Ich schlage mich wacker. Mom und Dad bemühen sich, nicht jeden Tag danach zu fragen, ob ich schon weiß, was ich als Nächstes tun möchte. Das nehme ich als gutes Zeichen.

**Erin:** Oh, und gestern habe ich Lana bei Starbucks getroffen. Ich dachte immer, Chicago wäre groß, aber anscheinend ist es doch nur ein Dorf.

**Ich:** Die ganze Welt ist ein Dorf.

**Ich:** Habt ihr euch unterhalten?

**Erin:** Ja, sie war mit ihrer Freundin unterwegs und hat mich ihr vorgestellt. Ein bisschen Small Talk habe ich gerade noch so geschafft.

**Ich:** Ich freu mich, dass ihr euch versteht.

**Erin:** Wenn du zurück in Chicago bist, gehen wir zusammen die allergrößte Eisschokolade trinken, ja?

**Ich:** Unbedingt.

Unsere Unterhaltung half mir, mich ein wenig abzulenken, allerdings schaffte ich es nicht völlig, mich darauf einzulassen. Die Stille in diesem Raum, das Rauschen in meinen Ohren, all die Gedanken in meinem Kopf. Mein Bein wackelte die ganze Zeit aufgeregt auf und ab, und sobald ich es stoppte, hatte ich das Gefühl, meine Nervosität würde mich unter sich begraben.

Der letzte Hauch Unbeschwertheit verschwand, als das mittlerweile vertraute Geräusch des elektronischen Schlosses ertönte. Die Tür öffnete sich, und ich sprang unmittelbar auf – auf der Zunge bereits mehrere Ausreden, weswegen ich hier war. Der Schreck löste sich mit Min-hos Erscheinen auf. Mit einem schwachen Lächeln begrüßte er mich und schloss die Tür hinter sich. Er sah genauso müde aus, wie ich mich fühlte.

»Ist Jae schon im Gespräch?«

»Seit einer halben Stunde«, bestätigte ich. Obwohl es mir vorkam, als würde ich schon den halben Tag hier sitzen.

Min-ho fuhr sich aufgebracht durch die Haare und begann, in dem kleinen Raum auf und ab zu tigern. Seine Nervosität fachte meine eigene noch mehr an.

»Weißt du, was sie mit ihm besprechen?«, fragte ich in der Hoffnung, dass er stehen blieb, um mir zu antworten.

Tatsächlich hielt er in der Bewegung inne. »Nachdem er die Anweisungen missachtet hat und ein weiteres Mal mit dir gesehen wurde? Nein. Ich weiß es wirklich nicht. Wir hatten noch nie so eine Situation.«

Nicht dass ich etwas anderes erwartet hatte. Aber seine Worte fraßen sich in mein Hirn und stachelten die Angst an.

»Ich hoffe nur, sie kommen pünktlich«, murmelte Min-ho noch. Ich wollte ihn fragen, wen er meinte, aber da klingelte sein Handy. Er entschuldigte sich, ging zur Tür und ließ mich wieder allein zurück.

Die Zeit verging kriechend. Immer wieder sah ich auf die Uhr meines Handys und steckte es weg, nur um es dann wieder hervorzuholen, weil ich die Zahlen zwar gelesen, aber nicht realisiert hatte. Erst als es vor dem Studio lauter wurde, bewegte ich mich von der Couch fort. Ich trat auf den Gang und fand Jae-yong mit den restlichen NXT-Mitgliedern zusammenstehend. Wann waren sie gekommen? War ich so in meine Gedanken versunken gewesen, dass ich nicht bemerkt hatte, wie Woo-seok, Hyun-woo und Ed hier aufgetaucht waren?

Ein Blick auf Jae-yong genügte, um die Fragen beiseitezuwischen. Seine Augen waren auf den Boden gerichtet, während er den Ansturm an Fragen über sich ergehen ließ. Alle sprachen gleichzeitig auf Koreanisch auf ihn ein.

Ich trat einen Schritt nach vorn, um auf mich aufmerksam zu machen. Ed bemerkte mich als Erster, unterbrach sich mitten im Satz und starrte mich auf eine Weise an, die mich innehalten ließ. Mir kam zum ersten Mal der Gedanke, dass ich bei Jae-yongs Freunden im Moment womöglich nicht das größte Ansehen genießen könnte. Wäre ich an ihrer Stelle gewesen … Ich wusste nicht, wie ich reagiert hätte.

Glücklicherweise hob Jae-yong den Kopf, als es still um ihn herum wurde. Unsere Blicke trafen sich, und es zeichneten sich so viele Emotionen auf seinem Gesicht ab, dass es mir schwerfiel, sie zu benennen. War er wütend? Traurig? Enttäuscht? Erleichtert? Nichts davon oder vielleicht alles?

Er zog seinen rechten Mundwinkel in die Höhe – ein Lächeln, das seine Augen nicht erreichte. Eine Geste, die mich wahrscheinlich beruhigen sollte, aber das Gegenteil tat.

Woo-seok stand mir am nächsten. Er hatte meine Anwesenheit mittlerweile ebenso mitbekommen wie die anderen und wechselte mit seiner nächsten Aussage ins Englische, um mich nicht auszuschließen.

»Was ist dort drin passiert?«, fragte er nachdrücklich. Dringlichkeit lag in seinen Worten.

Jae-yong machte sich nicht die Mühe, Ausreden zu erfinden. Es war deutlich, dass alle genau wussten, was vorgefallen war – Min-ho musste sie gestern informiert haben, nachdem es passiert war. Und wenn das nicht ausgereicht hätte, wäre meine Anwesenheit ein klares Indiz gewesen.

»Sie haben mich gefragt, warum Ella hier ist und was es zu bedeuten hat. Ob sie beim letzten Mal nicht deutlich genug gewesen sind«, erklärte Jae-yong. Dabei sah er mich unentwegt an, und eine Vorahnung machte sich in mir breit. »Ich habe ihnen gesagt, dass sie hier ist, weil ich sie eingeladen habe. Weil das letzte Mal mir, wenn überhaupt, gezeigt hat, wie miserabel es mir ging, als ich mich ihnen gebeugt habe.«

»Und das haben sie einfach so hingenommen?«, wollte Hyun-woo wissen.

Jae-yong zögerte. Als würde er sich innerlich für das wappnen, was als Nächstes kommen würde. Das ungute Gefühl schwappte ein weiteres Mal über mich. Er konnte nicht … Er hatte nicht wirklich …

»Sie haben mir ein letztes Ultimatum gestellt.« Pause. »Und ich habe ihnen gesagt, dass es diesmal Ella sein wird, für die ich mich entscheide.«

Ich hörte, wie jemand scharf Luft einsog. Plötzlich brach das Chaos aus, als drei der Jungs auf Jae-yong einredeten, immer lauter und lauter wurden. Und er stand mitten in diesem Toben. Sah mich unverwandt an. Auf meinen Armen breitete sich eine Gänsehaut aus, und der Kloß, der plötzlich in meinem Hals steckte, erschwerte mir das Atmen.

»Ist das dein verdammter Ernst?«, brauste Ed auf. Er hatte die Hände zu Fäusten geballt und wirkte, als hätte er Jae-yong am liebsten geschüttelt, damit er zu Verstand kam.

Jae-yong blieb ruhig angesichts der Wut, die in Eds Gesicht zu sehen war. »Sie wollen heute noch ein Statement dazu an die Presse geben.«

Woo-seok neben mir wandte den Kopf ab, die Kiefer aufeinandergepresst. Noch während die anderen auf Jae-yong einredeten, löste er sich von seinem Platz nahe der Wand. Er sagte kein Wort, als er an seinen Bandkollegen vorbeiging, aber seine Schritte wirkten energisch und zielstrebig. Der Streit zwischen Jae-yong und Ed verstummte.

Jae-yong sah ihm hinterher. Ich meinte zu sehen, wie er dabei ein wenig in sich zusammensackte. *Woo-seok ist ihr Leader*, fiel mir ein. Ihr Leader und einer von Jae-yongs engsten Freunden. Dass er nun ohne ein Wort ging, musste wie ein Messerstich mitten ins Herz sein.

Die Distanz zwischen uns überbrückend, stellte ich mich direkt vor Jae-yong. Ich war nicht groß genug, um die Blicke der anderen von ihm fernzuhalten, aber das brauchte ich auch gar nicht. Sobald ich in seiner Nähe war, schien ohnehin alles um uns herum zu verschwinden.

»Du hast dich gegen die Band entschieden?« Meine Stimme klang weit weg, als gehörte sie gar nicht zu mir und ich würde die ganze Szene nur von außen betrachten. Ich hörte meinen Herzschlag, das Pochen in meinen Ohren wie ein dumpfes Hintergrundgeräusch.

Jae-yong legte eine Hand an mein Gesicht. Strich sanft mit dem Daumen über meinen Wangenknochen. »Ich habe mich für dich entschieden.«

»Dann ... verlässt du die Band?«, kam es leise von einem Punkt hinter mir. Wir wandten uns beide um – zu Min-ho, der bis zu diesem Moment als Einziger nichts gesagt hatte. Jegliche Farbe war ihm aus dem Gesicht gewichen. Er wirkte ... gequält. Eine bessere Beschreibung fiel mir nicht ein.

Jae-yong richtete sich auf, und seine Hand glitt von meiner Wange. Ich sah alles, was er sagen wollte, in seinen Augen tanzen, aber nichts davon verließ seine Lippen. Hilfe suchend sah er sich zu Hyun-woo und Ed um, aber während Ersterer ihn mittlerweile stumm anstarrte, hatte Ed die Arme vor der Brust verschränkt und den Blick abgewandt.

Jae-yong fuhr sich mit einer Hand über das Gesicht. Mit einem Mal wirkte er, als hätte er seit Wochen nicht mehr durchweg geschlafen. »Ich ...« Er brach ab, schüttelte den Kopf. »Ich weiß nicht, was ich sagen soll.«

Seine Stimme klang gepresst. Min-hos Augen glänzten verräterisch, obwohl seine Miene starr war, als wollte er die Realität nicht wahrhaben – nur ließ sie ihm keine Wahl. Das Schweigen, das sich über alle legte, drückte auf meine Schultern und meinen Brustkorb.

Min-ho ließ den Kopf nach unten sinken. Er flüsterte etwas auf Koreanisch, woraufhin Jae-yong sich anspannte. Aber die Erwiderung blieb er ihm schuldig.

»Wie wäre es damit, dass das ein ganz mieser Aprilscherz ist?«, schlug Ed vor. »Dass du die Band nicht verlässt, weil es gerade schwierig ist, und dass du dich nicht gegen uns entscheidest.«

»Ich entscheide mich nicht gegen euch«, wurde Jae-yong laut. »Ich entscheide mich dagegen, mich länger wie ein Krimineller fühlen zu müssen, wenn ich Ella treffe. Willst du mir sagen, dass du nicht weißt, wie falsch dieser Vertrag ist, den wir als Trainees unterschrieben haben?«

»Niemand hat das behauptet«, mischte Hyun-woo sich vorsichtig mit ein. »Wir stecken alle im selben Boot – natürlich wissen wir, dass sie nicht so sein sollten. Genau darum ging es in den Gesprächen mit unserem Label.«

Jae-yong schüttelte den Kopf. »Und wie haben die uns bisher geholfen?«

Darauf wusste niemand etwas zu erwidern. Denn er hatte recht: Sie befanden sich in einer Pause, von der niemand wusste, wann sie wieder aufgehoben werden würde.

»Wenn wir uns von so was in den letzten Jahren immer hätten aufhalten lassen, wären wir nie irgendwo angekommen«, erwiderte Ed.

»Das ist aber nicht wie die letzten Male, Ed.« Als Jae-yong zu mir deutete, hätte ich mich am liebsten ganz klein gemacht. »Wir sind immer in eine Richtung gelaufen, weil wir alle das gleiche Ziel hatten. Aber wenn du mich heute vor die Wahl stellst, mich zwischen diesem Knebelvertrag und der Person, in die ich verliebt bin, entscheiden zu müssen …« Er beendete den Satz nicht. Jeder konnte sich den Rest denken.

Bedrücktes Schweigen folgte Jae-yongs Worten.

»Kein Wunder, dass Woo-seok sich das nicht anhören wollte«, sagte Ed nach einigen Sekunden. Ohne ein weiteres Wort ging er an uns vorbei.

Hyun-woo sah ihm hinterher. »Vielleicht sollten wir uns erst einmal abreagieren, bevor wir weiter darüber reden.« Er machte ein paar Schritte, bis er mit Jae-yong auf einer Höhe war, und legte ihm die Hand für einen kurzen Moment auf den Oberarm. Dann ließ er uns ebenfalls stehen.

Jae-yong setzte an, etwas zu Min-ho zu sagen, aber der schüttelte den Kopf und folgte den anderen beiden wortlos. Ich sah, dass Jae-yong das am meisten schmerzte. Dass nicht einmal sein bester Freund ihm den Rücken stärkte, wo er es gerade so dringend brauchen könnte. Ich sah, wie viel Anstrengung es Jae-yong kostete, sich aufrecht zu halten. Ich konnte mir nicht vorstellen, wie es sich anfühlen musste – zu sehen, wie alles, was er sich über die letzten Jahre aufgebaut hatte, wie Sand durch seine Hand rieselte.

Als ich Jae-yongs Hand umschloss, klammerte er sich an meine wie an eine Rettungsleine. Ich wollte fragen, was in ihm vorging, wollte wissen, was als Nächstes passieren würde. Aber ich schob die Fragen beiseite, zog ihn stattdessen aus dem Flur und in den Aufzug. Bis in die Tiefgarage und zu seinem Auto. Dort waren wir völlig allein und ungestört.

»Jae-yong ...«

»Tut mir leid, Ella«, unterbrach er mich schwach. Der Ausdruck auf seinem Gesicht brachte mich dazu zu verstummen. »Können wir ... vielleicht später darüber reden?«

*Sag mir, was ich tun kann. Wie ich dir helfen kann.* Ich nickte mühsam. Mir war nie bewusst gewesen, wie schwer es war, nur zusehen zu können. Nur danebenzustehen und die Hand reichen zu können, während die Welt für einen anderen Menschen gerade zusammenbrach.

Ich hatte das Gefühl, bereits seit Stunden unterwegs zu sein, dabei war es noch nicht mal Mittag. Die Sonne kam mir völlig unpassend für diesen Moment vor. Es sollte stürmen oder regnen oder wenigstens Nacht sein. Ich sehnte mir die Dunkelheit herbei, die sich immer wie eine tröstende Decke um meine Schultern legte und all die Dinge, die mich tagsüber beschäftigten, auf Abstand hielt. Wir fuhren im Stillen durch Seoul – selbst das Autoradio hatte Jae-yong ausgestellt, nachdem es einen heiteren Popsong gespielt hatte. Die Stille zog sich weiter bis in das Apartment, in dem Jae-yong sich ohne Umschweife auf sein Bett fallen ließ, als wäre jegliche Kraft aus ihm gewichen. Einen Arm legte er sich dabei über die Augen.

Ich wusste nichts mit mir anzufangen, stand für ein paar Sekunden nur mitten in dem Raum. Mein Herz zerbrach jedes Mal in tausend Stücke, wenn ich Jae-yong ansah. Er wirkte so ... gebrochen. Niedergeschlagen. Der Drang, ihm beizustehen, war übermächtig, aber egal wie lange ich darüber nachdachte, mir wollte nichts einfallen, was ich hätte unternehmen können.

»Ich setze mich ins Wohnzimmer, wenn etwas ist, ja?«, sagte ich, weil ich unsicher war, ob Jae-yong momentan überhaupt jemanden in seiner Nähe ertragen konnte. Ich schaffte es nicht mal bis zum Flur, da erklang seine Stimme.

»Kannst du ... kannst du bei mir bleiben?«

Ein Stechen fuhr durch mein Herz, als ich ihn so verletzlich hörte. Ich rieb mir über die schmerzende Brust, drehte sofort wieder um und kroch neben ihn auf das Bett. Normalerweise war ich viel kleiner als er, doch er hatte sich auf der Seite zusammengerollt. Um mir Platz zu machen, rutschte er etwas nach rechts, streckte seine Arme aus und zog mich an sich. Seine Stirn lag an meiner Brust, sein Atem ging stockend. Ich wollte ihm so dringend einen sicheren Platz geben, ihn in meinem Herzen verstecken und vor allem schützen, was draußen auf ihn wartete. In der Realität blieb mir allerdings nichts anderes übrig, als ihn so nah wie möglich an mich zu drücken, meine Arme so fest wie möglich um ihn zu schlingen und zu hoffen, dass das für hier und jetzt genügte.

Wir lagen mehrere Minuten, mehrere Stunden vielleicht auf diesem Bett, jeder für sich in Gedanken versunken. Je mehr Zeit verging, desto schwerer fiel es mir, mich nicht dem Chaos in meinem Kopf hinzugeben.

Jae-yong hatte sich für mich entschieden. Für *mich*.

Diese Tatsache überstieg alles, was ich mir bisher ausgemalt hatte, und ich wusste nicht, wie ich mich damit fühlte. Ich war froh – so froh, ihn nicht hergeben zu müssen, so egoistisch ich mich damit auch fühlte. Gleichzeitig lag nun eine Last auf meinen Schultern, von der ich nicht wusste, wie ich sie tragen sollte. Er hatte sich gegen seine Band, gegen seine Freunde, seine Leidenschaft entschieden ... Und auf gewisse Weise war ich dafür verantwortlich.

Oder nicht?

Als ich es nicht mehr aushielt, meinem ewigen inneren Monolog zuzuhören, löste ich mich von Jae-yong. Er hatte die Augen geschlossen, aber sein unregelmäßiger Atem verriet, dass er nicht schlief. Ich bewegte mich ein Stück von ihm fort, bis seine Arme mich so fest packten, dass ich mich keinen Zentimeter weiterbewegen konnte.

»Wohin gehst du?«, fragte er mit rauer Stimme.

»Wir haben heute noch nichts gegessen. Ich dachte, es wäre gut, wenn ich uns etwas aus dem Kühlschrank hole.«

Er haderte einen Moment, schien mit sich selbst zu kämpfen. Schließlich ließ er mich los und setzte sich mit mir zusammen auf. Mit der Hand fuhr er sich durch die Haare und strich sie glatt.

»Möchtest du etwas Bestimmtes essen?«, fragte er beim Aufstehen.

Ich beeilte mich, ihm in die Küche zu folgen. »Lass mich etwas zusammensuchen. Du kannst dich noch ein bisschen im Bett ausruhen.«

Er hielt mit einer Hand am Kühlschrank inne. Irgendwie wirkte er kleiner als sonst. Weniger selbstbewusst. Seine Schultern waren nach unten gesunken, als würde ein durchsichtiges Gewicht sie hinabdrücken. »Lass es mich machen. Ich würde mich gern ablenken von …« Er machte eine Handbewegung neben seinem Kopf. Von den Monstern, die plötzlich in seine Gedanken eingezogen waren.

Ich setzte mich auf den Barhocker an der Kücheninsel und behielt ihn die ganze Zeit im Auge – aus Sorge, er könnte jeden Moment unter der Last der letzten Stunden zusammenbrechen.

Jae-yong stellte zwei Schüsseln Reis vor uns ab, danach für jeden einen Teller mit Kimchi und einen mit Kkakdugi – einer Art Kimchi aus koreanischem Rettich. Wir aßen in vollkommener Stille. Kein Geräusch war in der Wohnung zu hören.

Als ich den Reis zur Hälfte aufgegessen hatte, konnte ich die Fragen nicht mehr für mich behalten. Obwohl ich die Worte vorher vorsichtig in meinem Kopf sortierte, stolperte ich trotzdem unbeholfen darüber.

»Jae-yong?«, begann ich und wartete, bis er von seinem Essen aufschaute. »Wie … wie geht es jetzt weiter?«

Er öffnete den Mund, aber seine Stimme blieb aus. Er wirkte überrascht von der Frage … Nein, nicht überrascht. Verwirrt. Ratlos. Ich konnte sehen, wie er sich um eine Antwort bemühte: Seine Augen zuckten durch den Raum, er blinzelte mehrere Male hintereinander. Dann legte er seine Stäbchen ab.

»Ich hab keine Ahnung«, sagte er, den Blick auf das Essen vor ihm gerichtet. »Ich … ich weiß nicht, Ella.« Seine ohnehin hängenden Schultern sackten noch ein wenig weiter nach unten.

»Du musst auch keine Antwort haben«, beeilte ich mich zu sagen. Obwohl ich mir nichts mehr wünschte als jemanden, der mir welche geben konnte. »Ich dachte nur, vielleicht gibt es jetzt einen logischen nächsten Schritt oder ...« Ich brach ab, als mir bewusst wurde, was ich sagte. *Einen logischen nächsten Schritt?* Nichts an dieser Sache war logisch. Wir hatten es beide nicht kommen sehen – wie sollte Jae-yong also wissen, was nun passieren würde?

»Ich möchte es dir wirklich gerne sagen. Verdammt, ich würde es selbst gerne wissen, aber ...« Ein Schulterzucken. Sein Gesicht verzog sich, als hätte er Schmerzen. »Tut mir leid. Es tut mir leid, Ella.«

Es zerriss mir das Herz. Jedes Mal, wenn er sich entschuldigte. Jede Sekunde, die er hier neben mir saß und frustriert die Hände zu Fäusten ballte.

Ich legte meine Finger über eine seiner Fäuste. Ein stummes Zeichen, dass ich bei ihm war.

Es dauerte einige Minuten, bis er die verkrampften Hände lockerte und ich meine Finger mit seinen verschränken konnte.

»Ich hasse es, hier zu sein und nicht zu wissen, was die nächsten Tage bringen werden. Ich kann dir nicht beschreiben, wie froh ich bin, dass du da bist.«

*Obwohl es meine Schuld ist, dass es überhaupt erst so weit gekommen ist?*, wollte ich fragen. *Obwohl es nie passiert wäre, wäre ich nicht hier?* Ich schaffte es nicht, meine Sorgen zu teilen – Jae-yong schaute mich mit einem Mal so angespannt an, dass alle Gedanken davonflogen.

»Du … du musst morgen wieder zurück, oder?«, fragte er so leise, dass ich ihn beinahe nicht hörte.

Die Frage ließ mich stocken. Ich ging die letzten Tage im Kopf durch – er hatte recht. Mein Rückflug war für morgen geplant, und alles, was ich denken konnte, war: Wie? Wie sollte ich morgen in diesen Flieger steigen mit dem Wissen, dass ich Jae-yong in der Situation hier in Seoul zurücklassen würde?

»Daran hab ich gar nicht mehr gedacht«, murmelte ich und fuhr mir mit einer Hand übers Gesicht. Erschöpfung breitete sich in Wellen in mir aus.

Jae-yong schwieg so lange, dass ich das Gefühl hatte, er wollte genauso wenig darüber reden wie ich. Wir starrten beide auf unser Essen, unwillig, den Gedanken weiterzuverfolgen, ab morgen wieder auf zwei unterschiedlichen Kontinenten zu leben.

»Wann genau geht dein Flug?«, fragte er nach einer Weile. So viele unterdrückte Emotionen schwangen in seiner Stimme mit.

»Zwölf Uhr vierzig, glaube ich.« Ein dreizehnstündiger Flug, der mich mit ziemlicher Sicherheit wieder ausknocken würde. Dank der Zeitverschiebung wäre ich gegen elf Uhr vormittags des gleichen Tages in Chicago.

Jae-yong nickte wieder und wieder. Er war so blass, seine Augen ohne den Glanz, der sie für gewöhnlich immer zum Funkeln brachte.

Ich fragte mich, was ihn erwarten würde, sobald er die Wohnung verließ, wenn ich nicht mehr hier war: Freunde, die seine Entscheidung nicht nachvollziehen konnten. Eine Band, die keine Musik machen durfte. Wäre ich an seiner Stelle gewesen – ich hätte überall sein wollen, nur nicht hier.

Ein Gedanke schlich sich zaghaft an. Vorsichtig, aber mit einigem Nachdruck. »Du könntest mitkommen.«

Man konnte verfolgen, wie die Worte nach und nach bei ihm ankamen. Eine kleine Falte erschien zwischen seinen Augenbrauen, und seine Lippen öffneten sich leicht. »Nach Chicago?«

Ich nickte zögernd, nestelte am Bund meines Shirts. Zugegeben, es war nicht die erwachsenste Lösung. Es wirkte, als würden wir davonlaufen, aber … Was wäre die Alternative? Meine Schwestern anzurufen und ihnen mitzuteilen, dass ich noch eine Weile hierbleiben würde? Ich konnte nicht noch mehr Vorlesungen verpassen, von dem Kunstkurs mal ganz abgesehen. Oder morgen allein in den Flieger steigen, ohne die Möglichkeit, ihm weiter zur Seite zu stehen? Die Variante erschien mir noch schlimmer. Nicht, weil Jae-yong nicht stark war – im Gegenteil. Er hatte auch noch seine Familie hier, nur wenige Stunden entfernt. Aber …

*Das ist nur die halbe Wahrheit,* flüsterte etwas in mir. Sosehr ich es auch unterdrücken wollte – es stimmte. Ich hatte das Gefühl, einen Teil der Last tragen zu müssen, weil Jae-yong niemals diese Entscheidung hätte treffen müssen, wenn es mich in seinem Leben nicht geben würde. Weil der Besuch in Jae-yongs Studio nie so geendet hätte, wären es nur er und Min-ho gewesen.

Ich versuchte, das Rumoren in meinem Magen zu ignorieren und mich auf Jae-yong zu konzentrieren. Aber die Schuld wollte mich nicht völlig loslassen.

»Es war nur eine Idee«, sagte ich leise. Unsicher.

Sein Blick schweifte an mir vorbei, wirkte abwesend. Beschäftigte ihn dieser Vorschlag so sehr?

»Vergiss es«, schob ich hastig hinterher. »Es ist eine doofe Idee. Vielleicht kann ich …« Ich brach ab, als er sich zu mir umdrehte und den Kopf senkte. Er hatte die Stirn gerunzelt und war mir mit einem Mal so nahe, dass ich die Wärme spürte, die von ihm ausging. Der Geruch seines Shampoos stieg mir in die Nase.

»Du fändest es nicht schlimm, wenn ich einfach von hier flüchte?« Die rohen Emotionen, die in den Worten mitschwangen, zogen an meinem Herzen. Ich meinte, Zweifel darin zu hören – aber auch Erleichterung. Dafür, dass ich ihm einen Ausweg gegeben hatte, den er von allein niemals vorgeschlagen hätte.

»Es wäre deine Entscheidung«, sagte ich. »Aber nein, ich fände es nicht schlimm.« Nach und nach wurde mir bewusst, wie ernst ich es meinte. So schwach es nach außen hin auch wirken mochte, wenn er einfach ging – wenn er im Augenblick nicht die Kraft hatte, sich seinem Alltag zu stellen, fand ich es alles andere als verwerflich, für eine kurze Zeit auszubrechen. Niemand konnte sich die ganze Zeit ohne Unterbrechung seinen Problemen stellen, ohne irgendwann daran zu zerbrechen. Das wusste ich am allerbesten.

Jae-yong seufzte. Er stützte den Kopf auf seinen Händen ab und wirkte vollkommen zerrissen. Mehrere Minuten vergingen, in denen er nichts sagte.

Schließlich richtete Jae-yong sich auf. Ein kaum wahrnehmbares Funkeln hatte sich wieder in seine Augen geschlichen. Die Erleichterung darüber löste einen kleinen Teil der Anspannung, die in meinen Schultern steckte. Er lächelte, ganz schwach nur, als er mich ansah. Dann nickte er.

# 18. KAPITEL

Am nächsten Morgen wachten wir mit der Sonne auf. Wir hätten ausschlafen können – selbst für den Check-in hatten wir noch mehrere Stunden Zeit. Aber Schlaf war weder für Jae-yong noch für mich einfach zu finden. Es war die zweite Nacht, in der ich größtenteils nur gedöst hatte, und ich spürte die Erschöpfung in meinen Gliedern, als wir schließlich aufstanden. Jae-yong war noch schweigsamer als am Tag zuvor, was mein Befinden nicht besser machte. Er wirkte, als hätte sich eine dunkle, graue Wolke über seinem Kopf zusammengebraut, die ihn nicht mehr losließ. Ich hatte gehofft, dass ein wenig Schlaf und der bevorstehende Flug nach Chicago für ein bisschen Aufheiterung sorgen würden … Stattdessen hatte er sich noch mehr zurückgezogen. Ich konnte die Gedanken durch seinen Kopf kreisen sehen, wusste aber nicht, wie ich sie anhalten sollte.

Kurz nach acht saßen wir bereits in der Küche und aßen Frühstück. Schweigend. Nur das Kratzen des Bestecks war zu hören. Ich überlegte fieberhaft, wie ich ein Gespräch anregen könnte, aber sobald ich den Mund öffnete und ihn ansah, um etwas zu sagen, fielen mir die dunklen Ringe unter seinen Augen auf, und ich zögerte.

Hatte er die Nacht überhaupt ein Auge zugemacht? Jedes Mal, wenn ich nach einer kurzen Schlafphase aufgewacht war, hatte er mich fester umarmt.

Immerhin könnte er später im Flugzeug noch schlafen. Er hatte gestern noch sein Ticket gebucht – eine andere Route als meine, die eine knappe Stunde früher startete. Damit niemand bemerkte, dass wir zusammen unterwegs waren. Das Hotel, in dem er unterkommen würde, war das gleiche, in dem NXT die letzten Male ihre Nächte in Chicago verbracht hatte. Im besten Fall würde es wirken, als machte er hinsichtlich der Pause einen Urlaub in den USA. An den schlimmsten Fall wollte ich lieber nicht denken.

Wir räumten unser Geschirr gerade weg, als es an der Tür klingelte. Das Läuten hallte durch die Wohnung. Jae-yong runzelte die Stirn und beantwortete meinen fragenden Blick mit einem Schulterzucken, als er sich an mir vorbeischob. Anscheinend wusste er selbst nicht, wer so früh am Morgen etwas von ihm wollen könnte – vor allem nicht nach dem gestrigen Tag.

Ich trocknete mir die Hände an einem Geschirrhandtuch ab und lauschte auf die Geräusche, die vom Eingang kamen. Die Tür ging mit einem leisen Quietschen auf, dann hörte ich Jae-yongs Stimme. Er sagte etwas auf Koreanisch, und ich meinte, Min-hos Namen herauspicken zu können. Neugierig umrundete ich die Kücheninsel … und tatsächlich stand Jae-yongs bester Freund im Türrahmen. Unsicher. Zurückhaltend. Ganz anders, als ich ihn die wenigen Male kennengelernt hatte.

In einer nervösen Geste fuhr er sich mit der Hand über

den Nacken und nickte mir mit einem zögerlichen Lächeln zu, als er mich über Jae-yongs Schulter erspähte. Dann zuckte sein Blick von mir zu dem Gepäck, das bereits an die Wand gelehnt im Flur stand. Nachdenklich betrachtete er die Taschen. Mein Koffer, Jae-yongs Reisetasche und zwei Rucksäcke. Sein Lächeln verschwand im gleichen Augenblick, in dem die Hand in seinem Nacken erstarrte.

»Jae … Warum liegt dein Gepäck hier?«, fragte Min-ho leise. Mein Herz krampfte sich bei der Verletzlichkeit in seiner Stimme zusammen. Jae-yong trat wortlos zur Seite und bedeutete Min-ho, einzutreten.

Min-ho hielt so lange an sich, bis die Tür hinter ihm ins Schloss fiel. »Du hast nicht wirklich vor, einfach zu gehen, ohne irgendwem etwas davon zu sagen, oder?«

»Ich hätte dir noch Bescheid gesagt …«

»*Wann?*«, fuhr Min-ho ihm dazwischen. »Wenn du im Flugzeug sitzt und niemand dich mehr erreichen kann?«

»Was hätte es für einen Unterschied gemacht? Soll ich lieber hier warten, bis sie die Pressemeldung rausgeben, dass ihr ab sofort ohne mich weitermachen werdet?«

»Sie werden sie nicht veröffentlichen, du …« Er schüttelte den Kopf, hielt einen Fluch gerade so zurück. »Wooseok ist zum Management gegangen und hat verlangt, dass sie mit der Mitteilung warten, bis unsere *Pause* vorbei ist.« Die Verachtung, die er in das Wort legte, war kaum zu überhören.

Unsicher warf Jae-yong mir einen Blick über die Schulter zu. Als suchte er Rat – bei *mir*. Ich konnte nur hilflos den Kopf schütteln.

»Das könnte noch ewig dauern«, sagte Jae-yong. »Warum sollten sie einwilligen?«

»Weil es keinen Unterschied macht, wann es passiert. Niemand wird es mitbekommen. Unsere Manager wissen, dass keiner von uns etwas sagen wird.«

Mir schwirrte der Kopf. Sie hatten das Statement verschoben – das war eine gute Sache, oder? *Oder?* Ich wollte daran festhalten, dass es etwas Gutes hatte, aber es fiel mir schwer. Das Einzige, was ich sah, waren Tage und Woche – vielleicht sogar Monate –, in denen Jae-yong sich darum sorgen würde, wie es weiterging. Und wann die Meldung endlich an die Presse gehen würde. Nach außen hin würde sich nichts verändern, während alle Beteiligten bereits wussten, dass er kein Mitglied von NXT mehr war.

*Kein Mitglied von NXT.*

Die Worte rauschten durch meinen Kopf, trübten alle Gedanken. Es war, als würde die Bedeutung, die in ihnen lag, erst jetzt vollständig zu mir durchdringen. Er hatte sich für mich entschieden, und ich war froh, so froh darüber. Aber zu welchem Preis? War es nicht genau das, was ich beim letzten Mal befürchtet hatte? Dass er seine Entscheidung bereuen könnte und dann … dann was? Und wie sollte ich mit ihm über meine Befürchtung sprechen, wenn er seinen Entschluss bereits in die Tat umgesetzt hatte?

Ich versteckte meine Hände im Rücken, damit keiner der beiden sah, wie sie zitterten. Obwohl ich selbst Jae-yong nach Chicago eingeladen hatte, waren mir im Laufe der Nacht immer mehr Zweifel gekommen, ob es die beste Lösung war. Vielleicht sollte er doch hierbleiben? Noch einmal probieren, mit dem Label zu reden?

*Zu spät, Ella. Seine Entscheidung steht bereits.*

»Wann geht der Flug?«, fragte Min-ho unvermittelt und riss mich aus meiner Gedankenspirale.

»Kurz vor zwölf«, antwortete Jae-yong und trat einen Schritt nach vorn, als Min-hos Hand in der nächsten Sekunde auf der Türklinke lag. »Wohin gehst du?«

Min-ho stand bereits halb auf dem Flur, hielt aber noch einmal inne. Über die Schulter hinweg warf er uns einen Blick zu. »Nach Hause. Wenn wir kurz vor zwölf abheben, bleibt mir nicht mehr viel Zeit, eine Tasche zu packen und zum Flughafen zu kommen.«

Meine Verwirrung stieg ins Unermessliche.

»Du kommst mit?«, fragte Jae-yong ebenso ungläubig.

Min-ho nickte. »Ich lasse dich mit dem ganzen Mist, der in dir gerade vorgehen muss, bestimmt nicht allein um die halbe Welt reisen.« Kurz sah er zu mir. »Nichts für ungut, Ella.«

Damit verließ er das Apartment.

Wir brachen wenig später auf. Meinen Koffer hinter mir herziehend, betrat ich hinter Jae-yong den Aufzug. Er hatte sich die Reistasche umgehängt und die Arme vor der Brust gekreuzt. Meine Finger sehnten sich danach, sich mit seinen zu verschränken, aber ich hielt mich zurück.

Ich kannte das Gefühl, wenn sich Unmengen an nervöser Energie in mir stauten und jegliche Berührungen zu viel wurden. Und die Art, wie er abwesend das Ziffernfeld des Aufzugs betrachtete, war für mich Hinweis genug, dass es in ihm ziemlich brodelte.

Die Türen glitten auf, und er ließ die Arme an die Seite fallen. »Möchtest du das Taxi wirklich selbst bezahlen?«

Ich lächelte. »Du hast das ganze Essen bezahlt. Das Taxi bekomme ich schon noch hin.«

Er nickte, erwiderte mein Lächeln für den Bruchteil einer Sekunde. Seine Augen waren sanft, aber unendlich traurig. Zu dem Kloß im Hals, der seit gestern nicht verschwunden war, gesellte sich ein unangenehmes Ziehen in meinem Magen.

Ich verstärkte meinen Griff um den Koffer und schob ihn auf seinen vier Rollen vor mir aus dem Fahrstuhl. Bevor die Türen sich schließen konnten, drehte ich mich um und hob die Hand, um Jae-yong zum Abschied zu winken.

Für einen Moment erwachte er aus seiner Apathie. Er trat in die Fahrstuhltür, um sie zu blockieren, und ergriff meine Hand, die noch unbeholfen in der Luft schwebte. Ich stolperte gegen ihn, als er mich an sich zog, und erwartete einen kurzen, leidenschaftlichen Kuss. Aber er nahm sich Zeit. Mit seinen Lippen streifte er erst über einen Mundwinkel, dann über den anderen, wartete, bis sich meine Lippen öffneten, ehe er den Kuss vertiefte. Seine freie Hand strich dabei sanft über mein Gesicht.

Ich merkte selbst, wie ich mit Sternen in den Augen zu ihm aufblickte. Mich von ihm zu lösen und einen Schritt nach hinten zu treten fiel mir unendlich schwer. Jae-yong spiegelte die Bewegung.

»Wir sehen uns in Chicago«, sagte er. Dann glitten die Türen zwischen uns zu.

Die Rückreise machte noch weniger Spaß als die Hinreise. Mein Hirn weigerte sich zu akzeptieren, dass ich in ein paar Stunden wieder zu Hause sein würde. Es war ähnlich wie an meinem ersten Tag in Seoul: Körperlich war ich anwesend, aber geistig noch woanders.

Jae-yongs und Min-hos Flieger war etwa eine halbe Stunde vor meinem gelandet. Im Nachhinein stellte es sich als sehr hilfreich heraus, dass Min-ho von jetzt auf gleich beschlossen hatte, ebenfalls nach Chicago zu fliegen. Auf diese Weise wirkte es, als würden die beiden einen Urlaub in den USA machen.

Als ich meinen Koffer endlich vom Gepäckband nahm und mit der Masse Richtung Ausgang lief, waren keine Reporter mehr zu sehen. Jae-yong hatte mir geschrieben, dass sie von einer ganzen Traube empfangen worden waren.

Ich nahm mir ein Taxi – ein Luxus, den ich mir vorerst zum letzten Mal gönnen würde, wenn es nach meinem Portemonnaie ging – und streckte die Beine vor mir so gut wie möglich aus. Mein Rücken knackte, genauso wie mein Nacken, als ich mich unauffällig auf dem Rücksitz dehnte. Ich entsperrte mein Handy, schrieb Jae-yong, dass ich im Taxi saß, und danach Mel.

**Ich:** Ich bin gerade gelandet. Wunder dich nicht, wenn ich noch nicht zu Hause bin, sobald du von der Arbeit kommst.

Ihre Antwort kam, nachdem ich einen Block vom Palmer House entfernt aus dem Taxi gestiegen war. Ich würde den Rest laufen, um nicht direkt in die Arme von unzähligen Reportern zu treten, die vor dem Hotel auf alle möglichen Prominenten warteten.

**Mel:** Gehst du direkt zu Erin?
**Ich:** Nein. Die letzten Tage waren ... ereignisreich.
**Ich:** Jae-yong ist auch in Chicago, ich wäre jetzt gern bei ihm.
**Mel:** Ist »ereignisreich« eine schönere Umschreibung dafür, dass ich mir Sorgen machen muss?
**Ich:** Um mich? Nein. Es betrifft mich nicht auf eine Weise, wegen der du dir Sorgen machen müsstest.
**Mel:** Okay. Aber sag mir bitte Bescheid, sobald du weißt, wann du nach Hause kommst, okay?
**Ich:** Mach ich.

Danach las ich Jae-yongs Antwort.

**Jae-yong:** Erinnerst du dich daran, wie du mit Sam das letzte Mal ins Hotel gekommen bist? Er wartet dort auf dich und begleitet dich nach oben, damit du nicht durch den Haupteingang gehen musst.

Verwirrt runzelte ich die Stirn. Sam war vor Ort? Bedeutete das, NXTs Management wusste, dass die beiden nach Chicago geflogen waren?

*Natürlich wissen sie es*, kam es mir gleich darauf. *Wenn sogar die Reporter vor dem Flughafen Schlange standen, um*

*Fotos von ihnen zu machen, wird ihr Management sicher*
*schon längst davon gehört haben.*

Nur mühsam unterdrückte ich ein Seufzen. Ich war
müde, mein Rücken schmerzte von dem ewig langen
Flug, und mein Kopf war in den letzten Tagen wieder
ein heilloses Durcheinander von Gedankenfetzen. Ich
konnte mich anstrengen, wie ich wollte, und sah trotzdem keine Möglichkeit, wie wir das alles wieder in Ordnung bringen konnten.

Die Einfahrt zur Tiefgarage des Palmer House erreichte ich nach wenigen Minuten. Sams rotblonde Haare fielen mir bereits aus der Entfernung auf. Er wartete an der
Einfahrt, an die Wand gelehnt, und richtete sich auf, als
er mich bemerkte.

»Hey, Ella! Lange nicht gesehen«, begrüßte er mich mit
einem Lächeln und streckte die Hand aus.

Ich schüttelte sie. »Hallo, Sam.« Wusste er, was in Seoul
passiert war? Jae-yong redete normalerweise von Sam wie
von einem guten Freund, aber Sam ließ nichts durchbli-
cken, falls er etwas gehört hatte. Er führte mich ohne große Umschweife an der Security vorbei zu den Fahrstühlen im hinteren Bereich der Tiefgarage. Ich schob meinen
Koffer vor mir in den Aufzug und stellte mich neben Sam.
Schweigend fuhren wir die Stockwerke nach oben, und
ich war froh, dass er nicht darauf bestand, Small Talk mit
mir zu treiben. Der Aufzug hielt in der obersten Etage an.

»Zimmer 1402«, sagte Sam. »Wenn ihr mich braucht,
findet ihr mich im Besprechungsraum am Ende des
Gangs. Wir müssen innerhalb des Teams noch ein paar
Dinge regeln, während die Jungs hier sind.«

Ich wartete, bis er am Ende des Gangs in einen Raum auf der rechten Seite trat, und machte mich auf die Suche nach dem richtigen Hotelzimmer. 1399, 1400, 1401 ... Vor einer dunklen Holztür blieb ich stehen. Starrte die Nummer auf Augenhöhe an, die im Licht der Flurbeleuchtung golden glänzte. Dann klopfte ich an.

Zwei, drei Sekunden vergingen, bis die Tür sich öffnete. Ich sah einen Jae-yong vor mir, der wirkte, als wären seit unserem letzten Treffen mehrere Tage vergangen. Er schien so distanziert, wie er beiseitetrat, um mich ins Zimmer zu lassen. Es hatte einen ähnlichen Grundriss wie das, in dem wir den ersten *Harry-Potter*-Film geschaut hatten. Ein breiter Gang, der in das Zimmer führte, linker Hand ein großes Bett, ein paar Meter davon entfernt ein kleines Sofa, das zum Fernseher gegenüber ausgerichtet worden war. Während ich die Einrichtung wahrnahm, sperrte Jae-yong schon wieder die Außenwelt aus.

Ich parkte meinen Koffer neben dem Bett, auf dem seine Reisetasche lag. Die Vorhänge waren zur Hälfte zugezogen und ließen nur wenig Licht herein. Ich legte meine Jacke auf der Armlehne des Sofas ab, richtete mich auf. Im nächsten Moment spürte ich Jae-yongs Brust an meinem Rücken. Wie er sich nach vorne beugte. Seine Stirn auf meiner Schulter.

Ich wagte es nicht, mich zu bewegen, und stand mehrere Minuten nur still an diesem Punkt mitten in dem Hotelzimmer.

»Sie haben eine Mail geschickt«, sagte Jae-yong nach einer Weile. Seine Stimme klang brüchig, leicht nasal. Ich

wollte mich so dringend umdrehen und sehen, ob er Tränen in den Augen hatte, traute mich aber nicht, mich zu
rühren.

»Was stand darin?«

»Dass wir über die Vertragsauflösung sprechen, sobald
ich zurück in Seoul bin«, erklärte er. Dem trockenen Lachen folgte ein Schauer, der spürbar durch seinen Körper
ging. »Scheint, als müsste ich mir jetzt doch einen Plan B
ausdenken.«

Hätte ich diese Worte nicht von ihm persönlich gehört,
sondern wie üblich nur in unserem Chat gelesen, wären
mir die Angst und Trauer darin nicht so ins Gesicht gesprungen. Dann hätte ich nicht gehört, wie sehr es Jae-
yong anstrengte, nicht zusammenzubrechen, weil die eine
Sache, für die er Jahr um Jahr gekämpft hatte, ihm mit
einem Mal entglitt. Aber ich stand direkt vor ihm, hörte
das Zittern in jedem Wort. Und es brach mir das Herz auf
eine Weise, die ich nie für möglich gehalten hätte.

Ich drehte mich langsam zu ihm um. Ohne etwas zu
sagen, schlang ich die Arme um seine Taille und drückte
ihn so fest an mich, wie ich nur konnte. Ich machte mich
groß, groß und größer, stellte mich auf die Zehenspitzen und schützte Jae-yong mit meinem Körper vor der
Realität, die unbarmherzig auf ihn einprasselte. Vereinzelt
tropften heiße Tränen auf mein dünnes Shirt. Jede einzelne fühlte sich wie ein Stich ins Herz an.

Ich wusste nicht, wie lange ich ihn so festhielt. Als meine
Arme taub wurden, manövrierte ich uns beide zur Couch
und bewegte Jae-yong dazu, sich hinzusetzen, ohne ihn
dabei auch nur einmal loszulassen. Ich trat mir die Schuhe

von den Füßen und lauschte den wenigen Geräuschen, die den Raum erfüllten, bis er sich etwas beruhigt hatte.

Mit einem gequälten Seufzen richtete Jae-yong sich auf. Er strich sich die dunklen Haare aus der Stirn und tupfte mit dem Handrücken über seine Wangen, um restliche Tränen aufzufangen. Die geröteten Augen verrieten sein Weinen der letzten halben Stunde.

»Soll ich ... irgendwo etwas zu trinken holen? Oder eine Kleinigkeit zu essen?«, fragte ich.

Jae-yong schüttelte den Kopf. »Hunger ist gerade das letzte Gefühl, das ich empfinde. Aber du kannst dem Zimmerservice Bescheid geben, wenn du etwas möchtest. Lass es einfach auf die Rechnung schreiben.«

»Schon gut, ich brauche nichts.«

»Möchtest du etwas im Fernsehen gucken?«

Einen Moment betrachtete ich ihn. Er hatte die Augen abgewandt und hielt bereits nach der Fernbedienung Ausschau. Ihm war deutlich anzusehen, dass er verzweifelt nach einer Beschäftigung suchte, die ihn für eine kurze Zeit von sich selbst ablenkte.

»Worauf hast du Lust?«

»Meinst du, wir finden irgendwo einen Disneyfilm?«

»Du möchtest *freiwillig* einen Disneyfilm angucken?«

»Ich mag, wie vorhersehbar sie sind. Der Held gegen den Antagonisten, das Gute gewinnt, das Böse verliert. Ich glaube, ich verstehe langsam, was dir daran gefällt. Es ist auf eine Weise tröstend, die ich gerade gut brauchen kann.«

Mehr brauchte er gar nicht sagen. Wir schalteten den Fernseher ein und durchsuchten die Kanäle, bis wir den

Disney Channel gefunden hatten, auf dem glücklicherweise erst vor einigen Minuten *Rapunzel* angefangen hatte. Jae-yong lehnte sich auf dem Sofa zurück, den Kopf an
die Rückenlehne gelehnt und sah mit halb geschlossenen
Augen Richtung Fernseher.

»Wie lassen sich meterlange Haare, mit denen sie aus
dem Turm gesprungen ist, in einen Zopf flechten, der ihr
gerade mal bis zu den Füßen geht?«, hinterfragte er nach
einer Weile. Rapunzel und Eugene waren gerade erst im
Königreich angekommen.

»Es ist magisches Haar in einem magischen Zopf in
einem animierten Film. Muss es Sinn ergeben?«

»Es würde mir einiges an Kopfzerbrechen ersparen«,
murmelte er, beließ es aber dabei. Stattdessen rutschte er
ein Stück näher an mich heran und legte den Kopf auf
meiner Schulter ab. Kaum zehn Minuten später hörte
ich, wie seine Atemzüge tiefer und regelmäßiger wurden.
Meine Augen brannten ebenfalls. Ich wollte mich auf
dem Bett zusammenrollen und bis zum nächsten Morgen durchschlafen – dabei war es erst kurz nach Mittag.
Ich gähnte jede zweite Minute, hielt mich aber trotzdem
wach, bis der Film zu Ende war und der nächste begann.
Mein Magen knurrte vor sich hin, mein Bein schlief ein,
weil ich zur Hälfte darauf saß.

Leicht streckte ich mich, um mein Handy aus der
Hosentasche hervorziehen zu können, und gab Mel per
Nachricht Bescheid, dass ich heute noch nicht nach Hau-
se kommen würde. Wie hätte ich jetzt einfach gehen kön-
nen? Ich stellte mir vor, wie ich ihn aufweckte, um nach
Hause zu fahren. Wie er mich bis zur Tür brachte und

dort verabschiedete, die Augen immer noch so unendlich traurig. Und wie er in dem Zimmer auf und ab tigerte, weil er nicht einfach rauskonnte und niemand in der Nähe war, der mit ihm sprechen oder ihn ablenken konnte. Ich wusste nicht mal, in welchem Zimmer Minho einquartiert war und ob er sich im Augenblick überhaupt im Hotel befand.

Ich machte es mir auf dem Sofa so bequem wie möglich, während Jae-yong weiterschlief. Je mehr Zeit verging, desto häufiger sackte mein Kopf auf meine Brust – bis ich schließlich einschlief.

# 19. KAPITEL

Ich wachte Stunden später im Bett unter einer warmen Decke auf. Das Kissen unter meinem Kopf war so weich, dass ich mein Gesicht noch einmal darin vergrub. Nach und nach wichen die letzten Traumbilder und wurden von Erinnerungen der letzten Stunden und Tage abgelöst. Ich tastete mit der Hand nach einem Körper, aber alles, was ich erfühlte, war eine warme Matratze.

Verwirrt setzte ich mich auf. An den Fenstern prasselte der Regen, alles wirkte so grau und düster, als wäre es noch mitten in der Nacht. Über die Sofalehne konnte ich gerade so Jae-yongs dunklen Schopf erkennen und das bläuliche Leuchten seines Handybildschirms. Ich schälte mich aus dem Bett, ging um das Sofa herum und setzte mich so dicht neben ihn, dass ich mich seitlich an ihn lehnen konnte.

Auf seinem Handy lief ein Video. Ich sah Lightsticks, die ein Stadion in den unterschiedlichsten Farben erstrahlen ließen. Die Kamera schwenkte über die Menge, dann gab es einen Cut zur Bühne. Jae-yong, Min-ho, Woo-seok, Ed und Hyun-woo standen in einer Reihe, völlig gefangen von dem Lichtermeer, das um sie herum tanzte. Min-ho wurde eingeblendet, wie er sich einmal staunend im Kreis drehte. Und die ganze Zeit sangen NXTs Fans einen Song, der mir eine Gänsehaut auf den Armen bescherte.

Es war ein unwirklicher Anblick. Obwohl ich selbst schon einmal dabei gewesen war, kam es mir momentan weit entfernt vor. Wie ein Traum, der immer blasser wurde, je verzweifelter man versuchte, sich an ihn zu erinnern. Ich musste Jae-yong nicht ins Gesicht sehen, um zu wissen, was ihm durch den Kopf ging. Das Video allein sagte mehr, als nötig war.

Er legte den Arm um meine Schulter und streichelte mir abwesend über den Oberarm.

»Was meinst du, wie es sein wird, wenn sie nur zu viert auftreten?«

»Merkwürdig«, antwortete ich ehrlich. »Unvollständig. Ein Teil von NXT würde fehlen, und ich bin mir sehr sicher, dass kein Fan es einfach so hinnehmen wird, wenn du nicht mehr dabei bist.«

»Ich kann mir nicht vorstellen, ihnen nur noch von außen zugucken zu können, nachdem wir die letzten Jahre beinahe jeden Tag miteinander verbracht haben.« Zu meiner Erleichterung wirkte er nicht, als würde er darauf eine Antwort erwarten. Alles, was mir dazu durch den Kopf ging, würde nur wie leere Worte und stille Hoffnungen auf ihn wirken. Nichts, was im Augenblick half.

Dafür nahm eine andere Idee in meinem Kopf Gestalt an. »Hast du Lust, morgen mit mir nach Hause zu kommen?«

»Du möchtest mich deinen Schwestern vorstellen?«

»Hmm ...«, machte ich nachdenklich. »Vor allem

möchte ich nicht, dass du allein hier im Hotel sitzt. Aber ja, meine Schwestern werden vermutlich da sein. Ich könnte verstehen, wenn du dazu gerade keine Lust hast.«

»Nein, schon gut«, sagte er zu meiner Überraschung. »Wenn du denkst, dass Melanie ihre Drohung vom letzten Mal nicht wahr werden lässt und die Polizei ruft, komme ich gerne mit.«

»Ich werde aufpassen, dass keine Telefone in ihrer Nähe sind, wenn sie dich sieht«, scherzte ich und stand auf. Ich reichte ihm meine Hand. »Kommst du mit ins Bett?«

Er ergriff sie, ohne zu zögern.

Sam fuhr uns am nächsten Tag bis vor die Haustür. Jae-yong wuchtete meinen Koffer aus dem Kofferraum, die Cap tief in die Stirn gezogen, eine Sonnenbrille verbarg seine Augen. Ich war mir sicher, dass er damit im grauen, verregneten Chicago mehr auffiel als ohne sie, aber da wir nur wenige Meter bis zur Tür schaffen mussten, behielt ich diese Bedenken für mich. Ich drückte die Haustür auf und ließ Jae-yong den Vortritt. Selbstbewusst steuerte er auf das Treppenhaus zu und blieb in der fünften Etage vor unserer Wohnungstür stehen. Im ersten Moment war ich verwirrt – bis mir einfiel, dass er schon einmal hier gewesen war. Nur dass es sich diesmal anders anfühlte. Realer irgendwie.

Ich drückte einmal kurz auf die Klingel, dann noch einmal und noch einmal, bis ich gedämpfte Schritte durch die Wohnung poltern hörte. Sekunden später flog die Tür auf, und meine kleine Schwester stand mit einem genervten Gesichtsausdruck vor mir.

»Warum muss ich dir jedes Mal aufmachen, obwohl du einen Schlüssel hast …« Ihre Stimme verlor sich, wurde immer leiser und verstummte schließlich völlig. Livs Mund klappte auf, als sie Jae-yong hinter mir bemerkte. Sie blinzelte. »Ella«, flüsterte sie. »Ich glaube, ich muss mich hinlegen. Ich fange an, Geister zu sehen.«

Ich folgte ihrem Blick zu Jae-yong, der sich mit der Aufmerksamkeit von uns beiden sichtlich unbehaglich fühlte. Er setzte ein schiefes Lächeln auf, nickte Liv unbeholfen zu und zeigte mir damit noch mal eine ganz andere Seite von sich.

»Ella«, flüsterte Liv ein weiteres Mal und beugte sich ganz nah zu mir heran. »Der Geist hat gelächelt.«

»Und er spricht sogar«, sagte ich. »Meistens.«

Noch ein Blinzeln von Liv. Dann erstarrte sie zur Salzsäule. Ihre Augen wurden groß, ich war mir nicht mal sicher, ob sie noch Luft holte. Im nächsten Moment knallte die Tür vor meiner Nase zu. Das meinte sie nicht ernst.

Energisch klopfte ich. »Liv! Mach die Tür auf.«

»Nein!«, rief sie. Es klang, als hätte sie sich bereits von der Tür entfernt.

Ich seufzte, nahm meinen Rucksack vom Rücken und kramte darin nach meinem Schlüssel. Es dauerte nicht lang, bis wir in die Wohnung traten, aber Liv war in der Zwischenzeit in ihr Zimmer gestürmt und hatte sich dort eingesperrt. Kopfschüttelnd führte ich Jae-yong an ihrer verschlossenen Tür vorbei zu meiner. Er stellte meinen Koffer vor dem Bett ab, und ich seine Reisetasche darauf, die er mir wortlos gereicht hatte, nachdem ihm aufgefallen war, wie ich mich mit meinem Koffer abgemüht hatte.

Nichts hatte sich verändert, seit ich vor einer Woche das letzte Mal in meinem Zimmer aufgewacht war. Von der Wand über meinem Schreibtisch löste sich langsam, aber sicher eine Zeichnung, das Bett war ungemacht und Bücher stapelten sich in einem heillosen Durcheinander auf meinem Nachtschrank.

Jae-yong nahm alles in Augenschein, bevor er an meinem Bett hängen blieb. »Simba ist immer noch verbannt, unter den Kissen zu leben, wie ich sehe.«

Ich setzte mich auf die Matratze und streckte mich zum Kopfende, um das Kuscheltier unter dem Kissenberg hervorzuziehen und es davor abzusetzen. »Er mag nicht so gern im Auge der Öffentlichkeit sein.«

Jae-yong quittierte das mit einem amüsierten Schnauben. »Es muss schwer sein, immer von der leeren Wand gegenüber angestarrt zu werden.«

»Und von den Büchern«, sagte ich und deutete auf die Regale links von der Tür. Einer Tür, an deren Ecke gerade blonde Locken meine Aufmerksamkeit erregten. »Liv?«

Die Locken verschwanden ruckartig aus dem Spalt. »Ich hab nicht gelauscht!« Dann flog ihre Tür wieder zu.

»Tut mir leid, ich glaube, wir haben sie ein bisschen mit deiner Anwesenheit überrumpelt«, versuchte ich, meine kleine Schwester zu erklären.

»Vielleicht hilft es, wenn ich zu ihr gehe …«, schlug Jae-yong vor, woraufhin ich sofort den Kopf schüttelte.

»Ich glaube, das würde es im Moment nicht besser machen. Sie kommt schon, sobald sie sich an den Gedanken gewöhnt hat, dass du hier bist.«

»In Ordnung.« Er kehrte mir den Rücken zu, betrachtete aufmerksam jede Zeichnung, die an meiner Wand hing. Er ging zu den Büchern über, zog einzelne Bände aus dem Regal und blätterte sie durch, ehe er nach dem nächsten griff.

Ich gab ihm die Zeit, alles anzugucken, und versuchte im gleichen Moment, mein Zimmer durch seine Augen zu sehen. Wenn ich in den Raum trat, war es immer ein Gefühl von Ruhe, das mich überkam. Der Stress blieb größtenteils vor der Tür liegen und wartete dort, bis ich wieder genügend Kraft getankt hatte, um mich ihm zu widmen. Aber was nahm Jae-yong wahr? Das Chaos aus Ohrringen, Make-up und Parfüms, das auf der Kommode herrschte? Das Durcheinander von Stiften und Papieren auf dem Schreibtisch? Wie gern hätte ich ihm in den Kopf geguckt, um es zu erfahren. Jae-yong machte langsam eine Runde durchs Zimmer, bis er wieder am Bett angekommen war. Er setzte sich neben mich.

»Kannst du jetzt all meine Geheimnisse aufdecken, wo du mein Zimmer durchsucht hast?«, fragte ich ihn.

»Ich würde sagen, dass du deine Geheimagentenkarriere jetzt an den Nagel hängen musst.«

»Oh nein«, machte ich und ließ mich gegen ihn fallen. »Und ich dachte, ich hätte alle Hinweise ausreichend versteckt.«

Das leise Lachen, das ihm entkam, war nicht so fröhlich, wie ich es mir gewünscht hätte, aber es war ein Anfang.

»Was macht Min-ho eigentlich, während du hier bist?«

»Die Stadt besichtigen und hoffen, dass er dem Mädchen vom Restaurant zufällig über den Weg läuft.«

»Das wäre ziemlich romantisch«, sagte ich und stellte mir vor, wie sie sich in dieser riesigen Stadt trafen, obwohl alles dagegen sprach.

»Ja, vielleicht.«

Ich setzte mich aufrecht hin. »Selbst wenn sie es wollten ... Sie könnten gar nicht zusammen sein, oder? Niemand von euch.«

»Zumindest nicht, wenn sie nicht vor die gleiche Entscheidung gestellt werden wollen«, erwiderte er abwesend. »Ich nehme an, deswegen hat er auch nie nach ihrer Handynummer gefragt. Weil es keinen Sinn hätte und nur dafür sorgen würde, dass irgendwem das Herz gebrochen wird.«

Irgendwem ... In unserem Szenario war das in dem Fall Jae-yong. Er hatte mich zwar vor einem gebrochenen Herzen bewahrt, selbst aber nur die Wahl zwischen schlimm und noch schlimmer gehabt.

»Euer Vertrag ... Habt ihr nie daran gedacht, ihn nachzuverhandeln? So eine Klausel kann nicht wirklich rechtens sein, oder?«

Er zuckte die Schultern. »Bisher hatte keiner von uns einen Anlass, sie zu hinterfragen oder etwas dagegen zu unternehmen. Es ist nicht illegal, wenn du das meinst. Ein Arbeitgeber kann dir immer Dinge verbieten, sollten sie sich irgendwie negativ auf deinen Job ausüben. Wir hatten bisher keinen Grund, das zu hinterfragen.«

*Bis jetzt.* Die ungesagten Worte waren klar und deutlich zu hören. Sie ließen eine andere Gegenwart vor meinem Auge entstehen – eine, in der ich Jae-yong nicht kannte. In der wir uns nie über den Weg gelaufen waren und er im Augenblick mit seinen engsten Freunden durch die Welt tourte. Es war leicht, sich darin zu verlieren. In dem »Was wäre, wenn …?«, dem Gedanken an eine ganz andere Version des letzten halben Jahrs.

Unsere zufällige Begegnung hatte unendlich viele Steine ins Rollen gebracht. Mein Streit mit Mel nach New York, die Fahrt nach New Buffalo samt dem Besuch meines alten Zuhauses. Ohne Jae-yongs Ermunterungen und Motivationen hätte ich den Kunstkurs noch viel länger vor mir hergeschoben, da war ich mir sicher. Vielleicht … vielleicht wären ihm und mir dann auch einige schmerzhafte Entscheidungen erspart geblieben. Aber hätte ich die Möglichkeit, die letzten sechs Monate noch einmal von vorne zu beginnen – ich wusste nicht, ob ich selbstlos genug wäre, irgendetwas zu verändern.

Seufzend ließ ich mich nach hinten auf das Bett fallen. Es hatte keinen Sinn, mir darüber den Kopf zu zerbrechen. Was würde das ändern? Hätte ein Gedankenkarussell mich jemals in einer Situation weitergebracht, würde ich es nicht jedes Mal verfluchen, sobald es mich überfiel.

Zumindest konnte ich auf meine große Schwester zählen: Sie suchte sich genau diesen Moment aus, um nach Hause zu kommen. Ich hatte noch gar nicht darüber nachgedacht, wie ich ihr Jae-yongs Anwesenheit offenbaren sollte. Aber die Art, wie sich Mels und meine Beziehung in den letzten Wochen geändert hatte, machte mir zumindest Hoffnung, dass es nicht in einer riesigen Katastrophe enden würde.

Ich stützte mich auf die Ellenbogen, den Kopf schief gelegt, während ich dabei zuhörte, wie Mel ihre Sachen im Wohnzimmer fallen ließ. Jae-yong setzte sich neben mir um einiges aufrechter hin, als er meinen Gesichtsausdruck sah.

»Bereit, Mel diesmal richtig kennenzulernen?«, neckte ich ihn schwach.

Das Lächeln auf seinen Lippen verzog sich in eine angestrengte Grimasse. »Wie viel Glück könnte ich haben, aus dem Fenster zu verschwinden, bevor sie mich bemerkt?«

»Gar keins«, meinte ich und stand auf. Ich zog ihn am Arm vom Bett hoch und schob ihn vor mir aus der Tür. Auf Höhe von Livs Zimmer überholte ich ihn, um als Erste im Blickfeld meiner großen Schwester aufzutauchen. »Mel?«

»In der Küche!«, rief sie.

Wir folgten dem Geraschel von Einkaufstüten. Im Türrahmen blieb ich stehen, Jae-yong direkt hinter mir, dessen Nervosität ich förmlich spüren konnte. Ich wollte ihm über die Schulter ein beruhigendes Lächeln zuwerfen, aber in dem Moment drehte Mel sich vom Kühlschrank in unsere Richtung um. Sie erstarrte, als sie uns sah – und plötzlich spürte ich, wie die Anspannung sich auch in meinen Gliedern ausbreitete.

Sekunden vergingen in unangenehmem Schweigen. Der Drang, Jae-yong zurück in mein Zimmer zu schieben, wo wir beide mehr oder weniger in Sicherheit waren, war unendlich groß. Aber zu meiner Überraschung brauchte ich das gar nicht. Ich hörte ein leises, tiefes Ausatmen hinter mir, dann trat Jae-yong an mir vorbei.

»Hallo, Mel ... Mrs ... Ms Archer?«, stammelte Jae-yong, sichtlich bemüht, einen guten Eindruck zu machen.

Er warf mir einen Hilfe suchenden Blick zu, und beinah hätte ich ein ganz klein wenig über die Panik in seinen Augen geschmunzelt. Nur leider war da immer noch der Schock in Mels Gesicht.

Ich stellte mich neben Jae-yong, hoffend, dass es ihn beruhigen und Mel dazu bringen würde, irgendeine Reaktion zu zeigen. »Mel, das ist Jae-yong. Jae-yong, Mel.« Ich unterstrich die Vorstellung mit einer Handbewegung zwischen den beiden.

Und endlich – endlich rührte meine große Schwester sich. Ich kannte sie gut genug, um zu bemerken, wie steif sie wirkte. Aber sie streckte Jae-yong die Hand entgegen und sagte in einem bemüht freundlichen Ton: »Melanie ist in Ordnung.«

Jae-yong schüttelte ihre Hand und senkte für eine Sekunde seinen Kopf, in der ich Mel dankbar anlächelte. Vielleicht täuschte ich mich, aber ich meinte, dass sie sich daraufhin einen Hauch entspannte. Jae-yong hatte sich gerade wieder aufgerichtet, als das Quietschen von Livs Tür erklang und meine kleine Schwester einen Moment später zu uns stieß.

Den Teller voller Brotkrümel in der einen Hand balancierend, blieb sie im Türrahmen wie angewurzelt stehen. Es war das gleiche Bild wie vorhin im Eingangsbereich der Wohnung, nur dass sie diesmal keine Tür hatte, hinter der sie sich verstecken konnte.

»Du kannst ihm wie ein normaler Mensch Hallo sagen, weißt du«, meinte ich nach ein paar Herzschlägen, in denen man Nadeln hätte fallen hören können.

Ich fragte mich schon, ob sie mich gehört hatte, als sie

sich endlich bewegte. Winzig kleine Schritte trugen sie zu uns, und sie sah die ganze Zeit zwischen dem Boden und Jae-yong hin und her. Ich erkannte meine Schwester fast nicht wieder. Unter uns oder mit Charlie zusammen war sie immer so laut und aufgeschlossen, dass das hier wie ein verwaschenes Spiegelbild von Liv wirkte. Eins, in dem sie beim Anblick von Jae-yong so schüchtern wurde, dass sie kein Wort herausbekam. Ein paar Schritte entfernt von uns blieb sie stehen, den Teller immer noch in der Hand. Sie raffte sich dazu auf, den Blick vom Boden zu lösen und Jae-yong anzusehen.

»Hallo«, sagte sie leise.

Ich biss mir auf die Lippe, um das Lachen zu unterdrücken. Gott, sie war zu süß.

Und Jae-yong, der mit Liv anscheinend wesentlich besser umgehen konnte als mit Mel, lächelte sie an und reichte ihr die Hand. »Hallo, Liv.«

Die Augen meiner kleinen Schwester leuchteten. Sie ergriff seine Hand zögerlich, schüttelte sie kurz und machte dann wieder einige Schritte zurück, um ihn mit großen Augen anstarren zu können.

Mel verschränkte die Arme vor der Brust, Jae-yong versuchte, den bohrenden Blick meiner großen Schwester in seinem Rücken zu ignorieren und lächelte Liv immer wieder zu, wenn er bemerkte, wie sie ihn anstarrte. Ich stand währenddessen daneben und stieß einen viel zu lang angehaltenen Atem aus.

Das konnte ja heiter werden.

Liv brauchte nur eine Stunde, um richtig aufzutauen. Eine ihrer Stärken, auf die ich ganz offen neidisch war. Es fiel ihr so leicht, sich in neuen Situationen zurechtzufinden – selbst wenn ein Mitglied ihrer Lieblingsband direkt vor ihrer Nase auftauchte und ihr beim Abwaschen half.

Mel hatte das unbehagliche Schweigen nach wenigen Minuten durchbrochen und uns alle dazu aufgefordert, ihr beim Kochen zur Hand zu gehen. Der Kartoffel-Brokkoli-Auflauf hatte nicht sonderlich viel Zeit in Anspruch genommen, aber wir hatten alle eine Beschäftigung, die es uns erlaubte, in einen angenehmen Rhythmus zu fallen. Die Auflaufform wurde in den Ofen geschoben, ein Timer gestellt. Und ehe ich michs versah, fand ich mich mit Mel auf der Couch wieder und hörte hin und wieder das Gekicher meiner kleinen Schwester aus der Küche zu uns dringen. Jae-yong hatte sich beim Kartoffelschälen nach ihrer Tanzgruppe erkundigt, und daraufhin hatte es für Liv kein Halten mehr gegeben.

»Wie lange bleibt er in Chicago?«, fragte Mel und lenkte meine Aufmerksamkeit auf sich.

Ich drehte mein Glas in der Hand. Das Wasser schwappte mit einem Plätschern hin und her. »Ehrlich gesagt: Ich bin mir nicht sicher.«

Zweifelhaft, dass Jae-yong darüber schon nachgedacht hatte. Das Gespräch mit seinem Label war erst zwei Tage her. Zwar bemühte er sich, mit Livs aufgedrehter Art Schritt zu halten und immer nett und freundlich zu sein, wenn Mel ihn ansprach, aber sobald die beiden ihm den Rücken zukehrten, sah ich die Wolken wieder über ihm aufziehen. Das Schlimmste daran war, dass ich das Gefühl so gut kannte und trotzdem nicht wusste, wie ich für ihn die Sonne wieder hervorholen konnte.

Den Ausdruck auf Mels Gesicht konnte ich nicht beschreiben. »Das heißt, er bleibt für die nächste Zeit erst einmal hier bei uns?«

Ich nickte. Zuckte mit den Schultern. »Für den Anfang. Wenn das okay ist?«

Sie nahm sich einige Zeit, um zu antworten. Dann rieb sie sich mit einer Hand über die Augen, eine Geste, die mir nur zu vertraut war. Die Zeit vor meiner Reise nach Seoul holte mich wieder ein – und damit auch die Erinnerung an die ständige Erschöpfung gefolgt von der Gehirnerschütterung. Das Bild von ihr, ohnmächtig in der Küche, fühlte sich Lichtjahre entfernt an und war trotzdem so präsent, als wäre es erst gestern passiert.

»Er hat auch ein Hotelzimmer«, schob ich schnell hinterher. Sollte ihr das alles mehr Stress bereiten, als im Augenblick gut für sie war, würde ich mir etwas anderes einfallen lassen. Eventuell konnte ich in dem Hotelzimmer bei Jae-yong bleiben, bis er für sich entschieden hatte, was sein nächster Schritt sein würde.

Mel schüttelte den Kopf, bevor ich den Vorschlag aussprechen konnte. »Schon gut, ich habe kein Problem damit, wenn er hierbleibt. Ich möchte nur, dass ihr vorsichtig seid. Es muss nur eine falsche Person mitbekommen, dass wir ein K-Pop-Idol bei uns aufgenommen haben, und die Hölle würde losbrechen.«

Auf eine Wiederholung des Erlebnisses mit den Reportern konnten wir alle gut verzichten. »Ja, ich weiß. Wir sind vorsichtig, versprochen.«

Liv suchte sich den Moment aus, um Jae-yong am Handgelenk gepackt aus der Küche zu führen. Anklagend richtete sie einen Finger auf mich. »Wieso kennt er *Mulan* nicht?«

Auf meinen fragenden Blick hin zuckte Jae-yong nur mit den Schultern. »Weil er ... nicht der größte Disneyfan ist?«, versuchte ich es.

Vor Entrüstung klappte Liv der Mund auf. »Wie ... was ...« Sie sah erst mich, dann Jae-yong ungläubig an. »Warum?«

Jae-yong wand sich unter ihrem Blick. »Ich habe sie nie gucken wollen. Als ich noch jünger war, hab ich monatelang jeden Tag *Pororo* geguckt, und danach war meine Lust auf animierte Filme eigentlich so gut wie vorbei.«

»Pororo ist der kleine Pinguin, oder?«, fragte Liv.

»Genau. Und kurz danach hat meine Pinguin-Phase angefangen.«

Wie er dabei grinste. Ich merkte, wie ich das Lächeln unwillkürlich spiegelte, vor allem, als ich mir einen viel jüngeren, viel kleineren Jae-yong vorstellte, der Pinguine so sehr liebte wie Liv früher Füchse. Als wir noch in New Buffalo gelebt haben, musste nur einer durch unseren Garten huschen, dass sie Mom und Dad den Rest des Tages in den Ohren lag, unbedingt einen Fuchs als Haustier haben zu wollen.

Liv nickte verstehend. »Der ist zwar süß, aber das ist keine Entschuldigung.« Sie bedeutete uns, auf der Couch Platz zu machen, und schaltete den Fernseher ein, ehe sie jemand davon abhalten konnte.

Jae-yong setzte sich neben mich.

»Du willst jetzt einen Disneyfilm gucken?«, fragte ich meine kleine Schwester. Ich meinte, Mel auf meiner anderen Seite leise und verzweifelt stöhnen zu hören.

»Der Auflauf ist im Ofen.« Liv ging das Regal ab, bis sie die richtige Hülle fand. »Wir sind alle hier, und wir haben alle Zeit.« Mel setzte zu einer Erwiderung an, die Liv mit einem einzigen Blick stoppte. »Wir haben alle Zeit«, wiederholte sie noch einmal. Unter ihrer strengen Beobachtung kam ich mir vor, als hätte mich jemand in meine Highschoolzeit zurückversetzt. Genauso hatte ich mich während der Klausuren immer gefühlt.

Sie legte die DVD in den Player, schnappte sich die Fernbedienung vom Tisch und machte sich auf dem Sofa dann so breit, dass Jae-yong nichts anderes übrig blieb, als ganz nah an mich heranzurutschen. Ob er sich schon aus unserer Wohnung zurück in das Hotelzimmer flüchten wollte? Andererseits hatte er erwähnt, das Ha-eun und Liv sich wohl ähnelten – im besten Fall war er es bereits gewohnt.

Der Film lief an, und alle Gespräche verstummten. Bei den ersten zwei Songs zögerte ich noch ein wenig – es war merkwürdig, mit Jae-yong direkt neben mir laut mitzusingen. Bei *Sei ein Mann* kannte ich allerdings kein Halten mehr. Liv und ich sangen uns die Seele aus dem Leib, Mel versank immer tiefer im Sofa und wünschte sich vermutlich weit weg von hier. Aber es war mir egal. Immerhin lächelte Jae-yong, so kurz es auch sein mochte.

# 20. KAPITEL

Der Abend verging auf diese Weise. Ein bisschen komisch. Unglaublich unerwartet. Aber in seiner Spontaneität so schön, dass ich wusste, er würde mir für einige Zeit als heller Punkt in Erinnerung bleiben.

Kurz nach Mitternacht lagen wir in meinem kleinen Bett und bemühten uns, uns nicht gegenseitig von der Matratze zu stoßen. Mit Erin hatte ich normalerweise keine Probleme, mir das Bett zu teilen, aber Jae-yong war um einiges größer als meine beste Freundin, und ich wälzte mich im Schlaf oft von einer Seite auf die andere. Wir waren beide mit unseren Handys beschäftigt. Jae-yong, weil er sich gerade mit Min-ho über den Tag austauschte – und ich, weil ich das Gleiche mit Erin tat. Zu sagen, sie wäre überrascht gewesen, dass Jae-yong mit mir nach Chicago gekommen war, wäre eine Untertreibung.

**Erin:** WO findet man solche Kerle??
**Erin:** Die ohne Rücksicht auf Verluste mit in den Flieger springen, weil sie es keinen Moment ohne dich ertragen können.
**Ich:** Na ja, sagen wir so:
**Ich:** Verluste gab es mehr als genügend. Im besten Fall

kannst du die Entscheidung als eine zwischen Pest und Cholera beschreiben.

**Erin:** Hast du dich gerade selbst als Krankheit betitelt?

**Ich:** Ähhh …

**Ich:** Ich sollte meine Vergleiche noch mal überdenken.

**Erin:** Allerdings.

**Erin:** Aber hey, guck mal:

**Erin:** [.jpg]

**Erin:** Mr Parsley hat endlich keine Angst mehr vor mir. Ich wette mit dir, meine Eltern haben schon die Tage gezählt, bis sie ihn weggeben können, aber HAHA. Nicht mit mir.

Das Bild zeigte Erin mit ihrem kleinen Hasen, der gefühlt schon hundert Jahre alt sein musste. Er hatte braunes Fell, einen unglaublich süßen schwarzen Fleck direkt auf der Nase und setzte sich ausnahmslos immer dorthin, wo man selber gerade Platz nehmen wollte.

**Ich:** Ich verstehe immer noch nicht, warum du ihm den Namen von einem Kraut gegeben hast.

**Erin:** Wenn du genau hinguckst, sieht der Fleck auf seiner Nase wie ein kleines Blatt der Petersilie aus.

**Ich:** … du bist mit Abstand meine merkwürdigste Freundin.

**Erin:** Eine merkwürdige Freundin, die dich vermisst, obwohl wir in der gleichen Stadt wohnen.

**Erin:** Wann sehen wir uns das nächste Mal??

Die Worte, die ich als Antwort getippt hatte, löschte ich direkt wieder. Ich warf Jae-yong einen verstohlenen Blick zu, nur um zu sehen, dass er sein Handy bereits weggelegt hatte und mich betrachtete.

Seine Augen waren dunkler als sonst. Noch nachdenklicher. »Ich bin ein wenig unverhofft mitten in deinen Alltag gestürzt, oder?«

Verwirrt legte ich den Kopf schief. »Was meinst du?«

»Hier, jetzt gerade«, sagte er und machte eine umfassende Geste, die den gesamten Raum einschloss. »Wir haben zwar vorher drüber geredet, aber es ist etwas … zu spontan, nicht?«

Ich gab mir Mühe, ihm zu folgen. »Falls du dir Gedanken wegen Liv machst – sie wird niemandem sagen, dass du hier bist. Und Mel erst recht nicht, ich vertraue den beiden.«

»Ich weiß. Das meinte ich auch gar nicht, ich …« Er zögerte. »Dein Alltag. Die Uni … Erin …« Er deutete auf das Handy, das ich noch immer in der Hand hielt. »Wir leben an unseren Enden der Welt unsere eigenen Leben, in die der jeweils andere so gut wie nicht involviert ist. Ich möchte nicht, dass du gerade was verpasst, weil ich hier bin.«

Etwas verpassen, weil er hier war? Ich schaute ihn entgeistert an. Natürlich war es sehr spontan, dass er mit nach Chicago gekommen war. Aber so wie er es ausdrückte, war nicht er es, der sein bisheriges Leben gerade aufgab, um mit mir zusammen zu sein, sondern ich. Ich wollte ihn schütteln, bis er wieder zur Vernunft kam, konnte mich aber nicht rühren. Ich war wie festgefroren – von dem

Gedanken, dass er sich um mich, um mein Leben sorgte, obwohl er es war, der gestern in meinen Armen zusammengebrochen war.

»Du bist kein Störfaktor in meinem Leben, Jae-yong«, erklärte ich nachdrücklich. Dass er überhaupt darüber nachdachte, zerriss mich innerlich. Es war, als hätten wir die Rollen vertauscht: In meinem Kopf wirkte vieles im Augenblick so klar, während seiner sich im Kreis drehen musste. »Ich hab vorgeschlagen, dass du mitkommst, weil ich dich nicht allein lassen wollte und ich dachte, dass es dir guttut, woanders zu sein als in Seoul. Falls es dir so weit von zu Hause entfernt schlechter geht, kannst du immer zurückfliegen. Aber doch nicht, weil du denkst, ich hätte keinen Platz in meinem Leben für dich.« Ob meine Aussagen bei ihm ankamen? Oder waren sie zu durcheinander? Zu wirr? »Eigentlich wollte ich dich auch fragen, ob du vielleicht Lust hättest, Erin kennenzulernen, wenn du schon einmal hier bist.«

Überraschung zeichnete sich auf seinem Gesicht ab. »Du möchtest, dass sie mich kennenlernt?«

»Ich möchte, dass sie dich und du sie kennenlernst. Weil ich es gar nicht glauben kann, dass ihr mir beide so viel bedeutet und euch trotzdem noch nie gesehen habt.«

Jae-yong schwieg unendlich lang. »Wie viel bedeute ich dir … genau?«

Eine Sekunde verging. Zwei. Dann zog ich das Kissen unter meinem Rücken hervor und warf es nach ihm. Er blockte mit einem Arm vor seinem Gesicht ab. Ein Lachen schüttelte seinen Körper.

»Die Frage werde ich gar nicht erst beantworten«, sagte ich. »Ich will nicht, dass dein Ego platzt.«

Zwei starke Arme umfingen mich und hielten mich an meinem Platz fest. »Welches Ego? Es ist klein und traurig und braucht viel Liebe.«

Ich wandte mich nach links und rechts, um mich aus seiner Umklammerung zu lösen, aber er hielt mich nur fester. »Du lügst noch schlechter als ich. Dein Ego hat die Größe von Pluto, und das wissen wir beide.«

»Pluto ist der kleinste Planet«, erwiderte er nachdenklich. Er drückte mich so nah an sich, dass meine Arme zwischen uns gefangen waren. »Wieso nicht Venus? Oder Jupiter?«

»Ich würde gerne sehen, wie du dich neben Pluto stellst und ihn dann als ›klein‹ bezeichnest«, murmelte ich und gab es auf, mich befreien zu wollen. Wie eine wehrlose Puppe sackte ich in mich zusammen. Meine Hoffnung war, dass er seinen Griff etwas löste, wenn ich aufgab. Als ich mich allerdings erheben wollte, schnellten seine Arme um meine Hüfte. Er hielt mich mit dem Rücken an seine Brust gepresst, und sosehr ich auch mit den Beinen strampelte und mich befreien wollte – ich bewegte mich keinen Zentimeter von ihm weg.

Nach einer gefühlten Ewigkeit gab ich mit einem genervten Seufzen auf. Ich verschränkte die Arme vor der Brust und pustete mir eine Locke aus der Stirn, die in dem Gerangel meinem Zopf entkommen war.

»Sailor Jupiter wollte ich immer selbst sein, und Sailor Venus ist zu cool für dich.«

Ein verwirrtes Lachen folgte meiner Aussage. »Ich

weiß nicht, ob ich fasziniert von dem glatten Übergang zu *Sailor Moon* sein soll oder verletzt, weil du Sailor Venus zu cool für mich findest.«

Ich legte den Kopf in den Nacken, um zu ihm aufzusehen. »Welche Sailor-Kriegerin hättest du denn gewählt?«

»Mars«, antwortete er, ohne zu zögern.

Ich runzelte die Stirn. »Mars?«

»Sie ist in einem Tempel aufgewachsen. Das hab ich mir früher ziemlich cool vorgestellt.«

»Hmm«, machte ich. »Wo wir das jetzt geklärt haben: Lässt du mich endlich los?«

»Du hast mir noch nicht gesagt, wie sehr du mich magst, also ...«

Ein lautes Seufzen entkam mir. Meine Schwestern mussten das gequälte Geräusch bis in ihre Zimmer hören. »Sehr, okay? Ich mag dich sehr.« Ich zuckte zusammen, als Jae-yongs Lippen die Haut knapp unterhalb meines Ohrläppchens berührten. Ich legte den Kopf zur Seite, streckte den Hals ein wenig und konnte die Gänsehaut nicht verhindern, die sich auf meiner Haut ausbreitete, als er Küsse meinen Hals hinunter verteilte.

»Du spielst mit unfairen Mitteln.« Es war nur ein atemloses Hauchen.

Er schob den Träger meines Schlaftops von meiner Schulter und küsste die nackte Haut. Noch mal und noch mal, bis ich dachte, ich würde den Verstand verlieren, weil ich mich nach *mehr* sehnte. Zu meinem Ärger ließ er aber schon kurz darauf von mir ab. Er richtete mein Top, zog den Träger wieder gerade und rutschte zurück zum Kopfende des Betts, wo er sich unter die Decke legte.

Die Fassungslosigkeit musste mir anzusehen sein, denn als er meinen ungläubigen Blick bemerkte, grinste er. Er hob die Decke über der freien Seite an und bedeutete mir, mich ebenfalls hinzulegen.

Ich kniff die Augen zusammen und ließ mit Absicht einige Zentimeter zwischen uns Platz. Nicht, dass es Jae-yong etwas ausmachte. Sobald die Decke über mir ausgebreitet war, wand sein Arm sich um meine Taille. Im nächsten Moment war der Abstand zwischen uns bereits Vergangenheit.

»Du teilst dir eine Wand mit einer deiner Schwestern, und die andere ist nur einen Raum weiter«, erklärte er leise.

Ich verzog das Gesicht. Für einen Augenblick waren Mel und Liv aus meinem Kopf verschwunden.

»Außerdem«, fuhr er fort. »Muss ich in bester Verfassung sein, wenn ich morgen *die* Erin kennenlernen darf.«

»Red in ihrer Nähe bloß nicht von ihr, als wäre sie eine Berühmtheit«, murmelte ich an seine Brust. »Sonst kommt sie noch auf merkwürdige Ideen.«

Das Lachen vibrierte in seiner Brust und begleitete mich bis in meine Träume.


Wir verschliefen den halben Vormittag. Ich wachte vor Jae-yong auf und nutzte die Zeit, um Erin mitzuteilen, wann wir kommen würden. Sie war Feuer und Flamme für das Treffen.

Als Jae-yong endlich aufwachte, war außer uns niemand in der Wohnung. Ich stellte mich auf ein unbekanntes Gefühl ein – mit ihm allein in meinem Zuhause. Aber außer einem Flattern in meinem Brustkorb, als er die Augen aufschlug und mich verschlafen anlächelte, passierte nichts.

Wir machten uns in Ruhe fertig. Nach der Woche, die ich bei ihm verbracht hatte, lag eine Vertrautheit in dieser morgendlichen Routine, die ich nicht beschreiben konnte. Es war nichts Besonderes daran, und doch würde ich genau das vermissen, sobald er wieder in Südkorea war.

Mel hatte mir gestern die Schlüssel für ihr Auto gegeben und gemeint, dass Josh sie heute fahren würde, falls wir irgendwohin wollten. Daher nahmen wir den Wagen, um zu Erin zu gelangen. Ihre Eltern wohnten in den Suburbs ein wenig außerhalb. Es war eine ruhige Wohngegend: Weiße Häuser mit Vorgärten an einer breiten Straße, die im Schatten hoher Bäume lag. Jaeyong saß neben mir auf dem Beifahrersitz, die Beine angezogen, weil der Sitz schon lange nicht mehr verstellbar war und normalerweise entweder Liv, Mel oder ich dort saßen. Er hatte seine Sonnenbrille aufgesetzt und mit der schwarzen Cap, die sein stetiger Begleiter war, die dunklen Haare verdeckt. Immer wieder warf ich ihm Blicke zu, fasziniert davon, wie er den Kopf neigte, um besser aus dem Fenster sehen zu können. Wie er den Ellenbogen auf der Tür unter dem Fenster abstützte, den Kopf in die Hand gelegt. In meinen Gedanken hielt ich das Bild fest. Ich würde es später auspacken, wenn wir zurück zu Hause waren und ich es auf einem Blatt Papier einfangen konnte. Wenn ich Zeit dazu hatte, die einzelnen Strähnen zu zeichnen, die unter der Cap hervorrutschten und über seine hohen Wangenknochen strichen.

Ich ließ den Wagen vor Erins Haus ausrollen. Der Motor verstummte. Es war eines der wenigen Gebäude, die nicht mit einem Zaun von den anderen abgegrenzt waren. Stattdessen zog sich eine Hecke um den Vorgarten und bot einen gewissen Blickschutz.

»Es ist so ruhig hier«, sagte Jae-yong in die eintretende Stille.

»Ich hab sie immer darum beneidet, dass sie nicht direkt in der Stadt wohnt so wie wir. Ich frag mich bis heute, wie begeistert ihre Eltern wirklich waren, wenn ich in den Ferien quasi hier eingezogen bin.«

»Ich kann mir nicht vorstellen, dass es sie gestört hat. Was habt ihr gemacht, den ganzen Tag Bücher im Garten gelesen?«, neckte er mich.

»Haha.« Ich schob den Autoschlüssel in meine Jackentasche und öffnete die Fahrertür. Jae-yong schlug seine Tür gerade hinter sich zu, als ich den Wagen umrundet hatte. »Wir haben uns auch über die Bücher unterhalten, nur dass du Bescheid weißt.«

»Natürlich habt ihr das.«

Gemeinsam liefen wir den schmalen Weg entlang, die Veranda hinauf, deren hölzerne Treppenstufen unter unserem Gewicht knarzten. Die Klingel schallte durch das ganze Haus. Ich erinnerte mich noch gut daran, wie ich früher im Bett gestanden hatte, wenn ich bei Erin übernachtet und irgendjemand die Klingel morgens gedrückt hatte.

Als hätte sie hinter der Tür auf uns gewartet, zog Erin

sie bereits nach wenigen Sekunden auf. Ein breites Grinsen zierte ihr Gesicht. Die bunten Haare wurden notdürftig in einem Zopf zusammengehalten, und sie hatte … Farbspritzer auf ihrer Wange?

»Hast du gemalt?«, fragte ich sie anstelle einer Begrüßung und deutete auf die weißen Flecke auf ihrer Hose.

»Mom und Dad haben mir das Malerzeug aus dem Keller geholt, damit ich mein Zimmer neu streichen kann. Das war meine Beschäftigung bis eben.« Sie streckte die Arme zu beiden Seiten aus und sah an sich herunter. »Ich hab es noch nicht geschafft, mich umzuziehen.«

»Mit den Flecken kriegst du aber keine Umarmung von mir.« Ich hatte heute eine schwarze Culotte aus meiner Kommode gezogen und dazu ein schwarz-weiß gestreiftes Shirt angezogen. Die Hose hatte ich bisher nur ein- oder zweimal getragen – ich wollte sie ungern jetzt schon ruinieren.

Sie streckte mir die Zunge raus, ließ die Arme aber wieder an ihre Seite fallen. Dann schweifte ihr Blick zu Jae-yong. Er wirkte ein wenig steif, ein wenig unsicher, aber bei Weitem nicht so nervös, wie als er Mel gegenübergestanden hatte.

Erins Grinsen verrutschte für keine Sekunde. Sie streckte ihm die Hand entgegen und schüttelte seine. »Hey, Jae-yong. Ich hab viel von dir gehört.«

»Hoffentlich nicht allzu viel Schlechtes«, erwiderte er. Er hatte es als Scherz gemeint, aber ich hörte die Unsicherheit aus seiner Stimme.

»Was denkst du, was ich ihr über dich erzählt habe?«, murmelte ich, wurde aber von beiden ignoriert. »Können wir reinkommen?«, fragte ich lauter. »Ich rieche den Kuchen bis hierher und hab seit heute Mittag nichts mehr zu essen gehabt.«

»Es ist halb drei«, sagte Erin.

»Eben.«

Mit einem Kopfschütteln trat sie zur Seite. Ich ging an der Treppe vorbei, die rechts von uns in die erste Etage führte, bis zum Ende des Flurs und bog nach links in die Küche ab.

Das Haus fühlte sich schon lange wie ein zweites Zuhause an. Ich kannte jedes Foto an der Wand, jedes Versteck unzähliger Süßigkeiten in der Küche. Der Raum öffnete sich zu einer Veranda hin, auf die spätabends noch die Sonne schien. Darauf standen vier Stühle um einen großen grauen Tisch – und jede freie Ecke war mit Pflanzen zugestellt. Die buntesten Blumen, kleine Bäume, Kräuter. Kletterpflanzen hangelten sich die Holzstreben hinauf, von der Decke baumelten Töpfe, in denen es im Hochsommer summte und brummte. Und dahinter erstreckte sich ein kleiner Garten, den ebenfalls eine Hecke umsäumte.

Wir halfen Erin, das Geschirr nach draußen zu tragen, und machten es uns um den Tisch herum bequem.

»Ich kann verstehen, warum du hier gern eingezogen wärst«, sagte Jae-yong leise mit Blick auf den Garten.

»Wenn ich mal groß bin, möchte ich auch so ein Haus«, gab ich grinsend zurück.

Ein amüsiertes Funkeln trat in seine Augen. »Ich bezweifle, dass du noch viel größer wirst.«

»Scherze über Ellas Größe sind immer ein Spiel mit

dem Feuer«, sagte Erin, den Kuchen in den Händen balancierend. Mir fielen beinahe die Augen raus, als ich sah, wie groß er war.

»Du hättest nicht gleich eine ganze Torte holen müssen«, meinte ich, aber Erin zuckte nur mit den Schultern.

»Hab ich gar nicht. Dad hat ihn gestern gebacken, als ich meinte, dass Freunde zu Besuch kommen.«

Erins Dad war zu süß. »Das nächste Mal bringe ich Liv mit. Stell dir die beiden zusammen in der Küche vor.«

Meine beste Freundin verzog das Gesicht. »Es würde Tote geben. Ich wollte Dad gestern helfen, und ich bin mir sehr sicher, dass er kurz davor war, mir die Tortenform an den Kopf zu werfen, als er gesehen hat, wie ich die Früchte geschnitten habe.«

Das klang wie etwas, das Liv auch tun würde.

»Ich hab deine Eltern schon so lange nicht mehr gesehen. Das letzte Mal, als wir dich zusammen zum Flughafen gebracht haben«, sagte ich.

Erin schnitt ein kleines Stück aus der Torte und legte es auf meinen Teller. Danach eins auf Jae-yongs und schließlich auf ihren eigenen. »Mom fragt auch ständig, wie es dir geht. Ob du immer noch malst. Sie hat sich ziemlich gefreut, als ich ihr erzählt habe, dass du dich bei einem Kunstkurs angemeldet hast.«

Meine Gabel verharrte über dem Kuchenstück auf meinem Teller. »Du hast deinen Eltern davon erzählt?«

»Ist es ein Geheimnis?«

Ich senkte den Kopf. »Natürlich nicht.« War es nicht. Nur fühlte es sich immer noch an, als würde ich etwas tun, das ich nicht tun sollte. Ich wusste, dass das Gefühl dem schlechten Gewissen entsprang – Mel gegenüber und meinem eigentlichen Studium. Dass Erins Eltern es wussten, wenn ich meiner großen Schwester noch nicht einmal davon erzählt hatte, machte es nicht besser.

Ich spürte Erins Blick auf mir, sah aber nicht auf. Stattdessen trennte ich ein Stück von der Torte ab. Eine einzelne Erdbeere fiel von meiner Gabel auf den Teller, aber bevor ich sie wieder aufspießen konnte, hatte Jae-yong sie geklaut.

»Hey!«

Er grinste kauend, als wäre er sich keiner Schuld bewusst. »Ich mag Erdbeeren am liebsten.«

»Du hast deine eigenen«, grummelte ich.

Erin bemühte sich, ihr Lachen hinter einem Husten zu verstecken und verschluckte sich dabei beinahe an dem Stück Torte, das sie sich gerade in den Mund geschoben hatte.

»Ich bin ganz froh, dass du den Kunstkurs belegt hast«, sagte Jae-yong unvermittelt. Auf meinen fragenden Gesichtsausdruck hin meinte er: »Ich wollte schon immer mehr über Kunstgeschichte lernen, und jetzt muss ich mir keinen Kurs suchen, weil du mir alles erzählst, sobald du aus der Vorlesung kommst.«

Ich war mir nicht sicher, ob er sich darüber tatsächlich freute oder nur versuchte, mich zu necken. Zum Glück hatte ich eine beste Freundin, die mir die Antwort abnahm.

»Und dann jedes Detail, das während der zwei Stunden auch nur ansatzweise erwähnt wurde«, sagte sie.

Ja. Sie neckten mich definitiv.

»In einer Ausführlichkeit, bei der man am Ende das Gefühl hat, selbst dabei gewesen zu sein«, fügte Jae-yong hinzu.

»Ja, haha, sehr witzig«, unterbrach ich die beiden Spaßvögel. »Keiner von euch hat sich je beschwert, deswegen kann es wohl nicht so schlimm sein.«

Ich spürte Jae-yongs Hand kurz an meinem Rücken. »Von mir wirst du auch nie eine Beschwerde zu hören bekommen.«

»Ihr seid süß«, kommentierte Erin trocken. Es war ironisch gemeint, aber ich sah in den Lachfältchen in ihren Augenwinkeln, dass sie sich für mich freute. Sie stützte beide Ellenbogen auf dem Tisch ab und legte ihr Kinn auf den Handflächen ab. Das Stück Kuchen neben ihr war erst einmal vergessen. »Man könnte meinen, ihr wollt mir euer Glück unter die Nase reiben.«

»Nur deswegen sind wir hier«, antwortete Jae-yong und entlockte mir und Erin damit ein Lachen. Es erfüllte mich mit einer ganz neuen Art von Wärme, dass die beiden sich auf Anhieb verstanden.

Mit Jae-yongs Aussage zog er auch Erins Aufmerksamkeit auf sich. Sie lehnte sich in ihrem Stuhl zurück, verschränkte die Arme vor der Brust und bemühte sich, das Lächeln auf ihrem Mund zu glätten. Ich hatte das ungute Gefühl, sie könnte Jae-yong als Nächstes in einen Verhörraum schleifen.

»Sag mal, Jae-yong«, begann sie. »Du machst Musik, ja?«

Ein unangenehmes Schweigen folgte. Ich schloss die

Augen und wünschte mich weit weg, aber Erin hatte nicht vor, ihre Rolle zu brechen.

Jae-yong nahm die Frage zu meiner Überraschung ernst. »Habe ich die letzten Jahre zumindest getan, ja.«

»Und jetzt?«, wollte Erin wissen. Ich warf ihr einen Blick zu, der deutlich machen sollte, dass das kein Thema war, das wir hier und jetzt ansprechen sollten – aber sie ignorierte mich.

»Jetzt … habe ich keine Ahnung, was ich tun werde«, sagte Jae-yong ehrlich.

Erin löste daraufhin die Arme vor ihrer Brust. Ihre gesamte Körpersprache wirkte mit einem Mal wesentlich zugänglicher. »Ja. Das Gefühl kenne ich gut.«

Ich sah zwischen den beiden Personen hin und her, die mir so viel bedeuteten, dass ich ihnen alles geben wollte, was sie sich wünschten. Und mir fiel auf, wie ähnlich beide sich gerade fühlen mussten, obwohl ihre Situationen vollkommen unterschiedlich waren.

»Wir sind ja ein toller Kreis«, scherzte ich, um den Moment etwas aufzulockern. »Richtige Stimmungskanonen.«

»Hm. Stimmungskanonen auf einer Party für die herannahende Quarter-Life-Crisis vielleicht«, korrigierte Erin.

»Das wäre ein gutes Thema für einen TED-Talk: ›Die Tücken der Zwanziger und wie man sie umgeht‹«, sagte ich.

»Du weißt doch gar nicht, wie man sie umgeht.«

»Richtig, aber falls ich es herausfinde, könnte ich damit um die Welt reisen, viel Geld verdienen und das Studium endlich schmeißen«, erwiderte ich. Ich nahm ein Stück auf die Gabel und schob es mir in den Mund.

Statt weiter mit mir zu scherzen, wie ich es erwartet hatte, griff Erin allerdings den einen Punkt auf, über den ich am wenigsten sprechen wollte. »Du weißt, dass du die Uni nicht schmeißen musst, um dein Major zu ändern, oder?«, fragte sie mich.

Der Kuchen war plötzlich um einiges geschmackloser auf meiner Zunge.

»Du hast schon längst genügend Material für eine Mappe«, fuhr sie fort. »Die Tür zu jedem Kunststudium in den USA würde dir offenstehen.«

Ich stocherte mit der Kuchengabel lustlos auf meinem Teller herum. »Erin ...«

»Ella.« Sie sagte es in dem gleichen lang gezogenen Ton, den ich auch angeschlagen hatte. »Du weißt, dass ich recht habe. Und dass dir schon lange alle Ausreden ausgegangen sind. Was hindert dich daran?«

*Das weiß ich selbst nicht*, ging es mir durch den Kopf. All die Gründe, wegen derer ich mich das letzte Jahr durch dieses Studium gequält hatte, verblassten nach und nach. Langsam, aber sicher erkannte ich sie selbst als das, was sie waren: Nichts als Ausreden, die dafür sorgten, dass ich mich mit meiner Entscheidung und dem Wirtschaftsstudium besser fühlte. Aber war ich bereit, diese Ausreden abzulegen? Ich wusste es beim besten Willen nicht. Dahinter lauerte so viel Ungewissheit, die mich nervös machte und Angst meinen Nacken hinaufkriechen ließ.

Seufzend legte ich meine Gabel neben dem Teller ab. »Können wir darüber vielleicht ein andermal reden?«

Ich sah, wie sie zu einer Erwiderung ansetzte, bevor ihr Blick zu Jae-yong zuckte. Er hatte den Kopf leicht schief gelegt, als lauschte er seinen eigenen Gedanken. Der Ausdruck in seinen Augen wirkte abwesend, aber ich wurde das Gefühl nicht los, dass er jedes Wort, das Erin und ich gerade gesagt hatten, aufnahm.

Was auch immer meiner besten Freundin durch den Kopf gegangen war, löste sich in Luft auf und schwebte davon. Sie schob sich ein Stück Kuchen in den Mund und kaute länger als nötig auf dem Bissen, ehe sie anfing zu erzählen, womit sie sich in den letzten Tagen die Zeit vertrieben hatte. Ich hörte so gut wie möglich zu, war in Gedanken aber meilenweit entfernt. Es hatte nur diese paar Fragen von Erin gebraucht, um auch den letzten Rest Realität nach dem Ausflug nach Seoul auf mich niederregnen zu lassen.

# 21. KAPITEL

Jae-yong behielt seine Gedanken für sich, bis wir eine gute Stunde später wieder im Auto saßen. Die ruhige, breite Straße verwandelte sich in einen viel befahrenen Highway, und die Häuser mit Gärten wurden nach und nach von mehrstöckigen Wohnkomplexen abgelöst.

»Meinst du, ich habe den Test bestanden?«, holte er mich aus meinem Kopf.

»Es gab einen Test?« Ich bog in unsere Straße ein, die Augen auf den Verkehr vor uns gerichtet.

»Der Beste-Freunde-Test. Erin hat mich die ganze Zeit beobachtet, als würde sie meine Gedanken lesen wollen, ist dir das nicht aufgefallen?«

Um ehrlich zu sein: war es nicht. Ab dem Punkt, an dem sie den Kunstkurs erwähnt hatte, war nicht mehr viel von dem, was um mich herum geschah, zu mir durchgedrungen. Erin kannte das zu ihrem eigenen Leidwesen bereits von mir, das passierte immer, wenn mich etwas stark beschäftigte.

»Hast du deswegen so wenig gesagt?«, fragte ich. Ich hielt den Wagen an und nahm meine Tasche von ihm entgegen, die er bis eben für mich festgehalten hatte. Jae-yong zog die Cap tiefer in die Stirn, als wir ausstiegen und die Straße überquerten. Ein verstohlener Blick in die Umgebung machte allerdings deutlich, dass wir uns hier keine Sorgen machen mussten, solange kein Nachbar mit dem Handy am Fenster stand.

»Auch.« Mehr sagte er nicht, während wir die fünf Stockwerke schweigend nach oben gingen und die Wohnung betraten. Mel und Liv waren beide noch nicht wieder zu Hause. Liv hatte heute ihren Tanzkurs nach der Schule, und wenn ich mich nicht täuschte, hatte Mel erwähnt, dass sie nach der Arbeit etwas mit Josh unternehmen würde.

Ich schnappte mir eine Tafel Schokolade aus der Küche und ging dann in mein Zimmer. Jae-yong stand mit dem Rücken zu mir vor meinem Schreibtisch und schaute sich die Zeichnungen an, die an der Wand hingen. Ich warf die Schokolade auf mein Bett, die mit einem Knistern darauf landete, und stellte mich neben Jae-yong. Ein wenig beugte ich mich vor und hoffte, dass mir ein Blick in sein Gesicht verraten würde, was in ihm vorging.

»Sie hat recht, weißt du«, sagte er leise. »Mit dem Kunststudium.«

Natürlich hatte er Erins Aussagen nicht einfach vergessen. Innerlich seufzte ich auf. Nicht, weil es mich störte, dass er es ansprach. Sondern weil dieses Gefühl – dieser Wunsch, etwas zu ändern – in meinem Magen immer größer wurde. Ich wollte ihn nicht ignorieren, aber ich wollte mich auch nicht mit ihm beschäftigen müssen. Der ewige Teufelskreis der Zukunftsangst.

»Ja, ich weiß.« Klang ich wirklich so erschöpft, wie es sich in meinen Ohren anhörte?

Jae-yong wandte sich von der Wand ab, die Augenbrauen zusammengezogen, als versuchte er, ein Rätsel zu lösen. »Was hindert dich dann daran?«

»Ich hab Angst.« Es war ganz leicht, es in seiner Gegenwart laut auszusprechen. »So wie immer, wenn ich eine Situation nicht einschätzen kann. Ich weiß, ich schiebe es die ganze Zeit auf das Geld und unsere Umstände, aber …« Ich zuckte mit den Schultern. »Die Wahrheit ist, dass es leichter ist, einen Weg zu gehen, der klar und deutlich vor mir liegt, statt mir selbst einen freitreten zu müssen. Jetzt gerade mit dem Wirtschaftsstudium sehe ich genau, wohin ich meine Füße setzen muss. Aber mit dem Zeichnen? Mit der ganzen Kunst? Ich würde mitten ins Feld abbiegen – und ich bin mir so sicher, dass unter dem Gras tiefe Löcher auf mich warten, wenn ich nicht aufpasse.«

Meine Angst. Verpackt in ein paar wenige Sätze. Ich hatte es bisher nie geschafft, sie so greifbar vor mir zu sehen. Sie so verständlich für mich selbst zu formulieren.

Einige Herzschläge vergingen.

»Wäre das nicht unendlich langweilig?«

Ich sah zu Jae-yong auf, fragend.

»Wenn du den Weg weitergehst, wüsstest du zu jedem Zeitpunkt ganz genau, was als Nächstes passiert«, erklärte er. »Es gäbe keine Überraschungen, keine unerwarteten Wendungen. Wir hätten uns nie kennengelernt, wir würden beide jetzt nicht hier stehen. Vielleicht wüsste ich nicht mal, dass es dich gibt.« Seine dunklen Augen funkelten, als würde ich direkt in den Sternenhimmel sehen.

Die erste Reaktion, die sich in mir anbahnte, wollte all

die negativen Dinge aufzählen, die durch unser Kennenlernen geschehen waren. Aber ich hielt sie zurück. Versuchte stattdessen, meine Gedanken in eine andere Richtung zu lenken. Denn was er sagte, stimmte. Einige Dinge wären uns erspart geblieben, aber das hier – wir ... Ich dachte darüber nach, wie es ohne ihn wäre, und fühlte eine Klammer um meinen Brustkorb, weil die Möglichkeit auf mich so grau wirkte.

»Wir haben uns aber nicht kennengelernt, weil wir irgendwo in eine völlig unbekannte Richtung abgebogen sind«, argumentierte ich schwach. Warum überhaupt? Um mich an dem letzten Funken fälschlicher Sicherheit festhalten zu können? »Du warst auf einer Award-Show, weil das dein Job ist, und ich war dort, weil ich meiner kleinen Schwester nichts abschlagen kann.«

»Du warst in dem gleichen Raum, den ich mir ausgesucht habe, um in Ruhe zu telefonieren«, beharrte er.

»So was passiert ...«

»Und du hast dein Buch dort liegen lassen wie auf einem Präsentierteller. Mit einer Möglichkeit, wie ich dich erreiche.«

»Das klingt, als hätte ich es von langer Hand geplant.«

Er schüttelte den Kopf, umfasste meine Handgelenke und löste meine Arme, die ich vor der Brust verschränkt hatte. Sein Griff war so leicht, dass ich ihn ohne Mühe hätte abschütteln können. »Du hast diese riesige Leidenschaft, für die du brennst. Sie ist greifbar. Direkt vor dir, Ella. Du musst dich nur trauen.«

Er klang überzeugt. Für ihn war es bereits eine Tatsache, während ich mich noch mit meinen Ängsten herumschlug. Ich merkte, wie dieses Vertrauen kaum merklich zu mir überschwappte und an mir zerrte.

*Du musst dich nur trauen*, hallte es in meinem Kopf nach. Und das sorgte dafür, dass sich etwas in mir bewegte. Veränderungen waren so merkwürdig. Sie kamen in winzig kleinen Schritten, die ich nie mitbekam. Aber sobald ich einen Schritt zurücktrat und mich umsah, stach es mir ins Auge. Hatte diese Veränderung erst mit Jae-yong begonnen? Oder war er nur ein weiterer Grund gewesen, mich mehr mit mir selbst auseinanderzusetzen? Ich wusste es nicht, und jetzt und hier war es auch nicht wichtig. Ich spürte nur unfassbare Dankbarkeit Jae-yong gegenüber. Dankbarkeit. Vertrauen. Und eine Zärtlichkeit, die alles andere unwichtig erscheinen ließ.

Ich befreite mich aus seinem Griff und schloss mit einem halben Schritt die Distanz zwischen uns. Meine Hände fanden wie von selbst ihren Platz auf seinem Rücken, als ich ihn umarmte. In meiner Brust pochte mein Herz im gleichen Takt wie Jae-yongs. Wäre es möglich gewesen, hätte ich diesen Augenblick eingefroren und nie wieder losgelassen.

Später, als die Sonne langsam hinter den Häusern verschwand und es draußen dunkel wurde, setzten wir uns ins Wohnzimmer. Jae-yong lachte, weil ich keinen Zentimeter Platz zwischen uns lassen wollte, aber ich nahm es ihm nicht übel. Insgeheim ging es ihm ähnlich, das wusste ich. Es waren die leichten Berührungen hier und da. Die Küsse, wenn ich es am wenigsten erwartete. Er suchte meine Nähe genauso wie ich seine.

Ich rückte erst von ihm ab, als Liv nach Hause kam. Ihre Wangen waren rot von der Kälte oder der Tanzgruppe. Vielleicht von beidem. Sie lief ohne Begrüßung an uns vorbei, warf die Sporttasche in ihr Zimmer und kam dann schnell wieder zu uns zurück. Mit einem zufriedenen Grinsen warf sie sich neben mir auf die Couch und streckte die Beine aus.

»Schön, dich zu sehen. Mein Tag war gut, und deiner?«, neckte ich sie und fühlte mich dabei ein bisschen wie Mel.

Sie lehnte den Kopf an ein Kissen und stöhnte erschöpft auf. »Lang, länger, noch viel länger, ein bisschen witzig, dann noch mal doppelt so lang. In der Reihenfolge.«

»Hört sich spaßig an.«

»Erinnerst du dich an *Und täglich grüßt das Murmeltier*?«, fragte sie. »Es war die Art Tag, mit dem ich niemals in eine Zeitschleife rutschen möchte.«

Eine sehr einzigartige Weise, den Tag zu umschreiben. Ich hörte Jae-yong neben mir leise lachen.

»Wir haben in der Gruppe eine neue Choreografie angefangen, die ich nicht richtig hinbekomme. Und nächste Woche stehen zwei Klausuren in der Schule an. Natürlich interessiert das aber keinen anderen Lehrer, manche haben uns doppelt so viele Hausaufgaben aufgegeben wie normalerweise. Wetten, sie sitzen in ihrem Lehrerzimmer zusammen, trinken Kaffee und hecken verschwörerische Pläne aus, wie sie uns das Leben besonders schwer machen können?«

Liv redete und redete ohne Punkt und Komma. Weder Jae-yong noch ich unterbrachen sie auch nur einmal. Ich freute mich, dass sie sich ihm gegenüber so normal verhielt und einfach das tat, was sie am besten konnte: Leute für sich einzunehmen und alles Mögliche zu tun, damit sie sich wohlfühlten.

Als sie fertig war, fragte ich: »Hast du schon etwas zum Abendbrot gegessen?«

Liv schüttelte den Kopf. Wie auf Kommando knurrte ihr Magen laut genug, dass wir es ohne Probleme hören konnten. Im nächsten Moment kam ein ähnliches Geräusch links von mir.

»Wow. Eure Mägen kommunizieren miteinander«, sagte ich trocken. Liv kicherte daraufhin. »Habt ihr Lust auf Pizza?« Jae-yong und Liv bejahten meine Frage einstimmig.

Eine halbe Stunde später stand sie dampfend vor uns. Liv und ich hatten uns wie immer für Margherita entschieden, Jae-yong wollte unbedingt die mit Thunfisch probieren. Drei Muffins standen auf dem Tisch und warteten darauf, dass wir sie zum Dessert aßen. Wir starteten einen Film und kommentierten die Szenen zwischen jedem Stück Pizza. Bald ließ Liv uns allein und wünschte uns eine gute Nacht. Jae-yong half mir, den Müll in die Küche zu tragen. Als wir fertig waren, ging er duschen, und ich setzte mich an meinen Schreibtisch.

Ein leeres Blatt Papier lag vor mir. Vollkommen unberührt. Ich nahm einen Bleistift in die Hand, setzte ihn an und verharrte für einige Sekunden in dieser Position. In der vergangenen Woche hatte ich so gut wie gar nichts gezeichnet, und ich ging jede Erinnerung an Seoul durch, auf der Suche nach etwas Besonderem.

Meine Hand bewegte sich von ganz allein. Berge tauchten skizzenhaft auf dem Papier auf. Eine riesige Metropole vor ihnen. Ein Fluss, der sie teilte. Im Vordergrund versperrten Bäume einen Teil der Sicht, lenkten die Aufmerksamkeit des Betrachters auf die Sonne, die gerade aufging. Ich stellte mir vor, in welche Farben ich die Stadt tauchen würde. Grau und Grün und Blau, Gelb, Orange. Hochhäuser, die auf Parks trafen.

Ich war so in das Bild vertieft, dass ich nichts um mich herum mitbekam. Als Jae-yong seine Hand auf meine Schulter legte, zuckte ich so sehr zusammen, dass mir der Stift aus der Hand fiel. Er kullerte über die Tischkante und landete außerhalb meiner Reichweite auf dem Boden.

»Entschuldige.« Jae-yong hockte sich neben mich, um nach dem Stift zu greifen. Nachdem er ihn mir gereicht hatte, blieb er neben mir sitzen. »Das ist die Aussicht vom Achasan runter auf Seoul, oder?«

»Eine Skizze davon zumindest«, antwortete ich. »Ich weiß nicht mehr, wo genau der Fluss nach rechts gebogen ist. Vermutlich sollte ich es erst mal nachgucken, bevor ich weiter daran arbeite.«

»Ich würde dir ja helfen, allerdings ist mein fotografisches Gedächtnis nicht so ausgeprägt, wie ich es mir wünschen würde.« Er betrachtete das Bild nachdenklich. »Hast du dir das alles in der kurzen Zeit, die wir dort oben waren, eingeprägt?«

»Ich fand es schon immer leicht, solche Aussichten abzuspeichern«, erklärte ich. »Aber wenn du versuchst, mir eine mathematische Formel beizubringen, werde ich dich noch nach dem zehnten Mal fragen, was ich womit multiplizieren muss.«

Jae-yong erhob sich mit einem Schnauben. »Das kann ich sehr gut nachvollziehen. Woo-seok könnte dir vermutlich die Entfernung zur Sonne im Kopf berechnen. Stell dir vor, wie wir anderen daneben aussehen, wenn wir für zwei mal zwei den Taschenrechner zücken.«

»Das ist eine Übertreibung, oder? Damit ich verstehe, wie wenig du von Mathe hältst?«

»Äh, ja. Natürlich.« Er wandte sich ab, rieb sich auf dem Weg zum Bett den Nacken.

Ich drehte mich in meinem Schreibtischstuhl zur Hälfte um die eigene Achse und rollte quer durch das Zimmer, bis ich vor ihm abbremste. »Du lügst zwar, ohne rot zu werden, dafür sind deine anderen verräterischen Zeichen aber wie große, blinkende Warnschilder, die einem direkt ins Auge springen.«

»Einen Kurs fürs richtige Lügen hat es in meinen Tagen als Trainee leider nie gegeben«, meinte er trocken.

»Zum Glück.« Ich stand von meinem Stuhl auf, schob ihn mit dem Fuß zurück zum Schreibtisch und kletterte neben Jae-yong aufs Bett. Meine Füße schob ich unter die Decke und breitete mich wie ein Seestern auf der Matratze aus. Für Jae-yong blieb gerade genug Platz, um am Rand des Bettes zu sitzen. Er quittierte das mit einer hochgezogenen Augenbraue, woraufhin ich mich zur Seite rollte, um ihm Platz zu machen.

Wir betrachteten uns einige Zeit stumm, als er endlich neben mir lag. Ich zählte seine Wimpern, gab nach wenigen Sekunden auf und verlor mich dann in jedem Detail seines Gesichts. Und während ich ihn ansah, wurde mein Herz immer schwerer und schwerer. Hier lag dieser Mensch vor mir, der schneller einen Platz in meinem Leben eingenommen hatte, als ich je erwartet hätte. Er lachte mit mir und half mir, meine Gedanken über mein Studium zu sortieren – obwohl ich in seinen Augen sehen konnte, wie viel Kraft es ihn kostete, überhaupt zu lächeln.

Ich wollte nicht darüber nachdenken, es einfach ignorieren und so tun, als würde es keine Welt außerhalb meines Zimmers geben. Doch ich sah die Gesichter seiner Freunde vor mir, Min-hos Verzweiflung, als Jae-yong ihnen erklärte, dass er sich für mich entschieden hatte.

»Kann ich dich etwas fragen?«, wollte ich wissen.

»Immer.«

Ich brauchte einen Moment, um die richtigen Worte zu finden. »Was ... passiert ab hier?«

Er lehnte sich etwas zurück, um mich anzusehen. »Mit uns?«

»Mit allem. Ich dachte nur ... vielleicht ...« Hilflos zuckte ich mit den Schultern, zupfte eine Fussel von meiner Bettdecke. »Vielleicht möchtest du doch noch mal mit deinem Label reden?«

Eine Falte erschien zwischen seinen Augenbrauen. »Wie soll das funktionieren? Nach dem letzten Gespräch mit dem Management gehe ich dort rein und sage, dass ich noch mal neu verhandeln möchte?« Seine Arme lösten sich von mir, und er setzte sich auf, als könnte er es nicht ertragen, mir für dieses Gespräch so nahe zu sein. »Ich kann ihnen nichts bieten, Ella, das weißt du. Ich werde meine Meinung nicht ändern und dich noch mal verlassen. Und dazu kommt noch, dass wir alle mehr von unserer Musik wollen. Was für einen Grund gibt es, weswegen sie mir noch mal zuhören sollten?«

»Ihr hattet keine große Hoffnung, dass sie euer Konzept annehmen, und es ihnen trotzdem vorgestellt«, erinnerte ich ihn und setzte mich ebenfalls auf.

»Dabei stand unsere Beziehung nicht auf dem Spiel.« Seine Stimme war mit der Aussage lauter geworden.

»Aber dafür deine Musik – ist die nicht genauso wichtig gewesen?«

Er stockte. Schaute mich ungläubig an. »Ich habe mich für dich entschieden. Bereust du das etwa?«

»Nein!«, rief ich. »Ich habe Angst, dass *du* es bereust. Du kennst deine Freunde so viel länger als mich. Du hast mir erzählt, wie viel ihr durchgemacht habt, um an den Punkt zu kommen, wo ihr jetzt seid. Und jetzt wirfst du es von heute auf morgen weg.«

»*Ich werfe es weg?*«, wiederholte er. »Glaubst du, ich hätte nicht die ganze Nacht darüber nachgedacht, was meine Möglichkeiten wären? Denkst du, ich bin einfach in das Meeting gegangen und habe freudestrahlend verkündet, dass ich aus der Band austreten möchte?«

»Das habe ich nie behauptet.« Tausend Gefühle schnürten mir die Kehle zu. Ich musste einige Male schlucken, bis ich weitere Worte hervorzwingen konnte. »Aber du bist offensichtlich unglücklich. Und du kannst mir nicht sagen, dass du einfach damit abschließen können wirst, wenn du bei mir bleibst und den anderen von außen dabei zusiehst, wie sie weitermachen.«

»Was willst du damit sagen?« Ein Teil des Ärgers war aus seinen Augen verflogen. »Für mich klingt es, als wäre es dir lieber, ich hätte mich nicht für dich entschieden.«

»Gott, nein.« Allein der Gedanke bereitete mir solche Schmerzen, dass ich mich zusammenkrümmen wollte. »Ich wünschte, ich könnte dich einfach gehen lassen – wirklich. Aber ...« Ich wandte den Kopf ab. Warum mussten meine Augen ausgerechnet jetzt feucht werden? Ich wollte ihm meinen Standpunkt mit fester Stimme erklären. Ein Seufzen entwich mir und mit ihm alle Kraft, die mich bisher aufrecht gehalten hatte. »Ich kann dich nicht gehen lassen. Ich hasse es, dass du wegen mir vor diese Entscheidung gestellt wurdest. So sehr. Aber ich kann nicht ... ich möchte nicht ...« Meine Stimme brach. »Tut mir leid. Ich weiß selbst nicht, warum ich ausgerechnet jetzt weine.«

Die Stille, die uns umgab, wurde nur von meinem Schniefen durchbrochen. Ich wischte mir die Tränen an meinem Ärmel ab und wartete, bis ich mich beruhigt hatte, ehe ich ihn ansah.

Jae-yong wirkte gequält. Als würde ihm mein Anblick physische Schmerzen bereiten. »Ich wusste nicht, dass dir das alles durch den Kopf geht.«

Ich zog eine Schulter in die Höhe, ganz leicht nur. »Ich mache mir Sorgen um dich.«

Nun war es an ihm zu seufzen. »Ich weiß nicht, was ich sagen soll.«

»Du musst nichts ...«

»Doch«, unterbrach er mich. Er schloss den Abstand zwischen uns – eine Geste, die mein Herz einen Hauch leichter werden ließ. »Doch, ich muss etwas sagen. Ich habe Angst, dass ich noch einmal zu ihnen gehe und mich diesmal nicht so einfach entscheiden kann.«

Mein Herz zog sich schmerzhaft zusammen. *Natürlich.* Ich wollte den Kopf senken, damit er nicht bemerkte, wie sehr mich das, was er sagte, traf. Aber er legte beide Hände an meine Wangen und zwang mich, ihn anzusehen.

»Nicht, weil ich dich aufgeben möchte«, beharrte er. »Niemals, Ella.« Zur Verdeutlichung küsste er mich sanft auf den Mundwinkel, ehe er sich zurückzog. »Sondern weil … weil ich absolut keine Ahnung habe, wie ich mich noch mal zwischen zwei Teilen meines Herzens entscheiden soll, wenn ich beide zum Überleben brauche.«

Meine Arme bewegten sich wie von selbst. Ich umfasste seine Handgelenke, hielt ihn fest bei mir, als könnte er jeden Moment davonschweben.

»Ich weiß es auch nicht«, sagte ich ehrlich. »Ich will nur, dass du glücklich bist. Mehr wollte ich nie.«

Nun verschwand auch der letzte Widerstand aus Jae-yongs Haltung. Er zog mich an sich, drückte mich an seine Brust und vergrub das Gesicht an meiner Schulter. Ich meinte, alle Gefühle zu spüren, die ihn durchliefen – und jedes einzelne davon tat weh.

»Was soll ich tun?«, fragte er leise, ganz leise.

*Ich weiß es nicht, Jae-yong,* dachte ich. »Ich wünschte, ich wüsste es.«

# 22. KAPITEL

Jae-yong blieb an diesem Abend unendlich still. Wir verließen mein Zimmer kaum, sperrten die Außenwelt aus, weil wir beide sie gerade nicht vertrugen. Irgendwann schaltete ich meinen Laptop ein, um die Stille, die sich nach unserem Gespräch über uns gelegt hatte, zu vertreiben. Es half nur wenig. Ich konnte beinahe sehen, wie Jae-yong tiefer und tiefer in seinen Gedanken verschwand. Hin und wieder berührte ich seine Hand oder seinen Arm, um ihn zu mir zurückzuholen. Meistens hielt es allerdings nur für ein paar Sekunden an. Dann beantwortete er meine Frage, ob alles in Ordnung sei, mit einem kurzen »Ja« oder schenkte mir ein Lächeln, ehe er sich wieder zurückzog.

Ihn so zu sehen ... Ich wollte ihm die Zeit geben, die er brauchte, um sich mit seinen Gedanken auseinanderzusetzen. Gleichzeitig wollte ich beinahe mit einer verzweifelten Intensität alles von ihm fernhalten, das ihn so still werden ließ. Ich verließ nur kurz seine Seite, spät am Abend, als der Hunger mich in die Küche trieb, um uns beiden etwas zu essen zu holen. Dann war ich wieder bei ihm und wartete auf den Moment, an dem er bereit war, mit mir zu reden.

Er kam, als wir kurz vor Mitternacht im Bett lagen. Jae-yong auf dem Rücken, ich auf meiner Seite, weil ich es nicht aushielt, ihn nicht anzusehen. Ich konnte beinahe beobachten, wie er nach und nach auftauchte: Erst glättete sich die Falte zwischen seinen Augenbrauen. Dann blinzelte er mehrere Male, als hätte ihn jemand aus einem Traum geweckt. Schließlich stieß er ein Seufzen aus und drehte sich ebenfalls auf die Seite, bis ich ihm direkt in die Augen sehen konnte.

»Hey«, sagte ich leise.

Er schmunzelte schwach. »Hey.«

»Möchtest du darüber reden?«

Schweigend ließ er seinen Blick über mein Gesicht gleiten, ehe er den Kopf schüttelte. »Ich habe einfach … zu viel, über das ich nachdenken muss.«

»Ja, das Gefühl kenne ich«, erwiderte ich und breitete die Arme ein Stück aus. »Umarmungen helfen meistens ein bisschen.«

Das Schmunzeln verwandelte sich in ein Lächeln, das die Wolken aus seinem Gesicht vertrieb. Er zögerte gar nicht, sondern schob sich die wenigen Zentimeter über das Bett zu mir, bis ich meine Arme um ihn legen konnte. An meinem Hals spürte ich, wie er einen tiefen Atemzug ausstieß, und überlegte kurz, noch einmal etwas zu sagen.

Aber letztlich beließ ich es dabei. Ich schloss die Augen und schwieg mit ihm, bis wir beide langsam einschliefen.

Ich schreckte hoch, als ein Knall mich unsanft aus dem Schlaf riss. Mein Herz pochte mir bis in den Hals. Verwirrt strich ich mir ein paar Haarsträhnen aus den Augen – erst da sah ich Jae-yong neben dem Bett am Boden sitzen. Seine Reisetasche lag vor ihm, daneben ein Handy, das anscheinend gerade zu Boden gefallen war.

Als er das Rascheln der Decke hörte, schaute Jae-yong mich entschuldigend an. »Das war die unsanfte Alternative zu einem Wecker.«

Grummelnd fiel ich zurück in meine Kissen und zog die Decke bis über mein Gesicht. »Nimm das nächste Mal einen Schlagbohrer, damit es sich lohnt.« Ich schob meinen Kopf kurz unter der Decke hervor, um auf die Uhr zu gucken. »Oh Gott, aber lass mich dann wenigstens bis acht Uhr schlafen.«

Er griff sich das Handy und legte es im Aufstehen auf den Nachttisch. Dann setzte er sich neben mich. Die Matratze gab unter seinem Gewicht etwas nach, und mein Körper rollte ein Stück in seine Richtung.

»Zu meiner Verteidigung: Ich habe einen Grund, weswegen ich so früh wach bin«, erklärte Jae-yong. Wie lange war er schon auf den Beinen? Er wirkte nicht, als wäre er erst kürzlich aufgestanden, dabei hatten wir beide es gestern Abend erst sehr spät geschafft, endlich einzuschlafen.

»Hat der mit der Reisetasche zu tun?«

Er nickte.

Ich setzte mich auf, rieb mir über die Augen, um den letzten Rest Schlaf zu vertreiben. »Wird mir der Grund gefallen?«

»Ich hoffe? Ich glaube schon? Ich … bin mir nicht sicher.«

Mein schiefer Blick war meine Aufforderung an ihn, mir eine Erklärung zu liefern.

»Ich habe die Nacht nicht sonderlich viel geschlafen«, begann er. »Größtenteils, weil ich über das nachgedacht habe, was du gesagt hast. Und du hast recht. Ich könnte es mir nicht verzeihen, die Band an den Nagel gehängt zu haben, ohne wenigstens alles versucht zu haben.«

Mein Blick wanderte zu der Reisetasche auf dem Boden. »Das heißt, du fliegst heute noch zurück nach Seoul?«

»Ich …« Er stockte, plötzlich unsicher. »Ich gehe nicht, weil ich nicht bei dir sein möchte, aber ich habe das Gefühl, wenn ich es weiter aufschiebe …«

Er brach ab, als ich die Decke von mir warf und aufstand. Wortlos sah er mir dabei zu, wie ich einen Pullover und eine Jeans aus meiner Kommode nahm und mir an die Brust drückte.

»Pack du deine Sachen, ich geh schnell duschen«, rief ich ihm auf dem Weg ins Bad über die Schulter zu. »Wenn wir Glück haben, hat Mel bei Josh übernachtet und ich kann dich zum Hotel fahren.«

Eine halbe Stunde später saßen wir in Mels Auto und fuhren auf den Highway auf. Als wir endlich im Hotel ankamen, wartete Min-ho vor Jae-yongs Zimmertür auf uns. Die Arme vor der Brust verschränkt, tippte er ungeduldig mit dem Fuß auf den Boden. Stumm betraten wir das Zimmer. Ich drückte die Tür hinter uns ins Schloss und folgte den beiden in den Raum.

Jae-yong lief im Zimmer hin und her und war so beschäftigt damit, seine restlichen Sachen zusammenzusuchen, dass er nicht mitbekam, wie Min-ho neben mir das Gewicht von einem Bein aufs andere verlagerte.

»Jae-yong …« Er sagte es so leise, dass selbst ich ihn nur mit Mühe verstand – dabei stand ich direkt neben ihm. Nach einem Räuspern versuchte er es noch einmal. »Jae-yong.«

Der hielt in der Bewegung inne, einen Stapel T-Shirts in der einen Hand, seine Reisetasche in der anderen. »Was?«

Min-ho schüttelte den Kopf, runzelte die Stirn und sah so verwirrt aus, als hätte er Mühe, die gesamte Situation zu verstehen. »Hast du noch vor, mir zu erklären, weswegen du mir vor einer Stunde geschrieben hast, dass ich meine Sachen packen soll, oder möchtest du, dass ich es errate?«

»Wir fliegen zurück nach Seoul«, sagte Jae-yong kurz angebunden.

»Danke, das habe ich mir schon selbst gedacht. Ich will wissen, warum.«

In der Zeit, die Min-ho brauchte, es auszusprechen, hatte Jae-yong sich bereits wieder abgewandt. Er stopfte die Shirts in seine Tasche und sah sich suchend im Hotelzimmer um. »Damit ich noch mal mit dem Label sprechen kann.«

Min-ho stoppte sein Wippen. »Wie? Was?« Er warf mir einen Blick zu, als könnte ich im nächsten Moment ein »April, April« rufen.

Als ich aber nur leicht lächelte, wurden seine Augen groß. »Warte, du meinst das ernst? Du willst noch mal mit ihnen sprechen? Habt ihr … seid ihr …« Er stockte, die Augen zwischen Jae-yong und mir hin und her zuckend.

»Zwischen Ella und mir ist alles in Ordnung«, sagte Jae-yong. »Ich werde mich von Ella nicht trennen, aber ich kann auch nicht einfach von der Band weggehen.«

Eine Sekunde verging, dann zwei. Min-ho wirkte wie festgefroren, bis er plötzlich auf dem Absatz kehrtmachte, den Raum durchquerte und dabei schon das Handy ans Ohr drückte.

Jae-yong sah ihm mit einem Grinsen hinterher und packte dann weiter seine Tasche. Ich nahm das Buch, das auf dem Schreibtisch lag und reichte es ihm. Mit einem dankbaren Lächeln steckte er es ein.

»Wen ruft er gerade an?«, fragte ich Jae-yong.

»Vermutlich Sam. Wir brauchen jemanden, der uns zum Flughafen fährt.« Er sah sich noch einmal um, dann zog er den Reißverschluss der Tasche zu. Er warf sie sich über die Schulter und wirkte, als wäre er sofort bereit zum Aufbruch.

Eine Flut an Sorgen überfiel mich. Würde das Gespräch etwas bezwecken? Würde ihr Label sich weiter querstellen? Würden sie ihm überhaupt zuhören? Und was, wenn nicht?

Jae-yongs Finger, die über meine gerunzelte Stirn strichen, holten mich aus den Gedanken. Sie wanderten über meine Schläfe und hinterließen eine warme Spur auf meiner Haut, ehe er die Hand an meine Wange legte.

»Alles wird gut«, sagte er.

Ich hoffte es. Ich hoffte es so sehr. »Was anderes würde ich gar nicht zulassen.« Wenn es mir möglich gewesen wäre, hätte ich Himmel und Hölle in Bewegung gesetzt, um das alles geradezubiegen.

Ich lehnte mich an ihn. Schloss die Augen und erlaubte mir, davon zu träumen, wie das Grau der Zukunft sich in die buntesten Farben verändern könnte. All das Lachen, das noch kam, all die kleinen und großen Hürden. Ich sagte mir, dass das hier nur eine davon war, so unüberwindbar sie mir auch erscheinen mochte.

Jae-yongs Hand glitt von meiner Wange in meine Haare. Ich legte den Kopf in den Nacken und wartete auf den Kuss, der nur einen Herzschlag später kam. Er löste sich von mir, flüsterte etwas, das ich erst viel später als etwas auf Koreanisch registrierte. In dem Moment war es nicht wichtig, was die Worte bedeuteten. Ich fühlte ihre Intensität in der Art, wie er den Kuss vertiefte. Erst dann ließ er mich richtig los.

Er packte seine Reisetasche fester, und ich ärgerte mich nicht zum ersten Mal über die Tatsache, dass ich ihn nicht mal bis zum Flughafen begleiten konnte. Stattdessen trennten wir uns noch auf dem Hotelflur. Jae-yong hielt meine Hand, bis er im Aufzug stand und ihm keine andere Wahl blieb, als mich loszulassen. Ich wollte ihn festhalten. Wollte mit ihm gehen, statt hierzubleiben – statt ihn allein zu lassen. Aber die Aufzugtüren blieben nicht stehen, keine magische Lösung erschien vor uns. Das Letzte, was ich sah, waren seine warmen braunen Augen und dann die Stahltür, die sich zwischen uns schloss.

Mehrere Minuten blieb ich regungslos auf der Stelle stehen. Die letzte Woche fühlte sich wie ein halbes Leben an. Plötzlich allein mit meinen Gedanken zu sein war wie ein Eimer eiskaltes Wasser, der über meinem Kopf ausgekippt wurde. Mit Jae-yong war alles erträglicher. Leichter. Es war einfacher, an einen positiven Ausgang hiervon zu glauben, wenn er bei mir war. Aber jetzt? Allein? Die Angst konnte ungehindert durch meinen gesamten Körper fließen. Ich hatte ihr nichts entgegenzusetzen.

Ich ging ein paar Schritte rückwärts, lehnte mich an die Wand in meinem Rücken und versuchte, das Zittern unter Kontrolle zu kriegen, das mich gepackt hatte, als die Aufzugtüren sich geschlossen hatten. Ich legte meine Hand auf die Brust, redete mir immer und immer wieder gut zu. Dass alles in Ordnung werden würde. Dass Jae-yong nicht allein war. Dass *ich* nicht allein war. Trotzdem dauerte es mehrere Minuten, bis ich mich von der Wand lösen konnte. Meine Beine fühlten sich wackelig an, mein Herz schlug in einem Rhythmus, der völlig außer Kontrolle war, und nichts, was mir normalerweise half, wollte mich beruhigen. Ich verließ das Hotel und bekam nur verschwommen mit, wie ich mein Handy zückte. Die Stimme meiner besten Freundin drang an mein Ohr.

»Hast du gerade Zeit?«, fragte ich. Ich wollte nicht allein sein. Erin bemerkte meine Stimmung sofort und wollte sich auf den Weg zu mir nach Hause machen.

Ich legte auf, als ich Mels Auto erreichte. Die Tür fiel lautstark hinter mir zu – erst dann erlaubte ich mir, auszuatmen und die Nachricht zu lesen, die Jae-yong mir vor wenigen Minuten geschickt hatte.

**Jae-yong:** Ist es zu früh, dich zu vermissen?

Ein halb ersticktes Lachen entkam mir, weil er auch in dieser Situation an mich dachte.

*Alles gut, Ella. Du bist nicht allein.*

# 23. KAPITEL

Erin kam wenige Minuten nach mir an und brauchte nur einen Blick in mein Gesicht zu werfen, um zu wissen, dass irgendetwas passiert sein musste.

»Jae-yong ist nicht mehr da?«, stellte sie fragend fest, als wir uns aufs Bett setzten. Sie rutschte auf der Matratze hin und her, bis sie eine bequeme Position gefunden hatte.

»Sie sind zum Flughafen gefahren, kurz bevor ich dir geschrieben habe«, erklärte ich. »Nachdem wir gestern nach Hause gekommen sind, habe ich ihn auf die ganze Situation angesprochen, und heute Morgen kam eins zum anderen.« Das war zumindest die abgespeckte Version, in der ich alles, was in mir währenddessen vorging, einfach außen vor ließ.

»Aber das ist doch gut, oder? Das heißt, dass er nicht einfach aufgibt.«

»Ja, schon.« Was mir allerdings keine Ruhe lassen wollte, war: Was, wenn das Management es ablehnte, ihn wieder in die Band zu lassen?

*Und was, wenn er sich doch gegen mich entscheidet?*

Mein Herz setzte bei dem Gedanken einen schmerzhaften Schlag lang aus.

»Weswegen …«, begann Erin, brachte den Satz aber

nicht zu Ende. Die Wohnungstür fiel in dem Moment mit einem Knall gegen die Wand dahinter und kündigte meine kleine Schwester an. Mit schnellen Schritten durchquerte sie den Flur, bis sie vor meiner Tür stand.

»Ich habe mehrere Freistunden und uns allen Donuts mitgebracht, falls ihr Lust habt …« Livs Stimme verlor sich, als sie Erin auf meinem Bett sitzen sah. »Hey, Erin«, sagte sie und wandte sich dann an mich. »Wo habt ihr Jaeyong heute gelassen?«

Ich verzog das Gesicht. »Er fliegt zurück nach Seoul.«

»Oh.« Liv schaute auf die Schachtel voller Donuts in ihrer Hand, die Stirn gerunzelt. »Na ja, dann … dann kann Erin welche mitessen, sonst haben wir viel zu viele.« Sie machte auf dem Absatz kehrt und verschwand aus meiner offen stehenden Tür.

Die Enttäuschung war meiner kleinen Schwester so deutlich anzusehen, dass ich sofort aufstand und ihr folgte. Erins Schritte ertönten mit ein wenig Entfernung hinter mir, als wir in die Küche einbogen. Liv packte die Donuts auf einen großen Teller, bevor sie die Schachtel entsorgte.

»Du hast Donuts für uns alle gekauft?«, fragte ich. *Offensichtlich, Ella.* Es war eine unsinnige Frage – der Versuch, ihr enttäuschtes Schweigen zu brechen.

»Er hat vor ein paar Wochen in einem Interview gesagt, dass er immer ganz viele Donuts isst, wenn sie in den USA sind«, erklärte sie. »Ich wollte eigentlich selbst welche backen, aber dann war ich so faul und bin vorhin an einem Donutladen vorbeigekommen«, erklärte sie mit ruhiger Stimme.

Sie wollte sichergehen, dass Jae-yong sich hier wohl-fühlte. Es gab meinem Herzen einen kleinen Stich.

»Liv.« Ich stellte mich neben sie. Sie sortierte die Donuts auf dem Teller hin und her und wieder zurück in ihre Ausgangsposition. »Alles in Ordnung?«

Mit einem Seufzen ließ sie die Donuts Donuts sein und wandte sich mir zu. »Ja, alles okay. Ich bin nur traurig, dass ich mich nicht verabschieden konnte, und deswegen schmolle ich gerade vor mich hin.«

»Tut mir leid«, sagte ich ehrlich. »Die Entscheidung kam ziemlich kurzfristig, nachdem wir heute Morgen aufgestanden sind.«

»Das hab ich mir schon gedacht.« Sie schob den Teller auf der Arbeitsfläche weiter nach hinten, als müsste sie sich unbedingt mit etwas beschäftigen, während wir miteinander redeten. »Hat der Grund, weswegen er von jetzt auf gleich zurück nach Seoul aufbricht, zufällig was mit ihrer Pause zu tun?«

Vor Überraschung blieb mir der Mund offen stehen. Hatten wir in ihrer Nähe darüber geredet? Ich durchforstete mein Hirn, war mir aber sicher, dass wir nur unter uns von Jae-yongs Verträgen oder der ganzen Sache um NXT gesprochen hatten.

»Schau nicht so«, zog sie mich auf. »Du tust so, als könnte nur Sherlock Holmes kombinieren, dass es merkwürdig ist, wie ihre Pause angekündigt wurde, wie er zufällig mit nach Chicago kommt, obwohl vorher davon nie die Rede war, und wie er dann urplötzlich wieder verschwindet.«

Vielleicht brauchte es keinen Sherlock Holmes, aber

andere Schwestern zerbrachen sich über so etwas sicher nicht den Kopf. Dennoch zögerte ich mit meiner Antwort für den Bruchteil einer Sekunde. »Es hat damit zu tun, ja. Ich kann dir nicht wirklich mehr verraten, aber es passiert gerade sehr viel.«

Zu meiner Verwunderung gab sie sich mit dieser nichtssagenden Erklärung zufrieden. Liv nickte kurz, als hätte ich alles bestätigt, was sie sich ohnehin schon dachte.

Erin suchte sich den Moment aus, um sich in das Gespräch einzuschalten. »Wie wäre es denn, wenn du uns endlich mal ausführlich von Seoul erzählst, während wir die ganzen Donuts essen?«

Ich warf ihr ein dankbares Lächeln zu. »Hast du Lust auf meine Erzählungen?«, fragte ich an Liv gewandt.

Sie zog eine Schulter hoch, nickte. »Ich glaube, dass ich platze, wenn ich dich nicht bald mit hundert Fragen löchern kann.«

Ich lachte. »Bringt die Donuts ins Wohnzimmer, ich hole schnell mein Handy, um euch alle Bilder zu zeigen, die ich geschossen habe.«

Livs Grinsen blendete mich beinahe. Ich verließ die Küche, um mein Handy aus meinem Zimmer zu holen, ehe ich mich zu Liv und Erin auf die Couch setzte. Meine kleine Schwester hielt noch drei Sekunden an sich, dann platzte sie mit allen Fragen hervor, die ihr durch den Kopf gingen – und Erin stieg begeistert mit ein. Liv bat mich, die Atmosphäre dort zu beschreiben, wie die Stadt aussah, was wir unternommen hatten. Als ich ihr von dem Sonnenaufgang auf dem Berg erzählte, wurden ihre Augen ganz groß, während Erin verträumt seufzte. Ich erzählte ihnen ein bisschen von Jae-yongs Studio, umging aber den Moment, in dem wir auf dem Flur gesehen worden waren. Stattdessen schwärmte ich von dem guten Essen. Am Ende fragte Erin, wann wir uns zu einem koreanischen BBQ treffen würden, und Liv wirkte hibbelig und ungeduldig. Ich war mir sicher, dass sie am liebsten sofort aufgesprungen wäre, um den nächsten Flug nach Seoul zu buchen – und ich wäre sofort mit ins Flugzeug gestiegen.

Irgendwann, nachdem Erin sich verabschiedet hatte, kam Mel nach Hause und setzte sich für ein paar Minuten zu uns. Sie fragte, wo Jae-yong war, und ich wiederholte, was ich schon Liv erklärt hatte. Danach lauschte sie einfach meinen Erzählungen von Südkorea und was ich dort alles gesehen hatte.

Den ganzen Nachmittag über schaute ich in regelmäßigen Abständen auf mein Handy, in der Hoffnung, eine Nachricht von Jae-yong vorzufinden. Er hatte mir einmal geschrieben, bevor sie in das Flugzeug gestiegen waren, und seitdem nicht mehr. Ich fragte mich, wie es ihm ging, ob es half, dass Min-ho dabei war, oder er meine Nähe im Moment genauso sehr gebraucht hätte wie ich seine. Meine Gedanken kreisten darum, wie hoffnungsvoll er heute Morgen gewirkt hatte – als hätte er eine Möglichkeit gefunden, seine Zukunft aktiv mitzubestimmen, statt die Entscheidungen des Labels einfach über sich ergehen lassen zu müssen.

Ich beneidete ihn dafür, dass er kaum gezögert hatte. Dafür, wie furchtlos er zu sein schien, obwohl ich genau wusste, wie große Angst er davor hatte, die Band verlassen zu müssen. Wie er trotzdem dafür kämpfte, obwohl es so aussichtslos wirkte. Ich hingegen fürchtete mich so sehr davor, einen Schritt in eine neue, unbekannte Richtung zu machen. Deswegen saß ich noch immer in meinem Business-Studium fest.

In den letzten Wochen und Monaten hatte ich mir den Gedanken, mit meinem Studium aufzuhören und etwas Neues zu beginnen, häufig verboten. Und jetzt, hier, fragte ich mich, wie ich jemals darauf kommen konnte, dass ich etwas anderes aushalten würde. Dass ich nicht genau das tun musste, was mich glücklich machte. Ich war so überzeugt davon gewesen, Mel all die Jahre zurückgeben zu können, die sie für uns geopfert hatte, aber jetzt? Jetzt bereitete mir die Vorstellung, morgen wieder zur Uni zu müssen, bereits Bauchschmerzen.

*Ich kann das nicht mehr.*

Es war so klar in meinem Kopf. So laut und deutlich. Der eindeutige Gedanke sorgte für eine Gänsehaut auf meinen Armen. Gleichzeitig fühlte ich mich auf eine Weise befreit, als hätte sich endlich, *endlich* die Klammer um meinen Brustkorb gelöst. Ich merkte nicht mal, wie ich in meinen Erzählungen mitten im Satz abbrach, bis Liv mich anstupste.

»Was ist los?«, fragte sie.

Ich schüttelte den Kopf, unsicher, was ich mit den Gedanken anfangen sollte. »Mel?«, fragte ich zögernd. Ein wenig fühlte ich mich, als hätte man mich auf Autopilot gestellt. Die Worte fielen zwar aus meinem Mund, aber später erinnerte ich mich nicht mehr daran, sie vorher gedacht zu haben. »Kann ich kurz mit dir reden?«

Ich nahm wahr, wie meine beiden Schwestern sich fragend ansahen. Für sie war ich gerade mitten in meinen Erzählungen von Seoul gewesen – sie hatten nicht mitbekommen, wie nebenbei mein Hirn auf Hochtouren gearbeitet hatte. Liv schien aber zu bemerken, dass mir etwas auf der Seele brannte. Sie schenkte mir ein kleines Lächeln, schnappte sich den Teller voll Donuts, die wir noch nicht einmal zur Hälfte aufgegessen hatten, und verschwand damit in ihrem Zimmer.

Mein Kopf war leer. Dass ich mit Mel sprechen wollte, war so spontan über mich gekommen, dabei hatte ich keine Ahnung, wo ich anfangen sollte. Ich merkte, wie sich meine Brust wie aufs Stichwort zusammenzog, als Panik langsam, aber sicher meinen Rücken hinaufkroch. Mel setzte sich neben mir etwas aufrechter hin, die Arme vor der Brust verschränkt, als erwartete sie eine unschöne Nachricht. Ich war mir nicht sicher, ob das, was ich als Nächstes sagen würde, es schlimmer oder besser machen würde.

»Ich finde meinen Studiengang schrecklich«, platzte es aus mir heraus.

Mels Augenbrauen zuckten überrascht in die Höhe. Sie blinzelte verwirrt, öffnete den Mund, aber kein Wort kam hervor. In meinem Brustkorb hämmerte es vor Aufregung.

»Ich quäle mich durch jede Vorlesung, ich mag den Stoff nicht, der vermittelt wird, und die Dozenten sind teilweise so langweilig, dass ich ihnen nicht länger als eine halbe Stunde zuhören kann, bevor ich einschlafe. Und ich hasse es, dass ich jeden Tag dorthin muss, nur um am

Ende einen Job zu finden, in dem ich genug Geld verdienen kann. Ich würde viel lieber etwas anderes machen, etwas, das kreativer ist oder zumindest nicht ganz so trocken wie die ganzen Themen, die wir im *Business* Major ansprechen.«

Es sprudelte einfach aus mir heraus. Innerlich versuchte ich, mich zurückzuhalten und die Zügel wieder in die Hand zu nehmen. Aber in dem Moment, in dem ich angefangen hatte zu sprechen, brachen alle Dämme und ließen sich nicht mehr aufhalten.

Mel starrte mich sprachlos an, was meine innere Panik nicht sonderlich beruhigte. Nach ein paar Sekunden runzelte sie die Stirn. »Warum machst du denn dann überhaupt noch weiter?«

Mein Mund klappte auf. *Wie ... was ... ?* Hatte ich mir diese Frage gerade eingebildet? »Ich ... weil ...« Jegliche Gründe, die ich jemals vorgeschoben hatte, waren davongeflogen. »Das ganze Geld, das da schon drinsteckt ... und der Job, den ich mit dem Studium in der Tasche finden würde. Ich könnte dir damit endlich unter die Arme greifen.«

Langsam wich die Verwirrung aus ihrem Gesicht, wurde von etwas abgelöst, das für mich sehr nach Verständnis aussah.

»Ella ... Hast du dich nur für dieses Fach entschieden, weil du denkst, du müsstest mir etwas zurückzahlen?«

»Nicht, weil ich dachte, ich müsste«, begann ich leise, die Augen auf meine Füße gerichtet. *Lügner.* Vielleicht nicht, weil ich dachte, dass ich müsste, weil Mel es von mir wollte. Aber in mir war definitiv der Drang, ein wenig Geld beizusteuern, um ihr zu zeigen, dass sie es die letzten Jahre nicht für umsonst gemacht hatte. Ergab das überhaupt Sinn? Mein Kopf schwirrte.

Mels Seufzen brachte mich dazu, den Blick von meinen Füßen zu lösen. Sie hatte den Kopf abgewandt, starrte auf einen Punkt hinter meiner Schulter, der womöglich das Fenster oder die Wand war.

»Ich hab es ganz schön vermasselt, oder?«

Nun hatte sie mich völlig abgehängt. *Sie* hatte es vermasselt? »Was?«

»Wie häufig du mir zugeschaut hast, wenn ich alle Ausgaben und Einnahmen durchgegangen bin. Eigentlich hätte mir von selbst auffallen sollen, dass *Business* kein Major ist, das du dir ohne jeglichen Hintergedanken aussuchst. Deine Wirtschaftsnote in der Highschool wäre ja Indiz genug gewesen.« Sie lachte.

»So schlecht war sie jetzt auch nicht«, murmelte ich, gab ihr aber insgeheim recht.

»Du warst schon immer hundertmal kreativer als ich. Ich habe mich immer gefragt, warum deine Wahl ausgerechnet auf so ein Fach gefallen ist. Aber ich dachte, du hättest deinen Grund, und ich bräuchte mich nicht unnötig einzumischen«, sagte Mel. »Stellt sich heraus: Ja, du hattest einen Grund – aber einen, für den du dir niemals drei oder vier Jahre am College auflasten musst.«

»Was?«, wiederholte ich mich. Ich versuchte wirklich, einen logischen Gedanken zu fassen. Mel nahm dieses Geständnis, das mir seit Monaten auf der Seele brannte, auf, als hätte ich ihr gesagt, dass ich den letzten Pudding aus dem Kühlschrank gegessen hätte ... Ich hatte keine

Ahnung, wo ich überhaupt anfangen sollte, meine Verwirrung zu entwirren.

»Als ich von zu Hause ausgezogen und nach Chicago gegangen bin, weißt du, was mir da am schwersten gefallen ist?«

Meine Antwort war ein stummes Kopfschütteln.

»Von Mom und Dad Geld anzunehmen, obwohl sie für euch beide zu Hause auch noch so viel ausgeben mussten«, erklärte sie. »Die ganzen Jahre haben sie zurückgesteckt, um uns alles ermöglichen zu können – und das hat dann nicht mal ein Ende genommen, als ich endlich ausgezogen bin, um auf eigenen Beinen zu stehen. Sie haben fast für die gesamte Zeit meines Studiums die Hälfte meiner Mietkosten bezahlt, wusstest du das?«

Wieder schüttelte ich stumm den Kopf.

Sie lächelte mich an, so warm und voller Liebe. Am liebsten hätte ich Mel in die Arme geschlossen und nie wieder losgelassen. »Ich habe ihnen immer wieder gesagt, dass sie das nicht tun müssen, ich würde es schon irgendwie alleine hinbekommen. Und sie? Sie haben jedes Mal geantwortet, dass es nichts ist, was sie tun müssten, sondern etwas, das sie tun wollen. Weil sie mich lieben.«

Sie beugte sich vor, strich mir über die Haare, wie damals, als Liv und ich noch keinen Monat bei ihr gelebt hatten und wir uns in einem komplett neuen Leben ohne unsere Eltern zurechtfinden mussten.

»Ich habe euch das schon mal gesagt, aber wenn es sein muss, wiederhol ich es so lange, bis du es nicht mehr hören kannst«, fuhr meine große Schwester fort. »Ihr lebt nicht bei mir, weil ihr mir aufgedrückt wurdet, sondern weil ihr meine Familie seid. Und ja, natürlich ist das von Zeit zu Zeit unglaublich stressig – aber am Ende des Tages habe ich lieber diesen Stress und sehe euch lachen, als andersrum.«

Der Kloß in meinem Hals wurde mit jeder Sekunde größer. Ich konnte sie gar nicht ansehen, weil ich mir sicher war, dass meine Augen verräterisch glänzten. Ob sie wusste, was für ein Stein mir gerade vom Herzen fiel? Bestimmt konnte man hören, wie er auf dem Boden aufkam.

»Ich möchte nur nicht, dass du wegen mir auf Dinge verzichtest oder etwas verpasst«, flüsterte ich. Es fiel mir so schwer, es auszusprechen, obwohl das hier richtig war. Ich musste meinen Studiengang wechseln, wenn ich mich nicht länger verbiegen wollte.

»Du machst dir zu viele Gedanken, Ella«, sagte Mel.

»Ja. Glaub mir, das ist mir nur allzu bewusst.«

Sie schenkte mir ein kleines Lächeln und ließ ihren Blick für einen Moment durch das Wohnzimmer wandern, ehe sie ihn wieder auf mich richtete. Dann sagte sie etwas, das mich den gesamten Abend noch begleitete: »Du hast es auch verdient, glücklich zu sein.«

Ich fiel ihr um den Hals, bevor sie ausgesprochen hatte. Es war so viel Last, die mit einem Mal von mir fiel – ich fühlte mich in diesem Moment tausendmal leichter. Mel legte ihre Hand auf meinen Rücken und strich wieder und wieder darüber. Es passierte nur selten, dass wir uns umarmten. Zwischen ihr und mir war es nie so normal gewesen wie zwischen mir und Liv. Umso mehr bedeutete es mir, als sie mich einfach festhielt, so lange, bis ich mich wieder von ihr löste.

»Danke, Mel«, sagte ich leise.

Sie antwortete mit einem Lächeln und sah dann in Richtung Flur. »Meinst du, Liv hat noch ein paar Donuts für uns übrig gelassen?«

Das Grinsen auf meinen Lippen wurde von Sekunde zu Sekunde breiter. »Das werden wir gleich herausfinden.«

# 24. KAPITEL

Ich verzog mich erst viel später in mein Zimmer, nachdem wir stundenlang bei Liv gesessen hatten, zu dritt auf das schmale Bett gequetscht. Meine kleine Schwester hatte ihren Laptop vor uns aufgestellt, damit wir Filme gucken konnten, und sich darüber beschwert, dass wir uns auch einfach wieder ins Wohnzimmer setzen konnten. Weder Mel noch ich hatten darauf reagiert und Liv stattdessen zwischen uns festgehalten, bis sie ihre Fluchtversuche aufgegeben hatte.

Jetzt lag ich in meinem Bett und schrieb mit Erin – an Schlaf war ohnehin nicht zu denken. Jae-yong musste mittlerweile in Seoul angekommen sein, das Schlimmste noch vor sich, und ich war mir sicher, dass ich keine Ruhe finden würde, bis er mir schrieb. Glücklicherweise wirkte Erin nicht, als wollte sie in nächster Zeit ins Bett gehen, daher erzählte ich ihr, was passiert war, nachdem sie gegangen war. Davon, wie ich mich schon seit Monaten durch mein Studium quälte. Dinge, die meine beste Freundin eigentlich wusste, ich aber noch nie klar und deutlich ausgesprochen hatte. Ich war mir so sicher gewesen, dass es der schwerste Part sein würde, darüber zu sprechen. Dabei war das nicht die größte Hürde gewesen, die mich davon abhielt, etwas zu verändern – sondern ich selbst.

**Ich:** Für sie war es so eine Kleinigkeit, Erin. Du glaubst gar nicht, wie sehr mich das die ganze Zeit belastet hat – und dann erzähle ich es ihr und erwarte einen großen Knall … und nichts kommt.

**Erin:** Weißt du, genau das ist ja das Problem daran, wenn du Dinge die ganze Zeit für dich behältst.

**Erin:** In deiner Vorstellung gibt es keine Grenzen, weder auf der positiven noch auf der negativen Seite. Das hilft dir einerseits dabei, solche unglaublichen Bilder zu zeichnen, verzehnfacht allerdings auch die Sorgen, die du hast.

**Erin:** Behältst du sie für dich, wachsen sie immer weiter und weiter. Und wenn du dann mit mir, Mel oder Jae-yong oder Liv darüber redest, wirkt es vielleicht, als würden wir es nicht ernst nehmen oder so.

**Erin:** Dabei haben wir einfach nicht die Tage, Wochen, Monate damit verbracht, das Ganze immer wieder zu durchdenken und sehen die Situation einfach als das, was sie ist: ein Problem, das gerade irgendwie schon blöd ist, aber kein Weltuntergang.

**Erin:** Stell dir vor, ich hätte dir nie von den Dingen in Australien erzählt. Oder von den ganzen Dingen, die mir letztes Jahr Sorgen bereitet haben. Es ist so schwer, allein einzuordnen, ob etwas wirklich so schlimm ist, wie dein Hirn es aussehen lässt.

**Ich:** Aber jetzt ist es draußen und … na ja. Ich hab trotzdem Angst, etwas zu ändern.

**Erin:** Und das ist doch auch okay.

**Erin:** Deswegen hast du uns alle. Damit wir dir in den Po treten oder unter die Arme greifen können, je nachdem, was du brauchst.

**Ich:** Ich wünschte, es wäre weniger anstrengend.

**Erin:** Ich auch.

**Erin:** Sollen wir uns morgen beim Starbucks am Navy Pier treffen? Ich hab das Gefühl, du könntest es mal ganz gut brauchen rauszukommen.

**Ich:** Ich war gerade eine Woche in Seoul.

**Erin:** Hmm. Stimmt. Vielleicht möchte ich auch einfach mal wieder raus.

**Ich:** Na gut. Dann morgen früh beim Starbucks.

**Erin:** Früh?! Davon war nie die Rede!

**Ich:** Ich muss nachmittags arbeiten :P

**Erin:** Ich hoffe, du weißt all die Opfer, die ich für dich bringe, zu schätzen.

**Ich:** Immer.

**Erin:** Vergiss deinen Laptop nicht!! Wir werden gründlichste Recherche betreiben, hörst du??

**Ich:** Ich pack ihn sofort ein.

**Ich:** Danke, Erin.

Bevor ich mein Handy weglegen und mich zum Einschlafen auf die andere Seite rollen konnte, vibrierte es mit einer Nachricht von Jae-yong in meiner Hand.

**Jae-yong:** Wir sind gerade in unserem Apartment angekommen. Ich habe mich kurz in mein Zimmer verzogen, um dir zu schreiben, aber ich muss gleich wieder raus. Die anderen sitzen im Wohnzimmer und wollen mit mir reden.

**Ich:** Ich drücke die Daumen, dass alles gut geht.

**Jae-yong:** Danke.

**Jae-yong:** Am liebsten würde ich einfach zu unserem Label fahren, in die Büros der Manager stürmen und mit ihnen reden. Allerdings bezweifle ich, dass sie sich heute noch Zeit für mich nehmen werden.

**Ich:** Ich weiß, was du meinst. Ich hasse es auch, wenn ich nicht sofort etwas unternehmen kann, wenn ich mich einmal dazu entschlossen habe.

**Ich:** Wissen eure Manager denn schon, dass du noch mal mit ihnen sprechen möchtest?

**Jae-yong:** Ich habe vorhin mit einem von ihnen telefoniert und nach einem Termin gefragt. Bisher hat sich noch niemand zurückgemeldet.

**Ich:** ☹

**Ich:** In Filmen finde ich es auch immer schrecklich, wenn man hundert Jahre auf etwas warten muss.

**Ich:** Wie in Zoomania, als Judy und Nick bei dem Faultier nach einem Kennzeichen fragen. Grrr. Ich habe noch nie so eine frustrierende Szene in einem Animationsfilm gesehen.

**Jae-yong:** …

**Ich:** Tut mir leid. Das ist nervöses Gelaber und hilft gerade nicht.

**Jae-yong:** Nein, alles gut. Ich überlege nur, ob ich den Film nachher anstellen sollte, um wenigstens ein kleines bisschen Frustration darauf umzulenken.

**Ich:** Sag mir, wenn du etwas brauchst, ja?

**Ich:** Oder wenn du einfach reden möchtest.

**Jae-yong:** Mach ich. Bis später, Ella.

Ich legte das Handy beiseite, kugelte mich unter der Decke zusammen. Die Euphorie, die ich nach dem Gespräch mit Mel empfunden hatte, wurde durch das Gespräch mit Jae-yong getrübt. Auch wenn ich es in einem Scherz gemeint hatte, um ihn etwas aufzuheitern: Ich konnte mir nichts Schlimmeres vorstellen, als die nächsten Stunden abwarten zu müssen, was bei ihm passierte. Ich hasste es, wieder so weit von ihm entfernt zu sein, und noch viel mehr, dass mich in den Augenblicken, wenn ich gerade unvorsichtig war, immer wieder die Vorstellung überkam, er könnte seine Freunde, seine Leidenschaft verlieren. Wegen mir.

Stöhnend drehte ich mich auf den Bauch, schob mein Gesicht unter das Kissen. Ich kniff meine Augen zu und wollte das alles einfach nur vergessen. Ich wollte in die Zukunft reisen, nicht mit meinen Gedanken allein sein und diese schreckliche Schuld ablegen, die sich wie ein Monster in meinem Kopf einnistete und mir wieder und wieder zuflüsterte, dass Jae-yong das alles ohne mich nicht durchstehen müsste.

Der Gedanke verfolgte mich bis in den Schlaf.


Als ich am nächsten Morgen die Wohnung verließ, hatte sich eine dicke graue Wolkendecke über Chicago gelegt, als hätte sie sich meiner Stimmung angepasst. Seit unserem letzten Gespräch hatte Jae-yong sich nicht noch einmal gemeldet. Ich hatte ihm heute Morgen nach dem Aufwachen geschrieben, um zu fragen, wie es mit seinen Freunden gelaufen war. Seitdem schaute ich alle fünf Minuten auf mein Handy. Ich wusste, wie viel die Situation von ihm abverlangte, wollte ihn nicht bedrängen, mir zu antworten. Trotzdem konnte ich nichts gegen den stetigen Strom an Sorgen und Unruhe tun, der durch meinen Kopf lief.

Nieselregen begleitete mich bis zum Navy Pier. Der Wind pustete mir die Haare ins Gesicht und machte jeden Schritt, den ich samt Regenschirm zurücklegte, zu einem Kampf. Ich konnte fast spüren, wie meine Haare sich von der feuchten Luft kräuselten, und dann fiel mir auch noch ein, dass ich keinen Haargummi eingepackt hatte, um das Chaos auf meinem Kopf zu bändigen.

Das Riesenrad, das vom Eingangsbereich des Starbucks gerade so zu sehen war, stand still, und auch sonst war kaum jemand in diesem Teil der Stadt unterwegs. Ich fand Erin mit einer dampfenden Tasse Kaffee im hintersten Winkel des Cafés sitzend, tief in einem Buch versunken.

»Erin und ihre Bücher, endlich wieder vereint«, begrüßte ich sie.

Sie hielt den Zeigefinger in die Höhe und gab mir damit zu verstehen, zu warten, bis sie mit der Seite oder dem Abschnitt fertig war. Ich legte den Regenschirm neben der Sitzbank auf den Boden, zog meine Jacke aus und studierte die Tafel hinter der Kasse, während ich darauf wartete, dass Erin mir ihre Aufmerksamkeit schenkte.

»Sag bloß, heute ist der Tag, an dem du dir mal keinen Java Chip Chocolate Frappuccino bestellst«, sagte Erin.

»Ich dachte, es wäre mal Zeit für etwas Neues.«

»Dass ich das noch erleben darf.«

Mein Augenrollen ignorierte sie geflissentlich. Nachdem ich bestellt und mit meinem Getränk und einer warmen, verführerisch duftenden Zimtschnecke Erin gegenüber Platz genommen hatte, schloss sie ihr Buch endlich.

Sie deutete mit ihrem Kaffeelöffel auf mein Getränk. »Was ist aus der ›Zeit für etwas Neues‹ geworden?«

»Ich war noch nicht bereit«, sagte ich und nahm einen Schluck von meinem Frappuccino. Dann biss ich von der Zimtschnecke ab und wusste jetzt schon, dass ich im Laufe der nächsten Stunde noch dreimal aufstehen würde, um mir eine neue zu holen. Zumal Erin das kleine Gebäck musterte, als würde sie bereits eine Ablenkungstaktik planen, um es mir wegzunehmen.

»Denk gar nicht daran«, empfahl ich ihr. »Du weißt, dass du es bereuen würdest.«

Ein Lachen schüttelte ihren Körper. »Grumpy Ella ist heute wieder da.«

»Ich präferiere Cruella de Vil.«

»Oh Gott.« Erin verzog das Gesicht. »Entschuldige, aber dann muss ich dir meine Freundschaft kündigen.«

»Kein Wunder, dass sie so böse geworden ist, wenn all ihre Freunde sie einfach links liegen lassen haben.«

»Hast du sie dir mal angeguckt?«, fragte Erin fassungslos. »Ich hab den Film als Kind gesehen und mehrere Nächte nicht schlafen können, weil ich sie immer vor mir gesehen habe, wie sie mit roten Augen in dem Auto sitzt und fährt, als wäre der Teufel hinter ihr her.«

Jetzt, wo sie es sagte … Die Szene hatte ich in meiner Argumentation verdrängt. »Okay, ja, der Punkt geht an dich.«

Zufrieden nippte sie an ihrem Kaffee.

»Wie kommt es eigentlich, dass du vor mir hier warst?« Erin war ein schlimmerer Morgenmuffel als ich. Dass sie überhaupt zugesagt hatte, sich um zehn Uhr morgens mit mir zu treffen, glich einem Wunder.

»Ich hab gestern Abend den Fehler gemacht, mir sämtliche Colleges und Unis in ganz Nordamerika anzugucken«, erklärte sie.

»Und?«

»Mir sind daraufhin so viele Dinge durch den Kopf geschwirrt, dass ich die halbe Nacht nicht schlafen konnte und sogar vor meinem Wecker aufgewacht bin.«

Mitfühlend verzog ich den Mund. »So schlimm?«

»Nein, das war es nicht mal«, seufzte sie. Ihr Blick wanderte aus dem Fenster rechts von mir und heftete sich auf keinen bestimmten Punkt. Ein paar Sekunden vergingen, ehe sie ihren Gedanken fortführte. »Es gibt einfach so viele Möglichkeiten. Und jedes Mal, wenn ich etwas sehe, das mich interessiert, denke ich: Cool, das könntest du tun. Und dann klicke ich auf die nächste Seite, sehe etwas anderes und bin wieder verunsichert.«

»Weil alles dich ein bisschen anspricht, aber nichts komplett«, schlussfolgerte ich. Ich wusste schon lange von ihrem inneren Kampf.

»Weil alle ein Ziel haben, einen Traum oder wenigstens einen Wunsch und ich mich nicht mal länger als zwei Wochen einem Hobby widmen kann, bevor mich was anderes packt, das ich ausprobieren will.«

»Das Lesen hast du in der ganzen Zeit nicht einmal aufgegeben«, gab ich zu bedenken.

Sie starrte auf das Buch neben sich. Dann seufzte sie ein weiteres Mal. »Schon. Aber was soll ich damit anfangen? Selbst schreiben? In einem Verlag arbeiten? Mir einen Job im nächsten Barnes & Nobles suchen? Was, wenn ich es anfange und merke, dass es mir keinen Spaß macht? Oder noch schlimmer: die Freude am Lesen nimmt?«

»Erin«, sagte ich langsam. »Niemand kettet dich dort fest.«

»Nein, aber …« Genervt hielt sie inne, wartete, bis ihr die passenden Worte in den Sinn kamen. »Ich möchte nicht jedes Mal neu anfangen müssen. Warum kann ich nicht einfach wissen, wohin ich will? Warum wirkt es bei allen anderen so leicht, wo ich das Gefühl habe, jeder Schritt kostet unendlich viel Energie?«

Mein Brustkorb zog sich schmerzhaft zusammen. Ich hasste es, Erin so zu sehen, ich hasste es wirklich. Ich wollte all die düsteren Gedanken aus ihrem Kopf pflücken und einen Regenschirm über ihr aufspannen, bis die dunklen Wolken sich verzogen. Da ich das allerdings nicht konnte, schob ich mich aus meiner Nische, umrundete den Tisch und quetschte mich neben Erin auf die Sitzbank.

»Du weißt, dass es nichts bringt, dich mit anderen zu vergleichen.« Es war so viel leichter, es zu sagen, als es dann auch selbst in die Tat umzusetzen.

Erin nickte nur leicht.

»Und selbst wenn es anderen leichter fällt, vielleicht müssen sie sich dann durch das alles allein durchboxen.«

»Ohne Familie, die mich wieder in meinem Kinderzimmer leben lässt«, fügte Erin hinzu.

»Ja, und vor allem ohne so eine coole beste Freundin, die mit dir ihre Zimtschnecke teilt.« Ich zog den Teller auf unsere Seite des Tischs.

»Es wäre noch cooler, hättest du mir meine eigene gekauft«, scherzte Erin schwach.

»Ich kann sie auch alleine essen«, meinte ich.

»Neeein«, machte sie und legte die Arme schützend um die Zimtschnecke. »Mehr als eine Zimtschnecke wäre eh zu teuer, wer kann sich so etwas leisten?«

»Wir könnten sie selbst backen.«

»Meinst du, wir können auf Livs Hilfe hoffen?«

Als würden wir es ohne sie schaffen, sie essbar hinzubekommen. »Bestimmt.«

Erin trennte ein Stück von dem Gebäck ab und kaute nachdenklich darauf herum. Nach einer Weile stieß sie ein so tiefes, lautes Seufzen aus, dass die Leute um uns herum sich verwirrt umschauten, und ließ sich gegen mich fallen.

»Eigentlich hatte ich vor, dich zu triezen, bis du endlich den Laptop aufklappst und nachguckst, was es braucht, um in einer Kunsthochschule zugelassen zu werden.«

»Ich weiß nicht mal, ob ich in eine Kunsthochschule möchte«, verteidigte ich mich, was sie nur mit einem ungläubigen Blick quittierte. »Schau mich nicht so an, vielleicht möchte ich meinen Studiengang ja trotzdem zu Ende bringen.«

Gespielt dramatisch legte sie den Arm über die Augen und rutschte, weiter an mich gelehnt, auf der Bank nach unten, bis ihr Oberkörper die Sitzfläche berührte. »Oh mein Gott«, murmelte sie. »Träume ich? Führe ich die ganze Zeit Selbstgespräche?«

Ich lachte über ihre überdramatisierten Aussagen. »Nein, du träumst nicht. Ich zieh dich nur auf. Eigentlich habe ich nur darauf gewartet, dass du mir das Okay gibst, damit ich endlich meinen Laptop aufstellen kann.«

Ich beeilte mich, meinen Rucksack zu mir herüberzuziehen. Der Laptop erwachte wenige Sekunden später zum Leben. Währenddessen aß Erin beruhigt meine Zimtschnecke auf. Ich sagte nichts dazu, war viel zu sehr damit beschäftigt, meine Beine stillzuhalten, die vor Freude und Ungeduld auf und ab wippen wollten.

Kaum war der Laptop hochgefahren, nahm Erin ihn in Beschlag. Sie loggte sich in das freie WLAN ein und machte sich im Internet auf die Suche nach den Bewerbungsvoraussetzungen für eine Kunsthochschule.

»Also, ein Bewerbungsschreiben sollte kein Problem sein, das schaffen wir in einer halben Stunde. Und die Kunstwerke für das Portfolio sind noch leichter. Die hängen bei dir quasi zu Hause herum und warten darauf, dass du sie endlich der Welt zeigst.« Entschlossen klappte sie den Laptop zu und stand auf. Allerdings kam sie nicht weit, da ich noch immer neben ihr saß und ihr den Ausgang versperrte. »Rutsch mal raus.«

»Warum?«, fragte ich verwirrt.

»Weil wir jetzt zu dir nach Hause gehen und diese Mappe zusammenstellen werden.«

»Darf ich mein Getränk vorher noch austrinken?«, fragte ich und deutete auf die halb volle Tasse vor mir.

Erin ließ sich mit einem Seufzen wieder auf die Sitzbank fallen. »Na gut, wenn du meinen Tatendrang unbedingt im Keim ersticken möchtest.«

»Dein Tatendrang wird sich für zehn Minuten gedulden können«, sagte ich. Im gleichen Moment vibrierte mein Handy an meinem Oberschenkel. Ich zog es hervor, während ich Erins Grummeln mit einem halben Ohr zuhörte, und spürte in der nächsten Sekunde, wie mein Herz einen Schlag aussetzte.

**Jae-yong:** Ella.
**Jae-yong:** Wir werden uns trennen.

## 25. KAPITEL

Panik machte sich in mir breit.

Ich starrte auf mein Handy, betete, dass die Buchstaben sich zu einer anderen Aussage zusammensetzen würden. Nichts passierte. Ich spürte, wie Erin mich anstieß und versuchte, meine Aufmerksamkeit auf sich zu lenken, aber ich schüttelte nur den Kopf. Schluckte schwer. Während in mir drin alles aufgebracht schrie.

»Erin«, sagte ich. »Ich glaube … können wir die Bewerbungsmappe verschieben?«

Der Ausdruck auf ihrem Gesicht war mehr als nur alarmiert. »Ist was passiert? Geht es deinen Schwestern gut?«

»Ja, ich …« Wie sollte ich es erklären? Wie sollte ich erklären, dass Jae-yong mir gerade die Nachricht geschickt hatte, die nur in meinen schlimmsten Albträumen auf meinem Handy erschienen war? »Jae-yong hat mir gerade geschrieben. Ich muss ihn anrufen.«

Ich stammelte vor mich hin und hoffte, dass irgendetwas davon Sinn ergab. Die wenigsten Worte drangen richtig zu mir durch. Erin zögerte keine Sekunde, sondern stand sofort auf. Sie klappte meinen Laptop zusammen, verstaute ihn wieder in meiner Tasche und schob mich dann aus der Sitzbank. Gemeinsam liefen wir nach draußen, bis zur Haltestelle.

»Ich ruf dich heute Abend an, okay?«, sagte sie und umarmte mich einmal fest.

Ich erwiderte ihre Umarmung. »Tut mir leid, Erin, ich ...«

Aber meine beste Freundin schüttelte nur den Kopf. »Schon gut, Ella.«

Dankbar lächelte ich ihr zu und trat dann einen Schritt von den Türen zurück, die sich kurz darauf schlossen. Ich ließ mich blind auf einen Sitz fallen und tippte mehrere Nachrichten hintereinander.

**Ich:** Was ist passiert?
**Ich:** Hast du schon mit dem Label gesprochen?
**Ich:** Was meinst du mit trennen? Die ganze Band?

Als er nicht reagierte, schickte ich noch eine hinterher.

**Ich:** Ich bin gleich zu Hause. Ich rufe dich an, sobald ich dort bin.

Ich packte mein Handy fest, sah die ganze Fahrt über immer wieder darauf, ob er geantwortet hatte. Gefühlt wurde die Bahn mit jedem Halt, der mich näher zu unserer Wohnung führte, langsamer. Es gab mir schrecklich viel Zeit, dem Chaos in meinem Kopf zuzuhören.

Sie würden sich trennen? Was war in den letzten Stunden passiert, in denen wir nicht miteinander geredet hatten? Ich konnte mir keinen Grund ausmalen, wegen dem sich plötzlich die gesamte Band auflösen müsste. Dass er zurück nach Seoul geflogen war, sollte etwas Gutes sein. NXTs Label sollte ihm noch einmal zuhören, seine Entscheidung rückgängig machen. Aber … das konnten sie nicht, oder? Nicht, solange Jae-yong und ich zusammen waren.

Dass Jae-yong nicht antwortete, machte alles nur noch schlimmer. Die wildesten Szenarien spielten sich direkt vor meinen Augen ab: Wie ich ihn anrief und er nicht abnahm. Wie ich verzweifelt versuchte, ihn zu erreichen, nur damit er mir noch einmal die Worte sagte, die ich eben schon gelesen hatte.

In meiner Vorstellung war das Schlimmste die Wut in seiner Stimme. Der Unglaube. Die langsame Realisation, dass es für NXT keine Chance mehr gab – weil er sich für mich entschieden und damit all das zum Einstürzen gebracht hatte.

Mein Herz pochte heftig, obwohl ich mich keinen Zentimeter bewegte, bis die Bahn an meiner Haltestelle stoppte.

Ich sprang aus dem Waggon und rannte bis zu uns nach Hause. Völlig außer Atem und verschwitzt wählte ich seine Nummer, erst für einen normalen Anruf, dann als Videochat. Er nahm ab, während ich in meinem Zimmer auf und ab tigerte.

Vor Erleichterung gaben meine Beine unter mir nach, und ich ließ mich auf meinen Schreibtischstuhl fallen.

»Was ist passiert?«, fragte ich, noch bevor er etwas sagen konnte. Jae-yong saß auf einem Sofa, hinter ihm war nur eine weiße Wand zu sehen. Seine Augen glänzten, als stünden Tränen in ihnen – der Anblick nahm mir die Luft zum Atmen.

»Die Jungs wollen sich aus ihren Verträgen kaufen«, brachte er nach mehreren Sekunden hervor. »Während ich bei dir war, haben sie geredet. Dass sie nicht zu viert weitermachen wollen. Dass es ihnen lieber ist, wenn sie sich dann komplett trennen.«

»Was?«, hauchte ich. Sie wollten sich … Sie würden … »Aber du wolltest noch mal mit eurem Management sprechen.«

»Sie haben es getan«, erwiderte er. Er lehnte den Kopf an die Wand hinter sich und fuhr sich mit der freien Hand über die Augen. »Sie haben mit ihnen geredet und ihnen gedroht, dass sie sich freikaufen würden, wenn ich gehen müsste. Unser Label hat das nicht sonderlich gut aufgenommen.«

Ich schloss die Augen. Das konnte nicht wahr sein. Das konnte nicht passieren. Ich träumte, und wenn ich in ein paar Minuten aufwachte, würde Jae-yong neben mir liegen, und alles wäre in Ordnung.

*Sieh es ein, Ella. Nichts ist in Ordnung.*

Vor unseren Augen brach alles zusammen. Und die Angst, er könnte meinetwegen alles verlieren, schien mich immer mehr und mehr zu erdrücken. Ich presste die Zähne aufeinander, hielt die Luft an, hielt mich zusammen. Bis es leise aus mir hervorkam: »Das ist alles meine Schuld.«

Stille. Ich konnte Jae-yong nicht ansehen, schaffte es nicht mal, die Augen zu öffnen. Aber ich hörte beinahe, wie er die Luft anhielt.

»Deine Schuld?«, fragte er vorsichtig.

»Dass ihr euch trennt. Es ist meine Schuld. Hätten wir uns nicht kennengelernt ...« Ein Schluckauf unterbrach mich mitten im Satz. »Hätte ich dir nicht wieder geschrieben, wäre ich nicht zu dir nach Seoul gefahren. Niemand hätte uns zusammen gesehen, oder? Du hättest dich nie entscheiden müssen, deine Freunde hätten nie darüber nachdenken müssen, sich aus ihren Verträgen rauszukaufen ...«

Schuldgefühle hatten diese merkwürdige Eigenschaft, mich zu überrennen, sobald sie es einmal bis in den vorderen Teil meines Verstandes schafften.

Jetzt öffnete ich die Augen doch, betrachtete Jae-yong, der mich entgeistert anstarrte. »Ella, du weißt, dass das nicht ...« Er unterbrach sich. Unsicher, wie er den Satz beenden sollte, weil es eine Lüge wäre, würde er sagen, dass es nicht stimmt. »Selbst wenn ich dich nicht kennengelernt hätte, früher oder später hätte es einen Grund gegeben, weswegen wir uns gegen das Label hätten stellen müssen.«

»Aber dieser Grund wäre nicht *ich* gewesen«, sagte ich. »Jae-yong, ich ...« Ich presste die Augenlider aufeinander, suchte nach einer Klarheit, die mir zeigte, was ich sagen sollte, was richtig und was falsch war. »Ich kann nicht dafür verantwortlich sein, dass du alles aufgeben musst. Dass deine Freunde alles aufgeben müssen. *Ich kann es nicht.*«

»Ella, was willst du damit sagen?«

Warum bedeutete es so viel Herzschmerz, mit ihm zusammen zu sein? Wieso konnten wir beide nicht ineinander verliebt sein, ohne den Rest der Welt mit in die Gleichung ziehen zu müssen? Ohne irgendeine Leidenschaft aufgeben zu müssen?

»Du solltest dich für die Band entscheiden.« Die Worte kamen aus meinem Mund, aber es war nicht ich, die sie aussprach. Es war eine Stimme, die ich noch nie gehört hatte, eine Ella, die von den Emotionen, die sie zu überwältigen drohten, verschlungen wurde.

»*Wie bitte?*«

Ich öffnete die Lider und sah ihn an. Seine wunderschönen Augen, die alle Gefühle zeigten, die ihn durchliefen. »Du solltest dich für die Band entscheiden«, wiederholte ich es noch einmal.

»Wie kannst du … Ella, hör mir zu. Ja, vielleicht wäre es anders gelaufen, wenn wir uns nicht kennengelernt hätten, aber ich würde nie, niemals irgendetwas davon aufgeben wollen.«

»Ich auch nicht«, sagte ich leise. »Aber mir würde es noch mehr das Herz brechen, wenn ich dich an meiner Seite hätte und langsam dabei zusehen müsste, wie du mich für das hasst, was du aufgeben musstest.«

»*Ich könnte dich nie hassen*«, rief er. Er hatte sich nach vorne gebeugt, als wollte er durch das Telefon zu mir kriechen.

In meinen Augen sammelten sich Tränen. Es tat so weh. Alles. Jeder Teil meines Körpers schmerzte gerade so sehr, dass ich Angst hatte, mein Herz könnte einfach aufhören zu schlagen. »Ich könnte es. Ich würde es. Wenn ich dafür verantwortlich wäre, dass eure Band sich trennt.« Ich schüttelte den Kopf. »Ich würde mich dafür hassen.«

Darauf wusste er nichts zu erwidern. Seine Augen

glänzten noch mehr als am Anfang unseres Gesprächs. Er wirkte so ungläubig. Die Tränen, die sich in meinen Augen gesammelt hatten, liefen mir über die Wange. Weinte er auch? Mein Herz stach bei der Vorstellung.

»Weißt du noch, wie du zu mir gesagt hast, dass es nicht niemals bedeutet?«, wiederholte ich seine Worte von vor so vielen Monaten.

Ein freudloses Lachen hallte durch die Leitung.

»Ich kann dich nicht von deiner Band wegnehmen, Jae-yong.« Dabei wollte ich nichts lieber, als sofort in den Flieger zu springen und zu ihm zu kommen.

»Ich kann nicht versprechen, dass sich an meiner Situation etwas ändern wird«, sagte er.

»Ich weiß«, antwortete ich leise. Viel, viel zu leise.

Er sagte daraufhin nichts weiter. Schüttelte nur wieder und wieder den Kopf, ehe er sich verabschiedete und auflegte. Das Freizeichen, das kurz darauf mein Gehör erfüllte, war wie ein Donnerschlag.

Das Handy fiel aus meiner Hand, kam mit einem lauten Knall auf der Tischplatte auf. Meine Finger verkrallten sich in meinen Haaren, als das erste Schluchzen aus mir hervorbrach und ich nach und nach zu Staub zerfiel.

# 26. KAPITEL

Jae-yong schrieb mir nicht noch einmal. Ich meldete mich nicht bei ihm. In der darauffolgenden Woche funktionierte ich nur wie ein Schatten meiner Selbst. Immer wieder fragte Erin mich, ob alles in Ordnung sei, und jedes Mal war meine Antwort die gleiche. Was hätte ich auch sagen sollen? Dass es sich anfühlte, als hätte mir jemand das Herz aus dem Brustkorb gerissen? Ich konnte tagsüber kaum atmen und zerbrach nachts an dem unerträglichen Schmerz. Ich ... hatte Jae-yong verloren. *Aufgegeben*, flüsterte ein Teil in mir. Es war meine Entscheidung gewesen – nur fühlte es sich nicht an, als hätte ich überhaupt eine Wahl gehabt.

Meine Schwestern mussten ahnen, dass etwas nicht stimmte – aber sie fragten nicht weiter nach, wenn ich sie mit einer kurzen Antwort abwies, und ich erzählte es auch nicht von mir aus. Ich konnte Jae-yongs Namen kaum denken, ohne Gefahr zu laufen zusammenzubrechen. Wie sollte ich ihn da aussprechen? Ich ging wie ein Schlafwandler durch meinen Tag. Alles tat weh, mit jedem Schritt wurde es schwerer. Ich war gefangen in meinem Kopf, in meinen Gefühlen, und fand keinen Weg nach draußen.

Am Freitag klopfte Liv an meine Zimmertür, um mich zum Abendbrot zu holen. Die letzten Tage hatten wir immer zusammen gegessen – zufällig oder weil meine Schwestern sichergehen wollten, dass ich hin und wieder aus meinem Zimmer kam. Mir war beides recht. Ich setzte mich an den Tisch, den sie bereits gedeckt hatten, aß ein, zwei Kartoffeln von meinem Teller und ging dann dazu über, das Essen von einer Ecke in die andere zu schieben. Es schmeckte nach nichts.

Ich hielt meine Augen auf den Teller gerichtet, spürte aber, wie Liv und Mel mich hin und wieder ansahen. Wie sie Blicke miteinander wechselten und die Stille immer schwerer zu werden schien, je länger wir nichts sagten. Ich wusste, dass sie sich Sorgen machten, fand aber keine Worte, um mich zu erklären. Da war nur Leere, die sich mit Tränen füllte, sobald ich den Mund öffnete.

Irgendwann legte ich das Besteck neben meinem Teller ab und saß einfach schweigend neben ihnen. Ich hörte die Stimmen meiner Schwestern, registrierte aber kaum, worüber sie sich gerade unterhielten. Ich merkte nicht mal, wie Liv aufstand und uns allen einen Joghurt aus dem Kühlschrank holte, bis sie ihn mit einem Löffel neben meinem Arm abstellte. Ich zog den Deckel davon ab, aß einen Löffel nach dem anderen, damit sie sahen, dass ich mich bemühte, zumindest ein wenig zu essen.

Meine Sicht verschwamm, und die beiden unterbrachen ihr Gespräch, als ich schniefte. Im nächsten Moment spürte ich Mels Hand auf meinem Rücken, wo sie mir beruhigend über die Haare strich. Ich sah auf, um ihnen ein weiteres Mal zu sagen, dass alles in Ordnung war, aber bei dem traurigen Lächeln auf Mels Gesicht, blieben mir die Worte im Hals stecken. Als Liv mir dann auch noch ihren Joghurt zuschob, entschuldigte ich mich vom Tisch und flüchtete zurück in mein Zimmer. Ihre aufrichtige Sorge war zu viel.

Nach diesem Abend bemühte ich mich mehr, einen Teil der Sorge von meinen Schwestern zu nehmen. Ich ging zur Arbeit, saß meine Vorlesungen in der Uni durch. Ich arbeitete an meiner Bewerbungsmappe, weil die sich wie der einzige Teil in meinem Leben anfühlte, über den ich gerade Kontrolle hatte. Es ging mir nicht besser, aber ich behielt meine Emotionen nah bei mir.

Etwa eine Woche nach dem Telefonat mit Jae-yong machte die Mitteilung die Runde, dass NXT aus ihrer Pause zurückkehren würden. Auf Social Media tauchten vermehrt Bilder von ihnen an Flughäfen auf, bei Interviews und Shootings. Die Fans waren die ganze Zeit über aktiv gewesen, aber es war, als hätte man die Leute aus ihrem Schlaf geweckt. Die Medien waren voll mit Nachrichten von NXT, die Twitter-Trends hörten gar nicht mehr auf, ihre Namen zu zeigen.

Ein paar Tage später war ich auf dem Weg, mich mit Erin zu treffen. Sie hatte mir gedroht, dass sie Mel zurate ziehen würde, wenn ich nicht bald das Haus verließ und mit ihr redete. Im Bus Richtung Downtown waren die Fenster mit Wassertropfen übersät – es hatte seit zwei Wochen nicht mehr richtig aufgehört zu regnen –, und ich lenkte mich von mir selbst mit meinem Handy ab, als eine Nachricht von Liv kam.

**Liv:** Hast du das gesehen?

Anbei hatte sie einen Link geschickt, der mich zu einer News-Seite führte.

*Neues Album von Weltstars NXT angekündigt*

*Eine Woche ist es erst her, dass NXT aus ihrer Pause zurückgekommen sind. Heute kündigt DFH Entertainment bereits ein neues Album an. Und das Beste daran? Die fünf Jungs aus Südkorea haben es allein produziert. Laut einer Quelle wird es mehrere Units geben, einen einzelnen Track von jedem der fünf und einen Song, den sie nur für ihre Fans geschrieben haben.*

*Damit wären sie die erste Band unter dem Label, die ein Album komplett in Eigenregie veröffentlichen. Ob diese Entscheidung Grund für ihre Auszeit war, wurde bisher nicht bestätigt. Wir können das neue Album jedenfalls nicht erwarten!*

**Liv:** Sie haben ihr Comeback angekündigt, und es gibt mehrere Quellen, in denen gesagt wird, dass sie ihre Verträge nachverhandelt haben, weil sie sie als unmenschlich empfanden.

**Liv:** War es das, was du mir nicht sagen konntest?

Sie hatten ihre Verträge nachverhandelt? Das war etwas Gutes, nicht? Es könnte bedeuten, sie hätten zukünftig mehr Freiheiten mit ihrer Musik. Ich freute mich für sie, aus ganzem Herzen. Aber gleichzeitig riss die Info in mir eine Wunde auf, die mir für einen kurzen Augenblick den Atem nahm. Ich ... ich war nicht da, um es mit Jae-yong zu feiern. Ich würde nicht an seiner Seite sein, wenn sie ihr Album veröffentlichten. Nicht, wenn er über die Musik redete, die er produzierte – und auch sonst zu keinem Moment. Der Gedanke ließ mich beinahe ein weiteres Mal in Tränen ausbrechen. Dabei hatte ich in den vergangenen Tagen so viel geweint, dass kaum noch welche übrig sein konnten. Ich schaffte es auch nicht, Liv zu antworten, denn in dem Moment hielt mein Bus an meiner Haltestelle.

Ich fand Erin am Ende des Stegs, auf einer Bank am Wasser sitzend. Die Hochhäuser verloren sich in meinem Rücken, und trotz des Regens und des Windes fühlte ich mich augenblicklich etwas ruhiger. Immerhin hatte ich diesmal daran gedacht, meine Regenjacke einzupacken. Ich zog mir die Kapuze tief in die Stirn und setzte mich neben sie.

»Wäre das Wetter nicht, könnte man sich fast vorstellen, wir würden am Mittelmeer liegen und Urlaub machen«, meinte ich zu ihr.

Mit einer hochgezogenen Augenbraue drehte sie den Kopf zu mir um. Die bunten Strähnen in Erins dunklen Haaren verblassten langsam und zeigten die blond gefärbten Spitzen darunter. »Deine Vorstellung vom Mittelmeer muss ziemlich traurig sein, wenn du das hier damit gleichsetzt.«

»Ist sie bestimmt«, gab ich zu.

Erin hielt mir ihren Kaffeebecher entgegen, den ich mit einem Kopfschütteln ablehnte. Stattdessen schob ich meine Hände tief in die Taschen meiner Jacke, in der Hoffnung, sie so aufwärmen zu können. Ich lehnte den Kopf an Erins Schulter und schaute den Wellen stumm dabei zu, wie sie sanft gegen den Steg schwappten und brachen.

»Mann«, meckerte Erin. »Ich hoffe, die Leute lügen, wenn sie sagen, dass wir uns gerade in unserer besten Zeit befinden.«

»Solche Leute können sich vermutlich einfach nicht mehr daran erinnern, wie es in unserem Alter war«, sagte ich.

»Wahre Worte.« Sie nahm einen Schluck ihres Getränks. »Andere Leute haben auch keine Erins, die sich in alles einmischen.«

Verwirrt legte ich den Kopf in den Nacken, um ihr ins Gesicht sehen zu können. »Wie bitte?«

»Entschuldigt, kann ich mich hierhin setzen?«, fragte in dem Moment jemand rechts von uns. Ruckartig richtete ich mich auf, das Herz im Magen, und drehte mich in die Richtung um. Ein älterer Mann lächelte uns freundlich zu und deutete auf den freien Platz auf unserer Bank. Es war die einzige, die so nah am Wasser stand, aber davon abgesehen gab es genügend andere Bänke in näherer Umgebung, auf denen niemand saß. Für einen winzigen Augenblick, bevor die Stimme zu mir durchgedrungen war, hatte ich eine Szene wie aus einem Film vor Augen, in der Jae-yong plötzlich neben uns stand. Ich schüttelte den Kopf, um sie zu vertreiben.

»Setzen Sie sich ruhig, wir wollten ohnehin gerade gehen«, sagte ich. Ich bohrte Erin meinen Ellenbogen in die Taille, um sie von der Bank zu schubsen. Widerwillig stand sie auf. Ich hakte meinen Arm bei ihr unter und zog sie mit mir zurück den Navy Pier hinunter.

»Warum genau rennen wir jetzt weg, als hätte er gefragt, ob er uns unsere Seelen aussaugen kann?«, fragte Erin.

»Mir ist kalt«, murmelte ich ausweichend.

»Aha.« Sie glaubte mir kein Wort. Nicht, dass ich es ihr verübeln konnte.

»Eventuell habe ich für eine Millisekunde gedacht, dass der alte Mann Jae-yong ist«, gab ich schließlich zu.

Sie verrenkte sich beinahe, um einen Blick zurück zur Bank zu werfen. »Oh wow. Wie viele Jahre sind vergangen, seit ich ihn gesehen habe?«

Ich schlug sie auf den Arm. »Ich sagte auch ›für eine Millisekunde‹.«

»Trotzdem.« Sie rieb sich über die Stelle, an der ich sie erwischt hatte. »Was glaubst du, was unser Leben ist? Eine Szene aus einer zweitklassigen romantischen Komödie?«

»Ja, ja, mach dich nur über mich lustig.«

Ein Funkeln trat in ihre Augen. »Du solltest wissen, dass ich keine halben Sachen mache.«

»Keine halben Sachen bei was?«

Erin stöhnte gespielt verzweifelt auf. »Oh Mann, okay. Ich muss an meinen Fähigkeiten als gute Fee noch arbeiten. Der alte Mann war nicht Jae-yong, weil Jae-yong am Riesenrad steht und sich wahrscheinlich gerade alles abfriert, was ihm wichtig ist.«

Abrupt blieb ich stehen und starrte meine beste Freundin sprachlos an. »Was?«

Sie zog und schob mich mit aller Kraft in Richtung des Riesenrads, bis ich neben dem kleinen Kassenhäuschen, das im Augenblick geschlossen war, eine sehr, *sehr* vertraute Gestalt erkannte.

Ich träumte gerade, oder? Ich war ausgerutscht und auf den Kopf gefallen und war, wie Erin sagte, in einer zweitklassigen romantischen Komödie aufgewacht. Anders konnte ich mir nicht erklären, warum mich unter der schwarzen Kapuze einer Jacke dunkle Augen anlächelten.

Erin gab mir einen Schubs, und ich stolperte die letzten Meter auf ihn zu. Sie boxte mir gegen den Oberarm und ging mit einem »Gern geschehen!« an uns vorbei, als würde ich nicht gerade von einer Krise in die nächste fallen.

Mit offenem Mund starrte ich ihr hinterher. »Was ist gerade passiert?«

»Zu meiner Verteidigung«, griff Jae-yong meinen Gedanken auf. »Ich hatte mir einen trockeneren Ort gewünscht. Das hier war nicht meine Idee. Sie hat mich hierher zitiert.«

*Mich auch*, wollte ich sagen, fragte stattdessen aber ungläubig: »Wann habt ihr eure Nummern ausgetauscht?«

Jae-yong wollte sich nervös durch die Haare fahren, bis er sich an die Kapuze erinnerte, von der Wasser tropfte. »Nachdem ich Melanie so lange belästigt hatte, bis sie sie mir gegeben hat.«

Zwei, drei Sekunden vergingen.

»Ich hatte Melanies Visitenkarte noch zu Hause«, erklärte er dann weiter.

Ich rieb mir über die Stirn. Hinter meinen Schläfen pochte es verdächtig. »Du hast Melanie angerufen, um Erins Nummer zu bekommen.«

Er nickte.

»Damit Erin dir den Ort sagen kann, an dem wir uns treffen«, fuhr ich fort.

Noch ein Nicken.

»Ich bin verwirrt«, gab ich zu.

Jae-yong schob die Hände in seine Jackentaschen und zog sie im nächsten Moment wieder daraus hervor. Er war *nervös*. »Unser Comeback wurde heute angekündigt.«

»Ja. Liv hat mir vorhin einen Link zu der Pressemeldung geschickt. Sie sagte auch etwas davon, dass ihr eure Verträge nachverhandelt habt?«

»Haben wir«, bestätigte er. »Ich weiß nicht genau, warum, aber nachdem wir ihnen mitgeteilt hatten, dass wir uns dafür entscheiden, uns zu trennen, waren sie ziemlich schnell dabei, es uns ausreden zu wollen.« Er grinste etwas. »Vermutlich ist ihnen klar geworden, dass wir es wirklich ernst meinen. Oder sie haben an all das Geld gedacht, das sie ohne uns nicht mehr einnehmen würden.«

»Was bedeutet das?«, fragte ich. Ich wollte keinen Hoffnungsschimmer in meine Stimme lassen, bevor ich nicht wusste, weswegen er vor mir stand.

»Das bedeutet, dass wir einige Klauseln abgeändert haben«, erklärte er. »So wie die für unseren Urlaub. Oder das Verbot, in einer Beziehung zu sein.«

Mir stand der Mund offen, als ich ihn anstarrte. »Ganz plötzlich stimmen sie euren Bedingungen zu?«

»Ich würde nicht sagen, dass es ›ganz plötzlich‹ ist.« Er zuckte mit den Schultern. »Aber ja, tun sie.«

»Das heißt ...« Gott, was ... was hieß es? Wo sollte ich anfangen? »Bist du deswegen hier?«

Bildete ich es mir nur ein, oder wurden seine Wangen ein wenig rot? »In Filmen und Büchern sprechen die Leute immer von großen Gesten, wenn sie etwas aus ganzem Herzen wollen.« Er sah sich auf dem Steg um, der menschenleer war. Alle waren vor dem Regen geflüchtet, der langsam meine Schuhe durchnässte. Überall hatten sich Pfützen gebildet, der Stoff meiner Hose klebte unangenehm an meinen Beinen, und der stetige Wind trieb eine Gänsehaut auf meine Arme.

Jae-yongs Seufzen holte mich zurück ins Hier und Jetzt. Er sah zu Boden, mied meinen Blick. »Wenn ich gekonnt hätte und das Wetter besser wäre, hätte ich überall Blumen aufgestellt und das Riesenrad gemietet. Ich hätte so viel Schokolade mitgebracht, wie ich tragen kann, und dich irgendwie davon zu überzeugen versucht, dass das hier« – er deutete auf uns beide – »es wert ist, egal, wie kompliziert es noch wird.«

Wärme breitete sich trotz des Regens in meiner Brust aus. »Und jetzt?«

Er ließ die Arme an die Seite sinken. Seine Augen waren so ernst, als er sie vom Boden löste und auf mich richtete. »Jetzt hoffe ich, dass ich genug bin.«

Mein Herz tat weh.

»Statt der großen Geste habe ich eine halbe Stunde hier im Regen gewartet und mich jedes Mal halb hinter dem Kassenhäuschen versteckt, wenn jemand vorbeigekommen ist«, erklärte er.

Meine Lippen verzogen sich bei dem Bild, das er mit der Aussage malte, zu einem Lächeln. »Mitten in der Öffentlichkeit im Regen zu warten ist an sich schon eine ziemlich große Geste, findest du nicht?«

»Ein bisschen zu nass vielleicht«, meinte er. »Ich kann nicht sagen, dass ich großartig über das Wetter in Chicago nachgedacht habe, bevor ich in den Flieger gesprungen bin.«

Dutzende Fragen sprangen aufgeregt in meinem Kopf herum. Wie lange war er bereits hier? Hatte er seinen Freunden Bescheid gesagt?

»Als du gesagt hast, ich soll mich für das Label entscheiden ... Ich weiß, dass das deine Art war, sicherzugehen, dass ich glücklich sein würde, Ella. Aber mein Gott, tu das bitte nie wieder. Ich wäre früher gekommen, wenn wir nicht nebenbei mit unserem Label oder unseren Anwälten zu tun gehabt hätten.« Er schüttelte den Kopf. »Ich weiß nicht, was dich auf die Idee gebracht hat, es wäre besser für mich, die Band zu wählen statt dich.«

Ich war stumm. Sprachlos. Völlig überfordert mit der Tatsache, dass er plötzlich vor mir stand. Und von dem, was er mir gerade erzählte.

»Sprich mit mir«, bat er – gerade laut genug, um über das Plätschern des Regens gehört zu werden.

»Ich hab nicht erwartet, dich hier zu sehen.«

Für einen Moment erstarrte er. »Hätte ich besser nicht kommen sollen? Ich habe die letzte Woche an nichts anderes gedacht als daran, wie ich dich vom Gegenteil überzeugen kann. Ich hab das Gefühl, meinen Tag nur halb zu leben, wenn ich ihn nicht mit dir teile. Und dann habe ich die Visitenkarte deiner Schwester wiedergefunden und dachte, dass ...« Er schüttelte den Kopf. »Um genau zu sein, habe ich gar nicht nachgedacht, sondern sie einfach in mein Telefon getippt, und jetzt ... bin ich hier.«

Er redete sich um Kopf und Kragen. Er stolperte über seine Worte, rieb sich frustriert über die Stirn, wenn er sich nicht sofort an ein englisches Wort erinnern konnte. Ich betrachtete ihn die ganze Zeit, und mein Herz wurde von Sekunde zu Sekunde voller. Größer. Ich war mir sicher, es würde platzen, wenn er noch länger weiterredete.

»Es tut mir leid, Ella«, beendete er seinen kleinen Monolog schließlich. »Es tut mir leid, dass ich dir nicht mehr geben kann als das hier.«

»Warum entschuldigst du dich dafür?«, sagte ich leise. »Ich war es doch, die dir gesagt hat, du sollst dich für deine Band entscheiden. Weil ich es niemals ertragen könnte, wenn du wegen mir auf etwas verzichten musst.«

Ich hatte kaum zu Ende gesprochen, da legten sich starke Arme um meine Taille. Meine Wange traf auf den nassen Stoff von Jae-yongs Jacke, aber es war mir egal. Durch meinen Körper strömte eine Wärme, die das Wetter in den Hintergrund rücken ließ. Die Gänsehaut auf meinen Armen stammte nicht länger von der Kälte, sondern von der Nähe zu Jae-yong.

Er löste sich wenige Zentimeter von mir. Seine Augen strichen über mein Gesicht, dicht gefolgt von seinen Lippen. Sie hinterließen ein Kribbeln, als sie meine Schläfe berührten, meinen Wangenknochen, den Mundwinkel. Über meinen Lippen hielt er inne.

»Kannst du es einmal laut aussprechen?«, fragte er.

»Nur damit ich meinem Puls sagen kann, dass hundertachtzig Schläge in der Minute nicht nötig sind?«

Ich sah ihn an – die langen, dunklen Wimpern, seine

Augen, in denen ich mich verlor – und spürte die Worte auf meiner Zunge, noch bevor ich sie aussprach.

»Ich liebe dich«, sagte ich. Und hatte das Gefühl, dabei zu leuchten.

# EPILOG

*Zwei Monate später*

Das Fleisch landete mit einem Zischen auf dem Grill. Rechts von mir köchelte Kimchi-jjigae – ein Kimchi-Eintopf, wie mir vor wenigen Minuten erklärt wurde – in einem Topf und verbreitete einen verführerischen Duft in der Luft. Der Tisch war voll mit Essen, ich tat mich schwer, zu entscheiden, was ich als Erstes probieren wollte. Ab und an drangen Gesprächsfetzen zu mir durch, aber größtenteils war ich so auf das Essen fokussiert, dass ich alles andere ausblendete.

»Probier das Samgyeopsal zuerst mit der Soße«, riet Jae-yong mir, als ich mir eine dünn geschnittene Scheibe Schweinebauchfleisch vom Grill nahm. Er deutete auf die kleine Schale vor mir. »Sesamöl und Salz.«

Ich verzog den Mund. »Sesamöl und Salz? Wirklich?«

Meine ausbleibende Begeisterung brachte ihn zum Schmunzeln. »Vertrau mir.«

Meine Esskünste mit Stäbchen ließen noch zu wünschen übrig, aber ich schaffte es, das Stück Fleisch in die kleine Schüssel zu tunken und dann zu meinem Mund zu führen. »Oh mein Gott«, war alles, was ich hervorbrachte.

Min-ho lehnte sich mit einem Grinsen über den Tisch, in der Hand ein gefülltes Schnapsglas. »Und jetzt ein Glas Soju, um den Geschmack runterzuspülen.«

Ich warf Jae-yong einen Blick zu.

»Alkohol«, beantwortete er meine stumme Frage und nahm Min-ho das Getränk ab, bevor ich überhaupt reagieren konnte. Er drehte sich leicht zur Seite und leerte das Glas in einem Schluck.

Min-ho ließ sich mit einem Seufzen zurück auf seinen Platz fallen. »Was für eine BBQ-Erfahrung ist es, wenn man keinen Soju dazu trinkt?«

»Eine, an die man sich am nächsten Morgen noch erinnern kann«, sagte Ed trocken auf seinem Platz rechts von Min-ho. Neben Ed hatte es sich Hyun-woo bequem gemacht und war in ein Gespräch mit Woo-seok vertieft, der ihm gegenübersaß, neben Jae-yong.

»Ich kann mich an alle BBQs erinnern, die wir über die Jahre hatten«, verteidigte Min-ho sich. Ed ignorierte ihn und tunkte seinen Löffel in den Kimchi-jjigae, um ihn zu probieren.

Jae-yong folgte meinem neugierigen Blick zu dem Eintopf. »Möchtest du es kosten?«

»Es ist rot«, sagte ich leise und lehnte mich an ihn. »Rot bedeutet nie etwas Gutes.« Meine Toleranz gegenüber Schärfe wurde zwar mit jedem neuen Essen, das Jae-yong mir vorstellte, besser, aber ich war weiterhin vorsichtig.

»Mit dem Budae-jjigae hattest du keine Probleme«, meinte Jae-yong. Ich erinnerte mich an den Eintopf, den ich gestern Abend das erste Mal gekostet hatte:

eine scharfe Suppe mit den unterschiedlichsten Zutaten. Würstchen, Fleisch, Bohnen, Käse, Zwiebeln, Kimchi, Tofu, Ramyeon ... Jae-yongs Aufzählung hatte gar nicht mehr aufgehört, und ich war vor meinem ersten Löffel mehr als nur skeptisch gewesen. Die Schärfe hatte es mir im ersten Moment schwer gemacht, es wirklich zu genießen. Aber nachdem ich mich daran gewöhnt hatte, fühlte der Eintopf sich nach einem Essen für die Seele an, das mich an kalten Wintertagen wie heute von innen wärmte.

Ich streckte mich über den Tisch, um mit meinem Löffel den Topf erreichen zu können. Jae-yong ließ mich nicht aus den Augen, als wollte er mir vom Gesicht ablesen, ob es mir schmeckte. Er lachte, als ich den Mund verzog. Ich hatte vergessen, dass ich mich an den Geschmack von Kimchi noch gewöhnen musste.

»Schmeckt gut«, meinte ich, was ihn noch lauter lachen ließ.

Ed erklärte, dass er auch nicht der größte Freund von Kimchi-Eintopf war, was Min-ho empört nach Luft schnappen ließ. Zwischen den beiden brach eine Diskussion über die besten Eintöpfe aus, in die kurz darauf auch die anderen drei mit einstiegen.

Ich ging wieder dazu über, ihnen mit einem Ohr zuzuhören, während ich die Beilagen nacheinander kostete. Gegen das Lächeln auf meinem Gesicht konnte ich nichts unternehmen. Es war das erste Mal, dass ich zusammen mit Jae-yongs Freunden einen Abend verbrachte. Heute Nachmittag hatte mich die Vorstellung unglaublich nervös gemacht. Jae-yong hatte mich nur mit dem Versprechen auf einen Nachtisch aus dem Bett locken können. Aber kaum waren wir in den abgetrennten Bereich des Restaurants geführt worden und auf die anderen getroffen, war jegliche Anspannung verflogen. Sie hatten mich so herzlich, so warm und freundlich in ihrer Runde aufgenommen, dass alle Sorgen vergessen waren. Das leckere Essen wurde durch die ununterbrochenen Gespräche, das Lachen und die lockere Stimmung sogar besser.

Erst kurz nach Mitternacht waren wir zurück in Jaeyongs Wohnung. Ich ging zielstrebig auf das Sofa zu und ließ mich darauf fallen.

»Ich bin so satt«, stöhnte ich und rieb mir über den Bauch. Ich konnte mich nicht erinnern, wann ich das letzte Mal so viel gegessen hatte. Mit den anderen zu reden, während wie nebenbei leere Teller durch volle ersetzt wurden, hatte es wirken lassen, als hätten wir so gut wie nichts gegessen. Dass das Gegenteil der Fall war, merkte ich jetzt.

Jae-yong war vom Eingang direkt in sein Schlafzimmer abgebogen und blieb mir eine Antwort schuldig. Ich ärgerte mich, mir statt des Betts das Sofa ausgesucht zu haben – ich hatte nicht vor, mich in den nächsten Stunden noch einmal zu bewegen. Während ich auf Jae-yong wartete, beantwortete ich die ungelesenen Nachrichten auf meinem Handy.

»Alles in Ordnung?«, fragte Jae-yong, als er zu mir stieß. Er hob meine Beine an, um sich Platz auf dem Sofa zu schaffen, setzte sich hin und legte sie auf seinem Schoß ab. Ich wollte nichts lieber, als näher an ihn heranzurutschen und seine Wärme aufzusaugen. Der Winter in Seoul machte keine halben Sachen. Zwar hatte ich genügend dicke Klamotten eingepackt, aber die Kälte kroch trotzdem unter jeden Zentimeter freie Haut.

»Ja. Mel hat sich nur noch mal erkundigt, wann das neue Semester losgeht«, sagte ich. »Sie hat nichts weiter gesagt, aber ich bin mir fast sicher, dass sie, Liv und Erin sich etwas für den ersten Tag überlegen. Als wäre ich wieder ein Kind, dessen Einschulung gefeiert wird.«

»Freust du dich schon?«

Ein Lächeln breitete sich zur Antwort auf meinem Gesicht aus. Ich würde ab dem nächsten Semester eine Kunstschule besuchen – und ich konnte es immer noch nicht glauben. Jedes Mal, wenn ich darüber nachdachte, musste ich mich selbst kneifen, um sicherzugehen, dass ich nicht träumte.

»Du glaubst gar nicht, wie sehr«, sagte ich.

»Wenn du mich fragst, schreit das geradezu nach einem Buchshoppingtrip, um es zu feiern.«

Jae-yong kannte den Weg in mein Herz zu gut. »Oh, apropos Buch.« Ich kämpfte mich aus meiner liegenden Position hoch und verschwand für einen Moment in das Schlafzimmer. Das rechteckige Geschenk lag eingepackt im untersten Winkel meines Koffers. Zurück im Wohnzimmer, reichte ich es Jae-yong, der beide Augenbrauen in die Höhe zog.

»Es ist noch gar nicht Weihnachten«, sagte er.

»Aber es ist auch nur noch ein paar Wochen entfernt«, erwiderte ich. »Außerdem hast du mir meine Kette auch ohne jeglichen Grund geschenkt.«

Sein Blick fiel auf den Anhänger um meinen Hals. Ein sanfter Ausdruck trat auf sein Gesicht. »Ich wollte dich lächeln sehen.«

Ich richtete mich wortlos im Sitzen auf und legte meine Hand an seine Wange. Bevor meine Lippen seine berührten, hielt ich inne.

»Mach das Geschenk auf«, sagte ich und wollte mich wieder anlehnen, als er mich aufhielt. Seine Hand glitt zu meinem Hinterkopf. Ein kleines Seufzen entkam mir. Seine Lippen waren weich, gleichzeitig sanft und drängend, seine Zunge fuhr über meine Unterlippe, und ich öffnete bereitwillig den Mund, um den Kuss zu vertiefen.

Ein gequälter Laut entkam mir, als er sich von mir löste. Stumm widmete er sich dem Geschenk – und tat dabei so, als würde die Spannung, die durch unseren Kuss die Luft aufgeladen hatte, gar nicht existieren. Ich wartete mehrere Sekunden, ob er doch noch aufschauen würde, ehe ich mich für den Moment geschlagen gab und meinen Kopf an seine Schulter lehnte.

Er ging so vorsichtig mit der Verpackung um, als wäre sie Teil des Geschenks. Es hätte nur noch gefehlt, dass er sie glatt strich und faltete – aber als der Inhalt zum Vorschein kam, war das Geschenkpapier nicht mehr weiter interessant. Ein Lachen schüttelte seinen Körper.

»Du könntest mir auch einfach mein eigenes Buch zurückgeben, weißt du«, sagte er und strich über den Einband des ersten *Harry-Potter*-Buches.

»Nein. Tut mir leid, aber das werde ich für immer behalten, damit du mich besuchen kommen musst, wenn du es sehen willst.«

»Ich würde auch ohne das Buch immer wieder zu dir kommen«, sagte er.

»Aber so musst du es auch dann tun, wenn mal nicht alles perfekt läuft.«

Verstehen ließ Jae-yongs Augen dunkel werden. An den meisten Tagen dachte ich nicht daran, aber obwohl es keinen Vertragsbruch mehr bedeutete, dass wir zusammen waren, standen uns noch einige Hürden bevor. NXTs Fans wussten weiterhin nichts von mir. Und obwohl die meisten von ihnen nett und liebevoll waren, erinnerte ich mich nur zu gut an die Wochen, nachdem unser Foto im Internet aufgetaucht war.

Jae-yong legte das Buch auf dem Couchtisch ab und wandte sich mir zu. Sein Blick glitt über meine Haare, die Stirn, meine Nase hinunter und zu meinen Lippen, ehe er mir in die Augen sah. Mit jeder Sekunde, die ich ihn betrachtete, erfüllte mich mehr Wärme. Mein Herz klopfte ruhig und regelmäßig, schien wieder und wieder das Gleiche zu flüstern: *Ich liebe dich, ich liebe dich, ich liebe dich ...*

Als hätte Jae-yong die Worte meines Herzens gehört, wiederholte er sie. »Ich liebe dich, Ella. Vergiss das bitte auch an den weniger perfekten Tagen nicht.«

Ich nickte,

lächelte,

strahlte.

Meine Arme wanden sich um seinen Körper, mein Kopf lehnte seitlich an seiner Brust, und ich lauschte dem Pochen seines Herzens.

Es klopfte im gleichen Takt wie meins.

# DANKSAGUNG

Könnt ihr das glauben? In dem Moment, in dem ich diese Danksagung schreibe, ist noch kein Jahr vergangen, seit der erste Teil der *Love-NXT*-Reihe erschienen ist. Und trotzdem ist in der Zwischenzeit so viel passiert, dass ich manchmal Mühe habe, hinterher zu kommen. Ein Blinzeln und *When We Dream* war da. Ein zweites Blinzeln und ich hielt *When We Fall* das erste Mal in den Händen. Ein drittes Mal – und plötzlich ist die Geschichte von Ella und Jae-yong zu Ende. Ich habe so viel erlebt und gelernt in den letzten Monaten – und bin unglaublich dankbar für jeden, der mir auf dem Weg unter die Arme gegriffen hat.

Ich glaube, jeder, der sich an meiner Stelle befinden würde, müsste mir zustimmen, dass der größte Dank an Stephanie Bubley geht. Ohne dich würde es Ella und Jae-yong gar nicht geben – und ich hätte ziemlich sicher auch nicht so viel Spaß an jedem Lektorat. (Disclaimer, bevor jemand fragt: Nein, Lektorate machen natürlich nicht ausschließlich Spaß. Aber ich glaube, es könnte schlimmer sein, wenn ich nicht so eine tolle Lektorin hätte.) Danke für deine Geduld, als ich noch keine Ahnung hatte, was ich überhaupt tue, für die witzigsten und interessantesten Telefonate und Mails und dafür, dass du aus jedem Manuskript das volle Potential holst.

Natürlich muss ich nicht nur als Autorin, sondern auch als Fangirl des Verlags das gesamte LYX-Team erwähnen. Euch gehört mein ewiger Dank, dass ihr Bücher veröffentlicht, die nicht nur wunderschön aussehen, sondern mich auch zum Träumen bringen. Danke, dass ihr so unglaublich herzlich seid und mich mit offenen Armen bei euch aufgenommen habt.

Meinen Herzensmenschen schulde ich auch riesige Geschenkkörbe voller Liebe. Simone, Fay, Heffa, Lea M., Conny, Hanna, Quynh, Tanja, Lea K. Caro. Das ganze Jahr war ein riesiges Drunter und Drüber – aber wenn es mir eins gezeigt hat, dann, dass ich mit euch an meiner Seite auch durch den schlimmsten Sturm mit einem Lächeln gehen kann.

Einen riesigen Dank an Won-ki Jeong, Won-kis Mama und Dong-hee Maeng, die mir als Sensitivityleser*innen die wichtigsten Anmerkungen, Hinweise, Ratschläge und Infos zur koreanischen Kultur gegeben haben. Über die drei Bücher hinweg durfte ich dadurch unglaublich viel lernen, und das weiß ich sehr zu schätzen.

Außerdem auch das größte Dankeschön an Christin Ullmann – dafür, dass du meinen Texten den wundervollen und nötigen Feinschliff verpasst und aus so manchem Satz-Wirrwarr etwas Lesbares zauberst.

Meine Familie wirkt zwar nicht aktiv an meinen Schreibprojekten mit – aber das Wissen, dass sie auch ohne veröffentlichte Bücher und vorzeigbare Errungenschaften meine größten Fans wären, gibt mir mehr, als ich in Worte fassen kann. Danke, dass ihr jedes Buch vorbestellt, mir aus jeder Buchhandlung Bilder von der Reihe schickt und jedem Postmenschen und Nachbarn davon erzählt. (Shoutout an meinen Opa, der *When We Dream* und *When We Fall* quasi sofort inhaliert hat, nachdem sie erschienen sind.) Ich habe euch lieb und ich schicke ich euch die dicksten Umarmungen.

Und ihr! Liebe Leser*innen. Euch gehört auf gewisse Weise mein ungläubigster Dank. Ich habe es mir gewünscht, aber nie erwartet, dass ihr meine Geschichten so ins Herz schließen würdet. Ihr macht die kreativsten Bilder und Collagen, schreibt mir die schönsten und witzigsten Nachrichten. Ihr macht das alles aus purer Freude und wisst vermutlich nicht mal, wie sehr ihr mich damit zum Strahlen bringt. Danke, dass ihr so wundervoll seid.

*Verpasse nicht den nächsten Roman von*
*Anne Pätzold bei LYX!*

*Jules' und Lucys Geschichte*
*erscheint am 30. September 2021.*
*#jucyonice*

*Sie kommen aus unterschiedlichen Welten.*
*Und doch sind sie füreinander bestimmt.*

Mona Kasten
SAVE ME
416 Seiten
ISBN 978-3-7363-0556-4

Geld, Glamour, Luxus, Macht – all das könnte Ruby Bell nicht weniger interessieren. Das Einzige, was sie sich wünscht, ist ein erfolgreicher Abschluss vom Maxton Hall College, eine der teuersten Privatschulen Englands. Vor allem mit James Beaufort, dem heimlichen Anführer des College, will sie nichts zu tun haben. Er ist zu arrogant, zu attraktiv und zu reich. Doch schon bald bleibt ihr keine andere Wahl ...

» Lache, weine und verliebe dich. Mona Kasten hat ein Buch geschrieben, das man nicht aus der Hand legen kann!« ANNA TODD über *Begin Again*

LYX

*Was, wenn unsere Liebe mein Untergang ist?*

Morgane Moncomble
BAD AT LOVE
Aus dem
Französischen von
Ulrike Werner-Richter
464 Seiten
ISBN 978-3-7363-1299-9

Als Azalées Mutter stirbt, bleibt ihr nichts anderes übrig: Sie muss nach vier Jahren zum ersten Mal in ihre Heimatstadt zurückkehren. Augenblicklich holen sie dort die schrecklichen Erinnerungen an ihre Vergangenheit ein. Doch nicht nur das: Azalée lernt auch ihren neuen Nachbarn Eden kennen. Er ist sexy und geheimnisvoll, und auch wenn sie sich geschworen hat, niemals Gefühle für einen Mann zu entwickeln, berührt er sie auf eine Weise, die ihre Welt mit jedem Tag ein bisschen mehr ins Wanken bringt ...

»Wirkungsvoll, überwältigend, tiefgreifend und mutig.« LECTURES DE JENN

LYX

*Grey hatte Spuren in meinem Herzen hinter-*
*lassen. Und ich hoffe so sehr, dass ich auch*
*welche in seinem hinterlassen habe*

Brittainy C. Cherry
WIE DIE RUHE
VOR DEM STURM
Aus dem amerikanischen
Englisch von
Katja Bendels
448 Seiten
ISBN 978-3-7363-1279-1

Als ich meinen neuen Job als Nanny einer reichen Familie antrat,
ahnte ich nicht, dass es Greysons Kinder waren, die ich betreu-
en würde. Und auch nicht, dass aus dem Jungen, den ich einmal
geliebt hatte, ein Mann geworden ist – ein eiskalter, einsamer,
unnahbarer Mann. Greys Lachen ist verschwunden. Alles an ihm
ist in Schmerz versunken. Doch ab und zu erkenne ich noch den
Jungen von damals in seinen sturmgrauen Augen – und ich weiß,
dass es sich um ihn zu kämpfen lohnt.

»Brittainy C. Cherry ist für mich die Königin der Worte und
Emotionen.« BERENIKES BÜCHERHIMMEL

LYX

*Ihr größter Traum ist es, endlich frei zu sein.
Niemals hätte sie gedacht, dass sie ihr Herz
dabei verlieren würde*

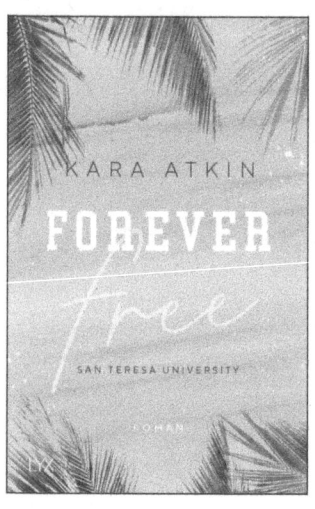

Kara Atkin
FOREVER FREE –
SAN TERESA UNIVERSITY

480 Seiten
ISBN 978-3-7363-1298-2

Raelyn Miller kann es kaum erwarten, ihr Studium in Kalifornien zu beginnen und weit weg von zu Hause noch einmal ganz von vorn anzufangen. Doch schnell stellt sie fest, dass es gar nicht so leicht ist, auf eigenen Beinen zu stehen, und dass ihr altes Leben sie stärker im Griff hat, als sie dachte. Vor allem, als sie den geheimnisvollen Hunter kennenlernt, zu dem sie sich magisch hingezogen fühlt, obwohl er doch alles verkörpert, was Raelyn endlich hinter sich lassen wollte …

LYX